二乔 著

江苏凤凰文艺出版社

图书在版编目（CIP）数据

以我深情祭岁月 / 二乔著. -- 南京：江苏凤凰文艺出版社, 2024.2
ISBN 978-7-5594-8086-6

Ⅰ.①以… Ⅱ.①二… Ⅲ.①长篇小说 - 中国 - 当代 Ⅳ.① I247.5

中国国家版本馆 CIP 数据核字 (2023) 第 215116 号

以我深情祭岁月

二乔 著

责任编辑	王昕宁
特约编辑	顾　塬　刘丽波
装帧设计	花在开工作室
责任印制	刘　巍
特约监制	杨　琴
出版发行	江苏凤凰文艺出版社
	南京市中央路 165 号，邮编：210009
网　　址	http://www.jswenyi.com
印　　刷	三河市兴博印务有限公司
开　　本	880 毫米 ×1230 毫米　1/32
印　　张	10.5
字　　数	344 千字
版　　次	2024 年 2 月第 1 版
印　　次	2024 年 2 月第 1 次印刷
书　　号	ISBN 978-7-5594-8086-6
定　　价	49.80 元

江苏凤凰文艺版图书凡印刷、装订错误，可向出版社调换，联系电话 025-83280257

目录
CONTENTS

001　第一章

奠念的念

029　第二章

百年校庆

059　第三章

短暂的岁月静好

091　第四章

冷战

123　第五章

后来，有了一切

153　第六章

遗憾

182	第七章 向现实低头	210	第八章 百日之约
242	第九章 珍惜和无憾	270	第十章 月亮西沉
299	番外一 萧沐白	309	番外二 陆凌晨
320	番外三 十年	326	番外四 叔叔陆凌川

第一章
奠念的念

我站在深渊里，没人能救我。——沈念。

医院，挂号的队伍排得长长的，虽然是工作日，但医院里就诊的病人一点也不少，环境有些嘈杂。

某个角落，一个身影隐在人群中并不扎眼，她身上的职业套裙显出她姣好的身材。她坐在医院走廊的长椅上，微微弯着腰，两只手随意搭在腿上，手指轻轻扣着膝盖处，垂着头，一言不发，安静得和嘈杂的医院有些格格不入。

"二十三号患者沈念，进入五号诊室就诊。"

听到传来叫号的声音，沈念这才抬起头来，拿过放在旁边的包，起身进了五号诊室，将检查单递给医生，然后坐下。

医生看了看检查单的结果，蹙了下眉，开口道："胃溃疡，情况有些严重。"

沈念没有说话。

没有听见答复，医生抬头看了她一眼，她这身打扮应该是个公司白领，看起来就是个惹人喜爱的乖乖女，于是多说了几句。

"工作再忙也要注意身体，什么都没有健康重要，身体才是革命的本钱。胃溃疡反复发作，不仅会引起疼痛，还会造成消化方面的问题，对部分患者而言有一定转变为癌症的可能性。"说完，医生拿起笔开始写字，"先给你开点药，平时注意一下饮食，要按时吃饭，酒要少沾，还有……"

医生的话还没说完，眼前突然多了一只手将检查单拿走，医生抬头便对上那双沉寂的眸子。从进入诊室开始，她的情绪就没什么变化，只是沉默着，就连空气中也弥漫着压抑的气氛。

"不用了。"终于，沈念开口，声音淡淡的，没有任何起伏。

医生微微一愣，还没反应过来她这话是什么意思的时候，沈念已经起身，留下一声淡淡的"谢谢"，便离开了诊室。

出了诊室，沈念一手压在胃部，微微蹙眉。胃部还在隐隐作痛。

"嗡——"包里的手机震动起来，沈念回过神来，抬手拉开包的拉链，将手机拿出来。看了一眼备注，她划了一下屏幕，把手机放在耳边。

"玲玲，怎么了？"

"念姐，你在哪儿？"那边传来着急的声音。

沈念垂眸："我今天有点事，现在不在公司。"

电话那边"啊"了一声："可是今天晚上有个很重要的酒局，这个合作对咱们公司非常重要，陆总点名要你跟着……"

沈念沉默了几秒钟，"我知道了。"

她挂了电话，将手机放回包里。

胃部传来疼痛的感觉，她皱了下眉，脚步放缓，慢慢地离开了医院。

赶到公司的时候，陆凌川刚好从楼上下来，他今天穿得格外正式，一身黑色格纹西装搭配同品牌领带，上面的钻石领带夹更是给他平添了一份魅力，皮鞋擦得锃亮，长身玉立，显得优雅矜贵。五官轮廓分明，帅气的脸上却神情寡淡，不苟言笑的模样带着疏离感。

听到了关车门声，陆凌川抬头睨了前面一眼。

沈念从出租车上下来，整理了一下自己的着装，踩着高跟鞋一步步朝陆凌川走去，在距离他一米左右时停下。

"陆总。"她微微低头，态度恭敬。

陆凌川淡淡地看了她一眼，没说什么，只是打开车门坐了进去。

沈念将车门关上，然后绕到副驾驶位打开车门坐进去。

今天的商务洽谈安排在一个高档的五星级酒店。

这个项目陆凌川非常看重，从一开始就亲自跟进，对方似乎知道这边的意思，所以一直不肯松口，想要争取到最多的利益。

双方在定好的包间见面，一碰面先是握手。

"你好！陆总，早就听闻陆总年轻有为，今天一见果真如此，哈哈哈……"

比起这边看着年轻好欺负的陆凌川和沈念，对方是清一色的三四十岁成熟中年男人，眼里带着精明和算计。

那人先和陆凌川握了手，又将目光落在沈念的身上："这位是……"

沈念露出得体的微笑："李总、方总好，我叫沈念，是陆总的助理。"

对方立刻露出笑容："原来你就是传说中那位对陆总忠心不二的美女助理啊。"

大家都知道陆凌川有个很得力的助理，虽然年轻，但能力很强，很多项目都是她帮陆凌川拿下的。可以说，没有沈念，陆凌川的公司不会发展得那么好。

"李总谬赞。"沈念低头谦虚地道。

李总却对沈念很感兴趣，问她："niàn？想念的念？"提到"念"字，第一时间想到的就是"想念"这个词。

听到这个问题，沈念的神情有些恍惚，她回了神，轻声回答道："奠念的念。"

陆凌川侧眸瞥了一眼神色自若的沈念，皱着眉，就在同一时间，耳边传来女孩羞涩且温和的声音："我叫沈念，念念不忘的念。"从念念不忘变成了奠念。

想到什么，男人的黑眸中闪过痛苦，很快又化作恨意，却又立刻收回目光，不再看她。

双方坐下来，很快就直奔主题。

耳边传来陆凌川和对方的交谈声，伴随着嗡嗡的耳鸣声。因为忙碌，她今天一天都没吃饭，刚从医院出来便接到电话匆匆回到公司，又跟着陆凌川一起来应酬。

桌子上虽然摆着菜，但陆凌川和合作商还没动筷。

"沈助理。"

听到有人叫自己，沈念抬头，他们不知道什么时候站了起来，手上拿着杯子，几双眼睛正直勾勾地盯着唯一还坐着的她。

沈念很快回了神，端起面前的酒杯，露出得体的微笑，举杯，一饮而尽。辛辣的酒精让她清醒了不少，沈念强迫自己立刻进入工作状态，跟上节奏。

以合作为目的的饭局最少动的就是筷子，大多数时间都在聊工作和喝酒。

按道理，胃溃疡患者是不建议喝酒的，酒精会直接刺激胃黏膜，加重胃溃疡症状。

一杯杯酒下肚，腹部隐隐作痛的感觉变得越来越清晰。沈念的一只手按在自己的腹部，原本就不太好的气色全靠口红堪堪维持，眉眼间依稀可见的憔悴。

原本口红还能让她显得气色好些，可喝了太多杯酒，酒杯杯沿上沾着清晰的口红印，她嘴巴上的口红淡了很多。没有了这层保护色，她的脆弱就展现了出来。但沈念向来不会轻易对别人展现自己脆弱的一面，她脸上的笑容

第一章 奠念的念

003

不减，尽职尽责地谈着工作。

旁边的陆凌川一言不发，眼皮微抬。从那件事之后，他的脸上一向没有多余的表情，冷峻如冰，漆黑的眼眸好似没有边界的夜空，看不到星点光芒。眼角的余光瞥到了沈念虚弱却依旧强颜欢笑的侧颜，陆凌川微微一愣，不知道想到了什么，眼底闪过痛苦和挣扎，最终归于死寂。

酒过三巡，李总和方总已经喝趴下，两个人被各自的助理扶着，醉意满满。

"沈助理啊，我真是太满意你了！要不你考虑考虑，明天来我的公司上班？我给你个副总当当。"明目张胆地挖墙脚。

在这次谈判中，沈念展现了她足以蛊惑人心的口才和本事，以沈念的能力，不管去哪里，都有资格做副总。

感觉到熟悉且犀利的目光落在自己的身上，沈念没有在意。这已经不是第一个想挖走她的公司老总了，沈念对付起来游刃有余，婉拒的同时不忘捧对方一把，果然把对方哄得飘飘然忘乎所以，嚷嚷着派助理通知公司，让人事部加班准备好合同。

酒局结束，帮他们的助理把两位已经喝得烂醉如泥的老总扶上车，看到车子离开，沈念才彻底松了一口气。

他们的车子也到了，陆凌川坐在后座，沈念跟跄着打开副驾驶的车门。上车，扯过安全带扣上，司机踩下油门，车子离开饭店。

头贴在车窗玻璃上，耳边安静得很。没有酒精带来的麻木感，腹部的疼痛又变得明显了起来。沈念蹙眉，闭着眼睛，觉得呼吸也有些困难，用一只手按着自己的腹部。腹部越来越疼，沈念却哼都没哼一声，默默地忍受着疼痛。

原本坐在后座闭目养神的男人不知何时睁开了眼睛，他面无表情地盯着后视镜。

沈念靠在车窗上，后视镜照不到她的脸，只能看到她的一边肩膀，虽然只有一边肩膀，但陆凌川看了一路。

车子停在了某高档小区门口，司机小心翼翼地通过后视镜看着后面闭着眼睛的男人，生怕把他吵醒，用很小的音量对沈念道："沈助理，到了。"

听到司机的声音，沈念缓缓睁开眼睛，看了一眼外面，这才发现是熟悉的建筑物。她微微皱了皱眉，声音很轻："谢谢！"说完，抓着包包下了车。

"嘭"的一声，听到关门声，原本闭着眼睛的男人睁开了眼睛。

司机刚想问陆凌川回哪个家，又听到"嘭"的一声关门声，等司机反应过来时，车里只剩下他一个人了。

高档小区门口的保安二十四小时值班，沈念和陆凌川一前一后走进小区，保安立刻认出他们是小区的住户，不用核实信息，连忙帮他们刷卡开门。

两个人一前一后进入小区，在小区的石子小路上往前走。沈念捂着腹部走在前面，陆凌川在后面，中间隔了五米左右的距离。现在已经很晚了，楼下除了他们没有别人，四周安静得两个人都能听见对方的脚步声。

沈念走进了其中一幢楼，陆凌川紧跟其后。在等电梯的时候，同样也只有他们。沈念按上楼的按钮，电梯门打开，她进去后自觉地站在了右边，陆凌川进去后站在了左边。仍旧一言不发，沈念先按了关闭电梯的按钮，又按了个楼层，而陆凌川只是站在那儿。

电梯缓缓上升，从进小区到现在，两个人连一句话都没说过，疏离得就像陌生人，四周安静得让人觉得格外压抑。

"叮——"电梯门打开，依旧是沈念先出去，陆凌川跟在后面。走到一扇房门前，沈念用指纹解锁电子门锁，开门进了屋。在她身后的陆凌川跟着进来，伸手关上房门。

关门声打破他们之间僵硬而且怪异的气氛，不等沈念开灯，陆凌川突然扯住她的手，猛地一拉。

等沈念反应过来时，她已经被压在了大门上，陆凌川高大的身形带着霸道的气势直逼而来，他一手牢牢地箍住她的腰，一手按住她的后脑勺，低头狠狠地咬住沈念的唇，带着报复与浓浓的恨意！

唇上的疼痛显得异常清晰，沈念回过神来，不认输地咬回去，两个人没有心软，都用了十足的力气。

酒桌上累积下来的压抑和怒气皆在此刻发泄出来，陆凌川掐着她的腰，即便在黑夜中也能看到他那双迸着恨意的眸子。

"我恨你！"他咬牙切齿地一字一句地道，低头又狠狠地咬住她的唇，继续重复着，"沈念，我恨你！"

黑暗中的沈念凄凉地一笑，坦然地对上男人冰冷的眼眸："巧了。"

我也恨你。

陆凌川狠狠地咬住她的脖子，沈念只是蹙了蹙眉，没有发出一点声音。

虽然是在黑暗之中，可这套房子里的每一样东西，包括喝水的杯子放在哪里，两个人都记得清清楚楚。陆凌川将她带回卧室，用一只脚把门关上，卧室里同样没有开灯，漆黑一片。沈念被他推倒在床上，紧接着，男人温热的呼吸再次落在她的脸颊上。

胃溃疡还喝酒的后果显现了，腹部如同被电钻钻过般锥心地疼，小腹感觉在往下坠。一开始沈念还有力气挣扎，很快，仅存不多的力气消失殆尽，她麻木地躺着，一言不发，一动不动。

他们的关系就好像外面夜空中的星星，注定是见不到太阳的。黑暗中传来包包掉在地上的声音，两个人都没有在意。

直到感觉到沈念没有任何挣扎的动作，陆凌川的动作猛地停住。他立刻伸手摸向旁边的开关。"啪嗒"一声，整个房间变得明亮起来。

沈念狼狈地躺在床上，头发凌乱，脸色惨白。刺眼的灯光照得沈念有些睁不开眼睛，她的眼睛只张开一条小缝，没有口红点缀，她的脸色很难看。盯着愕然的男人，沈念扯了扯唇角，虚弱得如同将死之人。

仿佛触了电一般，陆凌川猛地往后退了几步，脚步显得有些狼狈。

"陆总。"

他的身形顿住。

沈念虚弱地缓缓地道："如果陆总不打算今天弄死我，那就麻烦陆总帮忙打个120吧，谢谢陆总！"

谢谢……他们之间不知何时生疏到了需要说谢谢的地步。陆凌川没有出声，房间里很是压抑。

"嘭！"直到她听见了大门关上的声音。

沈念躺在床上，低低地笑着。喝了不少酒，她的头很疼。将自己蜷缩成一团，沈念捂着腹部，低声痛苦地呻吟着。只有一个人的时候，她才敢将脆弱的一面展示出来。

十五分钟后，救护车到了小区门口，门口值班的保安眼看着沈念自己走进小区，这才没过多久就被抬着出来了。

医护人员是按了密码进来的，他们冲进卧室就看到蜷缩成一团的沈念。

胃溃疡患者还喝那么多酒，好在及时送到医院，没什么大问题，但是得挂水。护士来给她打上针，又嘱咐了几句，才端着托盘离开。

沈念躺在病床上，沉默地盯着天花板。想到什么，她摸起放在旁边的手机。被医生抬上担架的时候，别的东西都没来得及拿，但这个手机一直被她随身携带，像护身符一样。手机看着很旧，是好几年前的款式了。

按到手机侧旁的按钮，屏幕亮了起来。按了密码解锁，沈念点进图库，里面只有一张照片，是一张女孩的蓝底证件照。照片里的女孩看着很青涩，一双眼睛里好似有星星，微卷的空气刘海衬得人也显得俏皮了几分，瓜子脸、大眼睛，再配上一个迷人的笑容。

沈念盯着女孩的笑颜发呆。不知道看了多久，她才回过神来，退出图库。手机屏幕很空，就连软件都只有自带的不可删除的那几个。她又点进短信消息，里面同样很干净，只有一条名为"凌蕊"发来的短信，发送短信的时间是四年前。

看着那条她不知道看过多少次，熟悉到一字一句，甚至连标点符号都已经刻进骨子里的消息，恍惚间沈念又回到了那一天。

那天是陆凌蕊的生日，她和陆凌蕊一起去找陆凌川吃饭。陆凌川是陆凌蕊的哥哥，那个时候也是她的男朋友。

必经的那条路一向拥堵，堵车是经常发生的事。

之前陆凌蕊偶然发现了一条小路，从一条人迹罕至的小巷穿过去，能省下不少时间。

那天，她们如往常一样从小巷里走，却被两个身材魁梧的酒鬼挡住了路，两个酒鬼喝多了，起了歹心。陆凌蕊拦住了那两个酒鬼，让她赶紧跑。

然后，她跑了。等她找到救援匆匆赶回来的时候已经晚了。那两个酒鬼当时逃了，只剩下陆凌蕊一个人留在原地，神色呆滞，眼里已经没了光。

那天之后，陆凌蕊变了很多，整天浑浑噩噩的，不爱笑，也不爱说话了。

一个月后，陆家传来消息，陆凌蕊失踪，所有人都在寻找陆凌蕊，直到传来她车祸的噩耗……

最后，事故调查的结果显示对方是正常行驶，没有任何违规驾驶行为，是陆凌蕊当时精神恍惚，出事前低头抓着手机不知道在看什么，没有注意到周遭的路况，这才发生了不幸。

也是在那个时候，沈念收到了来自陆凌蕊的短信，一条还没有打完字就发送过来的短信。

念念，这些天我想了很多，我不后悔让你先跑，当时那种情况，如果你不走，咱们两个人一个也逃不掉。可是我……

沈念的睫毛颤抖得厉害，眉头紧锁，舒展不开。

自从陆凌蕊过世后，她不知道做过多少次这样的梦，像电影倒带般一次又一次地回到那一天。

梦里的陆凌蕊还像当年一样用单薄的身躯挡住所有伤害，朝着她大喊："念念，你快跑！"

"小蕊……"沈念睡得很不安稳,呓语着,"对不起,对不起……"

感觉有人在摸她的手,沈念猛地睁开眼睛。

"小蕊!"

正小心翼翼地帮她把手放进被窝里的护士吓了一跳,见沈念盯着自己,护士连忙解释道:"第一瓶点滴挂完了,我来帮你换药水。看你挂水的手一直在动,我怕鼓包,所以……"

从噩梦中惊醒,沈念的呼吸有些急促,听到护士的话,她才慢慢从梦境中回到现实。

沈念这才反应过来自己在医院。旁边是挂点滴的架子,护士的手里拿着一个空瓶。

"抱歉,我做噩梦了。"沈念平复着呼吸。

"没事,你继续休息吧,等这瓶挂完了叫我。"说完,护士拿着空瓶离开病房。

沈念另一只没有挂水的手搭在额头上,平复着情绪。

晚上应酬的时候喝了太多酒,迷迷糊糊地就睡着了。睁开眼睛,拿起手机看了一眼时间,她才睡了二十多分钟。

把手机解锁,还是刚才的短信页面,沈念看了一遍又一遍,然后鬼使神差地点了最上角的拨通电话的按钮。

"对不起,您所拨打的号码是空号。"

沈念挂断,再次拨通。

"对不起,您所拨打的号码是空号。"

"对不起……"

盯着那串熟悉的号码,沈念的眼睛通红。一滴滚烫的泪珠掉在屏幕上,她失魂落魄地看着那条短信,一遍遍地拨打着那个号码,再也没有了睡意。

…………

沈念在医院住了一晚上,再次睁眼,外面已经阳光明媚。病房的窗帘没有拉上,外面的阳光透过窗子照进来。

睡了一觉,她的精气神显然好了很多。想伸个懒腰,这才感觉自己的手好像被人握着。

沈念扭头,就看见一个男人伏在病床边。

沈念一眼便认出了是谁,因为没有想到他会出现在这儿,沈念愣了一下,眼底闪过一抹惊讶之色。

不等沈念说什么,她刚才轻微的动作已经惊醒了男人。

萧沐白守了她很久,半个多小时前才勉强眯着,虽然在休息,但一直紧绷着神经,所以沈念轻轻动了一下,萧沐白便立即醒了。他一睁开眼睛,就见沈念在盯着自己。

看到萧沐白,沈念觉得意外:"你怎么来了?"

沈念的手有些凉,萧沐白轻轻皱了下眉,十分自然地握住她的手,将自己手心的温暖传递给她。

"昨天加完班路过你那儿,之前你问我要的资料还放在我车里,想着正好顺路给你,刚到小区门口,保安就和我说你被救护车带走了。"一般高档小区的安保会严格登记进入小区的陌生面孔,询问对方的身份、拜访人的信息,登记完身份信息,保安才会刷门禁卡让其进去。

萧沐白在提到沈念的时候保安就知道了,并告诉了他发生在沈念身上的事情。然后,他就找了附近的几家医院,终于找到了沈念。

沈念听完,点了点头,原来是这样。

萧沐白看着她,温和的眸子里此刻满是关心:"念念,明知道和他已经不可能了,对自己好一些。"

沈念怔了怔:"是我欠他的……"

"你不欠任何人。"萧沐白纠正她,"当年的事情是意外。"萧沐白看着她,"念念,你应该学会释怀。"

"我怎么能释怀……"沈念垂眸,盯着自己的手,脸上闪过一抹痛苦的神色,薄唇微微颤抖着,"原本她应该有大好人生的,都是因为我……"

"念念……"

"我站在深渊里,没人能救我……"谁也不能……

…………

在萧沐白的坚持下,沈念做了全套体检,结果不太理想。

常年的饮食不规律让她的胃部很不好,加上抵抗力也差,如若还不好好调理,继续拖下去,只怕会越来越严重……

萧沐白十分在意这件事,一直在认真地听医生的嘱咐,反倒是当事人对自己的身体毫不关心,如同癌症晚期的病患,已经放弃了生的希望。

萧沐白不放心沈念,想让她住院观察两天,但沈念不愿意,执意要出院。

对于沈念的要求，萧沐白向来不会拒绝，唯一坚持的是要让医生开药调理。

现在这个时候正好冰消雪融，春暖花开，天气已经开始变得暖和，但还没热起来，空气中的风还泛着丝丝凉意。

萧沐白跑上跑下，帮沈念拿好了药，然后又办理了出院手续。

刚从医院出来，一阵凉风扑面而来，沈念不禁打了个寒战。

萧沐白想都没想，立刻脱下自己的风衣给她。

看到萧沐白递过来的外套，沈念下意识就要拒绝："不用……"

"穿上。"他向来很好说话，难得态度这么强硬，"是要让我亲自帮你穿上吗？"

沈念还想说的话被他这句话堵在喉咙口。沉默了几秒钟，她还是默默地伸手接过了他的风衣，穿上。温暖包围了她的全身，鼻端萦绕着浅浅的、属于萧沐白的味道。沈念拢了拢身上的风衣，低声道："谢谢。"

看她听话了，萧沐白的脸色这才缓和过来，带着她去医院的停车场，开车送她回家。

一路上两个人都一言不发，车内的气氛有些凝重，直到车子开到了沈念居住的高档小区门口，停下。

沈念瞥了一眼小区大门，扭头又看驾驶座的萧沐白，见他要解安全带，她开口："送到门口就行，我自己进去。"

萧沐白却道："我送你。"

沈念皱了下眉，不太想麻烦他，便随便扯了个理由："小区门口不让长时间停车的，而且已经到门口了，我可以自己回去的。"

一般高档小区门口都有保安盯着，是不允许车子停太久的。萧沐白的车也就停了一分钟不到，门口盯着的保安见车上一直没人下来，已经朝着这边走来，准备让他把车开走了。

看了一眼附近的停车位，萧沐白把车调了个头，不远处有个可以停车的地方。他将车稳稳地停好，解开安全带，将放在旁边的沈念的药拿起来，"走吧。"然后打开车门。

萧沐白已经下车，沈念也找不到其他拒绝的理由，默默地解开安全带跟着下了车。

负责开门的还是昨晚值班的保安，两个人一前一后进了小区，保安看到沈念，立刻关心地问道："沈小姐，你没事吧？"

沈念看着还是很虚弱，但和昨天比已经好很多了。她的声音很好听："没什么事，就是有点身体不舒服，不碍事的。"

保安是个中年男人，看起来十分憨厚老实。听到沈念的回答这才放心下来，看着她的脸色依旧苍白，又关心地多说了一句："年轻人在外边可得照顾好自己。"

"嗯。"沈念应了一声，"谢谢。"

沈念是小区的住户，已经住了几年了，所以保安是认识她的，但保安不认识萧沐白。见保安的眼神看过来，萧沐白笑了笑，主动开口："我是她哥，刚把她从医院接回来，得把她送到家门口，不然我不放心。"

保安点了点头，表示理解，拿着卡去帮他们开门。

萧沐白感谢道："谢谢师傅！"

进了小区，又走了一小段路才到了沈念住的那幢楼下。

沈念没有进去，而是停下脚步，把身上的外套脱下来还给他。

萧沐白没说什么，把外套接了过来，然后又将手上拎的袋子递给她。

"这里面的药我已经让医生在盒子上标注了，每种药一天吃几次，一次吃几颗，都写得很明白，别忘记吃。这两天先请假在家里休息，有什么需要我帮忙的就给我打电话，你知道的，我的手机二十四小时开机。行了，别在楼下站着了，有些冷，你赶紧上去吧。"

沈念接过袋子，低头看着。

见她一直站着不进去，萧沐白刚想问怎么了，沈念抬头看着他，神色认真地道："萧沐白，以后咱们别联系了。"她的神色非常郑重。

萧沐白愣住了。

"为什么？"他问，"是我哪里做得不好吗？"

沈念摇摇头："你很好，我也很感谢这些年你对我的帮助，但咱们不是一个世界的人。"她看着他，一字一句都透着认真，"你是一个好人，能配得上你的女孩应该温柔、善良，而不是我这种人。"

萧沐白很好，所以他应该幸福。

萧沐白回过神来，反问她："你又怎么知道我心里那个温柔、善良的女孩不是你？"

沈念微张了一下薄唇。

萧沐白看着她，说道："这些年你一直执拗地认为陆凌蕊的不幸都是因为你那时候没有拉着她一起跑，你跟着陆凌川就是为了赎当年的罪过。而在我这里，我也同样执拗地认为你是一个好女孩，守护你，我心甘情愿。"

沈念出了神，眼眶微红。她很快敛下眸子，掩去了她的情绪。

萧沐白想伸手擦掉她的泪珠，终究还是尊重她，和她保持距离，只是将手放在她的肩上，郑重地道："当年那件事不是你的错，你也是受害者，你和陆凌蕊都是受害者，错的是那两个酒鬼。所以不要再伤害自己了，你一直不肯原谅自己，要是陆凌蕊知道，她该有多伤心？"

沈念的肩头微微颤抖着，泪水像洪水一般，她低声呜咽着，泣不成声。

萧沐白将她拥入怀里："沈念，别把我当成是你的压力，对你好是我心甘情愿的。我只想告诉你，我会一直陪着你。"

不远处，陆凌川站在石子路上，面无表情地看着前面。他身上还是昨天那身西装，过了一晚，衣服凌乱了很多，领带微微扯开，西装上的褶子与他的气场格格不入。

男人幽邃的黑眸仿佛没有底，如同能将一切吞噬的黑洞。也不知道过了多久，他的身子动了动，没有走过去，而是转身大步离开。

…………

和萧沐白分开之后，沈念上了楼，用指纹打开大门，然后将门关上。

昨天因为医生冲进来，家里有些乱。

沈念没在客厅多待，直接进了卧室。

卧室还和昨天她离开时一样，就连掉在地上的东西都没捡起来。看来陆凌川昨天并没有回来。

沈念深吸一口气，调整好情绪，先弯腰把地上的包拿起来，又把掉在地上的口红、小镜子一一捡起来放回包里，把包放在旁边的桌上，将家里简单收拾了一下。

收拾完，沈念才拿着换洗衣物进了浴室。

半个小时后，沈念从浴室里出来，先拿吹风机把头发吹干，又换了身衣服，从柜子里挑了件外套上。

收拾完毕，她没有化妆，只是涂了口红，提一下气色，然后离开了家，先把垃圾放在垃圾回收处，然后走出小区。

小区门口的保安见沈念出来，惊讶地问道："怎么不在家里好好休息？"

沈念扭头看他。

保安不好意思地笑了笑，解释着："你哥走的时候去旁边的超市买了烟给我们。他说你的身体不好，需要在家休息，让我们帮他看着，别让你乱跑。"

我们不要,他非得塞给我们。"

沈念没想到,萧沐白竟然让小区门口的保安看着她。

"我有点事情处理,很快回来。"沈念开口。

保安点了点头,表示理解,年轻人嘛,肯定有自己的事情的。

"那你早点回来,别让你哥哥担心。"

"好。"

和保安说完话,沈念走出小区,用手机软件叫了车。

今天在医院做了检查,回来之后又收拾房间、洗了个澡,到公司的时候已经下午一点多了。

"念姐!"看到沈念来了,一个坐在工位上的年轻小姑娘立刻站起来,"念姐,你怎么现在才来啊?不会是昨天应酬太晚,现在才醒吧?"

"嗯。"沈念顺着她的话就应下了,看着面前脖子上挂着实习工牌的小姑娘,问道,"玲玲,收到合同了吗?"

此话一出,旁边几个同事忍不住打趣她——

"要不怎么说念念你是咱们公司最拼命的拼命三娘呢。"

"可不,昨天跟着陆总出去进行商务洽谈,今天酒醒就立刻过来了。"

"沈助理,你才二十多岁就这么努力,这让我们这些快奔三的姐姐们情何以堪啊。"

"再大的项目,只要沈助理出马,拿下妥妥的。"

沈念浅浅地露出笑容。

正巧这时一名女员工走来,看到沈念来了,眼睛一亮:"沈助理,对方已经把合同模板发过来了,让咱们看看。我打印出来一份,你瞧瞧有没有问题?"

"嗯。"沈念从女员工的手上接过合同,从头到尾仔细看了一遍,确定没有问题后抬头看着女员工,"没问题,你再拿给陆总最后确认一下,陆总也确定没问题后,再打印两份,然后安排签约仪式。"

女员工接过合同,迷茫地眨了眨眼睛:"可是陆总今天还没来啊。"

"没来?"沈念蹙了一下眉。

"是的。"女员工点头说,"陆经理说陆总有事,今天不会来了,工作方面的问题能自己解决的自己解决,重要的交给陆经理。"

"沈念。"女员工的话音才落,身后便传来一个男人的声音。

沈念扭头,就看到一个男人,更准确地说,应该是男孩。他看着也就二十出头,很青涩的大男孩,个子很高,和陆凌川有三四分相似,最大的不同应该是眼睛。陆凌川在商场多年，见惯了尔虞我诈，他的目光是凌厉深沉的，而男孩的眼睛里更多的是纯粹。

沈念先让同事们好好工作，然后朝着男孩走去。

"是有什么事需要我确认吗？"她问。

"不是。"男孩看着她，"是我想找你谈谈。"

沈念愣了一下，随即了然："那去休息区吧。"

"好。"

凌蕊集团为员工配备了专门的休息区，工作累了可以来这边休息。旁边的桌子上摆着咖啡机、矿泉水，还有各种果汁，桌子上放着小零食，一旁还有冰箱，公司请来的甜品师傅每天都会在里面放甜品供员工食用。

沈念坐在凳子上，看着面前的男孩："有什么事？说吧。"

陆凌晨看着她："你怎么今天来公司了？"

"我怎么不能来公司了？"沈念笑着问道。

陆凌晨没有说话，只是默默地看着她。

沈念脸上的笑容僵硬了一下，随后缓缓消失。

陆凌晨起身。每个休息台旁边的桌子上都会放着一个恒温壶，以便有员工需要的时候随时都能喝到热饮。陆凌晨倒了一杯热水回来，把杯子放在她的面前。

"谢谢。"沈念拿起杯子，抿了一小口。

"念姐。"陆凌晨看着她，认真地开口，"你辞职吧，离开公司，离开京市。"

闻言，沈念抬头看他："原因？"

"重新开始。"陆凌晨道。

沈念盯着他没有说话，气氛变得凝重起来。

不知道过了多久，沈念没忍住，低笑出了声："重新开始……"她笑着摇了摇头，"哪有什么重新开始？人生只有一次，没有重生。"

"而且……"顿了顿，沈念看着陆凌晨，认真地说道，"这话不应该从你的嘴里说出来，陆凌晨，你姐姐当年发生的不幸，我有不可推脱的责任。"

提到姐姐，陆凌晨的呼吸有些急促，他盯着沈念："所以，你觉得我姐当年会出事，是因为你？"

沈念的神色变得恍惚："是我的错。"

陆凌晨道："有些事情是没有正确答案的。"当年的事，沈念有错吗？说她没错，可她留下陆凌蕊独自面对一切。可说沈念有错，当时那种情况下，就算沈念留下来，也只不过是多一个受害者而已。她救不了凌蕊，同样也保护不了自己。

听到陆凌晨的话，沈念没忍住，"扑哧"一声笑出了声。她喝了一口水："没想到你一个小屁孩还能说出这种话。"陆凌晨是陆凌川和陆凌蕊的弟弟，不管他多大，在沈念的心里，他也是自己的弟弟，是个小屁孩。

陆凌晨却认真地道："曾经的我也非常恨你，但后来我理解了这句话，所以我不恨你了。"他又接着说道，"我爸妈和我哥都怨你当年没有带凌蕊走，让她一个人面对一切，才会发生后面的事情。你也知道，凌蕊的离世对我们家造成的打击。"

因为最爱的女儿过世，他们即便清楚当年的事情沈念也是受害者，也很难接受她，因为看到她，便会忍不住想起陆凌蕊，想起那场不幸，想起早逝的女儿。

"忘记当年的事，换个新的城市，重新开始。"陆凌晨认真地建议道。

沈念没反驳，只是神色有些恍惚，停顿了好一会儿才开口，"回忆是惩罚，惩罚念旧的人。"她收回目光，看着陆凌晨，神色认真地道，"我不会离开，凌蕊当年牺牲自己护住了我，我欠她的，我心甘情愿地接受一切的怨和恨。"

听到这话，陆凌晨匪夷所思地看着她，脸上露出不可置信的表情。

"你是个疯子。"过了半响，他说出这句话。

沈念笑着道："或许吧。"

"还有事吗？没什么事的话我就先走了。"说完，沈念站起来。

"我哥给你批了一个月的假。"陆凌晨开口道，"这一个月你好好休息，因为怕影响不好，营养品我放在我的车里了，待会儿跟我去一趟停车场，把工作交接一下，你就可以去休假了。"

沈念皱眉道："我不需要。"

"这点由不得你。"陆凌晨也站起来，"未来一个月我哥不会经常来公司，所以也不需要你，你安心休假，下个月再来上班。"

这句话说完，不管沈念愿不愿意听，陆凌晨又告诉她："我哥的年纪不小了，我妈很关心他的婚事，所以托人帮我哥挑选相亲对象，短时间内我哥都会忙这件事。"停顿了一下，他又补充了一句，"你知道的，凌蕊过世之后我妈深受打击，无论我妈提出什么建议，我哥都会顺从。"陆凌晨认真地盯着沈念的脸，不放过一丝她的表情。

沈念倒比他预想中的还要淡定，她的脸上没有过多的情绪，只是淡淡地应了一声，然后就离开了。

....

之前公司一直在忙合作的事，现在已经谈下合同，公司也没其他重要的工作，沈念把手上还没处理完的几个小项目交给下面的人，准备锻炼一下她们。

之后的一个月，沈念待在家里休息，每天睡觉，发呆，日子过得倒也清闲。

那天之后，她再也没见过陆凌川，沈念虽然在家待着，但一直和蒋玲玲保持着联系。

蒋玲玲就是那个实习生，就读于B大，现在读大四，出来实习，不过也二十二岁了，比沈念小一些。

不过因为沈念是凌蕊集团的元老级员工，公司刚成立她就在公司了，加上能力出众，所以比她小的都会叫一声"念姐"，而比她大的同事对她也十分尊重。

"有问题的几个地方我已经给你标出来了，你改好再去复印。另外，凡是白色文件夹的文件，里面的内容一定要反复检查，确定内容无误后交给陆凌晨经理，让他再过一遍，之后他会交给陆总。"

电话那边传来蒋玲玲充满阳光的声音："谢谢念姐，还好有你帮我，让我少挨了不少骂。念姐，你快给我传授一下工作经验，我总不能一直烦你吧。"

沈念坐在沙发上，腿上盖着一条薄毯，闻言她笑了笑："我没什么可传授你的，积累经验就行。"

在公司里，沈念无时无刻不在努力工作，其他员工会趁着不注意去休息区偷个懒，而沈念却是那个特殊的存在。所以员工们私底下都说沈念二十多岁的年纪，却有着四十岁的心。她的稳重和定力的确不是二十多岁的人能有的。

沈念在公司从来不会谈及自己，其实她的话很少，只有在讨论工作的时候她才多说几句，其他时候多数都是安静的。

难得听她多说话，蒋玲玲立刻追问："念姐，我听莹姐和楠姐说你在公司的年头比她们还久，可你不才比我大一点吗？按理说这个年纪应该像我一样刚出来实习才对。"最多也才刚上班一年。

沈念很耐心地回答她："我读的A大，A大的毕业要求和你们B大有所不同。在A大只要你修满学分有毕业资格了就能提前毕业，而且我还在学校的时候就已经跟着陆总创业了。"

"哦，原来是这样啊。"蒋玲玲恍然大悟，又问道，"不过，念姐，你长得那么漂亮，还这么优秀。你提前毕业，你们学校那些爱慕你的男生估计都要哭死了。"

沈念只是笑笑："行了，你去忙吧，小心被抓到偷懒扣你的工资。"

"嘿嘿。"那边的蒋玲玲俏皮地吐吐舌头，"其实念姐也不像她们说的那样……"

"什么？"沈念问道。

"哎呀……就是有人说念姐你是一个很严肃的人，看着很难相处。不过我并不觉得啊，从我来公司开始，念姐你就一直很照顾我。"蒋玲玲趴在休息区的桌子上，一只手拿着手机，有些不解地道，"念姐，你为什么对我这么好啊？"

实习生在没有经验和能力的时候，是很容易被忽视的。

为什么要对她好啊……沈念的神色恍惚，"因为……你很像我最好的闺蜜。"

"闺蜜？"蒋玲玲坐起来，连忙追问道，"是吗？哪里像啊，长相？性格？还是什么？"

沈念忍俊不禁："你俩长得不像，年纪……她比你要小一些，但你笑的时候很好看，每次看到你笑，我就好像看到了她。"

"比我小啊……"蒋玲玲还以为沈念的闺蜜会和沈念差不多大呢。

当年陆凌蕊的事陆家掩盖得很严实，陆凌川从来不会对外说关于陆凌蕊的事，所以公司里的员工只知道陆凌川有个弟弟叫陆凌晨，并不知道他还有个妹妹。蒋玲玲不知道真相，所以想也没想就开口问。

"念姐，你的身体好了吗？好了的话咱们三个这个周末出去逛街吧！我发现一家非常宝藏的 DIY 小店，里面可以自己画画，也可以自己做东西，手工 DIY 很有意义，正好我还在愁没人陪我去，咱们三个去吧！怎么样？"

蒋玲玲兴致勃勃地提着建议，已经开始计划周末该怎么玩了。

听到蒋玲玲的话，沈念微微一愣："她去不了。"

"啊？为什么啊？她很忙吗？"

"她已经不在了。"沈念道。

懵懂的蒋玲玲还没往那方面想，只觉得有点听不懂沈念话里的意思。

知道蒋玲玲没听懂，所以沈念很直白地开口："她几年前因为车祸过世了。"沈念的声音淡淡的，没有一点起伏。

蒋玲玲直接蒙了。啊……她没想过会是这样。回过神来，蒋玲玲连忙开口道歉："对不起！念姐，我不知道会是这样，我不是故意的。"

"没关系。"沈念低头看着放在膝盖上的照片，神情恍惚，带着些迟钝，好似被抽去了灵魂，有些失魂落魄的。

"你好好工作吧，我过几天就回公司了。"

"哦……好。"知道自己戳到了沈念的伤心事，蒋玲玲感到有些愧疚，不敢再说什么，乖乖地挂了电话去工作了。

沈念将手机放在旁边，盯着手上的毕业照。她们的毕业照位置是按前女后男排的，她和陆凌蕊都是一米六八的个子，在女生里算是比较高的，所以站在第二排。

照片里，她和陆凌蕊并肩站在中间，她的唇角勾起浅浅的弧度，旁边的陆凌蕊笑得很开心。

蒋玲玲笑的时候真的很像她。

沈念看得出了神。

不知道过了多久，她才缓缓地收回视线，轻轻拭去照片上不存在的灰尘，拿过放在茶几上的自封袋，把毕业照放进去。

起身，将沙发的垫子抬起一点高度，毕业照放进去，用垫子压住。

陆凌蕊过世后，关于她的一切便都成了不可提起的禁忌，沈念正是知道这一点，所以从来不会让陆凌川知道。

…………

几天后，沈念的休假结束。

开始恢复工作的第一天，沈念和往常一样起床洗漱、化妆，然后打开衣柜挑选衣服。

以前陆凌川经常会在这边留宿，衣柜里有很多他的衣服。他的白衬衫和她的白裙子挂在一起，看着显得如此和谐。

沈念一时失了神，下一秒立刻清醒过来，她狼狈地收回目光，拿下旁边的白领套装，甩了甩头，将那些不该存在的憧憬全部抛出去，用最快的速度换好衣服，收拾好之后出门。

沈念到公司的时候还没到上班时间，只有几个员工提前到了。

看到沈念，他们打招呼。

"沈助理。"

"沈助理，早上好。"

"嗯。"沈念应了一声，先把包放在自己的工位上，随后走向一名员工，拿起他面前的文件，"这两天的工作进度和我说一下。"

先从员工那边了解了进度，今天有一个比较重要的会议，预计需要两个小时，这个会议需要准备一些资料。

沈念把待会儿要用的资料检查了一番，确定没问题之后这才让人拿去复印。

还没到正式上班时间，员工们也有时间说笑。

"沈助理，你果然是咱们公司最能拿得出手的拼命三娘。"

"还没到上班时间，沈助理就忙起来了。"

沈念微微一笑，回答道："你们也去准备吧，还有两分钟上班，等陆总来了，抓到你们聊天，小心扣工资。"

两名员工面面相觑，然后道："陆总早就来了啊。"

沈念微微一愣："你确定？"

"对啊。"其中一名员工点头，"昨天的项目没赶完，所以今天我提前一个小时来公司赶项目，正好和陆总一起到的，现在陆总正在办公室里呢。"

沈念收回目光，淡定地开口："我知道了，你们继续忙吧。"说完，她拿着手上的资料回到自己的办公桌前。

把资料放在桌上，沈念想了两秒钟，还是扭头朝陆凌川的办公室走去。

"嘭、嘭、嘭"，不重不轻的三声敲门声，里面传来男人淡淡的声音："进。"

沈念推开门进去，男人正在低头写东西。他只穿了一件衬衫，连领带都没有系。不知道是不是沈念的错觉，她总觉得一个月不见，他消瘦了很多。

"你在看什么？"耳边传来男人没有感情的质问，沈念后知后觉地回过神，直接对上他清冷的目光。

沈念这才发现自己刚才出了神，连陆凌川什么时候抬的头都不知道。她立即垂下眸子躲开男人的目光，低声道："陆总。"

男人的眼神在她低头的那一瞬间变得更冷。

沈念低头，正如平常助理般的恭敬地回答道："陆总，我是来找您复职的。"

陆凌川冷冷地看着她，沉默不语。

手机来电的铃声打破了办公室里的安静，陆凌川的眼睛依旧盯着她，随手抓过放在旁边的手机，按下接通然后放在耳边。

"喂。"他的话向来不多,自从陆凌蕊过世后,他变得更加寡言少语,身上带着寒意。

"我在公司。"

"已经见过了。"

"我知道,我会解决。"

只说了四句话,陆凌川就挂了电话。把手机放回桌上,男人这才施舍般地"嗯"了一声。

沈念知道男人这声"嗯"是回复自己的,她开口道:"陆总,没什么吩咐的话我先回去了。"说完,她转身准备离开。

"等等。"男人叫住她。

沈念的脚步一顿,重新转回来,等候他的吩咐。

陆凌川盯着她:"下班之后去买一对耳环,花多少钱都没关系,公司报销。"

"……是。"

之后一天的工作非常枯燥,像往常般整理资料,分合同,向陆凌川汇报工作。

其实两个人平时就是这种相处模式,白天他们只有处理不完的工作,不会多说一句废话。只有在晚上,陆凌川才会将他心底无尽的怨恨发泄出来,互相折磨。他们的感情,终究是见不得光的。

下班后,沈念没有立刻回家,而是打车去了一个地方。

这里是京市较为繁华的一个商业区,各路大牌的线下店附近都有。

沈念一个人踏上电梯,看着前面一对吃冰激凌的小情侣,再看前面手牵着手一起喝果茶的闺蜜。只有在这个时候,沈念才发现,原来自己是这么孤独。

到了卖奢侈品的那一层,沈念先看了一圈,最终走进其中一家店。

一进店里,便有销售专员上前接待。

"你好,请问需要什么吗?我们家新品上架,有几款包很不错。"

"不用。"沈念不喜欢浪费时间,"有耳环吗?"

"当然有,这边请。"

沈念被带到旁边的首饰区,销售专员很快拿过来几个盒子。

"这几款都是我们店卖得不错的耳环,很适合像您这样漂亮有气质的小姐姐,您看怎么样?"

沈念对首饰了解得不多,只觉得哪个都不错。她随便挑了一个:"这个可以。"

听到她的话，销售专员立刻笑着开口道："是的，我们家这款耳环的销量一直很好，很多准新娘都会选择这款配婚纱的，就算平常戴也不会觉得复杂。"

准新娘。沈念突然想起之前陆凌晨的话，陆凌川正在相亲。这对耳环应该是送给相亲对象的。

"就这个吧。"她回了神，淡淡地开口。

"好的，小姐，我这就给您包起来。"销售专员立刻去打包。

趁着打包的工夫，沈念盯着首饰柜没有目的地看。目光突然停顿一下，一条向日葵项链进入她的视线。看到那个小小的向日葵，沈念的耳边突然响起曾经和陆凌蕊的对话。

"念念，你有喜欢的花吗？"

"我对花没有特别喜欢的，也没有不喜欢的。"她对花没有研究。

"念念，你真无趣……不过我很喜欢一种花！"

"什么？"

"向日葵！"

"……向日葵也算花？"她对花并未深入了解过。

"当然啊，向日葵又叫太阳花。我妈妈就很喜欢向日葵，每年的结婚纪念日，我爸都会送我妈一束向日葵，我妈妈说，向日葵是代表太阳的花，它每时每刻都充满了阳光！虽然它不是花里最好看的，但我就是很喜欢！"

"小姐，您的耳环已经打包好了。"

销售专员的声音打断了沈念的思绪，她收回目光，从销售专员的手上接过袋子，说了声："谢谢。"然后指向柜子里的那条向日葵项链，"这个也给我包起来吧。"

"哦，好的。"

…………

买好东西后，沈念又随便找了家快餐店解决了自己的晚餐，然后才回家。

回到家里，她先把买的东西放在沙发上，随后进了浴室。

半个小时后，她洗完澡刚从浴室里出来，门口传来电子锁开门的声音。

沈念围着浴巾，呆呆地站在原地，就见陆凌川开门进来。

男人掀起眼皮瞧见了她，没有说话，打开旁边的鞋柜，换上自己的拖鞋，然后走进浴室。

沈念没想到今天陆凌川会过来，一时有些不知所措，回过神来，立刻擦干头发，然后换上睡衣。

很快，陆凌川也从浴室里出来，他身上穿着睡袍，头发没有擦得很干，还有水滴顺着他的后颈往下流。

沈念的目光停顿了一下，几秒钟后去外面的晾衣架上拿了一条毛巾，回来的时候陆凌川正坐在床边低头拿着手机回邮件。

沈念先上了床，认真地帮他擦着头发。

男人正在回邮件的手一顿，不过很快又恢复正常。

他们之间已经习惯了这种无言和安静。

帮他擦好头发，沈念又走到客厅，将今天买的耳环拿过来。

"这是你让我买的耳环。"

"嗯。"陆凌川一如既往的话少，"放在桌子上。"

"好。"

然后，两个人没话说了。

又沉默了一会儿，沈念觉得有些头疼。或许是习惯了休息，忽然忙碌起来倒有些不适应了，她揉了揉眉心，脸上带着些许疲倦。

先去客厅用吹风机把头发彻底吹干，沈念回到卧室上了床，躺在自己这边，很快就睡着了。

听到身后没了声音，陆凌川正在敲打屏幕的手指一顿。他侧头，看着那张已经熟睡的睡颜，眸底闪过深沉和复杂，终究还是没说什么。

这些年沈念的睡眠越来越差，现在随便发出一点声音就能把她吵醒。所以在陆凌川上床的那一刻她就醒了，紧接着听到"咔吧"一声，是关灯的声音。

此刻，沈念的脑子彻底清醒过来，不过她没有睁开眼睛，依旧保持着不变的姿势。她能感觉到，他在盯着她。

陆凌川的两只手撑在沈念的身体两侧，黑暗中他只能隐约瞧见她模糊的轮廓，可她那张脸，一点一点都刻在了他的脑子里，想忘都忘不掉。他突然低头狠狠地噙住她的唇，发了狠地撕扯着，似乎是将自己压抑在心底的恨全部借此发泄出来。

对他而言，沈念是让他上瘾的一种毒，让他这辈子也无法戒掉的毒。他对她，又爱又恨。每次看到沈念的脸，他便控制不住地想到凌蕊，想到凌蕊躺在那里，已经没有气息的模样。

沈念没有回应，也没有挣扎，像个已经没有灵魂的木偶，任由他发泄着自己心中的怒意。

不知道过了多久，陆凌川才大发慈悲地放过她。

"沈念。"他叫她。

她不回答。

"你知道我有多恨你吗？那时候你为什么不带她一起逃？"说完这两句话，陆凌川松开对她的束缚，躺在旁边，背对着她。

黑暗中，沈念缓缓地睁开眼睛。她的眼前一片黑暗，正如她的人生，前路也是一片黑暗。睫毛颤抖了一下，沈念也在想陆凌川的话。对啊！当时的她为什么不带着陆凌蕊一起逃？为什么让陆凌蕊一个人面对一切？为什么没有早点赶回去？为什么……

她想，她知道陆凌川对她有多怨，因为这些年，她也活在痛苦的自责当中。这些问题，她曾经问过自己无数遍，为什么？为什么……

没人告诉她答案，因为她自己都不知道。

这一夜，两个人虽然同床，但是异梦。

第二天，沈念醒来的时候旁边已经空空，她摸了一下床单，没热度了，也就是说，他离开有一段时间了。

窗帘没有拉紧，露出一点缝隙，外面的阳光透过缝隙洒进来，沈念闭了闭眼睛，深吸一口气。她起床洗漱，在漱口时发觉下唇有些疼，她盯着镜子检查了一下，看到下唇被陆凌川咬破了一个小口子。不过还好，不仔细看的话也发现不了。她又含了一口水漱了漱口，将牙刷和杯子放在旁边的台子上。

收拾好，然后出门。

忙碌了一上午，中午时，沈念把资料整理完才下楼去公司的食堂吃午饭。

她习惯了一个人坐在角落。

正要吃饭，一个人端着餐盘坐在她对面。

沈念抬头一看，是蒋玲玲。

"念姐，我能和你一起吃饭吗？"

看到蒋玲玲脸上的笑容，沈念也露出微笑："好啊。"

"嘿嘿，谢谢念姐。"蒋玲玲开心地晃了晃脑袋。

沈念低头吃菜，不小心碰到了嘴唇的伤口，疼得她小声抽了一口气。她捂着嘴唇，嘴唇上的伤估计得两三天才能好了。

"噗——"

听到笑声，沈念抬头，就看见蒋玲玲在偷笑。

"……怎么了?"

蒋玲玲看着她,眉眼弯弯地道:"念姐,你有男朋友啦?"

沈念一愣,下一秒钟立刻否认:"没有。"

"念姐,你骗人,我都盯一上午了,你的嘴巴肯定是被男朋友咬的。"说完,蒋玲玲指了指她的嘴唇。

抿着唇,沈念一时不知道应该如何回答。刚想解释是自己不小心咬到的,对面的蒋玲玲一脸无所谓地摊了摊手。

"不过没关系啦,今天本来就是虐狗节,所有情侣都在虐我们单身狗,我已经麻木了。"

"虐狗节?"

"是啊。"蒋玲玲眨了眨眼睛,"念姐,你不知道吗?今天是5月20号,520啊,我一早起来刷朋友圈就看到好多人秀礼物、秀红包、秀恩爱了。"

是吗?若不是蒋玲玲提醒,她都不知道已经快要到六月份了。

"我没注意。"沈念收回眼底一抹稍纵即逝的异样,解释道。

蒋玲玲吃了一口饭:"念姐,你的男朋友会送你什么啊?鲜花还是戒指?念姐,你这么优秀,又这么努力,你的男朋友肯定想赶紧把你娶回家吧?"

"别胡说。"沈念小声开口。

发现沈念有些不高兴了,蒋玲玲默默地闭上嘴巴。

…………

下午六点,准时下班,和其他同事道了别,沈念站在路边拿出手机准备打车回家。

她正要点开打车软件,一条信息跳了出来。

来路口转角。

是萧沐白的短信。

路口转角……

沈念朝某个方向看了看,想了一下,还是走了过去。

走了三分钟左右才到萧沐白所说的路口转角,路边停了一辆熟悉的车。沈念微微感到惊愕,加快脚步走过去,拉开副驾驶的门坐了进去。

"你怎么来了?"沈念问。

萧沐白的一只手搭在方向盘上,漫不经心地敲打着方向盘,见沈念来了,他笑了一下,随后扭头把放在后座的花拿过来,递给她:"生日快乐!"

看到面前的向日葵花束，沈念的眼底闪过一抹惊喜："没想到你记得。"

"当然。"萧沐白笑着道，"你的生日我怎么会忘记？"他努了努嘴，"我记得你一直很喜欢向日葵，没买错吧。"

"没有。"沈念接过花，脸上难得露出笑容，她抚摸着向日葵，问他，"现在这个季节是没有向日葵的，你在哪儿买到的？"

"可不是，为了这么一束向日葵，我差点把城里大大小小的花店都跑了一遍。"他像是聊家常般和沈念分享着自己的买花囧途，"有的花店老板问我为什么这么执着，非得买向日葵，我说送女孩子，当时老板看我的眼神像是在看神经病。"

估计老板也是头一次听说给女孩子送花送向日葵的。送向日葵干吗？为了嗑瓜子吗？

"不过你喜欢就好。"只要她喜欢，跑再多的花店也是值得的。

沈念看着怀里的那束向日葵，笑得很开心："谢谢！我很喜欢。"

看得出她是真的很喜欢，萧沐白这才松了一口气，想到什么，又转身把放在后面的纸袋拿过来："喏，这是生日礼物。"

"礼物？"

"嗯，看看喜不喜欢？"

沈念用一只手抱着向日葵，腾出另一只手把纸袋里面的盒子拿出来，打开盒子，里面是一条白裙子，又简单又干净。她扭头看向萧沐白。

"记得第一次见你的时候，你就穿了一条白色的裙子，我觉得这个颜色很适合你。"萧沐白道，又朝着她的职业装努嘴，"今天过生日，穿漂亮点。"

她最喜欢的向日葵，最喜欢的白裙子。看得出来，他是真的用了心。

"谢谢，我很喜欢。"

听到沈念这么说，萧沐白这才彻底放下心来："今天是你的生日，我能请你吃个饭吗？"

沈念"扑哧"一声笑出了声："好啊！有人愿意请客，我当然乐意去啊，这次我要好好宰你一顿。"

拉过旁边的安全带扣上，萧沐白发动车子离开。

先带她去了一家服装店，让她换一下衣服，随后萧沐白带她去了一个地方。

沈念不喜欢热闹，所以萧沐白要了一个包间。因为只有他们两个人，萧沐白没点太多菜，简简单单的四菜一汤，中间放着一个六寸的粉色蛋糕。虽然简单，但是带着家常的味道。

"这家店的家常菜还是不错的，你尝尝。"

沈念拿起筷子尝了一口。

"怎么样？"萧沐白看着她。

沈念停顿一下，紧接着将嘴里的菜嚼碎咽下去，"嗯"了一声："挺不错的。"

听到沈念的回答，萧沐白露出笑容。

沈念的鼻子有些酸，微微抬头闭了闭眼睛，整理好表情才看着萧沐白："谢谢你的花，谢谢你的裙子，谢谢你的生日蛋糕和你亲手做的菜。"

被拆穿的萧沐白脸上露出不自然的表情，还在嘴硬："什么亲手做的菜？你误会了。"

沈念忍俊不禁："萧先生，你的演技不错，不过厨艺出卖了你。"

她用筷子的另一头轻轻敲了一下刚才那道菜的盘沿："这么大的饭店如果聘请了一个连放多少盐都搞不清楚的厨师，估计早就倒闭了吧。"

听到这话，萧沐白立刻拿起筷子夹了一口菜放在嘴里。有点咸……他蹙了蹙眉。没想到自己精心准备了那么久，还是出现了纰漏。

"我很喜欢，真的。"沈念看着他，认真地道，"谢谢你的用心。"谢谢他的重视。

"咳……"被戳穿小心思的萧沐白感到有些不自在，他的眼睛一转，看到桌子上的蛋糕，立刻道，"头一次下厨，技术有限，不过蛋糕是我买的，保证味道没问题！先许愿？"

"好。"

萧沐白把蛋糕拉过来，拿起旁边的蜡烛插在上面，点燃蜡烛。

"快，闭上眼睛许愿，我给你唱生日歌。"萧沐白道。

沈念勉强笑笑："还是不要了吧。"她都好多年不这么过生日了，觉得有点肉麻。

"那可不行。"萧沐白看着她，一本正经地道，"一年只有这么一次许愿的机会，今天许的愿是最容易实现的。"

沈念想了想，然后摇头："我没什么愿望，不然你帮我许吧。"

"行。"萧沐白没有拒绝，盯着正在燃烧的蜡烛，认真地开口，"今天是小沈念的二十三岁生日，希望二十三岁的沈念可以放下一切，为了自己多想想，开启新的生活，开开心心地度过每一天。"

沈念怔怔地看他。

萧沐白许完愿望后扭头对上她的眸子："发什么呆？快吹蜡烛。"

被萧沐白指引着吹了蜡烛，他又拿起刀："来，第一刀寿星切。"

沈念切下一块蛋糕就要给他，萧沐白却拒绝："这可不行，这是第一块蛋糕，寿星亲自切的，是带着福气的蛋糕，应该留给自己。"他接过她手上的刀给自己切了一小块蛋糕。

"好了，我也有了。"

萧沐白不愿意接受第一块蛋糕，沈念也没有勉强。

因为萧沐白要开车，沈念的身体也不好，所以两人没有喝酒，只点了一大瓶果汁。沈念给他倒上果汁，萧沐白和她碰了碰杯子："念念，生日快乐！"

"谢谢！"

这场生日宴，虽然不隆重，但足够温馨。

沈念盯着自己面前的蛋糕，想了想，还是开口。

"沐白。"

"我在。"

"你是不是也无法理解我为什么心甘情愿地被陆家怨恨？"

萧沐白的眸子闪了闪，只是道："那件事不是你的错。"

沈念只是笑笑，没有纠结这个问题，而是问他："你知道我是怎么和陆凌蕊认识的吗？"

仿佛想到什么，沈念脸上的笑容很好看，她很认真地回忆着。

"我和陆凌蕊是同学，虽然是一个班的，但我们两个的关系很一般。你知道的，同班同学不一定关系就好，很多人毕业了都说不上一句话的。"

"在我的印象中，陆凌蕊是个没有小心思、很单纯的一个女孩，她不喜欢玩心眼，喜欢就是喜欢，不喜欢就是不喜欢，对于那些爱耍小心思的女生她也会毫不顾忌地怼回去，然后再也不和她们接触。"反正沈念从来没有见过这么大大咧咧的女孩子，和她做朋友根本不需要顾虑太多，因为她会全心全意地对你。

萧沐白非常认真地听沈念说着往事。他并没见过陆凌蕊，甚至连照片都没见过，陆凌蕊这个人只存在于沈念的嘴里。从沈念这儿，他了解到的陆凌蕊单纯、善良、阳光。

"真正和她走近的时候是在……"沈念停住，眸底闪过一抹忧伤。她垂眸，缓缓地开口："当时我家里出了事，我爸妈出去散步，被失控的车子撞到，当场身亡。"那个时候，是她人生中最黑暗的一段时间。最爱的爸爸和妈妈

一起离开了她。

萧沐白微微一愣，自从认识沈念之后，她从不提自己的父母，原本以为是她和家里人的关系不好，没想到会是这样。

"那个时候，陆凌蕊是第一个主动来安慰我的。"

那天，她一个人坐在食堂的角落里一边流泪一边吃饭，陆凌蕊端着餐盘坐在她的对面。

陆凌蕊说："沈念同学，你别哭了，叔叔阿姨看到你这样会伤心的，以后我做你的垃圾桶好不好？你有什么伤心事都可以告诉我，我替你分担。"

陆凌蕊像一抹阳光，在她的黑暗的世界里出现，照亮了她。之后，陆凌蕊带她放松，带她发泄，会很耐心地听她诉说伤心事，也会很积极地和她分享开心事。陆凌蕊说，叔叔阿姨没有离开你，他们只是换了种方式继续守护你。她问，为什么至亲的人会离开？陆凌蕊回答，因为他们想提前去下一世，为你布置好家。

"……我对陆凌蕊说，我没有家人了。陆凌蕊告诉我，以后她就是我的家人，她的家人也会是我的家人。"

沈念的眼睛越来越红，她笑，笑那个傻丫头。

"我就是在那个时候认识的陆凌川，他的学习成绩很好，所以陆凌蕊经常带我去找陆凌川，让他帮我补课，把之前落下的功课补回来。"

她一直觉得陆凌蕊是来救赎她的，有陆凌蕊，她就什么都有了。直到那年夏天——

"你见过一个阳光的女孩整天以泪洗面的样子吗？"沈念看着萧沐白，一字一句地，缓缓地开口，"我见过。"

"那天之后，她像变了一个人，不爱笑了，也不爱说话，整天把自己关在房间里。"如同失去阳光照耀的向日葵，逃不过枯萎的命运。

"她救赎了我，照亮了我的世界，可我却没有救赎她。"陆凌蕊走了，带走了她曾经给予自己的阳光。

萧沐白张了张口，想说什么，却又不知该说什么。或许，有句话是对的。没有经历别人的苦，所以没资格劝别人放下。

千言万语汇成一句："你还有我。"

沈念只是笑笑。

…………

第二章
百年校庆

　　五月的天气已经开始暖和了，或许是今天的日子特殊，即便天已经擦黑，可外边还有很多人。

　　沈念一眼望去，瞧见很多年轻的情侣，还有一家三口、一家四口，他们的手上都拿着东西，好不热闹。她扭头看向箫沐白，"你带我来这儿做什么？我看大家的手上都拿着东西。"

　　"嗯。"箫沐白回答，"他们手上拿的是孔明灯。"

　　"孔明灯？"沈念觉得有些稀奇，"这不是元宵节才有的东西吗？"

　　元宵节在二月份，早就已经过去了。

　　"是。"箫沐白只是应了一声，没再解释，而是带她去旁边的小摊买了一盏孔明灯。拆开外面的包装袋，将孔明灯弄好。

　　沈念之前只听说过孔明灯这种东西，但从来没有放过，觉得稀奇，所以非常主动地帮忙。

　　弄好之后，箫沐白将旁边的笔递给她。

　　沈念不解地问道："什么？"

　　"孔明灯又叫天灯，俗称许愿灯和祈天灯，是一种非常古老的手工艺品，现在的人会把放孔明灯作为祈福的方式，亲手写下心愿，可以心愿得偿，年年幸福。"解释完，箫沐白看着她，道，"孔明灯是飞到天上的，离天堂最近。把你想对陆凌蕊说的话写上去，这样在天堂的陆凌蕊就能看到了。"

　　看着孔明灯，沈念却摇了摇头："我没什么想对她说的。"她的声音很轻，"我就是……想再见见她。"她说完，抬头对箫沐白露出一个大大的笑容。

　　…………

　　晚上，箫沐白送她回到了小区门口。

　　沈念抓着安全带，扭头看着箫沐白："谢谢你，我今天很开心。"

"开心就好。"萧沐白见她有一缕碎发落在脸上,伸手想帮她拨开,沈念往后缩了一下头。他的动作一顿,还是收回手,"不早了,赶紧休息吧,明天还要上班。"

"好,路上小心。"

"嗯。"

解开安全带,沈念下了车。

进入小区,上电梯,然后开门。

屋子里一片黑暗。

她关上门后,在墙上摸索开关。

"啪嗒"一声,屋子瞬间变得明亮,沈念扭头便看到客厅里的男人,吓了一跳。

陆凌川坐在沙发上,面无表情地看着她。在瞧见她身上的白裙子和怀里的向日葵花束时,男人的瞳孔骤缩,名为嫉妒的情绪涌上心头。

"呵呵!"他冷笑着道,"沈念,魅力不小啊。"

"我不知道你在说什么。"沈念将花束放在旁边,低头换鞋。

陆凌川大步冲上来,将那束向日葵狠狠地打落在地上。

沈念只觉得后背一疼。

陆凌川伸手狠狠地扼住她的下巴,眼底涌现出愤怒的情绪。

"你和萧沐白在一起了?背着我好多久了?沈念,我倒是没瞧出你有这本事……"

"啪!"沈念一巴掌狠狠地扇在他的脸上,她的后脑勺抵着墙壁,抬头倔强地盯着男人。她这巴掌用了十分的力气,在陆凌川的一边脸颊上留下一个清晰的巴掌印。

"把你脑子里的脏东西都打出去了吗?"她看着他问。

沈念闭了闭眼睛,再睁开眼睛时眼底毫无波澜。

"陆凌川,我接受你的怨恨,是因为你是陆凌蕊的哥哥。扪心自问,我不欠你什么了,我自始至终亏欠的只有陆凌蕊。咱们之间的恩怨和萧沐白没关系。"她认真地盯着他,问道,"真的要逼死我,你才甘心吗?"

沈念的话让陆凌川心头一沉,他捏着沈念下巴的手突然用力。

"你是我的!"

卧室里很安静,只是偶尔传来一丝细碎的声音,汗水融入黑夜,陆凌川死死地扣着她的手,汗水从额头滑到鼻尖,最后滴在沈念的锁骨上。

沈念被迫承受着，她闭着眼睛，咬紧牙关，自始至终也没有吭一声。

他将她紧紧地抱在怀里，恨不得将她融入自己，动作不停，嘴里只是疯狂地反复地重复着那几句。

他们之间永远牵连着陆凌蕊这道无法跨过的横沟。她无法释怀自己当初抛下陆凌蕊一个人独自逃走，而他每次看到她，脑海中便控制不住地浮现出陆凌蕊躺在血泊中的模样。

当年的那场车祸，陆凌川是第一个赶到现场的，当时陆凌蕊还有呼吸，她的身体还有温度，她看着他还能笑。她是在他的怀里一点点逐渐冰冷下去的。

他想救她，可是却无能为力，那种痛彻心扉的绝望深入骨髓。

既然这辈子无法不顾一切地在一起，那就一起沦陷吧。

这辈子，她和他注定纠缠不休。

第二天，沈念醒过来的时候陆凌川依旧已经离开。

这些年，他经常来这里过夜，但沈念从来没见过他醒来时的模样，每次她睁开眼睛，他都已经离开了。

她用一只手撑着床，缓缓地坐起身来，步履蹒跚地走进洗手间，像个老人。

和往常一样洗漱完毕，收拾好，然后准备出门，顺便将家里几个垃圾桶里的垃圾拎着带下去。

进了客厅，沈念找了一圈，最后在茶几的另一侧发现垃圾桶。与此同时被发现的，还有一个蛋糕盒。

沈念愣了一下，蛋糕盒的外面系着带子，上面还打着漂亮的蝴蝶结。

蛋糕盒体是透明的，里面躺着一个蛋糕，不大，花样也很简单。因为蛋糕需要冷藏，现在的天已经热起来了，在常温环境中放了一晚上，蛋糕已经融化，不能吃了。

看着那个蛋糕，沈念怔怔地失了神。

…………

陆凌川没有去公司，而是回了一趟陆家。

进了客厅，正好看到陆凌晨。

"哥。"陆凌晨开口。

"嗯。"陆凌川应了一声，然后问，"妈最近情况怎么样？"

"状态还不错，比之前好多了。"

"嗯。"

"哥……"想了想，陆凌晨又叫住他。

"怎么？"陆凌川瞥他。

"妈的话，有些不用听。"陆凌晨认真地开口。

陆凌川扯了扯唇："小孩子认真学习就行。"

"我不是小孩子了，我已经二十了。"陆凌晨认真地纠正他。

"哥，我知道我说什么你都不会听，可我还是要说，因为你是我哥。有些事情是分不清谁对谁错的，人生只有几十年，过一天少一天，别让自己抱憾。"

陆凌川微微一愣，正要说话，楼梯处传来脚步声，黎明诗下了楼。她很漂亮，陆凌川和她的眉眼有几分相似，眼睛、鼻子、嘴巴都很完美，可见是个美人。只是她很消瘦，漂亮的眉眼透着悲伤，整个人看着显得非常憔悴。当年，她失去了女儿，从那之后，她的身体和精神状态越来越差。

"妈。"见黎明诗下楼，陆凌川上前。

"回来了。"看到自己的儿子，黎明诗露出一抹笑容，"在家里吃早餐吧。"

"好。"

陆凌川要忙公司的事，陆凌晨虽然还在上学，但已经开始实习，同样很忙，一家四口已经很久没有在一起好好吃顿饭了。

黎明诗拿了五套餐具，除了一家四口的，照常也在陆凌蕊常坐的位置上放好餐具。

"最近阿姨学做了小笼包，妈妈觉得味道不错，你尝尝。"说完，黎明诗为陆凌川夹了一个，给陆凌晨夹了一个，又在空碗里放了一个，就好像陆凌蕊一直都在。

父子三人心知肚明，却没有说什么。

"凌川，和璟禾聊得怎么样啊？妈妈很喜欢她，她是个不错的姑娘，长得好看，家世又好，还是名牌大学毕业的。"

陆凌川没有说话，倒是旁边的陆凌晨忍不住开口："妈，我哥又不是娶不到老婆，您那么着急做什么？"

"你才二十，当然不急，你哥可不一样。像你叔叔伯伯家的哥哥，这个年纪孩子都出生了。"黎明诗看了一眼小儿子，然后又将目光转向大儿子。

"妈妈知道你的工作忙，但是先成家后立业这话是有道理的。"

想到什么，黎明诗的神色黯淡下来："妈妈……是看不到你妹妹嫁人了，现在只希望你和晨晨好好的。"

这些年，陆凌蕊一直是家里不能提的话题，饭桌上的气氛变得凝重起来。

陆延华放下碗筷，起身朝外边走去，从口袋里掏出烟盒。

黎明诗也没了食欲，把筷子往桌子上一放。

"你还在想着沈念，是吗？"黎明诗突然抬头看向陆凌川，情绪有些激动，"陆凌川，你别忘了你妹妹是和谁在一起出的事，沈念进不了咱们家的门！"说着说着，她的呼吸逐渐变得困难，脸色变得惨白。

"妈！"陆凌晨连忙上前帮她顺气，"您别生气，事情已经过去这么久了，咱们该朝前看了。"

黎明诗的胸口剧烈地起伏着，一双眼睛通红："可在我这里一直都没过去！我的蕊蕊明明还有大好年华，可是都没了，都没了！"

黎明诗崩溃地大哭起来。女儿在如花似玉的年纪离世，对黎明诗而言，是此生无法释怀的悲痛。

"我知道。"一直沉默不语的陆凌川开口，"我和她……早就不可能了。"他看着母亲，从旁边抽纸盒里抽出纸巾递给她，"我今天会约梁小姐见面。"

黎明诗的情绪渐渐平复下来，陆凌晨送她上楼去休息，陆凌川没有离开，而是去了后花园。

后花园里，陆延华坐在椅子上，正在抽烟。

陆凌蕊的死给整个家都蒙上了一层阴影。

听到有动静，陆延华扭头，见是大儿子，他开口道："凌川。"

"爸。"陆凌川走过去，拉开陆延华对面的椅子坐下，没有说话，只是拿起桌子上的烟，抽出一根咬在嘴里，用打火机点燃。他抽了一口，吐出一个烟圈，动作熟练。

陆凌川也不知道自己是什么时候染上的烟瘾，应该好多年了。好像是凌蕊出事之后，还是凌蕊过世的那天。应该是那天。

"马上到你妹妹的生日和祭日了，所以最近你妈的状态不太好。"陆延华看着儿子道。

现在已经五月底，快六月了，陆凌蕊的生日在七月中旬，祭日在八月中旬。

时间如流水，如果陆凌蕊还在，她也要二十三岁了。

"嗯。"陆凌川应了一声，"那天我会空出来。"

陆延华也抽了一口烟，想到什么，扭头看着儿子："那个沈念丫头还在你的公司里？"

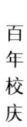

陆凌川沉默不语。

"让她离开吧，那件事……不是她的错。"

陆凌川依旧不说话。

他过了好一会儿，才开口："爸，这是我和她的事。"

陆延华看他："舍不得？"

"儿子，其实你的心里一直都很清楚，你和她的缘分当年就已经尽了。"

"虽然她也是受害者，但只要看到她，不光是你妈妈，咱们一家人都会想到凌蕊。"

若沈念嫁进来，每次看到她就会想到陆凌蕊，那种感觉太痛苦了。只要看到沈念一天，他们陆家就释怀不了。

陆凌川依旧沉默不语，只是安静地抽烟，过了很久才回答："我心里有数。"说完，他将抽完的烟头丢在地上，用鞋尖捻灭烟头，然后起身离开。

…………

生日之后，沈念又恢复了往日的生活，平淡如水。

每天早上上班，晚上下班，回来后也无事可做，看看书，发发呆。

差不多每隔一天陆凌川就会回公寓住一晚上，虽然两个人在同一个空间里，却比陌生人还陌生。

直到这天，沈念照常在工作，耳边传来一个声音。

"大家好。"

听到陌生女人的声音，沈念抬头看看，便瞧见一个年轻姑娘对着大家打招呼。她长得很漂亮，身上的白裙子衬得她的皮肤格外的白，手上拎着大牌包包，微笑着对大家招手。

瞧见陌生的面孔，正在工作的同事们面面相觑，有些不明所以。

年轻姑娘对着大家笑了笑，解释道："你们可能不认识我，我是你们陆总的朋友，今天正好路过他的公司，所以过来看看他。"

"哦！对，我给大家买了饮料，大家都来拿。"想到什么，年轻姑娘补充道。说完，她扭头对后面的人招了招手，就见六名外卖小哥搬着三个超大的泡沫箱走进来。

打开泡沫箱上面的盖子，里面都是各种果茶，还是某知名饮品牌子的，这个牌子随便一杯果茶都是几十块钱，买了这么多，是真的大出血了。

年轻姑娘笑着道："因为不知道大家喜欢喝什么，所以每种都点了，三分甜，喝了也不会胖哦。哦！对了，特殊时期的女孩子或者不喜欢喝冷饮的人可以拿这边的，这边都是热饮。"

"哦！"有饮料喝，大家自然高兴，有秩序地去拿饮料。

蒋玲玲挑了一杯果茶，然后又挑了一杯，拿好吸管朝沈念走去："念姐，我给你挑了蜜桃乌龙茶可以吗？"

听到蒋玲玲的话，年轻姑娘顺着她的目光看去，落在沈念的身上，看到年轻干练的沈念，她微微一愣，随即试探性地开口："沈念？"

听到对方准确无误地叫出自己的名字，沈念也感到有些诧异。再细看，自己并不认识她。"你是……"

年轻姑娘立刻露出一个灿烂的笑容，上前道："你好，我叫梁璟禾，你可能不认识我，但是我从我爸爸那里听说过你。我爸爸和凌川是合作伙伴，他经常说凌川有个非常厉害的助理，还让我向你学习呢。"

沈念虽然没想起是哪个姓梁的老总，但还是谦虚地笑了笑，目光忽然落在了年轻姑娘的耳垂上，看到那对熟悉的耳环，沈念怔了怔。随即，她便什么都明白了。她的笑容只是僵硬了一下，很快又恢复正常："我哪有荣幸让未来的总裁夫人向我学习？"

梁璟禾一愣，显然没想到沈念竟然这么聪明，她羞涩地笑了笑："我爸爸果然没有说错，沈助理真的很聪明。"

旁边蒋玲玲眨了眨眼睛，有些不明所以。

梁璟禾看着她手上的果茶，对沈念道："我买了果茶，沈助理要喝什么味道的？"

这个蒋玲玲听懂了，连忙把自己帮沈念拿的果茶递过去。

"不用了。"沈念委婉地拒绝，"我不太喜欢喝这些东西，平常喝咖啡喝惯了。"说完，她对蒋玲玲道，"你拿去喝吧！我不喝。"

"哦，好。"有梁璟禾在，蒋玲玲也没多待，拿着两杯果茶默默地离开。

沈念对梁璟禾微微一笑："梁小姐是来找陆总的？"

"是。"梁璟禾道，"今天正好有空出来，所以想来看看他。"

沈念点了点头表示明白，然后道："陆总在楼上开会。"说完，她拿起桌子上的手机看了一眼，接着道，"差不多还有十分钟就该结束了。"

"行，那我等等他。"

"好的，梁小姐自便。"沈念没说太多，拿起桌子上的杯子去了茶水间。

回来的时候就听到同事们在窃窃私语。

"我怎么觉得这位梁小姐不只是陆总的朋友啊。"

"是女朋友才对。"

"我也觉得。陆总向来不近女色,我来公司也有两年了,陆总的身边除了沈助理,我从来没见过其他女人!"

"看她的气质肯定是哪个豪门的千金大小姐,据我了解,陆总也是富二代,而且陆总还年轻有为,两个人真是天造地设的一对呢。"

"我有预感,以后肯定能经常看到这位梁小姐。"

沈念握着杯子的手一紧,她没说什么,只是面无表情地看了一眼窃窃私语的同事们。

感觉到沈念带着警告意味的目光,大家立刻收起八卦之心,低下头,继续埋头苦干。

沈念回到自己的位置,那位梁璟禾小姐正坐在她办公桌对面的椅子上。

梁璟禾的坐姿很优雅,手上拿着她桌子上的一本书正在认真地翻看。

沈念没说什么,将杯子放在桌子上,拉开椅子坐下,然后又端起杯子喝了一口。

咖啡有些烫,香味飘散出去,梁璟禾只是嗅到了味道,便抬头看着沈念问:"是意式特浓吗?"

沈念惊讶地问道:"梁小姐也喜欢意式?"

梁璟禾笑着摇了摇头:"我不太喜欢喝这个,不过我在国外留学的时候身边有很多人喝这个,所以我对这个味道比较熟悉。"解释完,她又继续道,"不过我身边喝这款咖啡的朋友大多都是男性,没想到沈助理也喜欢喝这么苦的咖啡。"

沈念又抿了一口咖啡,苦涩的味道在口腔里蔓延,她却连眉头都没皱一下:"是吗?我觉得还好。"很苦吗?为什么她不觉得苦。

梁璟禾看着沈念,夸奖着:"沈助理,你这么白,穿白裙子肯定很好看。"

沈念将手上的资料整理完毕,闻言笑了笑:"梁小姐谬赞,梁小姐穿白裙子才是真的好看。"

今天的梁璟禾就穿了一件白裙子,衬得她很干净。

话音才落,沈念抬头,看到回来的陆凌川,她立刻起身:"陆总。"

梁璟禾也站起来,看到果然是陆凌川回来了,脸上露出笑容:"凌川。"

陆凌川面无表情地看了沈念一眼,沈念没有说话,只是垂着眸子。

收回目光,陆凌川淡淡地应了一声:"嗯。"然后对梁璟禾道,"去我办公室。"

"好！"梁璟禾跟着陆凌川回了办公室。

沈念自始至终没有说什么，认真地整理资料，然后拿着其中一摞文件去复印室复印。

蒋玲玲正好也在复印东西，看到沈念进来，立刻喊着："念姐。"

"嗯。"沈念将资料放在复印机上面，按着按钮。

"念姐，那位梁小姐真的是陆总的女朋友吗？"蒋玲玲凑过来八卦。

"十有八九是。"沈念回答，感到有些恍惚。

"念姐，你怎么这么确定啊？"蒋玲玲不明白，"梁小姐明明说她只是陆总的朋友。"

"她耳朵上戴的耳环是陆总让我买的。"

蒋玲玲"哦"了一声，不再怀疑。陆总送给她耳环，十有八九就是那种关系了。

复印室里很安静，只有复印机运转发出的声音。

过了好一会儿，蒋玲玲又开口："念姐，我还是觉得你穿白裙子最好看！"

闻言沈念扭过头，笑了笑："谢谢。"

"我说得是真的。"蒋玲玲认真地道，"念姐，你穿白裙子是真的好看。"是那种看一眼就会沦陷的好看。只不过沈念平常上班在公司只穿职业装，只有在休息的时候才会穿白色。

仿佛看到了什么，蒋玲玲的眼睛一亮："念姐，你的项链真好看！"

沈念低头看了一眼，是那条向日葵项链。

"嗯，我也觉得不错才买的。"她答道。

"很特别呢。"蒋玲玲道，"我还是头一次见到向日葵的项链。"

沈念笑了笑，将项链塞回自己的衬衫里。

晚上，沈念洗完澡，靠在床上看书。

门口传来开门声，是陆凌川回来了。他走进房间，站在门口看着沈念。

而沈念像是没有发现他一般，低头认真地看着手上的书。

盯着沈念看了好久，陆凌川才收回目光，扯了扯领带，大步朝浴室走去。

"你和那位梁小姐在一起了吗？"不知何时，沈念放下了手上的书，盯着陆凌川的背影问。

陆凌川的身影停顿了一下，没有回答，而是走进浴室。

二十分钟后，陆凌川洗完澡出来，头发擦得半干。

他坐在大床的另一边，一言不发地擦着头发。

沈念也没如往常一般去拿吹风机，两个人沉默不语，卧室中的气氛有些凝重。

等把头发擦得已经不再滴水了，陆凌川将毛巾丢在旁边，然后关灯。

一瞬间，房间里一片黑暗。沈念没说什么，只是默默地把书合上，放在一边，准备睡觉。才躺下来，健硕的身体压了过来，陆凌川的一只手摁着她的肩头，唇已经落在了她的唇上，婉转流连。

沈念抬头怔怔地盯着天花板，没有反抗，只是继续问："你和那位梁小姐在一起了吗？"

还是和刚才一样的问题。知道他不会回答自己的问题，所以沈念接着说："如果在一起了，那咱们还是分开吧。"

陆凌川的眼神一凝，漆黑的卧室中他看不见她的表情，但也能猜到。淡淡的，像在述说别人的事一样淡定自若。他的脸色当即沉了下来。

"沈念，你别忘了，咱们之间只有我说结束的资格！"男人咬着牙，一字一句地道。

"……我知道。"沈念敛眸，轻声道，"只不过既然你准备朝前看了，就没必要在我身上浪费时间了。"

"今天我和梁小姐聊了几句，她是个性格不错的女孩，我不想因为我的存在伤害……"

话没说完，便被陆凌川堵了回去，他狠狠地咬她的唇，不允许她把后面的话说出来。他不想听，也不要听！

过了良久，陆凌川才舍得放过她。

出了一身汗，刚才的澡白洗了。

陆凌川坐在床边，在黑夜中摸到自己的睡袍披上，没有开灯，摸黑起身。

"嘭！"

听到浴室门被重重关上的声音，沈念的呼吸渐渐平复下来，她阖上眸子，没再说什么。

之后的一段时间，梁璟禾又来了公司几次，大家对她的身份已经心知肚明。她是那种很文艺的女生，气质很好，不会摆架子，每次来的时候都会给大家带吃的喝的，所以公司里的同事很喜欢她，还有同事偷偷讨论，希望她和陆凌川赶紧结婚，有这样的老板娘肯定很幸福。

周末，沈念和蒋玲玲约好出来逛街。

两个人先进奶茶店买了奶茶，然后找了个靠窗的位置坐下。

今天沈念穿了件白裙子，头发扎成了高高的马尾，倒真有些二十三岁女生该有的年轻味道了。蒋玲玲咬着吸管喝着奶茶，眼神却直勾勾地盯着沈念。

感觉到自己身上落下的目光，沈念抬头，对上蒋玲玲的眼神。她低头看了一眼自己身上的衣服，然后又抬头看向蒋玲玲，开口问："怎么了？"

"嘿嘿……"蒋玲玲松开吸管，笑嘻嘻地盯着沈念，真诚地夸赞着，"我之前没胡说，念姐，你穿白色就是比梁小姐穿得好看。"

闻言，沈念又看了一眼自己身上的白色裙子，微微一笑："梁小姐可是未来的总裁夫人，你这么说是要让我得罪她吗？"

蒋玲玲摇了摇头，非常认真地说着："当然，梁小姐穿白色也好看，只是她穿着有一种文艺千金的感觉，念姐你穿着……"

"我穿着怎么样？"沈念忽然很想知道答案。

"穿着有……"蒋玲玲刚想脱口而出，可话到了嘴边，忽然又不知道该怎么形容了。

干净？不仅仅是。清纯？也不适合形容沈念。简单？

什么词来着？蒋玲玲抓了抓耳朵，皱着眉头，怎么想都想不起来了。

"就……很特别。我也不知道该怎么形容了，反正第一眼看到你穿白色就觉得念姐你是最适合这个颜色的，虽然梁小姐穿着也同样好看，但就是不如你。"

明明白色不是什么艳丽的颜色，穿出来也不会多特别，可看到沈念穿白色裙子，总觉得很惊艳，给人眼前一亮的感觉，忍不住会多看两眼，然后……很难忘记。

沈念忍俊不禁："虽然有些词穷，但我差不多明白你的意思了，谢谢啦。"

"嘿嘿……"蒋玲玲不好意思地笑了笑，目光又看向她的脖子，指了指说，"念姐，你的向日葵项链很配你的白裙子呢。"

沈念低头看了一眼自己脖子上的向日葵项链，轻轻地"嗯"了一声。

"很漂亮，很特别。"蒋玲玲非常认真地夸赞着。

沈念微微一笑："你要是喜欢我可以带你去买，正好这家商场有他们家的店。"

"还是算了吧。"蒋玲玲摆手拒绝,"念姐,你戴着好看,不过不一定适合我,而且撞款会让人心里觉得不舒服的。"

蒋玲玲知道沈念一直都很喜欢向日葵,办公桌上摆放着向日葵花束,杯子是向日葵图案的,就连买来粘便利贴的贴纸都是印着向日葵图案的。而她自己对向日葵其实并没有多么喜欢。

"念姐,这家商场楼上有个 DIY 店铺,里面能做很多东西,可以自制杯子、瓶子、碗盘,还能 DIY 手机壳、画存钱罐、画肌理画,反正有好多种选择呢,要不咱们去看看?"

"好啊。"反正今天也是出来玩的。

商场的五楼的确有家特别大的 DIY 店铺,两个人去的时候,店铺里已经有很多客人了,大家都在认真地做自己喜欢的小玩意儿。

"这是我们家可以做的东西,你们看看,选哪个?"店员将一个小册子递给沈念。

沈念打开册子,认真地翻了几页,然后指着其中一个问店员:"这是什么?"

店员看了一下,回答道:"这是 DIY 小泥人,也可以 DIY 手办,用的材料是超轻黏土,这种材料软的时候可以随便捏出形状,做好了,风干几天就会变得比较坚固,只要不去故意破坏,是不会坏的。"

见沈念对小泥人有兴趣,店员接着道:"你们可以做小的,比巴掌还要小一点的那种,下面会拿一根木签支撑着,这样就能拿着,做完可以立刻带走。"

旁边的蒋玲玲觉得还不错,看向沈念:"念姐,咱们就做这个,好吗?"

沈念"嗯"了一声。

付完钱,店员带她们到了空位置,旁边的桌子上摆着各种颜色的超轻黏土和装饰品。

沈念根据步骤认真地捏着黏土,先搓出两个球球,再根据自己的需求修改形状,将牙签掰下来一小段用来固定,然后再制作小手小脚。她做得特别认真,很快一个卡通小玩偶就有了雏形。

沈念又给它捏上小衣服和小鞋子,再用丙烯浅浅地勾勒出面部表情,然后是头发……

蒋玲玲还在发愁自己为什么做不好时,扭头便瞧见沈念已经在给小泥人弄头发了。

"念姐,你做得也太好看了吧!"蒋玲玲忍不住夸赞着。

不是蒋玲玲瞎说，沈念做的小泥人真的特别精致，就像专门卖手工艺品的店里制作的一样，超级可爱的小小的一个，沈念还用丙烯在它的脸上画上了可爱的表情。

沈念笑了笑，没说什么，继续忙碌着。

蒋玲玲看了看自己的小泥人，又抬头看看沈念的小泥人，有些泄气了："为什么我做的就不如念姐你做得好看？"

"这没什么。"沈念笑着道，"因为我是美术生，所以会稍微占一些优势。"

"原来念姐你是美术生啊。"蒋玲玲还是头一次知道沈念是美术生，"那念姐家肯定很有钱吧？"

众所周知，学美术需要的材料都不便宜，而且还是长期消耗品，没有点家底，还真学不起美术。

沈念的动作停顿了一下，很快又恢复了自然，她回答道："以前可能算吧，不过我爸妈过世后，就一直是我一个人生活。"

其实她并不是很喜欢这些，只是因为……陆凌蕊喜欢。陆凌蕊最大的心愿就是可以考上Ａ大的艺术系。

蒋玲玲不知道这个，一愣。

"念姐……对不起！我不是故意的。"

"这没什么。"沈念微微一笑，"已经过去很多年了，我早就不伤心了。"

蒋玲玲默默地没有再说话，而是在偷偷地打量沈念。她认真的时候真的很好看。蒋玲玲一直都知道沈念漂亮，但今天才发现，她比自己想象中的还要好看很多。

从这个角度能看到沈念的侧脸，她的脸很小，属于那种小小的瓜子脸，眼睛不大不小刚刚好，鼻梁也没有高耸入云，而是适合她脸型的高度，薄薄一线唇像春日里盛开的桃花，透着浅浅的粉色。今天她化的是淡妆，没有遮去她天生的美，只是稍稍添了些色彩。

她的手上拿着笔，一点一点认真地勾勒着娃娃的衣服。

原本是很美的一幕，蒋玲玲却发现她漂亮的细眉轻拢，那双好看的眼睛盯着手上的娃娃，带着些许忧伤。

低头看去，沈念正在给娃娃的衣服勾勒花瓣，又用黄色的丙烯画着花蕊……

沈念做事的时候会沉浸在自己的世界里，不会注意旁人，只会认真做自己的事情。将最后一笔画完，沈念握着手上的竹签，看着那个精致的Q版娃娃，终于露出笑容。

娃娃还没有干，稍微用力就会在上面留下痕迹，沈念只是用指尖轻轻点了点它的小脸蛋。

弄好才看向旁边。

蒋玲玲做的也是娃娃，虽然没有沈念的娃娃精致，但也很努力地在弄了。白色裙子，高马尾，然后在脸上画上表情。

直到蒋玲玲画完，沈念才开口问道："是画的我吗？"

因为蒋玲玲做的娃娃和她一样是高马尾，白裙子，就连脖子上的向日葵项链都画出来了，简直是她的缩影。

"嗯。"蒋玲玲点点头，不好意思地笑了笑，"不过我做得不好看，没把念姐的漂亮做出来。"

"不会，我觉得很好看。"

"真的吗？"

"嗯。"

蒋玲玲忽然觉得有些扭捏，沈念正想问她怎么了，蒋玲玲把手上的"小沈念"递给她。

"嗯？"

"念姐，这是我送给你的小礼物。"蒋玲玲有些害羞，"我来公司后，一直都是念姐帮助我，指导我，我很感谢，我做的这个小东西，希望你会喜欢。"虽然不如沈念自己做得精致，但她真的已经尽力了。

沈念看了看手上的"小沈念"，唇角微微勾起，慢慢地，笑容越来越大。

"我很喜欢。"沈念开口。

"真的吗？"蒋玲玲的眼睛亮晶晶的。

"真的。"沈念道，"谢谢你。"

蒋玲玲觉得更加不好意思了："你喜欢就好。"

来之前喝了一大杯果茶，又在位置上坐了好久，蒋玲玲先去上厕所，沈念坐在位置上等她。

看着手上的两个娃娃，沈念想了一下，将娃娃反过来，拿着细画笔挑了个颜色，先在"小沈念"的裙子上写了个小小的"念"字，又在另一个自己做的娃娃上写了个"蕊"字。

念和蕊——沈念和陆凌蕊。

沈念将两个娃娃放在一起，这么看起来像是在贴贴。

蒋玲玲从厕所出来后，两个人收拾好东西离开。站在下楼的电梯上，蒋玲玲忽然想到什么，问道："念姐，我记得过段时间是 A 大创校一百周年的纪念日，是吧？"

沈念想了一下，然后点点头："是。"

"你们学校邀请你返校了吗？"蒋玲玲问。

一般学校在这种周年纪念日上都会选择大办，然后再邀请一些优秀学生回校看看。沈念这么优秀，也算是优秀学生。

"嗯。"沈念应了一声，然后道，"学校前几天的确给我发邀请函了，到时候会回去一趟。"

说着，两个人到了四楼。

她们坐的并不是直达电梯，而是一层一层下行的那种。现在到了四楼，她们要绕一圈从四楼的电梯下到三楼。

四楼是服装区，有很多大牌都在这一层，沈念的两只手一手拿着一个娃娃，轻轻让她们碰了碰，唇角微微上扬。

抬头，目光落在了某个地方，她的身体僵住。像是被人打了一拳，身影晃了晃，才勉强站直了身体。

"啪嗒。"左手突然松开，"小沈念"掉在了地上。虽然娃娃做好了，但黏土现在还是软的，这么一砸下去，娃娃已经变形了。

"哎呀，怎么掉了？"蒋玲玲看着自己辛辛苦苦做的娃娃变形了，立刻心疼坏了。

蒋玲玲抬头看沈念，发现她的脸色有些苍白，问道："怎么了？"然后顺着她的目光看去，"陆、陆总？"

不远处，一对金童玉女显得格外出挑。

男人一米九几的个子原本就出众，他今天穿得并不正式，上身只穿着一件白衬衫，最上面的一颗扣子没有扣，袖口的扣子也没有扣，往上挽了两圈，露出好看的腕骨。而他旁边的女生妆容精致，一身白色裙子显得格外有气质，不像路过的其他女生妖艳抑或过分不真实的清纯，她的身上更多地显露着文艺风。

男人手上拎着某大牌的袋子，女生站在他的旁边，有着明显的身高差，一眼看上去，可不就是让人羡慕的金童玉女。

陆凌川和梁璟禾。

感觉到一道视线在盯着自己，陆凌川抬眸，正好对上沈念苍白的脸，他一愣。

在看到男人的目光之后，沈念立刻收回视线，低头将地上已经坏了的"小沈念"捡起来，然后对蒋玲玲道："咱们走吧。"

"啊……"蒋玲玲也是头一次出来逛街遇到大BOSS约会，有些不知所措，"可是陆总好像看到咱们了啊。"

"今天是休息日，咱们别打扰陆总约会，走吧。"说完，沈念匆匆离开，脚步慌乱。

"哦，好。"蒋玲玲连忙跟上去。

到了三楼电梯口，商场一般在电梯口都会放置垃圾桶。

沈念没有多想，就将已经坏了的"小沈念"丢进垃圾桶里。她站在电梯上，一点点往下降。

现在手上只有一个"小凌蕊"了，沈念盯着"小凌蕊"发呆。

楼上，梁璟禾还在为自己买到了喜欢的东西开心。她盯着袋子里的东西，然后抬头看向陆凌川，笑得开心极了："这个牌子的手链我喜欢很久了，但柜姐一直说没货，谢谢你愿意帮我。"

陆凌川和这个牌子的华区总负责人是好朋友，他打了个招呼，就立刻有货了。

感觉陆凌川没在听自己说话，梁璟禾疑惑地道："凌川？"

顺着他的目光看去，就发现陆凌川在盯着某一处看。可是那里……什么都没有。

"你怎么了？是不舒服吗？"梁璟禾问。

"没有。"陆凌川收回目光，将手上的袋子递给她，淡淡地开口，"我忽然想到还有工作需要处理，先回去了。"说完，他大步离开。

"哎？"梁璟禾想要叫住他，可男人走得很快。梁璟禾鼓着腮帮子，觉得郁闷极了。

陆凌川走到电梯口，没有立刻下去，而是看向旁边的垃圾桶，一根木签露在外面，陆凌川伸手拿了起来。刚才沈念丢掉的"小沈念"在陆凌川手上。因为是脸着地，即便蒋玲玲把脸捏得小小的，现在也已经摔成了大饼脸，脸上的五官也很模糊，已经坏了，不能要了。他盯着那个小东西，手上的签子转了一圈，小娃娃的后面没有压到。

陆凌川的目光顿住，看着小娃娃的裙子。白色的裙子上有一个用其他颜色写的字——"念"。

"念念不忘"的"念"。

他拿着签子的手握得紧了些,没有说话,也没有下电梯,而是转头去了五楼。

梁璟禾看到陆凌川离开之后也没多待,随便进了一家店,所以并没有看到陆凌川回来,而且还上了五楼。

在五楼找了一圈,陆凌川发现了一家DIY手工店,他拿着娃娃走进去,问店员:"请问,这个是在你家做的吗?"

店员看着他手上已经看不出原形的小娃娃,又看着陆凌川那张帅气的脸,愣了一下,回过神来,立刻点点头:"是的,这是我们家做的。"

陆凌川:"请问怎么做?"

…………

和蒋玲玲分开之后,沈念回到了家,一路上出奇地沉默。

把"小凌蕊"找了个地方插上,沈念进卧室从柜子里拿睡衣。

进了浴室,她先将头发散下来,把发卡放在洗漱台上。她抬头看着镜子里的自己,眼圈已经通红,可眼眶非常干涩,一滴眼泪也流不出来。抽了抽鼻子,沈念没说话,去调节水温,准备洗澡。

洗完澡出来,她的身上只围了一条浴巾。她拿着换下来的衣物准备去洗,看着手上的白裙子,脑海中不自觉地浮现出商场中看到的那一幕,梁璟禾也穿着一身白裙。她蹙了蹙眉,咬着嘴唇将白裙子直接丢进了垃圾桶里。

一股气涌了上来,她冲出浴室,大步朝着衣帽间走去,打开柜子,把衣柜里面的白色裙子全部拿出来,全都塞进了垃圾桶里!

直到看到垃圾桶里塞满了她的裙子,沈念这才回过神来。她坐在地板上,两只手抱着小腿,低头沉默着。

…………

陆凌川来的时候沈念已经洗完澡,正在客厅收拾东西。

听到门口密码锁开门的声音,正在整理茶几的沈念一僵,不过很快又恢复了正常,继续忙碌着。

将茶几上没用的东西丢进垃圾桶,拿着抹布把茶几擦一遍,她沉浸在自己的世界里,仿佛没有听到开门声。

陆凌川进来之后也没有说话,只是站在门口看她。他的手里拿着一个东西。

擦好茶几,沈念又走进了卧室,自始至终没有看陆凌川一眼。

"嘭!"听到关门声,陆凌川的目光这才收回来,抬起自己的手,看着手上拿着的小人。

若沈念看到,便能认出这是蒋玲玲给她捏的"小沈念",可仔细一看,又不是同一个,蒋玲玲做的那个比较粗糙,而陆凌川手上的小人显然是花了更多时间捏的,各个部位的细节都很精致,不过发型、衣服倒是和蒋玲玲做的那个一模一样。

轻轻转动,白色裙子后面同样写着一个字——"念"。

他的目光在客厅转了一圈,停住。

沈念捏的"小凌蕊"还没完全干透,所以她把它放在了能照到阳光的地方。

男人大步走过去,将"小沈念"放在"小凌蕊"旁边。用指尖轻抚了一下"小沈念"和"小凌蕊"的脸,唇角勾起淡淡的笑意。收回目光,他转身走进卧室。

打开卧室的门,沈念还在整理东西,陆凌川走进浴室,在路过垃圾桶的时候,他突然停下,看着垃圾桶里的东西,眸色深沉。

陆凌川抬头,盯着沈念。

沈念并不知道陆凌川在看自己,她在收拾衣服,平时穿不到的衣服重新叠好收起来,白裙子全部挑出来,直接丢进垃圾桶。

旁边已经有两个系上袋口的垃圾袋,里面也全都是衣服。

陆凌川俊眉微蹙,盯着沈念,轻声问:"为什么丢了?"

沈念的声音也很轻:"很久之前的衣服了,太小了,穿不上,放着占地方,所以丢了。"

是吗?陆凌川没有开口,只是盯着她手上的那件白裙子,她同样毫不犹豫地塞进了垃圾桶。这条裙子她才买了不到三个月,也小了吗?

"沈念。"他叫她,然后问,"你在和我闹脾气?"

沈念勾唇:"陆总多想了。"闹?她有资格闹吗?

陆总,她只有在上班的时候才会这么叫。淡漠,疏离,把他们之间的位置摆放得很清楚。

陆凌川没再说话,只是将她刚才丢掉的裙子捡出来,拿了个衣架把衣服撑上去,却被沈念一把夺过去,然后再次丢进垃圾桶。

陆凌川捡,沈念丢,两个人重复了好几个回合,最终沈念压抑不住,情绪崩溃地质问:"陆凌川,你到底想做什么?"

"是你想做什么？"陆凌川压抑着怒火。

"我不要了，不要了还不行吗？"沈念的淡定在这一刻彻底溃散，她崩溃地大喊，"我讨厌白色，我再也不想看到这个颜色！"

最讨厌白色……最讨厌白色！曾经的她明明最喜欢穿的就是白色。

陆凌川的眸光陡然变得凌厉，他质问她："是吗？你不想要的只是白色吗？"是不是还有他？这个问题陆凌川没有问，他不敢问。因为他不想听到那个答案。

"是！"沈念回答得毫不犹豫。

明明只是简单的一个字，此刻却如一支尖锐的利箭，准确无误地射中陆凌川的心脏，将他死死地钉在墙上。

你不想要我，是吗？

是！

沈念的眼睛红得厉害，却还在努力克制。她深吸一口气，蓄着泪的眼睛盯着他："陆凌川，其实我挺看不起你的，咱们之间的恩怨是咱们之间的，和梁小姐没有关系。可你，既然打算和梁小姐共度余生，却对她做不到绝对的忠诚。"

不知道是哪个字眼刺激到了陆凌川，只见男人的瞳孔骤缩，身上散发着戾气和寒气。

沈念毫不惧怕，同样红着眼睛死死地瞪着他。

他瞪她，她瞪他，两个人都很倔强，谁也不愿认输。

终究是陆凌川先退了一步，他深深地看着沈念，想说什么，嘴唇动了动，终究还是没有开口，扭头，大步离开。

"嘭！"卧室的房门被狠狠地砸上，发出很大的声响。紧接着，屋子里便彻底安静了下来。

沈念脸上的表情还是那么倔强，她抽了抽鼻子，没说什么，只是继续把自己的白色衣服找出来，然后一股脑地丢进垃圾桶里。系上垃圾袋，明天全部丢掉！

直到把所有的白色衣服全部丢完，一直撑着她的那口气忽然消失，沈念感觉身体开始发冷，双腿发软，她狼狈地跌坐在地毯上。她的一只手抚在心口，呼吸有些急促，脸色苍白。

…………

陆凌川负气离开，乘坐电梯下楼，离开单元楼。他的身上散发着怒气，步伐很大。

"轰隆!"一声雷声让他的脚步立刻停住,陆凌川抬头,看着黑夜。晚上的温度降了很多,微凉的风吹在脸上,带着潮湿的感觉。看样子……要下雨了。

下一秒钟,似乎是要证实陆凌川的猜想,接着又传来"轰隆"一声,这次还伴随着闪电。

电闪雷鸣。紧接着,豆大的雨点直接砸了下来,几乎是瞬间就把陆凌川给淋湿了。

夏天是多雨的季节,上一秒钟还是阳光明媚,这一秒钟就已经下起了倾盆大雨。

陆凌川站在原地,任由雨水淋湿。

"陆凌川,以后你真的会给我一个家吗?"

伴随着雨声,他的耳边忽然出现沈念的声音,当年的画面如电影一般在眼前播放。

以前的她很喜欢穿裙子,一身简单的白裙,头发扎成高马尾,显得整个人洋溢着青春的气息。她并不是令人惊艳型的,五官整体偏柔和,尤其是笑的时候,给人一种如沐春风的感觉。

她挽着他的手,笑得眼睛眯成一条小缝,她问他:"陆凌川,以后你真的会给我一个家吗?"

他当时是怎么回答的?

他说:"会,我会给你两个家。"

他带她融入他的家,还有婚后他们会有自己的小家。

听到这个答案,当时的沈念很开心。

"那以后我想喝水的时候你给我倒,我想吃甜品的时候你给我买,打雷下雨的时候你陪着我,好不好?"

她从小就怕打雷,之前是她妈妈陪着她,她妈妈不在了,她想让陆凌川陪着。

"好。"他答应得毫不犹豫。

"轰隆!"又是很大的一声雷声,陆凌川突然清醒过来,猛地转身大步流星般地冲回单元楼,以最快的速度赶回去。他开门之后就要冲进卧室,想立刻将她拥入怀中。

在碰到门把手的时候,卧室里传来哭泣声,陆凌川的身子陡然僵住。

沈念靠在床边，两只手紧紧地环着小腿，埋头哭泣。

外面还在打雷，闪电的光照在她的身上，偌大的卧室只有她一个人，她毫无顾忌地发泄着心里的委屈。她哽咽得厉害，哭泣中带着压抑，呜咽声很小，却准确无误地打在陆凌川的心头上。

"呜……呜……"

陆凌川忽然失去了力气，怎么也握不住门把手。他高傲的头缓缓地垂下来，眉头紧蹙。转过身，后脑勺靠着卧室门，长腿弯曲，狼狈地跌坐在地上，单腿屈起，一只手插在额前的短发里。

陆凌川沉默下来。

夏天的雨来得快去得也快，一个小时后，雨慢慢停了下来。

直到卧室里没了声音，陆凌川才推开房门，房间里只开了一盏小灯，沈念靠坐在床边，环着小腿，就这么睡着了。

他的步子停顿了一下，没有过去看她，而是扭头去了浴室。

过了约三分钟陆凌川才出来，手上拿着一块浸湿的毛巾。他轻手轻脚地朝沈念走去，看着抱着小腿哭累了睡着的沈念，弯腰，单膝跪在地毯上。他拿着毛巾小心翼翼地把她满是泪花的脸擦了一下，又轻手轻脚地把她的双手也擦了一遍。

沈念哭累了，所以睡得很沉，并不知道陆凌川在帮她擦脸擦手。擦完之后，陆凌川回浴室把毛巾洗干净，放回原来的位置，然后出来，再次走过去。

原本想把她抱回床上，在触到她的那一秒钟还是收回了手。

他想到什么，扭头去拿床上的薄被，又想到什么，再次收回手，最终还是看向窗户，起身将窗户紧紧关上，然后蹑手蹑脚地离开卧室。

轻轻关上卧室的门，他本想立刻离开，脚步突然一顿，转身看向某个方向，然后抬腿走了过去。

"小沈念"和"小凌蕊"放在一起，陆凌川伸手又摸了摸"小凌蕊"的脸，没有说话，将旁边的"小沈念"带走。

无声无息地进来，无声无息地离开。

沈念并不知陆凌川回来过，这辈子也不知陆凌川给她带回来过一个"小沈念"。

有时候，错过也是一种无缘。

那天之后，陆凌川和沈念除了在公司，再也没有见过面。

在公司里，他还是高高在上的陆总，她还是同事口中的拼命三娘，两个人之间的话题只有工作，除此之外没有一点私人感情。

陆凌川依旧会出去谈合作，沈念跟着，和各位老总在酒桌上周旋，高浓度的白酒一杯接一杯地喝，喝了吐，吐完再喝。

有些问题是没有答案的，即便追寻一生也找不到，执着只会浪费时间。

两个人之间的关系一直很复杂，是上下级关系？是仇人的关系？还是相爱相杀的恋人……一时间，竟无法想到该用哪个词来表达。

她一直在赎罪，让自己心里的罪恶感少些。当年陆家对她那么好，陆凌蕊对她那么好，即便如今她和陆家的关系已经到了冰点，依旧难以否认当年是陆凌川和陆凌蕊将她从失去父母的痛苦深渊里拉了出来，给予了她温暖和爱。

都说欠债还钱天经地义，她欠了陆家人的情，所以必须还。

周末，沈念休息。她一大早就起来了，洗了个澡，给自己画了个淡妆，卷了个发型，又换了一身鹅黄色的裙子。她打扮得非常精致，因为今天她要参加A大创校一百周年的百年校庆。

A大是她的母校，也是陆凌川的母校，同样也是陆凌蕊梦想着要考的理想学校。

沈念打车去了A大，很久没回来了，A大的变化不小。

她给曾经的辅导员周老师打了个电话，周老师很快赶到校门口，看到沈念笑得很开心。

"小念，真没想到你能来。"听说她一直很忙。

沈念扬了扬头："母校百年校庆，作为A大的孩子，回来是应该的。"

周老师笑得更开心了，走在前面带着沈念进去。

"这两年咱们学校的变化不小，尤其在绿化方面，你看看……"

"嗯，变化挺大的。"

今天是百年校庆，学校特意进行了布置，道路两侧挂着气球和横幅，整个校园都充满着喜庆的气氛。

周老师问她的工作怎么样，沈念很有耐心地回答着。

周老师先带着沈念到了学校的名人廊，名人廊两边每隔一段距离就会有一个相框。

沈念知道A大的名人廊，能挂在这里的都是历届优秀毕业生。前面的面孔沈念大多不认识,那些都是毕业好多年的师兄和师姐。在看到其中一个相框时,她的目光停住。上面的男人显得很青涩,和现如今的稳重、冷漠相差太多,一只手习惯性地插在口袋里,看着镜头不苟言笑,给人一种酷酷的感觉。

下面是对他的介绍:陆凌川,××级优秀毕业生,凌蕊集团创始人。

陆凌川年纪轻轻就成立了自己的公司,而且发展得很好,虽然他家的条件原本就不错,但凌蕊集团是陆凌川自己一点一点打拼出来的。

今天是学校的百年校庆,像他这样的优秀人士自然会被学校挂在名人廊上展示。

只看了一秒钟,沈念就收回目光。

后面还有其他人的照片,什么优秀工程师、优秀投资人……沈念还在其中看到了萧沐白,他同样是让学校骄傲的优秀毕业生。

她继续往下看,有些意外地看到了自己。照片是当初刚进学校的时候拍的。下面配着文字:沈念,××级优秀毕业生。

周老师欣慰地看着沈念,想起当年沈念读书时的事,开口回忆着:"老师从来没见过像你这么聪明的孩子,你是老师教过的学生里给我最多惊喜的。当时才进 A 大的时候你可是班里倒数第一,那成绩差得老师都担心你不能顺利毕业,谁能想到你这么努力,不但毕业没问题,还提前修满学分,提前毕业。"

从当初的倒数第一到提前毕业的完美逆袭,她身上发生的事是学校可以大肆宣扬的奇迹,而且她在校期间就已经开始积累工作经验,是个十分优秀的学生。

周老师还要带沈念去其他地方看看,一名学生匆匆过来,对周老师道:"周老师,吴老师说您给她的表格出现了点问题,让您赶紧回去看看。"

闻言,周老师蹙眉:"我检查过两遍,怎么会有问题?"

学生摇头:"我也不清楚,您的手机放在桌子上没拿,吴老师只能让我来找您。"

那份表格很重要,必须立刻去解决问题,可是沈念……周老师非常纠结。

看出来了周老师的为难,沈念微微一笑。

"周老师,去忙正事吧,我可以自己逛。"

沈念都这么说了,周老师点点头。她也想带着沈念继续逛,但那边实在需要她去看看。

"那你再逛逛。哦,对了,别忘了去签名墙签到。"想到什么,周老师提醒着，随即又补充了一句，"学校广场那儿有签名墙。"

"行。"

周老师去忙了，沈念先去了广场。

今天是学校的百年校庆，不管是毕业的还是没毕业的学生，只要有空的都来了。

沈念老远就看到了印着 A 大 logo 的签名墙，上面已经写满了名字。

从旁边桌上拿了一支黑色签字笔，她找了一圈，终于看到了一处空白地。下笔准备签上自己的名字，在签字笔刚碰到签名墙的那一刻，沈念突然停住。想了一下，还是没在上面写自己的名字，而是写了三个字——陆凌蕊。

签完名，她将签字笔放回原处，转身离开。

漫无目的地在校园里转了一圈，接到周老师的短信通知沈念才有了目标，转身去学校的大会堂。

等她赶到大会堂的时候，大会堂里已经有很多人了，座椅上没写名字，大家也是三三两两地坐在一起，应该是随便坐的。

沈念挑了个最后面角落的位置，坐下之后就开始低头玩手机。

活动没开始之前，会场有些嘈杂，到了开始时间，音响里传出声音："请大家安静一下。"嘈杂的会场慢慢变得安静下来。

大会堂很大，可以容纳几千人，来参加百年校庆的人虽然多，不过并没坐满，会场有些空位，尤其是最后一排，只坐了沈念一个人。

最前面的舞台上摆着长桌，几个中年男人坐在上面，每个人面前都放着他们的身份牌，都是 A 大的校领导。

主持人开始发言："感谢 A 大的优秀毕业生和在读生们参加母校一百周年校庆！"

下面传来一阵掌声。

主持人接着开始介绍起 A 大，从 A 大的创建，到 A 大这些年获得的荣誉……然后，便是各位领导讲话。

沈念对这种活动的兴趣不大，今天会来也只是想出来转转，散散心。或许是前些日子每天两点一线的日子过于枯燥，导致心情太过压抑，有些难以控制情绪。

沈念闭着眼睛，一手撑着额头，头疼地揉了揉眉心。连她自己都发现了，这段时间她的精神状态格外的差，脾气上来的时候她的大脑一片空白，说什么做什么难以控制。

明明不想和陆凌川吵架,可就是控制不住自己,控制不住自己的情绪。她感觉自己越来越难以自控

沈念轻轻摇了摇头。等忙完这段时间,她可能需要去看看医生。

"下面有请优秀毕业生代表陆凌川上台发言——"台上主持人的话音才落,紧接着台下传来热烈的掌声。

沉浸在自己世界里的沈念在听到"陆凌川"这个名字的时候猛地抬头,大屏幕上已经投放出陆凌川的介绍。

在掌声中,陆凌川上台。那抹长身玉立的俊逸身姿映入沈念的眼帘,他向来是人群中最瞩目的。

陆凌川今天穿了一套深色西装,搭配同色系领带,精致的蓝宝石领带夹泛着光泽,衣着笔直挺括,显得十分矜贵。台上的灯光打在他的身上,将完美绝伦的身形展露出来,他的眼神一如既往地清冷,不带一丝感情,那双狭长的眸子淡然地盯着前方,如夜空中清冷的月光,透露出一股不食烟火的清冷气质。他坐在校领导旁边的空位上,伸手调整了一下面前的话筒,露出形状好看的手。

陆凌川的目光在台下转了一圈才收回来,开口道:"大家好,我是陆凌川,很荣幸能以优秀毕业生代表的身份出现在这里。"

陆凌川说了什么,沈念没听进去,只是怔怔地看着。

两个人的距离有些远,中间还隔着那么多人,其实沈念看他看得并不清晰,但只是看到那道身形,她的脑海中便情不自禁地浮现出那张脸。

他……怎么会在这儿?

这些天两个人之间的交谈仅限于工作,仅此而已。

她从未说过自己会回Ａ大参加学校的百年校庆,而他也没透露过他会以优秀毕业生代表的身份上台发言。

主持人也是Ａ大的学生,他激动地看着陆凌川,显然知道陆凌川是谁。

陆凌川一说完话,他便立刻举起话筒开口:"陆学长,你好!我是咱们Ａ大的大三学生,暑假结束后我将升上大四,即将毕业的同时也将面临一个非常重要的问题——就业。下面还有很多和我同级的同学以及一些学弟学妹。今天是咱们Ａ大一百周年的周年庆,很荣幸能够邀请到这么多优秀的学姐学长们返校,也很荣幸能够和陆学长说话。我有些问题想知道答案,不知陆学长可否解答一下。"

陆凌川微微颔首:"请说。"

"第一,对于就业问题大家一直争论不休,有些同学认为进公司工作对于实现人生价值是有局限的,很多同学想选择创业,而有些同学则认为创业有利有弊,并非稳赢。对于这个问题,陆学长,您的见解是……"

陆凌川用一只手扶了一下面前的话筒,低沉好听的声音透过音响传到会场的每一个角落。

"不管做什么选择都有利有弊,选择适合自己的那一个,不必为了跟风去选自己并不擅长的领域。"

主持人点点头,继续第二个问题:"众所周知,陆学长现在是非常成功的投资人,陆学长有什么成功秘诀可以分享的吗?"

"我没有什么成功秘诀,只有两个字送给你们——学习。"

"我或许明白陆学长的意思了。"主持人开口,"不断学习,不断进步,不断累积经验,是吗?"

"是。"陆凌川颔首,目光依旧在对面的人群中搜索着。

"我的老师曾经在课堂上提到过陆学长,老师说学长您在在校期间就已经开始创业,所以才成就了您现在的年轻有为。"

"我的成功并非我一个人的努力。"陆凌川的声音深沉。

听到这话,主持人立刻继续问:"还有其他人吗?"

"是。"陆凌川的声音很轻,可说出来的那个"是"字通过音响传到了每个人的耳中。

"那个人是……改变我人生轨迹的一个姑娘。"

在场的众人惊呼起来,紧接着便窃窃私语起来。

改变人生轨迹……这几个字让沈念有些失神。

其实,陆凌川曾经从未想过会走上自己创业的道路,他有其他的理想和抱负。陆家本身就是富裕的家庭,即便陆凌川不创业,陆家的资产也足以让他随心所欲地过完一生。最后会走这条路是为了纪念陆凌蕊,用陆凌蕊的名义创造价值。如果陆凌蕊没死,陆凌川的确不会选择今天这条路,这么一想,好像还真的是她改变了陆凌川的一生。想到这儿,沈念忍不住自嘲地一笑。

感觉到一道灼热的视线落在自己身上,沈念抬头,就对上陆凌川的目光,她愣住了。

陆凌川不知何时看到的她,他狭长的眸子幽深,看着她的眼神带着复杂。

两个人之间相隔甚远,就在这一时刻,其他人都成了背景,真正的主角只有他……和她。

沈念张了张口，想说什么，却发现自己在这一刻突然失了声。

我曾犹豫过，回头直面那微弱的一丝希望……依旧无人问津。

就在一瞬间，沈念突然很想问陆凌川，你愿意救赎我吗？

"嘭！"手机从手里滑落掉在了地上，发出的声音让沈念立刻回到现实。

陆凌川还在看她，沈念却狼狈地移开了目光，低头将地上的手机捡起来。落荒而逃。

在认识沈念之前，陆凌川给自己制定的目标一直是成为一个优秀的人。对于那个时候的他而言，婚姻和爱情远不如事业重要。直到认识沈念后他才发现，原来他也会如此迫切地想把一个女孩子娶回家，让她成为自己的妻子，名正言顺地把她留在自己身边。如果没有当年的事……或许他们不会是现在的结果。

透过人群，他看着她。对上那双漂亮的眼睛，就在那一瞬间，陆凌川突然想抛下如今所顾忌的全部，不顾一切地跑到她面前，问她，你还愿意和我在一起吗？

只要她说一句愿意，他便什么都不要了，只要她。

死寂的眼眸中闪过一抹幽光，明灭不定，原本黑暗的前方突然多了一抹微光，只要抓住那抹微光，他便能脱离黑暗，重见光明。

在他就要将那句话问出来时，沈念却突然起身匆忙离开。那一瞬间，像被泼了一盆冷水，原本满是希冀的眼眸再次恢复黯淡。

眼前控制不住地浮现出当年陆凌蕊躺在救护车里，明明已经不行了却还抓紧他小指强颜欢笑的模样、母亲精神崩溃的模样以及深夜时分沈念被梦境折磨得痛苦呢喃的画面。

需要顾忌的东西太多，所以无法毫无顾忌地奔向她，拥抱她。明明和她近在咫尺，却有一种咫尺天涯的感觉。

从会堂里出来后，沈念的脑子里十分混乱，脑海中不受控制地闪现出他那双灼热的眸子。以前他看她的眼神是生气，是怨恨，是冷漠。他似乎已经很久没有这么认真地看过她了。只是一个眼神，就差点让她招架不住。

沈念低着头，失魂落魄地往前走着，突然撞到了什么，她往后退了一步。

"念念？"

听到熟悉的声音，沈念抬头，看到那张熟悉的脸，感到有些意外："萧沐白？"

"你也来了？"沈念问。

看到沈念，萧沐白露出一抹温柔的微笑："原本是不打算来的，后来想想学校的百年校庆仅此一次，错过就没有了，所以还是来了。"说完，他看着沈念，"怎么了？你的脸色有些不好，连走路都不看前面。"

沈念露出一抹微笑："没事，就是早上起来的时候有点低烧。"回答完萧沐白，沈念非常自然地转移了话题，看到他手上拿着笔，便问，"你在做什么？"

"在写自己的愿望。"

"愿望？"

"嗯。"

顺着他的视线，沈念才发现旁边的大树上系满了红丝带和卡片，像是那些寺庙里才有的许愿树。

看着那棵树，萧沐白陷入回忆，他叫着沈念："念念。"

"嗯？"

"还记得这棵树吗？"

闻言，沈念有些疑惑地看着萧沐白。她对这棵树并没有什么印象，不明白萧沐白为什么会这么问。

看到她不解的目光，萧沐白勾了勾唇："我之前不是救了一棵树？"

"是。"沈念点头，这件事她有印象，"那棵树已经快要枯死，当时学校准备联系工人把树砍掉了，你亲自去找校长，说会把它养活……"

想起以前的事，沈念的眼底闪过一抹笑意。

好像就是在那个时候，她才真正注意到了萧沐白。是她没见过世面，反正活了那么多年，萧沐白是她见过的第一个要救活枯树的人。

看到萧沐白在笑，沈念忽然明白过来，再次看向那棵大树，惊讶地道："就是这棵？"

"嗯。"萧沐白拍了拍树干，"是不是变化很大？"

是，变化怎么可能不大，沈念都没认出来。她抬头盯着树上挂着的东西："这棵树怎么变成许愿树了？"

"把这棵树救活后，也不知道从哪儿传出来的，说这棵树大难不死必有后福，如果把愿望写好系在上面一定会实现，后面传得越来越邪乎，这棵树就变成了Ａ大的许愿树，成了学校一道靓丽的风景线。"

听完，沈念觉得有些哭笑不得。这个世界上哪有什么神灵，都是在安慰自己罢了。

萧沐白走到一旁,草丛里有个像信箱一样的小架子,打开信箱,里面有很多小卡片和红色飘带。他拿了一份,又拿了一支笔,走过来把东西递给沈念。

"什么?"沈念看着手上的东西,没明白。

"为了方便大家许愿,学校在旁边特意放了纸笔,你可以把自己的愿望写上去,然后挂在树上,这样老天就能看到你的愿望,然后帮你实现了。"

在一个成年男人的嘴里听到这种哄孩子的话,沈念忍俊不禁:"我不信这个的。"

萧沐白一脸严肃地看着她:"你可别不信,我听说就有学生在这上面留过言,然后他的愿望就实现了。就是因为有人实现过愿望,所以这棵许愿树的名气才这么大。"

他把东西塞给沈念,又举了举自己手上的:"反正又不花钱,就当写着玩了,讨个好彩头。"

萧沐白都这么说了,沈念只能点头:"那好吧。"反正只是写着玩玩。

为了哄沈念写,萧沐白也写一个。

不远处有个石桌,两个人对面而坐。

看着真的在认真写愿望的萧沐白,沈念也严肃了几分。她认真地思考了一下,然后开始低头写字,写完后,将纸对折,放进红色丝绒布袋里,用签字笔在面料上写上自己的名字——沈念。

做完这些后,她再将两边的绳子一抽,然后打个结,怕被水淋湿,又套了一层密封袋,这样别人就看不到里面的内容了。

沈念做完之后抬头,萧沐白那边也弄好了。他伸手:"要不要我帮你挂上去?"

沈念低头看了一眼自己的裙子,点点头:"麻烦你了。"

"客气。"萧沐白的眉头一挑。

脱掉身上的西装外套,萧沐白自然地递给她:"帮我拿着。"

沈念接过外套。

萧沐白松了松自己的领带,又将袖扣解开,将袖子往上挽起来,这才拿着两份愿望朝许愿树走去。他先观察一下,然后一蹿,一只手非常灵活地抓住枝干,一点一点地往上面爬。

沈念在下面看着,见他爬得差不多了,开口道:"挂在那里就行。"

越往上,枝干越细,越容易摔下来,沈念本来就不相信什么许愿树,所

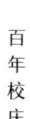

以也不要求将她的愿望挂在最高处被老天看到。

萧沐白抬头往上看了一眼,然后对沈念道:"没事,我还能再往上爬一下。"说完,又往上爬了一点。

"喂!"沈念叫他,结果萧沐白非常倔强,就是要爬到最高处。

她悬着一颗心,看他爬得越来越高,不过好在有惊无险,他顺利地爬了上去。他先把沈念的愿望系在最高处,又将自己的愿望系在沈念的愿望旁边。

然后他开始下来。下来比爬上去快多了,踩着树枝一点一点地往下,最后距离草地还有两米多高的时候,他直接跳下来。

拍了拍手,萧沐白对沈念挑了挑眉,笑道:"好了,咱俩的愿望在最高处,这样老天爷在帮忙实现愿望的时候最先看到的就是咱俩的。"

沈念将他的西装砸向他:"那么危险,你竟然还能笑出声来!"

刚才萧沐白下来的时候因为太着急,不小心踩到了一截非常细的枝干,细枝干承受不住他的重量直接断了。还好萧沐白眼疾手快,立刻稳住了身子,不然从那么高的地方摔下去,不把他摔成傻子都是老天爷庇佑他。

萧沐白被砸了一下,故作哀怨地道:"我还不是想让你的愿望最先被实现,所以才爬那么高的。"

看到萧沐白一脸认真的表情,沈念先是愣了一下,回过神来露出一抹温暖的笑。

"谢谢你,萧沐白。"她认真地道谢。

看到她的笑容,萧沐白也露出微笑:"你开心就好。"他这么做,只是为了让她开心而已。

看着萧沐白的脸,沈念想,萧沐白或许是她黑暗世界里的唯一一点星光了。

"今天我请你吃饭?"沈念主动开口。

闻言,萧沐白的眼睛一亮,连忙回答:"好!你自己提的建议,不许反悔。"

沈念没忍住,"扑哧"一笑,道:"放心,不会反悔的。"

…………

第三章

短暂的岁月静好

学校百年校庆没什么特别的活动,沈念转了一圈,中午就离开了,和萧沐白一起吃了中午饭,找了个不错的图书馆待了一下午。或许是她的人生有太多的痛苦和压抑,所以她觉得鲜少的安逸格外幸福。

等想要回家的时候已经下午四点多了,沈念开始考虑晚上吃什么。不知为何突然想自己做饭了。

之前一直忙着工作,饭都是在公司里吃,或是点外卖,家里的厨房都积一层灰了。工作餐和外卖再好吃,也少了家的味道。

今天难得有空,沈念想了一下,离开图书馆后转道去了附近的菜市场。其实超市也有菜,但沈念还是选择了菜市场。在踏进菜市场的那一刻,小贩的吆喝声夹杂着讨价还价的声音一股脑儿地涌入她的耳中,有点乱哄哄的感觉。不知为何,沈念有些享受这种乱哄哄的感觉,听着吵闹声,她才觉得她的世界里还有其他人的声音,而不是只有她一个人。

"闺女啊,要不要看看土豆?"听到有人在叫自己,沈念扭头就看到一个穿着朴素的阿姨在对她招手。

见沈念看了过来,阿姨立刻露出灿烂的笑容,更殷勤地介绍着:"阿姨家的菜都是不打农药的,新鲜健康着呢!你看看。"

"好啊。"沈念微微一笑。

她站在阿姨的菜摊前,阿姨热心地道:"你看看阿姨家的土豆,是不是要比其他人家的大很多?炒出来的味道都不一样,信阿姨的!还有这个黄瓜,是阿姨自己种的,虽然看起来不好看,但保证没有农药!闺女啊,你再看看这个……"

阿姨太热情了,沈念感到有些招架不住,哭笑不得地道:"阿姨,我一个人吃。"

阿姨恍然大悟,连忙点头:"一个人吃啊,那少买点,不然买多了浪费!"

说着,她把帮沈念挑的土豆往摊子上放回去几个,只留下两三个,刚好能炒一盘菜的量。

"土豆能放,不过你第一次在阿姨家买,所以还是少买一点,先尝尝好不好吃,好吃下次再来!"

"谢谢阿姨。"沈念微笑着回答。

阿姨称了一下,对沈念说了重量和价钱,然后从旁边抓了一把葱和蒜放进去:"这些是送你的。"

见阿姨如此热心,沈念想了一下还是开口:"我不太喜欢经常出来,想买一点能放得住的菜,阿姨,你帮我推荐一下吧。"

阿姨的眼睛一亮,连忙道:"能放的啊,有不少呢!阿姨家的胡萝卜特别好,可以做点胡萝卜饼,山药胡萝卜汤也行,特别好喝!你要是怕麻烦就炒个胡萝卜鸡蛋。还有冬瓜也能放很久,可以熬冬瓜汤,阿姨给你挑个小点的,你一个人吃也不浪费!"

沈念微笑着点头:"那就听阿姨的。"

阿姨热心地帮她挑胡萝卜和冬瓜,一边忙碌一边笑着道:"闺女,看你那么小,怎么就出来买菜了,可真懂事!像我家那闺女,一天到晚就知道在家里刷手机、网购!"

难得见到这么热情的阿姨,沈念也很有耐心地回着她的问题:"阿姨,我二十三岁了,不小了。"

"哎哟,二十三了?"阿姨露出一脸惊讶的表情,"真是看不出来,阿姨还以为你才二十,和我闺女差不多,没想到你比我闺女大。"

沈念笑起来。

"二十三了,是不是出来工作了?"

"嗯,已经上班了。"

"工作怎么样啊?你这孩子一看就聪明,肯定找了个好工作吧。"

"还好,是老总的助理。"

"老总的助理啊!"阿姨觉得更加惊讶了,"这个阿姨知道,那可是好工作!"一般工厂都是老板和厂长,只有大公司的负责人才叫老总。老总的助理,这要没点本事啥的,能做老总助理吗?

沈念微笑着:"是挺不错的。"

"真好。"阿姨道,"我家闺女大三了,开学就大四,马上也要进入社会了,可那孩子一天到晚就想着臭美,没你这么有本事!"嘴上吐槽着,可在提起女儿的时候，阿姨笑得那叫一个开心。

沈念看着她的笑容有一瞬间失了神，不过很快又露出微笑，安慰道："您这么爱她，她不会辜负您的希望的。"

阿姨被哄得开心极了，把称好的菜递给沈念："你这孩子，阿姨喜欢你，以后常来！"

"好。"

买完菜，沈念回去，回到家后先换了鞋，然后拎着菜进厨房。

厨房里的锅已经很久没动过了，她先把锅刷一遍，再把台面擦一下，这才开始清洗蔬菜，然后拿刀，切段的切段，切丝的切丝。

陆凌川刚回来就看到正在忙碌的沈念，在瞧见那个身影的一瞬间，陆凌川觉得自己像是下班回家的丈夫，进门就看到正在准备晚餐的妻子。这画面……是他曾经最渴望的未来，没想到有生之年能够看到。

沈念正在淘米，她很少下厨，对做菜虽说不算一窍不通，但厨艺也没多好。偶尔煮个面、炒个鸡蛋还行，其他复杂的菜式就不会了。

就像蒸米饭，她每洗一次水都会变得浑浊，沈念不太确定有没有洗干净，就一遍一遍地淘洗。正犹豫要不要查一下米应该淘几遍的时候，门口传来男人低沉的声音。

"米淘两到三次即可，淘洗时轻轻搓一下。淘米的次数多了会损失米里的维生素和矿物质。"

听到熟悉的声音，沈念一抬头就看到了站在门口的陆凌川。

上次他回来时两个人大吵了一架，从那之后，他们的关系也降到了冰点。

沈念原本以为陆凌川不会再来了，现在看到他，感到有些意外。不过她只意外了几秒钟也就想通了。她现在住的这套房子是陆凌川买的，所以这是陆凌川的家，人家想回自己的家自然随时都能回。

收起眼底那一闪而过的惊讶，沈念又恢复了以往的淡定，点了点头："好。"

刚才米已经淘了三四遍了，所以不用再淘，将洗干净的米倒进电饭锅里，又打开柜子倒了一点米，继续淘。原本她打算自己一个人吃，所以只洗了一人份的米，现在陆凌川回来，自然要准备他的那份。

这次她就淘了三次，把米倒进锅里，然后再倒些清水，插上电，按下按钮，等着电饭锅自己运行。她接着又将刚才切好的菜洗一遍，然后放在盘子里，知道陆凌川还站在门口看着她，她刻意无视那道目光，让自己专心炒菜。

两个人谁都没有提 A 大百年校庆的事。

把锅放在灶台上，开火，倒油，前面的步骤都非常正确。等油热了后，沈念把菜倒了进去。

菜是洗干净了，但上面还沾着水，水碰到热油的一瞬间发出噼里啪啦的声音，油点四处飞溅。沈念原本就在一心二用，这个声音把她吓了一跳，立刻往后退了两步，手上的盘子都差点扔了。

陆凌川大步上前，一只手托住她的后腰，沈念怔怔地盯着他，有意外，也有不解。陆凌川没有看她震惊的神色，而是淡淡地道："我来。"

他都这么说了，沈念自然不会和他抢，默默地往后退了一步，给他让出位置，然后走到一旁把待会儿要用的盘子洗一下，再用厨房纸巾擦干净。

做完之后无事可干，陆凌川还在炒菜，她也不好离开，就站在那儿，看着陆凌川掌勺。

说实话，陆凌川的动作不算标准，和专业厨师比还是差多了，不过比她要好很多。他认真地掂着锅，她站在后面安静地看着他，两个人之间有一种诡异的和谐。

陆凌川炒的菜品相看着还是不错的，炒好之后，他侧头，非常自然地开口："盘子。"

沈念立刻把盘子送上去。

他把菜盛进盘子里，将锅拿去刷。沈念也没闲着，把菜端到餐桌上。

两个人做了四个菜，又弄了个简单的紫菜蛋花汤，正好米饭也焖好了。拿着洗干净的碗和筷子出去，两个人对面而坐。

上次吵架后，沈念没想过两个人还能如此心平气和地坐在一起吃饭。沈念深吸一口气，给他盛了一碗米饭，然后又给自己盛了一碗。

坐下，低头默默地吃菜，不说话。

饭桌上只有两个人动筷子的声音，陆凌川做的菜不算特别惊艳，但味道也不差，沈念的胃口出奇的好，满满一碗饭很快就只剩下一个底了。

她尽量不抬头和陆凌川对上目光，因为不知道该说什么，能说什么。上次她像个疯子一样在他的面前发疯，现在想一次就觉得尴尬一次。

"那天只是帮她买东西，不是约会。"陆凌川突然开口。

发呆的沈念抬头，对上他认真的眸子，一愣。过了足足五秒钟，她才反应过来陆凌川说的是什么事。是之前她和蒋玲玲逛商场碰到他和梁璟禾在一起的那一次。他们不是在约会，他只是帮梁璟禾一个忙。所以，他这是在解释吗？

沈念恍惚了几秒钟，随即又恢复正常。她抿着唇，淡淡地"嗯"了一声。然后……两个人又无话可说了。

他解释了，她点头表示自己知道了，两个人之间的矛盾像是解除了，又像没解除。还像前段时间那样，除了工作没有其他话题，就是不知道该说什么，所以干脆不说。

不过沈念的状态确实比前段时间好了很多，连蒋玲玲都发现这点了。

"念姐，你这几天心情好像不错。"蒋玲玲看着沈念，忽然开口。

正在分文件的沈念闻言抬头，弯了弯唇："是吗？"

"嗯嗯！"蒋玲玲赞同地点点头。

沈念继续低头忙工作，一边忙一边漫不经心地问："你怎么知道我最近心情不错？"

"感觉。"蒋玲玲实话实说道，"前几天，念姐虽然也在认真工作，但就是给人一种心事重重的感觉。不过现在明显不一样了，就好像，嗯……没心事了，整个人都开心了。"

听蒋玲玲这种有点奇怪的形容，沈念忍俊不禁："工作时间禁止闲聊，你手头上的工作做完了？"

"做完了。"说完，蒋玲玲连忙将手上的资料递给沈念，"这是陆总让我调查的关于徐细平律师的背景资料，需要念姐你再检查一下，没问题我才能给陆总送去。"

"徐细平律师？"沈念抬头看她，语气十分疑惑。

"对啊。"蒋玲玲回答道。

将蒋玲玲手上的资料拿过来，沈念认真翻了一下。

徐细平，国内外知名律师，之前一直在国外工作，两个月前才回国，如今在 W 市开了一家律师事务所。从业多年，接手过成百上千的案子，其中就有很多复杂的案子。最让人惊叹的是，他从无败绩，妥妥的业界神话。不过越优秀的人脾气越古怪，这位律师非常难约到。

蒋玲玲疑惑地问道："陆总怎么突然让我调查徐律师的背景资料啊，咱们公司不是有专业的法律顾问吗，陆总这是准备换法律顾问了？"

沈念看着资料上面的信息，徐律师的出生年月、户口所在地、平常喜欢吃什么、交友圈范围，包括一些细枝末节的东西都查出来了可，见陆凌川对这个人的上心。

蒋玲玲不明白,但沈念却十分清楚。若这位徐细平律师真如外界所传的那么优秀,陆凌川找他只可能为了一个人——陆凌蕊。

原本事情不算棘手,两个酒鬼也被缉拿归案,但因为牵扯太多,酒鬼家属想要翻案,加上事发没多久陆凌蕊就因车祸意外身亡,更是增加了整件事的复杂程度,导致拖了很久,好不容易判决下来,酒鬼的家属又要上诉。陆凌川找上徐律师,恐怕是这些年被耗得已经耐心全无了。

想到这儿,沈念的精神有些恍惚,她盯着资料上徐细平的名字和照片,手紧了些,努力用平淡的语气回答蒋玲玲:"陆总叫你查徐律师自然有他的道理。"

蒋玲玲想想也是这个道理,人家是老总,想认识谁就认识谁,想查谁就查谁,哪有这么多为什么。

"那念姐你帮我看看怎么样,看有没有什么要补充的。"

沈念翻了一遍后把文件夹递给她:"没问题,你去给陆总吧。"

"啊,好。"蒋玲玲点了点头,然后先走了。

沈念继续整理手头上的文件,动作有些急,胸口像是被压了块大石头,有点喘不过来气,她放下手里的东西,一只手压在胸口,脸色变得有些苍白。她狠狠地从旁边拿过喝水的杯子,咕噜噜地喝了大半杯水,那股压抑的感觉这才消散了些。

她的两只手撑在桌子上,低头闭上眼睛,平复着呼吸,过了好一会儿才缓过来。那些酒鬼会付出代价的,会给凌蕊一个结果的……会的,一定会的。

将文件分好,沈念抱着需要处理的文件朝陆凌川的办公室走去。

"嘭、嘭、嘭",三声。"陆总。"

"进。"

听到里面男人的声音,沈念推门。

进去的时候陆凌川正在打电话,他一只手将手机放在耳边,另一只手拿着无线鼠标,声音冷淡。

"我知道,这两天我会过去一趟。"

"嗯。"

"到时候再联系。"然后,陆凌川挂了电话。

沈念走过去,递上合同:"陆总,这是需要今天签字的文件,另外今晚七点和许总约了饭局,谈城东的项目。"

"嗯。"陆凌川应了一声,"放在旁边,我待会儿看。"

"好的。"沈念就要将文件放在陆凌川的左手边,低头便瞧见一个打开的文件夹,有明显翻动的痕迹,应该是陆凌川刚才看的。

只瞧了一眼沈念便看出这是蒋玲玲整理出来的关于徐细平律师的资料。抬头瞥了一眼陆凌川,男人正在认真地看电脑,电脑屏幕上同样也是关于这位律师的信息。

沈念收回视线,把文件放下后扭头离开。

才转身,身后传来男人淡淡的吩咐:"帮我订一张明天飞W市的机票。"

W市,那位徐律师现在就在W市,不出意外,陆凌川是去见他。

沈念点头:"好。"

晚上,沈念跟着陆凌川参加饭局,这个项目陆凌川盯了小半年了,一直想拿下,但对方咬得很紧,始终不肯松口。

谈了这么多次,今天终于成功拿下。

陆凌川和沈念都喝了不少酒,饭桌上陆凌川一直在和许总喝,沈念偶尔应付一杯,只是微醺,不像陆凌川那般醉。

两个人是开车来的,现在他们都喝了酒,自然不能再开车了,把车子停在这里,沈念打了车。

除了沈念那儿,陆凌川还有其他房子,和沈念吵架的时候他就会回别处。沈念知道他还有其他房产,但并不知道具体地址。这些年,他们似乎都已经习惯了以沉默面对对方,沈念从不过问其他。

陆凌川喝醉了,一个人也回不去,只能把他带回她家。他们的家。陆凌川喝醉酒后很正常,不会发酒疯,只是把头枕在沈念的肩上。

司机师傅在前面开车,沈念小心翼翼地照顾着陆凌川。

"沈念……"他闭着眼睛喃喃着,声音很轻。

沈念的动作一顿,以为自己听错了。然而男人的呓语并没有停止。

"念念,不是奠念,是念念不忘……念念不忘……"

沈念僵住。当初他们初识时,她做自我介绍:我叫沈念,念念不忘的念。

念念不忘,必有回响。

那时候的她没有注意过,奠念用的也是这个念。她现在活着的每一天,都是在奠念陆凌蕊。

陆凌川的呓语声很小,只有沈念听得清他在说什么,前面的司机师傅只知道他在嘟囔,不过刚开始那句"沈念"他倒是听到了。一边开车一边笑着和沈念搭话。

"小姑娘,这是你男朋友吧?"

这么简单的问题,沈念却不知该如何回答。

沈念没有说话,师傅就以为她默认了自己的话,当即笑得更开心了,非常随和地继续道:"有句话怎么说来着?酒后吐真言,这话不是没道理的。你男朋友喝醉了嘴里都叫着你的名字,可见他的心里、脑子里全是你,小姑娘,你有福气,现在的年轻人痴情的可不多了。大叔祝你们幸福久久!"

听到司机师傅好心的祝福,沈念勾了勾唇。不可否认,司机师傅的话很打动她,这是她曾经以及现在都梦寐以求的生活——和陆凌川在一起,幸福久久。

面对这么美好的祝福,沈念实在不忍心反驳,便对司机师傅笑了笑:"谢谢大叔。"

到了地方,车停在小区门口。她付了车费,然后拉开车门,先下了车,再小心翼翼地将陆凌川扶出来。

还好陆凌川非常配合,沈念扶着他没费多少力气。

小区门口的值班保安认识沈念,和她打了招呼,然后帮忙开门。

她扶着陆凌川进入小区,顺利走进单元楼,上了电梯,安全回了家。

将陆凌川带进卧室里,把他放在大床上,一路没有停歇,沈念累得直喘气。她虽然没有醉,但也喝了不少酒,脑子晕乎乎的。

站在那儿缓了好一会儿,沈念才将陆凌川的鞋子脱掉,又去帮他脱西装外套,解开领带。

正要扯过旁边的被子给他盖上时,睡着的男人突然抓紧她的手腕。

不等沈念回神,身子已经不受控制地往床上倒去,狠狠地砸到男人身上。

沈念就要起来,结果一番天旋地转,等她回过神来时已经被陆凌川狠狠地按住。

"陆……"沈念张口就要叫他,男人不给她说话的机会,霸道地堵住她的唇。一只手插在她的发间,按着她的后脑勺,另一只手箍住她的腰,吻得不知餍足。

陆凌川吻得很深很缠绵,此刻不用像清醒的时候那样顾忌太多,借着酒劲他终于回到最真实的自己,将她拥入怀中。

不知道过了多久,陆凌川才依依不舍地松开。沈念终于得到了自由,大口地呼吸着空气。

男人的头埋在她的脖颈处，薄唇擦过她的耳垂。

"我要去见徐律师……"他突然开口，声音中带着些醉意。像是在和沈念说话，又像是在独自喃喃着。

沈念安静地听他低语。

"沈念……"他又开始叫她的名字。

"沈念……"

沈念没有挣扎，只是怔怔地盯着他，看着他。他的确喝醉了。今天为了拿下这个项目，他喝酒像喝水一样。他像个没有安全感的孩子，嘴里一直叫着沈念的名字，只有将她拥入怀中，他才能得到那为数不多的安全感。

"沈念，沈念……"

"我在。"不知道听他叫了自己多少次，沈念终于回应了他。

"沈念。"

"我在。"

然后呢？他会说什么？沈念等着他的回答，可男人只是无声地张了张嘴。

"什么？"

沈念听不见他在说什么，房间没有开灯，她甚至连他的口型都看不清。

然而下一秒钟男人再次堵住她的唇，比刚才还要猛烈。

沈念躺在那儿，躲不开也逃不掉，好似躺在砧板上的猎物，任由他处置。

周围很安静，一点声音都没有，月光透过窗子照进来，洒在大床上，照在两个人的身上。

不知道过了多久，沈念累得睡着了，陆凌川满足地将她拥入怀中，下巴抵在她的头顶，薄唇又是微微一动。和刚才一样的口型。无声的，我爱你。

第二天，沈念醒来的时候已经是中午十一点了，摸到手机看了一眼时间，又闭目养神了一会儿，这才慢慢悠悠地坐起来。不出意外，没有看到陆凌川。

她给他定了今天早上十点半飞W市的飞机，现在他正在飞机上。

去浴室洗了个澡，换上新的衣服，又化个淡妆，沈念才去了公司。

她是陆凌川的助理，平时跟在陆凌川身边，现在陆凌川去外地出差，她也难得清闲下来。

陆凌川已经把这几天的工作提前安排了，即便他不在，公司也照常运转，沈念还像平常一样工作、吃饭、工作、回家。

就这样过了两天。又是一天下午,距离下班还有半个小时。

一个平常和沈念关系不错的员工李楠来交进度表,趁着沈念在检查的时候开口问道:"念念,你明天有空吗?"

"明天?"沈念看了一眼旁边的日历,愣了一下,不过很快又恢复正常。她问道:"有事吗?"

"也不是什么大事。"李楠吐了吐舌头,"明天不是周六嘛,我们部门出去团建,打算去爬爬山,顺便露营。我就是看你每天除了上班就是回家,日子过得太枯燥了,所以想邀请你来参加我们部门的团建。"

沈念笑了一下,拒绝道:"听起来还不错,不过我明天有点事,去不了,抱歉。"

"有事啊……"李楠觉得可惜,不过可以理解,"没关系,还是办事更重要,下次有空了一定要一起玩啊。"

"好。"

改完李楠的进度表正好下班,她收拾了一下东西,打卡下班,今天没有立刻回家,而是去了公司附近的花店。

"丁零零——"一推开门,便能听到清脆的风铃声,然后是店主小姐姐温和的声音。

"你好,请问需要什么花?"

沈念的目光在众多鲜花中转了一圈,然后收回视线看向小姐姐,问道:"请问有没有向日葵?"

"向日葵?"店主小姐姐露出笑容,"我们店里有一些,但是不多,小姐姐是要放在其他花束里做装饰吗?"

"不。"沈念摇头,"是一整束向日葵。"

"那抱歉,没有那么多。"

"没关系。"沈念点了点头,然后离开。

又跑了几家花店,要么是没有,要么是沈念对品种不满意,兜兜转转逛了两个多小时,终于在一家花店买到了她想要的那种向日葵。

抱着一整束向日葵,沈念心满意足地回了家。

回家的第一件事就是将向日葵放在餐桌上,从抽屉里找出喷壶,接满水,然后给向日葵喷水。

向日葵也有不同品种,毛茸茸的泰迪向日葵,颜色高级的油画向日葵,等等。沈念选的是清新的柠檬黄向日葵,也叫奶油向日葵,整体偏奶黄色,给人一种很温馨的感觉。

将向日葵打理好，沈念这才转身去浴室洗澡。明天要很早出门，所以今天要早点休息。

第二天，沈念凌晨三点半就醒了。她从衣柜里找了件黑裙子套上，没有化妆，头发挽成一个丸子头，衣服是黑色的，头发是黑色的，就连挽头发的发圈也是黑色的，黑得有些压抑。

收拾好后，她抱着那束向日葵出了门。

现在这个点路上有车，不过不多，沈念的运气还算不错，只等了五分钟，车就来了。上车之后，她淡淡地道："城东墓地。"

这大清早的接到去墓地的单，可把司机师傅吓得不轻，他通过后视镜瞥了一眼后面的沈念。

她穿着一身黑色的衣服，加上外边的天也是黑的，沈念整个人埋在黑暗中，因为没开灯，也看不清她的表情，还真感觉有点阴森森的。

一只手伸过来，司机师傅吓了一跳，差点叫出声来，但仔细一看，发现那只纤细白皙的手里捏着一张红色的钞票。

"不是鬼。"似乎是知道司机师傅在怕什么，沈念淡淡地解释，"麻烦了。"

沈念不说话的时候是真的吓人，不过她一开口，司机师傅倒不怎么害怕。从这里到城东墓地，就算晚上打车价格高，去一趟也就五十块钱不到，沈念非常豪气地给了一百块，这可是个大单子。司机师傅接了钱，笑着道："小姑娘是去祭拜啊？"

"嗯。"沈念应了一声。

车子发动，现在这个点儿路上的车不多，一路还算通畅。或许是周围太安静了，所以司机师傅一直在找话题。

"是祭奠家里人吗？"

"不是，朋友。"

"朋友啊……"司机师傅又看了一眼后面的沈念，没有化妆的沈念更显得稚嫩，这么暗的视线，司机师傅看不清她的脸，但也能瞧出是个年轻漂亮的小姑娘。她的朋友想必也是和她差不多大的年纪。年纪轻轻的就不在了……司机师傅感到有些惋惜。

沈念抱着向日葵很沉默，司机师傅要说很多话她才会应一声。她看着窗外，大马路上的车很少，路灯飞快地从她的视线中划走。

看了窗外好一会儿，沈念又低头摁了一下手机，原本灰暗的手机屏幕亮起来。她的手机壁纸很简单，没什么特点。屏幕中上方是时间，现在已经四点钟了。再下面是日期。

很平凡的一天，不是什么特别的日子。嗯，一点也不特别。

她设置的日程突然跳出来提醒：小蕊的生日。

嗯，今天是陆凌蕊的生日。

车里又安静了好久，终于到了城东墓地。下了车，沈念抱着花走进去。

现在这个点儿，城里都是安静的，更不用说这里了。

沈念到了墓园门口，守墓人是一位老大爷，老大爷还没有休息，看到沈念来了，露出笑容："来了。"

"爷爷。"沈念感到有些惊讶，"您还没睡？"

"知道今儿个你要来，老头子特意等着你呢。"说完，老大爷指着旁边桌子上的日历，日历上的时间是今天，老大爷在下边写了字，为防止自己看错，还特意把字写得很大。

沈念愣了一下，随即露出笑容："谢谢爷爷。"

"行了，快进去吧。"

清晨有点冷，冷风吹在身上凉飕飕的。

"你这孩子也真是，怎么不穿个外套出来？"

听着老大爷的唠叨，沈念回答了一句，又从老大爷那儿拿了自己放在这里的工具才进去。

这里很安静，很冷清。不需要灯光，也不需要指路，沈念熟练地转弯，直到走到一块墓地前才停下。

她站在那儿，先是垂眸瞥着那块冰凉的墓碑，没有将手上的向日葵放上去，而是放在了一侧。单膝跪在墓碑前，将从老大爷那儿拿的工具放在腿边。是一个小水桶，老大爷已经提前帮她接好了水。沈念将一块干毛巾浸在水桶里面，然后拿出来拧干净水，认真地擦拭着墓碑，将上面的脏东西全都擦去。她没说话，默默地做着手上的事。

擦干净墓碑后，这才抱起那束向日葵看向墓碑，天色有些暗，看不清上面的字，但沈念知道上边写的是什么。

长女陆凌蕊之墓。

她把向日葵放上去，轻轻地开口："我来看你了，今天是你的生日，生日快乐！"

没有人回答她，只是一股凉风又吹起来。

沈念挺安静的,她原本就不是多话的人。她靠在陆凌蕊的墓碑旁,双腿屈起,用手环着,没有再说话,只是很安静地坐在那儿,埋着头沉默着。

她来的时候天还很黑,不过夏天的白天来得很早,才过了一小时不到,天就隐约亮了起来,很快,最后一点黑暗褪去,清晨的第一抹阳光洒了下来。感觉有光照在自己的身上,沈念的身子动了动,抬头,看着天上的太阳。

"天亮了。"没想到天亮得那么快。她侧头看着陆凌蕊的碑,动了动嘴唇,想说什么,却又不知道该说什么。以前都是陆凌蕊主动和她聊天,现在让她自己说,她都想不到聊什么话题。其实,看到墓碑上的照片和名字,她就已经很心安了。

她拿出手机,看了一眼时间。

今天是陆凌蕊的生日,陆家人会来看她。这些年沈念一直和他们错开时间,她知道,陆家人不想见到她。现在的时间还早,陆家人应该不会这么早来。

另一边,陆凌晨陪着黎明诗来看陆凌蕊,陆凌晨的一只手抱着一束向日葵,另一只手扶着黎明诗。

这些年,黎明诗的身体不太好,情绪激动时还会晕倒。

"妈,不用这么早来看姐的。"陆凌晨道。

黎明诗没有化妆,人显得很憔悴,头发也只是用皮筋随便一扎。听到小儿子的话,黎明诗摇了摇头:"妈妈做梦梦到你姐姐了,她以前最爱过生日了……"所以,她想早点来看看。

看到憔悴的母亲,陆凌晨不知道该怎么安慰,只能沉默着。

都说女孩是父母的贴心小棉袄,比男孩细心,比男孩懂事。陆家有三个孩子,但只有陆凌蕊一个女儿。陆凌蕊从小机灵懂事,每次都能把黎明诗夫妇哄得笑容满面,所以三个孩子里,黎明诗和丈夫还是更宠爱女儿一些。

陆凌蕊的离世,对他们的打击非常大。

母子俩来的时候正好撞上还没离开的沈念。

看到沈念,陆凌晨感到有些惊讶,她怎么这么早来了?

沈念也听到了脚步声,抬头对上陆凌晨和黎明诗惊讶的表情,有些意外。他们以前不会这么早来的。

不过碰上了,自然不会逃避。

沈念站起来,对黎明诗点头:"阿姨。"

黎明诗没想到会在这里看到沈念，惊讶过后便是愤怒。

"你怎么会在这里？你来这里做什么？你这个自私的孩子，你有什么资格站在这里？"

"阿姨……"

"别叫我！"黎明诗的情绪变得激动起来，眼眶慢慢发红，"你是刽子手！你害了我的女儿，我的女儿是为了救你才出事的，你有什么脸面来这里？"

沈念沉默着。

"妈！"陆凌晨连忙拉住黎明诗，可她的情绪已经不受控制，朝着沈念大喊大叫。目光瞥到陆凌蕊墓碑旁边放的向日葵，她激动地冲上去把花打开。

"阿姨以前把你当成亲生女儿一样对待，可是你为什么不救蕊蕊？"黎明诗突然大哭起来，冲上去抓着沈念的衣服，"你这个坏孩子，你为什么不救她？你为什么不把她一起带走？我的蕊蕊对你那么好，你怎么狠下心来让她一个人面对？你为什么不带她走啊……你是个坏孩子，坏孩子……"

沈念站在那儿，像块木头，盯着哭得撕心裂肺的黎明诗。她想说话，可嘴巴像是粘了胶水，动不了。

黎明诗哭得上气不接下气，站都站不直了。

陆凌晨上前把黎明诗抱在怀里："妈，妈。"

"念念，你为什么不把阿姨的小蕊带出来？你为什么不把我的小蕊带出来……"

陆凌晨抬头看着沈念："念姐，你先走！"

黎明诗哭得快昏过去了，她不能看见沈念。看到沈念，就像是看到了陆凌蕊，让她觉得更加痛苦。

沈念往后退了一步，蠕动了一下嘴唇，终究还是没说什么，转身离开。

今天是陆凌蕊的生日，她的受难日。黎明诗一想到自己辛辛苦苦生下的女儿，那么努力养大的女儿，如今却成为一捧骨灰，孤独地躺在这儿，那种撕心裂肺的痛苦旁人根本难以理解。

被小儿子安抚着，黎明诗过了好久才慢慢地缓了过来，她流着眼泪盯着陆凌蕊的墓碑，将自己带来的向日葵放在旁边。

蕊蕊，妈妈的小向日葵，你怎么舍得离开妈妈？狠心的坏孩子……

目光瞥向一旁，地上是打翻的向日葵花束，是沈念给陆凌蕊带的。

黎明诗的眼眶又红了，无声地流着眼泪。伸手抹了一把泪水，还是把地上的向日葵捡起来放在了自己的那束向日葵旁边。

沈念离开墓园后去了一家酒吧，这家酒吧二十四小时营业，不过白天的人不多，酒吧里比较安静。她坐在角落的位置，手里拿着杯子，一杯接一杯地喝酒，喝醉了就趴在那儿休息，清醒过来了继续喝，就这么麻木不仁地过了一天。

陆凌晨赶过来的时候，沈念面前已经堆满了各种酒瓶，看她还在喝酒，陆凌晨蹙眉，大步上前夺走了她手上的杯子。

"你别告诉我，你今天一天都在喝酒。"

沈念的身子晃了晃，迷迷糊糊地睁开眼睛，看到是陆凌晨，她扯了扯嘴角。

"你来了。"

"是。"陆凌晨把杯子放在桌上，在她对面的位置坐下来。

酒被陆凌晨抢走了，沈念的手肘抵在桌子上，撑着脑袋缓了一会儿才开口："阿姨怎么样了？"

"没什么事，看完凌蕊回去后我请了医生给她做检查，只是情绪有些激动，休息一下就好了。"

"那就好。"沈念恍恍惚惚地点了点头，"小蕊和阿姨的感情最好了，她要是知道我把阿姨气到了，一定会怪我的。"

"你知道的，我妈一直很喜……"陆凌晨本来想说我妈一直很喜欢你，因为这是事实。当年凌蕊还在的时候，隔三岔五就会把沈念带回家，沈念又乖又懂事，黎明诗很喜欢她，把她当成亲生女儿一样对待，有时候陆凌蕊都嫉妒地嘟囔妈妈的小棉袄换人了，成了念念而不是她了。直到出事后……

这些年黎明诗过得很痛苦，即便知道沈念也是受害者，即便知道真正害了陆凌蕊的是那两个酒鬼，但是承受丧女之痛的她根本无法理智地去分辨这些。她把自己绕进了牛角尖里。

陆凌晨的话说了一半就住了口，但沈念知道他想说什么。她自嘲地一笑。是啊，以前是喜欢，但也说了，是以前。她怔怔地盯着陆凌晨面前自己刚才喝的酒，开口道："陆凌晨。"

"我在。"

"你听说过绿精灵吗？"

绿精灵？那是什么东西？陆凌晨疑惑地看着沈念。

沈念弯了弯唇，缓缓地道："绿精灵是一款鸡尾酒，凡·高的最爱，听说有致幻的效果。"这款鸡尾酒陪她度过了最艰难的时光。

陆凌晨知道她的意思，但还是道："女孩子少喝些酒，对身体不好。"

沈念只是笑笑:"找我有什么事?你还没说。"

刚才陆凌晨给她打电话,说要和她谈谈,所以她才告诉了他自己所在的位置。

"沈念。"陆凌晨认真地叫她的全名,"我还是想对你说,你还年轻,你的生活不该停滞不前,你也不能一直活在曾经。"停顿了一下,他接着说,"其实人应该自私一点,自私一点反而能活得舒坦。"

沈念没有说话,只是垂下眸子。

陆凌晨盯着她,认真地道:"你可以去实现自己的理想,活得自在些。"

"理想……"沈念喃喃地念着这两个字,抬头笑看向陆凌晨,"理想倒是没有,不过我有梦想。"

"梦想?"这是沈念第一次主动和他谈陆凌蕊以外的话题,他顺着她的话道,"可以说来听听,如果我能做到的话,可以帮你实现。"

"这个嘛……"沈念很认真地想了一下,然后摇头,"那你还真的做不到。"

"你不说,怎么知道我做不到呢?"陆凌晨挑眉。

看到他一脸傲娇,和以前一模一样,沈念忍俊不禁,告诉他:"我的梦想是,回到五年前,不和陆凌蕊说话,不认识陆凌川,不认识你们。"

"为什么?"陆凌晨没想到沈念会有这个梦想,百思不得其解。

"那你和我哥不就……"

"那我就得不到你哥了。"沈念替他回答。

是的,如果她当年没有和陆凌蕊成为朋友,那就不会认识陆凌川,包括之后的事也不会发生。

沈念为什么会这么说?陆凌晨不明白。因为他心里非常清楚,沈念很爱陆凌川,以前是,现在也是。

看到陆凌晨不解的神色,沈念微微一笑,解了他的疑惑:"失去比得不到更可怕,因为中间多了过程。"而经历过的过程远比直接知道结果更痛苦。

陆凌晨一愣,"沈……"

"不过好在你哥走出来了。"沈念笑着打断他的话,"你哥有女朋友了,是吧?我见过她,她之前来过公司,是一个很不错的人,配你哥刚刚好。"

听沈念这么说,陆凌晨就知道她说的应该是梁璟禾。梁璟禾……陆凌晨知道这个人,家里也是做生意的,和陆家的关系不错,梁璟禾的父亲喜欢陆凌川。那位梁璟禾小姐,的确很不错。

陆凌晨见过不少有钱人家的千金小姐,因为有钱有背景,所以难免娇气,但梁璟禾没有这些坏毛病,她对人很好,也不会因为家里有钱看不起别人,也没有高高在上的姿态,说话、做事都很得体。这样的女孩配陆凌川,的确配得上。只是……

陆凌晨看着沈念,认真地道:"我哥爱的人是你。"

"是吗?"陆凌晨说陆凌川很爱她,可为什么他的爱那么淡,淡得她都看不清。沈念微微一笑,并没有把陆凌晨的话放在心上。没关系,她不在意了。

又和陆凌晨说了会儿话,沈念准备回去了。

陆凌晨要送她,因为沈念喝了太多酒,让她一个人回家,陆凌晨实在不放心。

沈念虽然喝了酒,可脑子却非常清醒。说来也奇怪,有时候明明不想喝醉,可就是醉得不省人事;而她喝那么多酒,想要麻痹自己的神经,喝了那么多酒,大脑却越来越清醒。

拒绝了陆凌晨,沈念坚决不让他送,而是自己打了车。

上车后,沈念把头靠在车窗上闭目养神,很快进入浅浅的梦境中。她梦到自己回到当初爸爸妈妈才离世没多久,她做什么都是一个人的那段时光。

梦里的画面和当年一样,陆凌蕊走过来笑着问她——

"我可以坐在这里吗?"

"我可以和你一起吃饭吗?"

"我可以和你做朋友吗?"

陆凌蕊很阳光,说的每一句话她都舍不得拒绝。那段时间是她永远无法忘怀的最美好的回忆。

"丁零零……"是上课的铃声。

"小姐,已经到了。"

司机的声音吵醒了她,沈念迷迷糊糊地睁开眼睛,还不太清醒地看向窗外,才发现已经到小区门口了。

付了钱,她摇摇晃晃地走回了家,一进卧室便跌倒在床上。或许是喝了太多酒的缘故,她的脑子昏昏沉沉的,很快便再次进入梦乡。

陆凌川回来,打开卧室的门,一眼便瞧见了熟睡的沈念——两条手臂牢牢地环住自己,弯曲着双腿,蜷缩成一团,显然是没有安全感的睡姿。

陆凌川愣了一下,下一秒钟,还是抬脚走了进去,走到沈念那一边,蹲下,认真地打量着她的睡颜。睡着的沈念安静极了,少了清醒时的倔强,只是眉头一直皱着，或许是做了什么不美好的梦。

陆凌川抬手，好看的手正要抚上她的眉——

"嗡——"放在口袋里的手机响了，陆凌川下意识地捂住手机，看了沈念一眼，然后起身走出卧室，去外边的阳台上接电话。他轻手轻脚地关上了门。

就在陆凌川关门的下一秒钟，原本熟睡的沈念忽然睁开了眼睛。她的脸色很难看，若是认真观察，就会发现她的薄唇也在微微颤抖。她一只手按着腹部，身子蜷缩着。

上次查出胃溃疡后，她的饮食习惯并没有什么变化，忙的时候一天也顾不上吃饭，工作的原因还要经常喝酒……这次的疼痛比之前强烈太多倍，一抽一抽的钻心的疼，让她的嘴唇都是白的。之前萧沐白亲自盯着买的治疗胃病的药全被她丢了，只能硬生生地挺着这一阵阵疼痛。

阳台上——

"徐律师明天的飞机，为徐律师安排好住处。明天我亲自接机。"陆凌川冷静地吩咐着。

不知为何，胸口很闷，陆凌川皱了下眉。他的一只手按在自己的心脏处，但那种感觉只有一秒。

不知为何，脑海中浮现出沈念的脸。

匆匆结束通话，挂了电话，陆凌川转身大步进入卧室。

卧室里，沈念缩成一团，疼得低声呻吟，忽然听见门口传来的声音，她立刻闭上眼睛，然后调整呼吸，让自己看起来没有任何异样。

陆凌川也不知道自己怎么了，就在刚才，胸口闷了一会儿后，他的心跳就控制不住地加速跳动，仿佛要冲出胸膛。那种感觉让他觉得心很慌。直到推开门，看到床上安安稳稳地睡着的沈念，那种不安的感觉才渐渐消失。

陆凌川把门关上，走向大床，垂眸看着沈念，然后伸手，小心翼翼地抚摸着她的脸，摸着她微凉的脸蛋儿，眼底闪过纠结、挣扎，然后是温柔。也就只有这种时候，他才能显露出隐藏在眼底的这抹情绪。

沈念没有睡着，能清晰地感觉到男人的触摸。她没有动，保持睡着的姿势。直到感觉到旁边的床垫一沉，紧接着她再次跌入那个温暖的怀抱。

陆凌川上了床，将她搂进怀里。

胃部依旧疼得厉害，可闻到熟悉的气息，是他身上独一无二的味道，沈念明显感觉到自己被安抚下来。

她一夜无梦，难得一觉睡到自然醒。睁开眼时，天已经亮了。

昨天她和陆凌川谁都没有拉窗帘，外面的阳光透过窗子照了进来，沈念是被阳光照醒的。她一睁眼，面前是男人放大的脸。

沈念这才发现自己还在他的怀里，两个人贴得极近。

看着那张脸，沈念愣住了。上次能这么细细地打量他，已经忘了是什么时候了。

原本还在熟睡的陆凌川突然睁眼，把沈念吓了一跳。她下意识地想要逃离陆凌川的怀抱，男人却不给她机会，将她牢牢地抱在怀里。

再一次投入男人的怀抱，萦绕着只属于他的熟悉的气息，沈念怔住。她浑身僵硬，神色愣怔，手不知道该怎么放。他是……还没清醒吗？应该是，不然也解释不了他怎么突然抱了她。若是在清醒的时候，他厌恶她还来不及，又怎么会将她抱入怀中。

迷迷糊糊的，像是做梦一样。可即便知道这个拥抱像昙花一现，沈念还是舍不得出声，这样的时间能多一秒钟，对她而言都是赚的。

陆凌川的一只手放在她的后背上，另一只手放在她的腰侧，将她稳稳地搂在怀里。下巴抵在她的肩膀上，微微侧头，唇便蹭到她的耳垂。他很清醒，甚至可以说，刚才把她抱在怀里的那一瞬间，他是清醒的。

感觉到怀里人的僵硬，陆凌川的心脏控制不住地加速跳动，他的鼻子和她的耳朵靠得太近，生怕被她发现不对劲，陆凌川努力平复着呼吸，尽量让呼吸显得正常，不让她发现自己的异样。

现在两个人的关系连流沙都不如，像是蒲公英，都不用风吹，一口气便能吹散。可即便如此，陆凌川还是深深地贪恋着这一丝温暖，哪怕时间很短，对他来说也是奢侈而珍贵的。

两个人都舍不得打破这罕见的宁静，她不出声，他也不出声。短暂的岁月静好。

过了一会儿，手机的铃声打断了他们，陆凌川放在床头柜上的手机震动起来。

陆凌川蹙了下眉，因为这种感觉被打破而不悦，他拿过手机，看了一眼来电显示，紧接着立刻坐起来，起身，接通电话，然后朝阳台走去。

"徐律师在去机场的路上了吗？"

"我会提前过去……"

沈念也慢慢坐了起来，他将通往阳台的门打开了，外面的风吹进来，轻纱窗帘被吹得轻轻飘起来，依稀能看到正在讲电话的男人的背影。

沈念揉了揉眉心。昨天她的胃部原本疼得厉害，被他揽进怀里后，或许是心理作用，疼痛缓和了很多，就连自己是什么时候睡过去的都不知道。拿过旁边的手机看了一眼时间，现在已经八点多了，快到九点了。

见陆凌川还在打电话，沈念穿着拖鞋走出了房间。今天徐律师过来，现在正在去机场的路上，大约三个小时左右到，陆凌川这边正在确定时间和其他事。

打完电话，陆凌川拿着手机回房间，只见大床空空的。他微微蹙眉，立刻朝房门走去，步伐明显匆忙了些。

他出了房间，先去了客厅，没人。他又立刻看向餐厅，没人。

他的脸色越来越阴沉，好在他稳住了情绪，最后冲向厨房，看见沈念正在厨房做三明治。

她的头发挽了起来，用发卡别住，两边的两缕头发没有扎上去，垂在那儿，挡住了沈念的脸。她穿着一身浅粉色的睡衣，衬得人都柔和了很多，看得陆凌川精神恍惚了一下。他的眼前闪过之前沈念穿着他的白衬衫认真地帮他准备便当的画面，可眼睛一眨，那些画面立刻烟消云散，她仍旧穿着一身浅粉色的睡衣站在那儿……

沈念的肤色很白，她特别适合穿白色，给人一种说不出道不明的感觉。虽然浅粉色也适合她，可就是没有穿白色有感觉。每次看到她穿着一身白裙，他的心脏便不受控制地加速跳动……

感觉有一股灼热的视线盯着自己，沈念抬头，对上男人漆黑的眼眸。她愣了一下，随即唇角勾起一抹很浅很浅的弧度，她小声问："我做了三明治，你要吃吗？"

陆凌川并未说话，只是盯着她，气氛好像又变得尴尬起来。

就在沈念准备再说点什么的时候，男人突然转身离开厨房，临走的时候轻轻"嗯"了一声。虽然声音不大，但沈念还是确定自己听到了。她过了三秒钟才反应过来，陆凌川的意思是，要吃她做的三明治。

沈念抿了抿嘴，唇角的弧度又大了些。

她从冰箱里拿了牛奶去加热，再转身将刚才做好的三明治用保鲜膜包好。

家里没有油条、包子，距离这里最近的一家包子铺骑电动车也需要七八分钟，来来回回要耽误不少时间，所以沈念就做了最简单快捷的三明治，再热了牛奶。

把东西端到餐桌的时候，陆凌川已经坐下了。

陆凌川端起面前的牛奶喝了一口，才道："今天我不去公司，原本定好的行程能推就推，推不掉的就取消，其他工作由你接手，需要我签字的文件等我去公司再处理。"

陆凌川有条不紊地安排着工作。

沈念点头："是。"她是陆凌川的助理，听从陆凌川的吩咐是作为助理最基本的工作。

回答完，空气便安静了下来，陆凌川没再说话，沈念也安静地小口咀嚼着三明治，虽然安静，但气氛也算和谐。

吃完饭后，陆凌川去了机场，沈念也收拾了一下去公司。

到公司后，她先处理了目前手头上的工作，将陆凌川需要处理的工作分为着急的和不着急的归纳好。头发用一根皮筋随意扎了起来，额前一缕没被皮筋束住的碎发垂着，侧颜若隐若现，安静中透着柔和。

又是一股熟悉的钻心的疼痛，正站着整理文件的沈念一个踉跄，狼狈地跌坐在椅子上。今天早上的三明治她小猫似的只吃了几小口，中午因为忙碌也没去吃饭，昨天和今天，她已经胃疼了两次，而且一次比一次疼得厉害，看来待会儿下班后得去买些胃药了。

沈念从医院里出来，她用一只手拿着包和塑料袋，另一只手拿着检查单。

浑浑噩噩地走出医院，走到马路边，不知道在那儿站了多久，直到听到耳边时不时传来的鸣笛声，她才恍惚回了神。抬手，看着自己手上的检查报告单，她垂下眼帘一字一字地又看了一遍。

她抬头看了看天，已经微微擦黑了，她闭了闭眼睛，调整了一下呼吸，再次睁开眼睛的时候，脸上已经没有了其他表情。接着她将手上的报告撕成碎片，丢进了旁边的垃圾桶里。

她又看了看塑料袋里的药，拿出其中一盒，又从包里摸出一个随身携带的药盒，将小盖子打开，把里面的药片全都倒进垃圾桶，接着将刚开药一颗颗从药板上抠下来，放进药盒里。那些罐装药品都被她撕去了药品名和说明书。

那袋药被她全部分完，和几罐已经不知道是什么名字的罐装药品一起被丢进了包里。

一辆出租车在她的面前停下，师傅降下副驾驶的车窗："要坐车吗？"

沈念淡淡地"嗯"了一声，最后把袋子丢进垃圾桶，打开后车座的门上了车。

车子在车流中行驶，沈念坐在后座，沉默着。她打开包，将刚才放进去的药盒打开，拿了几片药放进嘴里。没有喝水，也没有直接咽下去，而是用牙齿将药片嚼碎。

药片被嚼碎后在嘴里化开，苦涩的味道在口腔里蔓延，沈念好像感觉不到一样，面不改色地继续嚼着，直到药片在嘴里全部化开。

吃完，又拧开一瓶药，从里面倒出药，丢进嘴里，继续咀嚼。

出租车师傅通过后视镜看到她面无表情地咀嚼药片，虽然不是自己吃，但是已经感觉到苦了。他腾出一只手，拿起自己放在旁边还没打开的矿泉水递给她。

"这么吃药多苦啊，我这里有水。"

沈念抬头，盯着出租车师傅递过来的水，声音很轻地道："不用了，谢谢。"

她不要，师傅也没办法。师傅还在开车，这个动作不能维持太久，就把手收了回去。

到了小区门口，沈念付完钱然后下车。

进入小区，上电梯。

她按了密码开门，客厅的灯亮着，男人坐在沙发上，手上拿着文件夹。他的身上穿着浴袍，头发微湿，看样子是刚洗完澡。

听到门口传来声音，陆凌川微微侧头，看到站在门口的沈念。他拿过旁边的手机看了一眼时间，蹙眉："怎么现在才回来？"两个多小时前就已经下班了。

沈念将包放在旁边，打开鞋柜拿出自己的拖鞋，一边换鞋一边小声道："有几个文件没改完，看了一下比较急，就加了会儿班。"

换好鞋子，沈念拎着自己的包走进来，先把包放进卧室里，然后出来，将头发挽起来，进了厨房。

厨房的锅和碗没有动过，餐桌上也没有外卖袋，陆凌川应该还没有吃饭。

一天没吃饭，现在还真的饿了。

她打开冰箱想看看有没有什么能吃的东西。冰箱里面空空的，连鸡蛋都没有了。她又打开冷藏柜，原本放在里面的方便食品此刻全都不见了。

"我扔的。"沈念正疑惑东西怎么不见了的时候,身后传来说话声。

一转身,她就看到陆凌川站在厨房门口。他刚洗完澡,看着柔和了很多,他的眉型很好看,眉毛浓密,此刻轻蹙着,薄唇微抿,虽然只穿着浴袍,但搭配上这张脸,无一不在张扬着高贵与优雅。他那盯着她的黑眸仿佛深邃得没有底,如同吞噬一切的黑洞。陆凌川是她见过所有男生中最好看的一个,不光是容貌,还有气质。

沈念对上他的视线。冰箱因为一直开门不关而发出警报,沈念回了神,先将冰箱门关上,紧接着看向陆凌川,问道:"为什么扔了?我才买没多久。"

"吃方便食品不健康。"陆凌川给了她答案。

我当然也知道吃方便食品不健康,可我再不吃就要饿死了。

沈念露出无奈的表情:"我今天早上只吃了几口三明治,中午忙得连一口水都没喝,现在我很饿,你把我买的方便食品丢了,我吃什么?"

"下馆子。"陆凌川开口。

"什么?"沈念以为自己听错了。

"我去换衣服。"陆凌川低头看了一眼自己身上的浴袍。

他换好衣服出来没找到沈念,回到厨房,就看到她还站在原地。

男人蹙了蹙眉:"我请客,确定不去?"

沈念看着他:"你怎么……突然要请我吃饭啊?"

男人直接打开鞋柜换鞋,语气淡淡的,又带着些理直气壮:"因为我也饿了。"

好吧,这个理由真好。

除了工作上的应酬,他们好像已经很久没有一起出去吃过饭了,这次陆凌川自己提出来的,沈念舍不得拒绝,也不想拒绝,换了鞋,两个人一起出门。

沈念住的小区属于高档小区,为了保证绝对的安静,这边对噪音管理非常严格,所以小区门口只有便利店、药店、宠物店和花店这类小店,没有饭店。

陆凌川开车去了附近的商业街,这边一条街有各种店面,卖什么的都有。现在这个点正是商业街最热闹的时候。

陆凌川先找了个地方停车,然后和沈念一起找饭店吃饭。

路过卖宠物的摊位时,看到关在笼子里的猫猫狗狗,沈念的目光像是黏在了上面,移都移不开,等回过神的时候已经走了过去。

一个超大的猫笼放在桌上,里面全是巴掌大的小奶猫,看着应该才两个多月大,目测有二十几只。

虽然笼子够大,但那么多只猫在一个笼子里,还是显得有些挤。

其中最角落的一只奶白色的小猫贴着笼子呼呼大睡,小脚还踹在旁边同伴的脸上……见那只小奶猫睡得小脸都变形了,沈念忍俊不禁,唇角勾起浅浅的弧度。

卖猫的是个小姐姐,短头发,戴着眼镜,见沈念直勾勾地盯着那只奶白色的小猫,立刻道:"喜欢可以抱一下。"话音一落,她立刻打开笼子,将那只小奶猫拿出来递给沈念。

小家伙睡得迷迷糊糊,突然被拿出来,小眼睛睁开一条小缝儿。

看着店主递过来的猫,沈念小心翼翼地抱进怀里,小小的一只,软软的一只,看得沈念心都软了。小奶猫窝在沈念的怀里,伸着爪爪打了个哈欠,然后又睡过去了。

陆凌川在前面走着,走了几步,回头,眼角的余光中没看到沈念,他立刻停下脚步,转身。现在这个点儿正是商业街最热闹的时候,不少人家吃完饭带着孩子出来闲逛,也有很多小情侣出来吃饭。陆凌川在人流中逆向而走,走过一对对恩爱的夫妻,一左一右牵着孩子小手的一家三口,男人扛着三四岁大孩子、女人怀里抱着五六个月大婴儿的一家四口……蓦地,他停住脚步,漆黑的眼睛紧紧地盯着不远处的那道瘦弱的黑色身影。

沈念出门的时候穿了一件黑色及膝的薄外套,虽然天不算冷,但晚上的时候会有点冷风。她站在卖宠物的摊子前,怀里抱着一只只有巴掌大的奶猫,小小的一只。

旁边的灯光打在她的头发上,一缕头发垂了下来。她垂着眸,看着怀里的小东西,眼中的温柔快要溢出来。

陆凌川就这么看着,失了神……

沈念抱了一会儿小猫,看它睡得太香,便将小猫还给了店主:"让它睡吧。"

店主将小猫放回笼子里,见沈念的目光还落在它的身上,立刻推销道:"喜欢的话就买回去吧,每天下班回来,看到家里有这么个小东西迎接自己,就算累了一天,也不觉得累了。"看得出来沈念很喜欢这只白色的小奶猫,又继续说,"这只猫的品种是纯白矮脚,它妈妈是我们宠物店那么多只猫里出了名的黏人精,好脾气,这个小东西现在就是太困了,等白天清醒的时候黏人黏得不行,睡觉都要蹭着你的那种……"

沈念微微一笑,正准备拒绝,身后传来男人又低沉又好听的声音:"多少钱？"

店主小姐姐抬头便瞧见沈念的身后站着一个年轻又帅气的男人。因为是洗完澡出来吃饭的，他穿得简单随意，上身是一件版型宽松的白色 T 恤，下面不是西装裤，而是一条黑色休闲长裤。

陆凌川习惯了每天西装革履，衣柜里都是款式差不多的衬衫和西装，日常穿的衣服还真没多少。头发刚洗过，没有用吹风机完全吹干，不过即便如此，也丝毫不影响他好看的五官，狭长蕴藏着魅力与诱惑的黑眸，鼻梁挺得自然，适合接吻的薄唇，显得高大却不粗犷的身材。

陆凌川就站在沈念的后面，一高一矮两道身影，看起来是如此登对。沈念身上散发着温柔的气息，再锋利的刀刃在她这儿都能化作柔软的风，而她身侧的陆凌川冷傲孤清，孑然独立间满满都是高贵清冷的气质。两个人站在一起，显然就是天造地设的让人羡慕的一对。

卖猫的店主小姐姐赶紧介绍道："这几天我们宠物店有活动，所有的猫都八折，小姐姐看上的那只是纯白矮脚，毛色一点杂质都没有，品相没得说，所以在价格方面也有点高……打完折是 5500 元。"

这个价格在一只猫身上的确不算便宜了，店主又赶紧道："如果在我们家买猫，可以在我们家充值办个会员，以后看病、购买猫粮、猫零食、玩具什么的都长期打折，还可享受终身免费洗澡……"

陆凌川对价格方面倒是没什么意见，直接拿出手机准备扫贴在旁边的二维码。才抬起手机，一只手抓住了他的手腕。

陆凌川微蹙眉，垂眸看着她，沈念抬头，对着陆凌川轻轻摇了摇头："不用买，我不要。"

旁边店主小姐姐试探着问："是不喜欢吗？"可看刚才的样子，也不像不喜欢啊。

"如果不喜欢这只，我们还有很多的，金渐层，银渐层，蓝金渐层，还有缅因猫，今天出摊我们只带了一部分，我们宠物店还有很多品种的猫的，小姐姐喜欢什么品种，可以说出来，我们可以帮您挑相好的。"

沈念还握着陆凌川的手没有松开，听到店主小姐姐的话，她露出一抹浅浅的笑，礼貌地拒绝："不用了，我平时挺忙的，没时间照顾它。"说完，沈念拉着陆凌川离开。

两个人走在人流中，一前一后，陆凌川拿着手机的手被她握着，不过他也没挣脱,任由她抓着。

商业街最不缺的就是饭店,这边有几家火锅店,旁边是串串店,对面还有烧烤店,想吃什么都有。

沈念走了一段路才转身看他,这才发现自己还抓着他的手,立刻狼狈地松开,垂着眸,掩住眼底的情绪。

"吃什么?"她尽量用正常的语气问。

看见她收回去的手,陆凌川的眼底闪过一抹异样的情绪,他将手机收起来,抬头看了一眼旁边的店,是一家川味家常菜。这家店偏辣口,适合口味重的人。

沈念的口味很清淡,吃不了辣的。

陆凌川扭头看向对面的另一家家常菜馆,淡淡地开口:"这家吧,他们家的番茄鱼汤味道不错。"

沈念点头:"好。"

两个人一起去了对面那家家常菜馆,人不少,不过他们的运气不错,角落刚有桌人吃完离开,服务员已经收完盘子消完毒了。

陆凌川用手机扫了桌子上的二维码点菜,选了几个菜,然后非常自然地将手机递给沈念。

这家店已经在这儿开了很多年了,现在的人大多无辣不欢,有些菜越辣越有味道,像沈念这种口味淡的属实承受不住,这家店就是专门为沈念这种口味淡的人准备的。一般不放辣的菜都没什么味道,但这家店能做出很多不辣却很好吃的菜。

沈念接过陆凌川的手机,习惯性地点开购物车,先看一眼陆凌川点了什么。在看到菜单的时候,沈念贴在屏幕上的手指颤抖了一下。

第一个菜自然是他们家最经典的番茄鱼汤,下面是一些小配菜,都是沈念爱吃的。陆凌川一直记得她的喜好和习惯……沈念努力压制住躁动不安的心,让自己冷静下来,手指轻轻滑动着屏幕,点其他的菜。

其实她想吃的陆凌川已经都点了,但沈念还是点了别的。羊肉卷,羊肉……

其实沈念不喜欢吃羊肉,一点也不喜欢。对于羊肉,她的嗅觉特别灵敏,就算厨师处理得再好,她也能在第一口就尝出浓浓的膻味。以前她只要看到"羊"这个字眼,躲得比谁都快,现在……她变了,他也变了,一切都变了,不是吗?

按下"提交订单",沈念将手机还给陆凌川。

陆凌川接过手机,顺便看了一下订单,在瞥到羊肉卷的时候一顿。将手机放在旁边的桌子上,他盯着她,问:"你很喜欢那只猫。"

他用的是肯定句。两个人认识这么多年,陆凌川了解她就像了解自己一样。她刚才的表情明显是很喜欢那只小猫的,可是她却拒绝让他付款。

沈念的手里握着玻璃杯,里面是刚才坐下时服务员倒的水。

听到陆凌川的话,沈念的睫毛颤抖了一下,喝了一口热水,声音很小地应了一声:"嗯,还好。"

"那为什么不要?"他盯着她,眼里透出一抹认真和执着,势必想听到一个满意的答案。明明很喜欢那只小猫,却不愿意把它买回去。明明还爱着他,却不愿意……

沈念原本不想回答,但她清楚地感觉到落在她身上的那道灼热的目光。她深吸一口气,抬头,对上男人认真的目光,说道:"虽然只是一只猫,但也是一条生命,我很清楚,我给不了它好的生活。"她自己的生活都过得一团糟,又哪有时间和耐心去照顾一条小生命,"没有我,它可以选择更好的主人和生活。"

"啊啊啊……"旁边小婴儿的声音打断了这边略微有些凝重的气氛,陆凌川侧眸,便瞧见旁边坐着的一家三口。

那对小夫妻很年轻,应该是新手爸妈。妻子将头发扎成一个马尾,握着筷子正在大快朵颐,对面的是她的丈夫。

奶爸怀里抱着一个穿着熊猫连体衣的婴儿,小家伙看着才七八个月大,穿着小袜子踩在奶爸的膝盖上不停地蹦着,嘴里还一直"啊啊啊"地叫着。

新手奶爸的两手放在小家伙的腋下,努力把这个不安分的小东西控制住,但小家伙十分亢奋。

于是陆凌川就看到这样的一家三口——宝宝一边流口水一边蹦跶,新手奶爸眼里满是无奈,不过并没有不耐烦,对面的妈妈看到这一幕,开始笑话新手奶爸。

多么平常……又温馨的一幕。

陆凌川怔怔地看着,头一次从他的眼底浮现羡慕的神色。他想要的一直都是这种平常、平静又安逸的人生,可偏偏这样的生活对他来说遥不可及。

他们点的东西很快被服务员送了上来,因为怕番茄鱼汤冷掉,鱼汤是用一个小锅送上来的,锅放在加热台上。服务员点了几下旁边的按钮,这才离开。

陆凌川没有说话，沈念也没有张口，两个人都保持着沉默。

沈念低头安静地吃着饭。陆凌川沉默地盯着她看了两三分钟才缓缓地收回视线，拿起筷子。两个人安静得连吃饭的声音都没有，只有偶尔发出的瓷勺撞到碗的声音。

沈念要的羊肉卷早就送上来了，好巧不巧的是，就放在她的面前。抬头的时候正好看到羊肉卷，沈念只恍惚了一秒钟便恢复正常，用筷子夹起羊肉卷，然后放进锅里。在她将羊肉卷放进锅里的那一瞬间，陆凌川就已经将目光重新落回在她的身上。

羊肉卷被片得很薄，所以不需要煮太长时间，只要烫一会儿就能吃。陆凌川就看着沈念夹着烫好的羊肉卷，连旁边放着的调料都没蘸，面无表情地将肉塞进嘴里，咀嚼，咽下去，一片又一片。

只有陆凌川清楚，她其实一点儿也不喜欢羊肉，甚至……只要闻到一点羊肉的膻味都会想吐。在沈念吃了小半盘羊肉卷后，陆凌川终于忍不住，开口道："你以前从不吃羊肉。"他的声音很轻，看她的时候眼神很淡。

沈念的动作一顿，正好手上的羊肉卷也烫得差不多了，她将羊肉塞进嘴里，缓缓地咀嚼着。

对别人而言，只有一分的羊膻味在沈念的嘴里直接放大成十分，浓烈的膻味在口腔中蔓延，让她想立刻吐出来，大吐特吐。可她却强迫自己克制住那股想要吐出去的冲动，像是在咀嚼塑料一样，面无表情地将嘴里的东西嚼碎，然后咽下去，这才开始回答陆凌川。

"嗯。"她的声音也是淡淡的，听不出什么情绪。

"以前是不怎么喜欢。"停顿了一下，她又接着道，"不过人都是会变的。"

陆凌川的瞳孔骤然一缩，握着筷子的手骤然收紧。

人都是会变的……

吃完饭后两人没有多逛就回去了，期间没有再说一句话。

翌日，沈念醒过来的时候已经下午一点钟，卧室里只有她，非常安静。

没想到自己一觉睡了这么久，她发了一分钟的呆，才起身进浴室洗漱。

沈念到公司的时候大家已经结束了午休，全身心地投入到下午的工作中。她走到自己的工位，将包放在旁边，才刚坐下，蒋玲玲就抱着一沓文件过来。看到沈念，她感到有些惊讶："念姐，你来上班了？"蒋玲玲以为沈念今天请假了。

"嗯。"沈念微微点头。

"太好了！"蒋玲玲的脸上闪过一抹欣喜，立刻将手上的一沓文件推到沈念面前，眨着星星眼，可怜兮兮地看着沈念，撒着娇。

"念姐，你帮忙把文件送进去吧，拜托拜托……"她的双手合十，一脸真诚的表情。这个小姑娘，撒起娇来真是让人受不了。和以前的陆凌蕊简直一模一样。

所以沈念根本不舍得拒绝，在自己的位置上坐下，然后翻开文件，一边看一边对蒋玲玲道："你没检查？"

"检查了！检查了三遍呢！"蒋玲玲非常有眼色地拿起沈念旁边的恒温壶，给她的杯子里倒水，"不过陆总什么脾气，念姐，你是知道的，我这不是怕自己粗心，万一有些问题没检查出来，被陆总发现了骂我嘛……"

沈念勾了勾唇，脸上满是对蒋玲玲的纵容。将文件认真地检查了一遍，稍微改了些细节，确定没问题后她才合上文件夹，递给蒋玲玲："应该没问题了，你去送吧。"

然而蒋玲玲站在那儿，用小猫咪一般的眼神直勾勾地盯着她，也不接文件。

"怎么了？"沈念问。

"念姐，还是你直接送进去吧。"

"嗯？"

蒋玲玲指了指陆凌川办公室的方向，小心翼翼地道："陆总在招待重要的客人，我以前从来没在陆总有重要客人的时候送过报告，有些怯场……要知道，光陆总一个人的气场都这么强了，再来一个……我有点害怕……"

毕竟蒋玲玲才刚进入职场，什么都在学习的阶段，胆子还不大……

沈念顺着她的手指的方向看向陆凌川办公室的门。陆凌川在接待重要客人……能让陆凌川接待的客人，必定是对公司非常重要的人物，蒋玲玲会感到害怕也在所难免。

沈念收回目光，再次看向蒋玲玲。因为害怕沈念拒绝自己，蒋玲玲扁着嘴，眼神如小鹿般湿漉漉的，可怜巴巴的模样属实让人心软。

在触及那道熟悉的目光时，沈念的脸色瞬间变得僵硬，脑海中几乎是立刻浮现出那张熟悉的脸。

"念念……你就答应我好不好……"

小蕊……

沈念的呼吸一窒，好在还算清醒，及时控制住了自己的情绪，不让蒋玲玲发现异样。沈念点了下头："行，我去送。"

"真的？谢谢念姐！"蒋玲玲像是捡到了什么大便宜，整个人都高兴得不得了，要不是现在在公司，她恨不得原地翻几个跟头。

"念姐，我爱你！有空我要请你吃饭！"

沈念忍俊不禁，最后检查了一遍文件，确定真的没问题了，这才起身去送文件。

站在陆凌川办公室的门口，沈念轻轻敲了三下门。

"进。"办公室里面传来陆凌川冷淡的声音。

沈念推开门进去，因为蒋玲玲说他在会见客人，所以目光第一时间落在旁边的会客区。

陆凌川的办公室里有个小型会客区，中间一个三人沙发，一左一右两个单人沙发，下面铺着地毯，还摆放着一个长方形的茶几。

陆凌川坐在单人沙发上，面前放着一杯咖啡，而坐在旁边三人沙发上的是……梁璟禾。

如果不是她现在就在眼前，沈念差点要忘记这个人了。难怪蒋玲玲说陆凌川在招待重要客人。梁璟禾，公司所有员工公认的"未来老板娘"，自然是重要的。

陆凌川抬头对上沈念的眸子，看到出现在公司的她，蹙起眉头。她怎么来公司了？

昨晚两个人吃完饭回去之后，她的脸色一直很难看，所以今早陆凌川离开之前特意关掉了她手机上的闹钟，就是想让她一觉睡到自然醒。

沈念不知道陆凌川在想什么，看他在蹙眉，自动理解为是自己突然进来唐突冒失了，于是她抱着文件连忙道歉："抱歉！陆总，我并不知道梁小姐来了。"

即便是一身毫无特色的黑色秘书装，沈念穿着也别有味道，A字裙下的一双笔直的腿又细又长，漂亮的脸上不施粉黛，给人一种柔和的美，脸上没有其他表情，眸底是冷静和认真。她微微俯身道歉的动作也中规中矩。一丝不苟的态度，还真让人挑不出来什么毛病。她的脸上瞧不见任何失落与难过，甚至连一点吃醋的迹象都没有，不卑不亢，从容淡定。还真是个漂亮、有能力还懂得分寸的秘书。

好，好得很。

陆凌川盯着她的目光里带着一丝寒意，他冷漠地开口："有事？"

"是，陆总。"沈念轻轻点了一下头，将文件送上去，"这是今天下午四点钟会议上需要用的资料，蒋玲玲已经准备好，我也过了一遍，确定没有问题了，请陆总过目。"

沈念公事公办的态度让陆凌川的语气又冷了两分："放在我的办公桌上。"说完，冷着脸起身。

"是。"沈念没有异议，将文件放到陆凌川的办公桌上，收回目光时无意中掠过梁璟禾。

沈念和梁璟禾只有过几面之缘，但不得不承认她是个很有气质的人，她今天穿了一件紫色裙子，头发上夹着同色系的蝴蝶结，衬得整个人都很温柔。

见沈念的目光看过来，梁璟禾对她露出一抹友好的微笑。

沈念的目光一顿，并未说什么，只是轻轻点头，保持着秘书的严谨。

陆凌川坐在椅子上，面前放的是沈念送过来的文件，不过他并没有打开，而是盯着沈念，那个眼神犀利又冷漠，似乎要通过她的眼睛知晓她内心的想法。

沈念穿着八厘米高的高跟鞋，站在陆凌川的对面，腰板挺直，不卑不亢，毫不畏惧地对上他的目光。此刻她就是个员工，只是个员工而已。

看见她如此，陆凌川心里憋着的那团火气凝聚得更大。她的冷漠与生疏更如狠狠一拳，打得陆凌川心口闷得厉害。

梁璟禾刚才和陆凌川说话的时候就能感觉到他的冷漠，似乎是有事在心里，所以一直不在状态，说话的语气都是淡淡的。结果，沈念一进来直接无端挑起了他的怒火，有点眼力见的人都能看出此刻陆凌川很不爽，心情很差。因为在沈念进来前陆凌川的状态就不算好，所以梁璟禾并没想太多。

轻咳一声，梁璟禾开口："凌川。"

陆凌川看她。

梁璟禾指了指桌子上的文件："不是说下午四点钟要开会吗？快过完文件，咱们继续谈，现在已经三点多了。"她并未指名道姓地帮沈念说话，来营造出一副好心帮沈念的态度，没有那种刻意感，也不做作。

闻言，陆凌川的目光才从沈念的身上收回，低头看文件。

沈念一向细心，她过手的文件几乎不会有问题，陆凌川翻阅完，确定没问题后才合上文件，往桌子上一丢。

沈念做了陆凌川这么多年的助理，只需一个动作她便知道他的意思——

文件没问题了。她上前一步将文件拿回来，对着陆凌川低了低头："陆总，那我先出去了。"

陆凌川理都没理她。

沈念带着文件离开，关上门的时候听到梁璟禾的声音："凌川，对于咱们的合作，我爸爸……"

梁璟禾的家境优渥，和陆家门当户对，一般有钱人之间都会选择强强联合，现在双方合作，不出意外是在为之后的联姻铺路了。

不过沈念并没有听墙角的习惯，关上门就离开了。

第四章
冷战

蒋玲玲一直在沈念的办公桌旁等着,看到沈念终于出来,她立刻上前,着急地问道:"怎么样怎么样?念姐,你怎么现在才出来,是有问题吗?"

沈念将文件夹递给她:"内容没问题,你拿去复印吧,记得三十三份,另外多出来的三份用来解决突发事件。还有,安排好会议室。"她吩咐得很详细,生怕蒋玲玲粗心忽略掉某个细节,惹怒陆凌川。

沈念记得昨晚听到他打电话,今天上午会先去和徐律师谈陆凌蕊的事,看刚刚进去时陆凌川并不算好的脸色便知晓结果并不理想,所以蒋玲玲这个小可怜还是不要冲上去做炮灰了。

"哦哦,好。"蒋玲玲对沈念的话一向言听计从,她抱着文件夹,对着沈念露出一个特别灿烂的笑容。

"念姐,今天下班之后咱们去吃饭吧?我请你。"

沈念已经坐回去处理积压的工作了,她拿着笔在写字,听到蒋玲玲的话,动作一顿,也没有抬头,嘴上揶揄着:"请我吃饭?你这个月的信用卡不用还了?"

现在的年轻人都有一个通病,就是喜欢透支消费。尤其是蒋玲玲这样的,才刚踏入社会不久,工资不算太高,扣去房租水电,买点油米泡面,再还个信用卡,然后就会发现,上个月的工资又白领了。

也亏得他们凌蕊集团早、午餐全部免费,晚上加班的员工可以免费享用晚餐,不然蒋玲玲早就穷得连饭都吃不起了。

沈念一边写着东西一边道:"我就随手帮个小忙,不用请客。"

"哎呀……"见沈念拒绝自己,蒋玲玲眨了眨眼睛。她又不是白眼狼,和她同龄的人去公司实习不被老员工刁难就已经很幸运了,哪有谁像她运气这么好,一进公司就有人帮她解决大大小小的问题,让她在实习期间没出什么大错,还能成功转正的。

沈念对她有多好,蒋玲玲心知肚明,所以这顿饭必须请。不过既然沈念不想被她请,那就只能……换个理由了。

蒋玲玲虚蹲在沈念的对面,两只手扒着桌子,下巴也抵在桌子上,可怜巴巴地盯着沈念。

"请客肯定是要请的,念姐,你帮了我这么多。正好我听我的大学同学说,南街新开了一家火锅店,现在正在做活动,消费满两百元立减一百,经济实惠,好吃不贵,所以我想去试试。"

不等沈念说话,蒋玲玲又继续撒娇道:"要是我一个人去,我再怎么吃也就只能吃一百多块钱的,到时候就要花一百多,也没有优惠。可要是念姐你陪我一起,咱俩的食量,点两百块钱肯定够吃,而且还能吃饱,最关键的是能蹭到优惠!二百减一百,四舍五入我只要花一百块,既能吃到实惠的火锅,还能请念姐吃饭,感谢你对我的照顾———一举两得!"她比了个剪刀手,表示的确是两得。

沈念抬头,就看到她一脸期待地盯着自己,瞧见自己在看她,她更是不停地眨眼睛扮巧可爱,让她无可奈何。

"行,我知道了。"

蒋玲玲的性格和当年的陆凌蕊简直一模一样,热情,活泼,大大咧咧的,没什么坏心眼,听她说话就像在听陆凌蕊说话一样,让沈念难以拒绝。

"好嘞!"看沈念点了头,蒋玲玲立刻站起来,抱着文件笑呵呵地道,"那我先去复印了,念姐,别忘了!下班后我直接堵你啊。"说完就跑走了。

沈念勾了勾唇,继续低头工作。

过了十分钟左右,陆凌川办公室的门打开,梁璟禾从里面出来。

沈念听见了开门声,也听见了高跟鞋踩在地上发出的"哒哒"声,她知道出来的是谁,所以没有抬头,而是继续忙碌。

本以为梁璟禾已经走了,直到一杯咖啡推到了她的面前。

正在工作的沈念一愣,抬头便看到站在她旁边的梁璟禾。

"梁小姐。"沈念收起脸上一闪而过的诧异之色,就要起身。

"不用拘束。"梁璟禾按着她的肩膀,微笑着道,"你跟在凌川身边很多年了,也知道他的脾气,他今天心情不好,并不是针对你。"

沈念低头:"我知道。"

梁璟禾继续道:"今天我是来和凌川谈合作的,我爸爸手上有一个项目搁置很久了,之前一直没有找到合适的合伙人。凌川的能力大家有目共睹,所以他让我来和凌川谈一下。"

梁璟禾将她刚才倒的咖啡又往沈念这边推了推："记得上次来公司的时候,你说过你不经常喝果茶和奶茶,习惯了喝咖啡,这杯咖啡是我刚才去茶水间用咖啡机磨的。我之前一直在国外留学,没接触过家里的生意,这算是我回国之后我爸爸让我接手的第一个项目,以后对接工作的时候可能要经常和你接触了,多多指教。"

从之前到现在,从梁璟禾身上找不到什么令人讨厌的点。可能是因为她虽然是千金小姐,但并不嚣张跋扈,也有可能是因为她不做作,不会刻意卖弄人情,例子是刚才在办公室的时候。还有可能是现在这样,没有大小姐架子,也不会只是把沈念当成一个助理,她会展现出自己友好、谦虚的态度。

这样的人,谁看了不喜欢?

只可惜,只要梁璟禾和陆凌川在一起一天,她们之间就不会和和气气的。梁璟禾是陆凌川的准女友,而她和陆凌川之间的恩怨让本就不明确的关系更是扑朔迷离,注定了她和梁小姐无法和平相处。

沈念敛眸,掩去眼底的情绪,并未接梁璟禾推过来的咖啡,只是淡淡地道:"我会完成自己的本职工作。"

淡漠、疏离,俨然是一位对待工作极度认真的助理。

梁璟禾立刻就明白了,微微一笑,没再说什么,只是道:"好,那我先走了。"

沈念起身,对着梁璟禾点了点头。

梁璟禾离开没多久,陆凌川从办公室里出来,大步流星地朝会议室走去,沈念已经将需要的资料准备好,立刻拿着东西起身跟上他。

今天的会议比较重要,几位员工轮番汇报工作内容,讲解 PPT 时都格外谨慎,打起十二分精神,时刻注意自己的言行,生怕说错一点。因为……在场的所有人都清晰地感觉到会议室里有两股寒气。

第一股是来自他们头顶上的中央空调,至于第二股……

所有人都默默地看向陆凌川。

从进入会议室开始,陆凌川就一直沉着脸,一言不发地听着底下员工汇报工作,手上的钢笔因为烦躁来回地转。

今天陆总心情不好,而且是非常不好。所以大家果断地缩着脖子认真听讲,不打瞌睡,不窃窃私语,不冲上去做炮灰。

沈念坐在自己的位置上，每隔一段时间就会低下头看一眼时间。

快六点了。

等这个会开完，不用加班的话就能直接下班了。

一名员工正在做最后的总结，不出意外，三分钟内就能结束会议，沈念想了一下，点进和陆凌川的对话框，打字。

"今天出去吃饭，要晚一些回去。"

网速很快，下一秒钟陆凌川就收到了消息。

偌大的会议室，陆凌川作为首席执行官自然坐在桌子首端的主座，沈念是他的助理，也是公司的元老级人物，坐在他左手边的第一个位子。

因为距离很近，所以桌子上的手机发出震动的时候沈念听得一清二楚。

只见陆凌川旁若无人地拿出手机瞥了一眼，应该是在看她发送的信息，然而下一秒钟又将手机扣回桌子上，脸上的表情不变，还是那么的难看。

所以，他是同意了还是不同意？

沈念正在纠结的时候，汇报的员工已经总结完毕，将手上的资料合上，然后小心翼翼地看着主位上的陆凌川，等他提出意见。

一秒钟过去了，两秒钟过去了，十秒钟过去了……

陆凌川还是坐在那儿，一言不发。

于是会议室里的气氛变得更诡异了。

陆总是赞同这个方案呢，还是不赞同这个方案呢？

目前看来，陆总的脸色很不好，应该是不赞同，可要是不赞同的话，早就应该提出问题，把人痛批一顿了啊。所以，到底是赞同还是不赞同呢？

在座的员工们觉得自己应该闲暇时去学学微表情，盲猜总裁的心思太难了！

所有人都战战兢兢的，特别是汇报完还没坐下的那名员工，脸上都快用皱起来的褶子褶出一个"苦"字了。这是要夸他还是要骂他啊？不管是夸是骂，求求总裁赶紧说句话吧，就这样一言不发，他的心里很煎熬啊。

大家都在等着陆凌川发话，过了大约三分钟左右，尊贵的陆总终于开口了："会议结束。"说完，拿着手机直接起身离开。

他一走，大家终于能松一口气，赶紧收拾着自己的东西也站起来，三三两两朝外面走去，边走边小声讨论着。

"陆总今天心情好像不太好。"

"还用你说？有眼睛的都能看出来好吗！"

"难道是和梁小姐吵架了？不会啊，刚才我在准备资料的时候正巧碰到梁小姐离开，当时梁小姐的脸上带笑，还和我打招呼呢，也不像是刚和总裁吵完架的样子啊。"

"男人心，海底针啊……"

沈念刚从会议室里出来，后面就传来蒋玲玲的声音："念姐，等我。"
听到蒋玲玲的声音，沈念扭头，蒋玲玲抱着东西追上来。
"念姐。"
"嗯。"
两个人并排而行，蒋玲玲的嘴就没停下来过。
"还好今天的那份文件是你帮我送进去的，陆总今天一进会议室我就感觉到他的心情不好了。"
"嗯。"她也感觉到了。
"念姐，我见陆总的次数不多，所以不太了解陆总的脾气。你跟在陆总身边这么多年了，我想问一下……陆总是日常都这么冷还是偶尔这么冷啊？"
日常这么冷还是偶尔这么冷……也就蒋玲玲会这么说了。
沈念回想了一下进办公室时陆凌川的脸色，对着蒋玲玲道："今天陆总心情不好，以后看到他沉着脸就躲远点。"
"哦哦，好。"蒋玲玲又学到了一点，点点头，"那念姐，我先回去收拾一下东西，你别走啊，咱们去吃饭。"
"嗯。"
回到工位上，将明天陆凌川需要用的资料分完，她才拿着自己的包离开，蒋玲玲已经在电梯门口等着她了。
两个人一起下了电梯，然后走出公司。
现在这个点不早了，不过因为是夏天，天还没黑下来。
两个人站在路边，蒋玲玲晃了一下手机："我叫的车还有三分钟到，咱们等一下。"
"好。"她的话音才落，一辆豪车从旁边飞驰而过，速度很快，让人来不及反应。
沈念看了眼车子的后车牌号，看到那几个熟悉的数字，知道是陆凌川的车。看来陆总的火气不小，还没消呢。
车子开得很快，一下子就没了影，可沈念还是盯着车子离开的方向，好久没有回过神。

"念姐？"直到蒋玲玲叫她，沈念才收回目光，"嗯？"

蒋玲玲指了一下不知何时出现在她们面前的车："车到了。"

"好。"

两个人一起坐在了后座。

她们去了南街，这个点正好是最热闹的时候，蒋玲玲带着她找到了那家听说经济实惠、好吃不贵的火锅店。

难怪蒋玲玲强烈推荐，人气真的很旺。

不过这家火锅店特别大，这一整栋楼都是，足足有五层，走进第一层的时候，一层已经坐满了人。

服务员小哥哥见她们是两位，立刻带着她们去了三楼，找了个靠边的两个人的卡位，蒋玲玲点了锅底和菜，然后等着上菜。

等菜的过程中，两个人聊天。

沈念不是话多的人，所以一直是蒋玲玲主动找话题。

蒋玲玲托着下巴盯着沈念，眼神直勾勾的。

"念姐。"

"嗯。"沈念正在安排陆凌川之后几天的行程和工作。

"念姐，你有男朋友吗？"蒋玲玲的眼底闪过八卦之色，她真的很想知道答案。

沈念敲打手机屏幕的手一顿，抬头盯着她，没有回答，而是问："怎么突然问起这个了？"

"因为在我心里，念姐你很厉害啊。"蒋玲玲睁着大眼睛实话实说。

"你明明没比我大多少，但咱俩之间的差距不是一星半点。你的工作能力和遇事处变不惊的应变能力我可能一辈子都学不会。"

因为，沈念真的很优秀，在公司里，大家提起沈念都是赞不绝口，没人说过她一句坏话。

"我刚进公司啥也不懂，多亏了念姐你耐心地教我，我做不好的报告也是念姐你认真过一遍，帮我指出问题并改掉错误的地方。"

虽然是同龄人，但这声"念姐"蒋玲玲叫得心甘情愿，也是她对沈念的尊重。

听她叽里呱啦地说了那么多，沈念将手机放在旁边，勾了勾唇："我没你说的那么好。"

"可在我这里，念姐你就是那么好啊。"蒋玲玲一脸真诚的表情。

"念姐年轻又漂亮，又有能力，又善良，脾气还好……"蒋玲玲每说一个沈念的优点就会伸出一根手指，直到最后十根手指都展开了还没说完。她干脆把手一收，"如果满分是100分，念姐你在我心里就是120分，因为你把附加题的分也拿到了！所以我就在想，到底是什么样的男人那么幸运，会得到念姐的喜欢。"

蒋玲玲眨了眨眼睛，继续问道："所以，念姐，你有男朋友吗？"

说了那么多，还是绕着圈子想知道她到底有没有男朋友。沈念眼底闪过的复杂情绪很快消失不见，只听她答道："没有。"

她和陆凌川早就分手了，所以陆凌川不是她的男朋友。

"啊——"蒋玲玲显然有些失望，不过很快又想明白了，"也是，念姐，你一看就是事业型女强人，咱们还那么年轻，念姐你肯定不会早早就谈恋爱结婚生孩子的。"

继续托着腮帮子，蒋玲玲开始幻想："不过我是真的很想知道，以后能俘获念姐的心的男人会有多么优秀，应该是像陆总那样的人……"

因为在蒋玲玲的印象中，沈念实在太优秀了，所以在她的心里，这么好的女孩子，未来的对象应该也非常优秀。

沈念扯着的唇僵住了。蒋玲玲把她说得太好了，这只是虚伪的表象罢了。沈念深吸一口气，平复了呼吸，转移话题："菜上来了，吃饭吧。"

服务员在她们刚才说话的时候就已经将锅底送了上来，现在菜也上得差不多了。

"哦，好。"蒋玲玲早就惦记着这一口了，立刻拿起筷子。

两个人没再继续刚才的话题，蒋玲玲和她分享在大学时期的趣事。沈念全程没有开口，只是默默地听她说。

忽然，一只手落在了她的肩膀上，从陆凌蕊过世后，沈念一直很敏感，除了放心的人，对于其他人的触碰都非常抗拒。所以在感觉有人碰她时，她立刻闪开，然后抬头。

是一个看着二十七八岁的陌生男人。男人一米七几的个子，不算高，模样也不算太好，穿着某知名品牌T恤，脖子上挂着一条金链子，手上捏着一个杯子，杯子里是酒。

他盯着沈念的眼神有些朦胧，看着像是喝醉了，见沈念看他，他又立刻露出笑容，笑容中带着些猥琐。

"小姐姐，你长得真好看，我请你喝一杯。"一开口，还带着些油腻。一个又油腻又猥琐的醉酒男。

不管是哪个词，无疑都触到了沈念的禁忌和雷点。沈念的脸色变得十分难看。

对面的蒋玲玲见有人搭讪沈念，也知道沈念平时话很少，怕她受委屈，立刻帮忙拒绝："我朋友不会喝酒，谢谢！"

然而猥琐男理都不理蒋玲玲，还是直勾勾地盯着沈念，没有放弃的意思："小姐姐，给个面子呗，不就喝杯酒嘛，也没什么的，又不是让你加我的联系方式，是吧……"

沈念抬头，漆黑的眸子对上他的眼睛："我为什么要给你面子？"

男人显然没想到沈念这么不给面子，侧头看了下后面的某桌，又瞧了瞧沈念漂亮的脸，还是没舍得离开，像块牛皮糖一样继续巴巴地贴着。

"那什么……我在和我朋友玩真心话大冒险，美女，你就跟我喝一杯呗，要是你不跟我喝，我会在我朋友面前很丢脸的。"

"走开。"沈念一点面子都没给。

沈念的冷漠打击到了男人的尊严，男人立马变了一副嘴脸，开始骂骂咧咧，说的话十分难听。

一旁服务员听到后，上前进行劝阻，男人充耳不闻，依旧脏话连篇，甚至还嚷嚷着叫自己的朋友过来一起挑事。

蒋玲玲还没遇到过这种事，吓得有些不知所措，对面是好几个满身横肉的壮汉，一看就不好惹，她不敢和他们正面起冲突，偷偷拿出手机准备报警……

然而就是这一举动彻底惹怒了对方，有人抢过蒋玲玲的手机就往地上一砸，然后就开始动手，旁边有人看不惯他们欺负人，上来劝架，很不幸被卷入事件当中。

现场一片混乱，拦都拦不住。

沈念身处其中，她在混乱中寻找蒋玲玲的身影，终于瞧见了被推到角落里，脸色苍白的蒋玲玲。

沈念立刻朝蒋玲玲走去，沈念没注意到，刚才那个男人表情扭曲，抢着瓶子向她冲过来——直到她被一片阴影覆盖，一只手紧紧地护着她的后脑勺，伴随而来的是"嘭"的一声东西碎裂的声音以及男人的一声闷哼。

沈念愣住了："萧沐白？"他怎么在这儿？

萧沐白蹙着眉头，能看得出来他在隐忍疼痛。盯着沈念，萧沐白开口的第一句话是："你没事吧？"

明明他更严重些，这个时候还惦记着她有没有事。沈念摇了摇头。

事情闹得很大，好在警察及时赶到，将挑事的人全部带走。因为和沈念她们有关，她们也得跟着去派出所配合调查。

因为是对方挑的事、动的手，人证、物证都有，那些挑事的人全部被拘留。

沈念和蒋玲玲配合完调查正要离开，好巧不巧地撞见一个人。两个人对上目光，眼底都闪过惊讶之色。对方震惊了一下，随即露出笑容："沈助理，没想到会是你，我有些意外。"

沈念也觉得意外，她也没想到能在这里看到梁璟禾。沈念收回眼里的惊讶之色，对梁璟禾礼貌性地点了一下头："梁小姐。"随后又问，"梁小姐怎么在这儿？"

梁璟禾笑着回答："那家火锅店是我和朋友合资开的，我也算是老板。有人在火锅店闹事，我来了解情况。"

解释完，梁璟禾看着沈念，关心地问道："没事吧？"

"没事。"沈念摇头，并未表现出对梁璟禾的亲近，"多谢梁小姐关心。"

和沈念见过几面，梁璟禾也发现了沈念的话很少，她在凌川面前是个非常称职的助理，时刻保持着严谨、认真，在别人面前也是淡淡的，给人一种清冷淡漠的感觉。

对于沈念的冷漠，梁璟禾也不生气，依旧保持着笑容："今天的事情很抱歉，毕竟是在我们的店里出的事，后续有什么问题可以随时提出来，我们会尽可能地进行补偿。"

梁璟禾的态度这么好，沈念自然也不能一直冷漠以待，露出标准的笑容，简单寒暄了几句，才和蒋玲玲离开。

和梁璟禾分别后，蒋玲玲小声问着："念姐，刚才那个护着你的是谁啊？"看沈念当时的表情，他们好像认识。那个人和陆总是气场完全不同的两个人，陆总平时不苟言笑，气质高冷，不过刚才的那个小哥哥就算不笑不说话，都给人一种很温和的感觉，妥妥的邻家大哥哥。

沈念记挂着萧沐白的伤口，只是回答了一句"朋友"。

话音才落，感觉到什么，沈念抬头，不远处，站在昏黄的路灯下的那个身影进入视线。

沈念错愕地盯着朝她们走来的萧沐白。

"完事了？"直到听见他温和的声音，沈念才回过神，目光顺着他的眉眼向下，落在他的手上，"不是让你先去医院了吗？"刚才萧沐白护着她的时候手受了伤。

闻言，萧沐白也看了一下自己还未处理的手，说道："不放心你这边。"

沈念蹙眉，扭头对蒋玲玲说："玲玲，你先回去吧，我们去趟医院。"

"哦，好。"蒋玲玲乖巧地点头，"那念姐，你们小心点，我就先回去了。"

"好。"

…………

梁璟禾处理完事情后也离开了。坐在车上，梁璟禾的手机响了，看到是陆凌川的来电，她立刻接通，赔笑道："抱歉抱歉，和朋友开的火锅店出了点事，我才解决完。"刚才她在和陆凌川用电话谈工作，是接到通知临时赶过来的。

"嗯。"陆凌川对发生了什么事并不感兴趣，正要继续聊工作的话题，就听那边梁璟禾突然说："没想到看到了沈助理，有些意外。"

因为沈念是陆凌川的员工，所以梁璟禾便顺嘴提了一句。

"不过好在她和她男朋友没什么事。"刚才在路边等车的时候她看到沈念和萧沐白站在一起，虽然离得太远看不清对方长相，但单看一道模糊的侧影，也能感觉到他们的般配。

话音才落，想到自己刚才的说法，仔细揣摩了一下又觉得有些不妥，谁说男女在一起必须是男女朋友的，也有可能是好朋友。

"我的表达有些不合适，那个男生应该是她的朋友。"梁璟禾更正着自己刚才的话，电话那头十分安静，安静得连呼吸声都听不到。

"凌川，凌川？"梁璟禾又叫了几声，对面依旧不回答，她拿下手机一看，陆凌川早就挂了电话。

"嗯？"梁璟禾还不知道自己无意间的话直接点燃了炸弹。

…………

陆凌川在公司的时候心情就很差，知道沈念要出去吃饭，所以直接独自离开了。

短信上沈念并未说和谁一起吃饭，为了知道她要和谁吃饭，陆凌川特意等着，见沈念出来立刻开车过去，也看清了和沈念吃饭的人。

那个人陆凌川认识，叫蒋玲玲，是公司一个刚转正没多久的小姑娘。

当然，陆凌川并没有特意关注蒋玲玲，他关注的从来只有一个人。他经常看到她帮助蒋玲玲。当然，还有另一个原因——蒋玲玲很像陆凌蕊。不是指容貌，而是性情。蒋玲玲和陆凌蕊一样，都是那种爱笑的小姑娘，不是那种心思细腻的人，她们都大大咧咧的，没什么坏心思，笑起来的时候眉眼弯弯，眼睛都弯成了月牙。

当年的陆凌蕊就是这样，阳光、爱笑，像一朵被太阳照耀的向日葵。

本来陆凌川并未关注沈念和蒋玲玲吃饭的事，直到刚才梁璟禾无心的那句话，无疑是在原本平静的湖面忽然砸进一块巨石，溅起巨大的水花。

陆凌川挂掉电话后盯着手里的平板。刚才他在用平板工作。退出工作界面，陆凌川打开社交软件。

事情闹得不大也不小，在网上也能查到些蛛丝马迹，陆凌川将查到的信息拼凑在一起，将事情了解了八九分……直到看到一张照片——照片中，一个男人将一个女孩护在怀里，女孩的脸埋在他的胸口。

沈念的脸并未露出来，但陆凌川只凭头发、衣服，甚至一只手就能立刻认出是她。而护着沈念的那个男人……

陆凌川顿时愣住，身上的戾气和寒气一瞬间全部爆发出来。

萧沐白。老朋友了。萧沐白同为A大优秀毕业生，和陆凌川同届，两个人虽然不在同一个系，但都是本系的风云人物，后来对他深入了解是因为……萧沐白喜欢沈念。

他们两个在一起……

"啪！"陆凌川突然抬手，将手上的平板狠狠一砸，平板立刻黑屏。

陆凌川的一只手按在桌子上，大口地呼吸着，眼底那抹猩红久久无法褪去。

…………

医院。

值班医生在帮萧沐白查看手部情况。刚才东西砸过来的时候萧沐白就是用手护着她的。

紧张地看着他的伤口，沈念问："医生，我朋友的手情况怎么样？严不严重？"

医生听到沈念的问题头也没抬，不过还是耐心地回答她："有点严重，伤口比较深，可能得缝针。"

闻言，沈念的脸色变了变。

看她自责的表情，萧沐白一笑，反倒安慰沈念："不用露出这种难过的表情，又不是什么大伤。"

但沈念脸上的凝重之色仍旧没有褪去，看着那个有些吓人的伤口，沈念动了动嘴唇，欲言又止，最后还是轻声说了一句："对不起！"

萧沐白的脸上一直带着笑，他原本就是温和的性子，这么一笑更衬得他温暖极了。

"又不是你打的，你对我道歉做什么？"明明伤口很痛，可他在她面前连眉头都不皱一下。

沈念没说话，默默地走向旁边，拿起一个一次性杯子，给萧沐白接了一杯水。

知道她在愧疚，为了让她减轻些心理负担，萧沐白欣然接受沈念小小的补偿，喝完水之后对沈念露出一个大大的笑容："谢谢。"

…………

客厅里十分明亮。

男人瞪着地上已经被摔坏的平板，呼吸急促，胸口剧烈地起伏着。不知道过了多久，他摸起旁边的手机看了一眼时间。

解锁手机屏幕，画面还停留在通话记录上。最近的一次通话是半个小时前，和梁璟禾的。

他和梁璟禾通电话时，从梁璟禾说的话里能听出她已经将事情处理完毕。梁璟禾回去了，沈念也应该回家了。从南街回来，最慢二十五分钟也能到家，算上进入小区的走路时间，走得再慢也应该回来了。

可是……陆凌川看着大门的方向，那边很安静。

这次他没砸手机，而是拨通一个电话："你去联系一个和蒋玲玲关系不错的员工，让她想办法侧面打探一下沈念在哪儿。"说完，他挂了电话。

过了五分钟，电话打了回来，对面是陆凌晨的声音："我问了和蒋玲玲关系不错的李楠，蒋玲玲告诉她，沈念去医院了。"

汇报完，陆凌晨疑惑地问："沈念怎么去医院了？"更让陆凌晨不解的还有一点，"哥，你让我问沈念的动向做什么？"关于沈念的事，还有谁能比陆凌川更熟悉？

"哥，是出什么事了吗？哥？"没听到陆凌川的回答，陆凌晨又问了几声。

陆凌川此刻脑子里都是陆凌晨的那句"沈念在医院"，哪还有心思回答陆凌晨的话。

…………

医院。

帮萧沐白处理好伤口，医生还在嘱咐："这段时间不要让伤口碰到水，另外活动的时候一定要小心，不要大幅度运动。药要按时吃，伤口比较深，需要打破伤风预防针。"

从医生办公室里出来，沈念先让萧沐白坐着休息，自己去拿药。

萧沐白打完破伤风预防针出来，才坐下，就见沈念匆匆赶过来。她的手上拿着一个纸袋，将纸袋放在旁边的凳子上，沈念将里面的白T和外套拿出来。

"附近的服装店不多，我随意挑了一件，你不要嫌弃。"

看着沈念手里的衣服，萧沐白笑着问："去给我买衣服了？"

"嗯。"沈念先将衣服叠起来放回袋子里，小声道，"你的衣服上沾了血。"

萧沐白的一只手不能动，自然要沈念帮忙。她买的是非常宽松的款式，不会碰到伤口。

灯光打在沈念的头顶，萧沐白低头便能看到她垂眸认真地在帮自己穿衣服，她的睫毛又密又长，是个非常标准的骨相美人。他记得有人说过，骨相美人一美就是一生。

萧沐白觉得恍惚了一下，好像突然回到了第一次见到她的时候。

当时，她站在学校的荣誉榜前，盯着上面的名字失神，而看着她的他……也失了神。

萧沐白感觉嗓子有些干："念念。"

"嗯。"沈念应声。

萧沐白盯着她道："这是你头一次对我这么好。"

他们认识这么多年了，沈念虽然把他当作朋友，但是一直保持着距离。因为她知道萧沐白喜欢她，所以她特意保持着距离。

沈念的动作一顿，萧沐白清楚地瞧见她的睫毛颤抖了一下，不过很快又恢复正常。把衣服套好，沈念又拿出外套帮他穿上，一边穿一边轻声道："你很好，你帮了我很多，我不想欠你的。"

萧沐白盯着她的目光没有移动："我之前就说过，我是心甘情愿为你付出，从没想过让你回报。"

帮他把拉链拉好，沈念终于抬头，对上萧沐白温柔且深情的眼睛："你想要的我知道我给不了，所以我也不想欠你太多。"

他想要的……萧沐白敛眸。他想要的，是她，一直是她。现在她明确地告诉他，她给不了，也是变相告诉他，她这辈子都不会爱他。

沈念知道这么说一定会伤他的心，但就算这样她也要说清楚。他想要的她给不了，所以她不想欠他的。

"萧沐白，我之前也对你说过，你是个好人，你适合更好的姑娘，而不是我这种卑劣不堪的人。"

"什么是好人？什么是卑劣不堪？"萧沐白掩去眼底的失落，看着她问道，"这个世界上从来没有完美的人物事，一个人一个想法。即便是很多人向往的金钱、名誉、地位，也会有人视它们如粪土。所以，什么是好，什么是不好？"

萧沐白低头看着自己身上的外套，这是她为自己买的第一件外套。沉默了足足有十秒钟，萧沐白才继续道："就像你，沈念。你觉得自己卑劣不堪，欠陆凌川的，欠陆凌蕊的，欠陆家的。但在我这里，你是我见过的最好的姑娘，你有血有肉有良心。不管你再怎么说自己，在我心里，你就是这么好。"

听到萧沐白的话，沈念的睫毛颤抖了一下，没说话。

"所以。"萧沐白停顿了一下，用没受伤的那只手摸了一下她的头发，"念念，再坚强的一个人，也有身心疲惫的时候，你只要记得，我一直站在你的身后，是你坚强的后盾，是你可以永远依靠的大山。就算我知道，我想要的你给不了，可我就是想用自己的微薄之力保护你。"

就像……她对陆凌川那样。所有人，包括她自己都清楚，只要她和陆凌川放不下陆凌蕊的事，他们之间就永远不可能不顾一切地相爱相守。

她那么聪明，明明知道这个道理，可还是不顾一切地留在陆凌川的身边，心甘情愿地和他相互折磨。就像飞蛾扑火，明知冲上去会死，但依旧毫不犹豫地冲上去，用自己的命去赌那最后一丝温暖。

沈念的鼻子一酸，眼泪犹如开了闸的水，奔涌而出。她低下头，不让萧沐白看到自己狼狈的模样。

"好了。"萧沐白又摸了摸她的脑袋，笑着道，"很晚了，回家吧。"

"嗯。"沈念的声音闷闷的。

起身，正好撞上刚才帮萧沐白处理伤口的医生。看着如此登对的两个人，医生笑眯眯地感叹道："现在的小两口感情就是好。"显然，医生也把两个人当成了小情侣。也是，是谁都会有这种错觉。

沈念张口正要解释，萧沐白非常自然地将沈念护在身后，对医生解释道："这是我妹妹。"

医生愣了一下，"妹妹？"

"嗯。"萧沐白扭头看了沈念一眼，眼底的温柔和宠溺掩饰不住，"小姑娘听说我受伤了，火急火燎地就要来医院陪着我，怕她担心，就让她过来了，要是不让她来，还不知道急得躲在哪里哭鼻子呢。"

医生看了看萧沐白，又瞧了瞧沈念，尴尬地一笑："不好意思啊，我还以为你们是小两口呢。"

医生又忍不住夸赞道："你们兄妹的感情是真好。"

萧沐白微笑着道："谢谢。"

和医生聊了几句，医生又嘱咐了萧沐白什么时候来换药才离开。

出了医院，沈念要送萧沐白回去，萧沐白却不愿意，非要送她。现在很晚了，让女孩子独自一个人大晚上打车是很危险的，萧沐白不放心让她自己回去。沈念还是没争过萧沐白，他送她回去。

出租车停在小区门口，沈念从后车门下来，她下来后没有关门，而是对后座的萧沐白嘱咐："路上小心，不要碰到伤口，到家之后给我发个短信。"

闻言，萧沐白笑着道："放心，我这副模样比你安全多了，你平安我就一定会平安。"这个时候他还能说笑。

看到沈念笑了，萧沐白这才放心："笑就对了，你笑起来那么好看，应该多笑笑。"

沈念抿着唇没回话，不过唇边的笑意没收回去。

"好了，赶紧回去吧，现在时间也不早了，回去后洗个澡然，早点休息，今天的事情都过去了，就别放在心上了。"

"好。"沈念答应了萧沐白，又提醒他回去之后要吃药，这才关上车门。

看到载着萧沐白的车离开了，沈念才进了小区。

从电梯里出来，沈念解锁开门。

"已开锁。"电子门锁传来机械女性的声音，沈念拧着把手将门推开。

房间里一片黑暗，十分安静。站在门口的沈念只是停顿了一下，很快就反应过来，陆凌川应该回自己的公寓了。今天他离开会议室的时候看起来心情很差，所以没来她这儿。

沈念没有过多纠结，先进屋，然后把门关上。她习惯性地先关门，然后在脱鞋的时候顺手把灯打开。

和往常一样关上门后，沈念用一只手将高跟鞋脱掉，另一只手就要摸向开关。手指已经要碰上开关了，突然，一只大手抓住了她。

沈念吓了一跳，就要叫出声，不等她开口，一只手很有力气地推了她一下。她的一只高跟鞋已经脱掉，另一只还穿在脚上，身子一边高一边矮原本就容易摔倒，还好后面有墙，她的后背砸在墙上，身子一歪就要倒下，一只手按在了她的肩膀处，将她按住。

紧接着，沈念就感觉唇部一疼，男人带着报复，撕咬着她的唇瓣。

原本沈念被吓得不轻，但触到他熟悉的气息时便冷静了下来。这个气息她格外熟悉。

知道是谁后，沈念反倒不怕了，靠在墙上任由他发泄怒火。他了解她，她又何尝不了解他。只是一个吻，沈念就清楚地感觉到他满心的焦躁和不爽。

这个时候反抗他是愚蠢的行为，反而会自讨苦吃。所以沈念没有动，任由他发泄心中的不爽。

陆凌川没有抱她，只是一只手摁着她的肩膀固定着她，低头带着报复性地咬她的唇。他没有怜香惜玉，每咬一下都带着狠劲，很快，两个人口腔中传来熟悉的铁锈味。

明显能感觉到沈念没有挣扎，只是站在那儿任由他索吻、折磨，这一动作不但没有安抚到陆凌川，反而更加刺激了陆凌川。他突然松开沈念，愤怒与醋意在眼底沸腾，他几乎是咬牙切齿说出那一句。

"他吻你的时候你也是这么听话吗？"

他承认，在看到沈念和萧沐白在一起时，他吃醋了，而且非常在意。

"什么？"沈念一愣，没明白陆凌川这话的意思。

然而沈念的迷茫并没有安抚已经完全浸在醋缸里的陆凌川。装傻，这个时候了，还在装傻……明明她早就应该回家了，可她现在才回来。

蒋玲玲说了，沈念去了医院，而萧沐白又受伤了。

沈念还没搞明白到底发生什么了，突然感觉下巴一疼，是陆凌川捏住了她的下颚。他的力气很大，沈念感觉自己的下巴很疼，她被迫抬头，对上他的目光。

灯还没有开，两个人都身处黑暗之中，可即便周围一片黑暗，沈念还是很快找到了他的黑眸。

黑暗中他的黑眸显得更加幽深,可愤怒是黑暗也掩饰不住的。

"沈念。"他咬牙切齿,一个字一个字地叫着她的名字。

四周一片漆黑,安静得能清楚听见她的呼吸声。

他突然俯下身子,两个人的脸靠得极近,近得沈念能感觉到温热的气息扑在她脸上,只要她稍稍抬头,就能碰上他的唇。

又听到陆凌川仿佛浸入寒冰的声音:"我好像和你说过,你的人和命,都是我的。"

男人的话像是冰刺全都扎在了沈念的心口,刺得她的心发凉。她呆呆地盯着他,黑暗中,看不清他的五官,只能依稀看出轮廓。她张了张嘴,想说什么,终究还是一个字都没说出来。

两个人谁都没再说话,气氛僵了下来。不知道过了多久,陆凌川站直,原本捏住她下巴的手改成摸她的脸。不过陆凌川的动作并不温柔,指腹狠狠地擦在她的脸颊上,一下又一下,把沈念娇嫩的皮肤都擦红了。

他的声音沉沉的,带着一丝不近人情的冷漠:"我不喜欢别人碰我的东西,哪怕只有一下。"想到她的脸埋在萧沐白怀里过,陆凌川恨不得立刻拿消毒水,把她的脸擦干净。直到擦得沈念的脸颊通红发烫,陆凌川这才停下来,手缓缓下移,顺着她的胳膊往下,摸到了她的手,与她十指相扣。

"包括这双手,我也不希望你的手去碰别的男人,如果你想一次用一整瓶洗手液洗手的话。"他的薄唇落在她的耳边,声音轻轻的,又带着些温柔的威胁。

松开她的手,陆凌川的手又往上了一些。摸到她的腰肢,大脑控制不住地想到视频中萧沐白护着她时,放在她腰间的那只格外碍眼的手。

陆凌川早就被醋灌得理智全无,比起他的歇斯底里,这样的状态更让人害怕。温柔似刀,刀刀割人性命。

"沈念,你知道的,我不喜欢戴帽子,尤其是绿的。"他咬住沈念的耳垂,溢出一丝声音。

沈念自始至终一言不发。一开始她还没反应过来,但听他说了这些,沈念如同醍醐灌顶,全都明白了。

陆凌川知道了火锅店发生的事,所以才这么暴怒。果然,在他这里什么都瞒不住。

陆凌川的理智早就被醋意冲得一丝不剩,直到现在他的大脑中还在反复循环播放那个视频,每循环一次,他身上的戾气就多一重。他嫉妒,非常嫉妒!
....

沈念被折腾了一晚上,陆凌川才大发慈悲地放过了她,昏睡过去前迷迷糊糊地瞧见外面已经天色大亮。

这一觉不知道睡了多久,沈念才迷迷糊糊地睁开眼睛,抬头盯着天花板,看着天花板上的灯,沉默着。看了很久,她才收回视线,准备起身洗漱。

才动了一下手,就感觉自己像是一口气跑了二十公里,全身又酸又软,除了脑袋,仿佛其他部位都不是自己的,都云游到外太空去了。

明明只是坐起来这么一个非常简单的动作,沈念足足花了五分钟。

洗漱完出来,沈念看了下时间,发现才早上九点多,她感到有些惊讶。这一觉她睡得很沉,以为睡了很久呢,没想到才睡了三个小时。

捡起地上的衣物和手机,将衣物丢进脏衣篓里,打开手机,里面有一条未读信息。

是萧沐白发过来的:我已经到家了,你早点休息。

后面还跟了一个微笑的表情。

是昨天晚上发的,当时她和陆凌川在一起。因为她的乖巧顺从,原本陆凌川的怒气逐渐被安抚,可就在这时手机传来收到新消息的提示声,陆凌川一按一侧的按键就看到了屏幕上跳出来的萧沐白发的这条消息,让陆凌川好不容易被安抚下去的情绪再次冲出胸腔,更狠,更不留情。

沈念退出和萧沐白的聊天界面,没有回复他,只是打开备忘录看了一下今天的行程安排。

今天下午一点有个重要会谈,到时候她也要在场,所以今天不能请假。按了按自己的腰,沈念轻蹙了一下眉头,努力站起来,然后去挑衣服。
....

沈念到公司的时候大家都在工作,从大家的工位前走过,回到自己的位置。

才把包放在桌上,胃部又开始疼起来,比以往更加剧烈,沈念蹙眉倒抽一口凉气,按着桌子边缘想要坐下,原本再简单不过的动作此刻做起来却十分困难。

她坐下后拿起旁边的恒温壶给自己倒了一杯热水,从药盒里拿了几颗药，一下全都塞进嘴里，喝了一口水把它们顺下去。有几颗药丸没有立刻咽下去，碰到热水在口腔里融化，苦味瞬间在口腔蔓延。

吃完药，疼痛还没彻底消失，沈念便已经打开了电脑，开始今天的工作。

下午的重要会谈需要的资料沈念全程在跟进，虽然已经检查过两三遍，但为了保证绝无问题，她又检查了一遍。

正在看资料，蒋玲玲拿着文件过来："沈助理，这是需要陆总签字的文件，不过在此之前需要沈助理过一遍。"

现在是工作时间。

"嗯。"沈念抬起头，公事公办道道，"把文件给我。"

"好。"蒋玲玲将文件递给沈念，然后站在旁边等待。

沈念翻开文件夹。

蒋玲玲站在那儿等待，有些无所事事，便随口找了个话题："念姐，昨天帮咱们的那个小哥哥真的只是你朋友？"

沈念在工作，随口敷衍了一句："不然呢？"

"嗯……"蒋玲玲认真想了一下，还是把话说了出来，"我觉得他喜欢你。"

闻言，沈念的动作一顿，抬头看了她一眼。

"我真的觉得他喜欢你，我的第六感一向很准。"以为沈念不相信，所以蒋玲玲又重复了一遍。

沈念只看了蒋玲玲一眼，便继续低头忙碌着，她的声音淡淡的："那这次你的第六感失灵了。"

蒋玲玲半信半疑地道："可他看你的眼神真的太温柔了，是那种……掩饰不住的喜欢的那种温柔。"爱不爱一个人，是真的能从眼神中看出来的。

蒋玲玲一时失了些分寸，追着沈念问："念姐，你真的不喜欢他吗？我觉得他很好啊，长得帅就不说了，关键是他对你的态度，他每看你一眼，我都觉得他对你的温柔满得都快要溢出来了，而且你俩站在一起挺登对的，念姐，你可别错过……"

蒋玲玲说着说着，莫名感觉一股冷风在她的后脖颈处吹起，凉得她忍不住打了个哆嗦……寒意中，更有一道让人难以忽视的凌厉视线——蒋玲玲僵硬地抬头，在对上陆凌川那双冰冷的眼睛时小腿一软，差点跌倒在地。

"陆、陆总。"蒋玲玲磕磕巴巴的，直到这时才后知后觉地想到公司的规定。公司在福利方面从未亏待过员工，但工作时间严禁嘻嘻哈哈的，只要被发现，轻者扣年终奖，严重的直接开除。

第四章 冷战

陆凌川不知道是什么时候站在那儿的，面无表情，身上散发着"生人勿近"的冷意。陆凌川瞥向蒋玲玲，声音清冷："中午之前，把你的辞职报告交到人力资源部。"

蒋玲玲的脸色变得惨白。

这是要辞退蒋玲玲。之前也有员工在工作时间嘻嘻哈哈的，影响工作，但最多也只是扣工资进行小小地惩罚，这是第一次惩罚得如此严重。

显然，刚才陆凌川把蒋玲玲说的话一字不落地全都听了进去，昨天才因为萧沐白和沈念吵了一架，蒋玲玲刚才的那些话无异于在大火中倒油，火势越来越旺。

"陆总。"沈念知道这时候本不该说话。没有规矩不成方圆，蒋玲玲在进公司的第一天就知道公司有这项规定，还明知故犯。但沈念还是开了口。

陆凌川没说话，只是冷冷地盯着她。

沈念硬着头皮继续道："蒋玲玲是新员工，对公司规定还没有耳熟于心，虽然犯了错，但还没严重到要开除的程度。"

沈念的话音才落，陆凌川看向她的目光更加凌厉，语气冷得仿佛要掉渣："那么请问沈助理，有错不罚，公司规章制度放那儿是做什么的？"

沈念无言以对。

陆凌川明显也有针对沈念的意思了，自己连累到沈念，蒋玲玲虽然心里害怕，可还是开了口："是、是我的错，是我工作时间不好好工作，是我主动找沈助理聊八卦的。沈助理根本就没理我，一直是我自己在自言自语。"

蒋玲玲毕竟只是刚踏入社会没多久的小菜鸟，心理素质很差，她一口气把话说完，说到最后几个字时显然带上了哭腔。

原本陆凌川心里毫无任何波澜，可在看到蒋玲玲低头抹眼泪时突然愣住。不光沈念觉得，在陆凌川第一次看到蒋玲玲的时候，也以为是看到了陆凌蕊。她笑的时候，俏皮地吐舌头的时候，那足够感染人的笑容……看到她流眼泪的那一瞬间，陆凌川突然觉得有些恍惚，蒋玲玲的脸似乎变成了陆凌蕊的脸。

以前陆凌蕊受委屈的时候也是"啪嗒啪嗒"地掉着眼泪，拽着他的衣角，显得可怜巴巴的。

陆凌川感到有些恍惚，他眼神呆滞，好像又看到了那个活泼开朗的陆凌蕊。

"哥哥……"她撒娇的时候。

"哥哥！"她开心的时候。

"哥哥，我错了，你别生我气好不好……"她做错事，卖萌认错的时候。

"哥哥。"

"哥哥……"

他伸手想将眼前的"陆凌蕊"拥进怀里，往前一步，眼前的幻象突然消失，陆凌川一瞬间又被打回现实。再仔细看，刚才还对他吐着舌头搞怪的陆凌蕊已经消失不见，面前正在掉眼泪的又变成了蒋玲玲。

他张了张嘴，最终还是冷冷地道，"员工守则一百遍，今天中……明天中午之前放在我桌子上。"

然后他又瞥向沈念："你，五百遍。"说完，转身离开。

蒋玲玲的脸上挂着泪珠，还没反应过来。

沈念比她先回过神，对她道："没事了，好好抄写员工守则，以后这种低级错误别再犯了。"

"好。"蒋玲玲点头，经过这次的事情，她也长记性了。

"念……沈助理，对不起。"

沈念道："去洗手间擦把脸，然后回去工作吧。"

"好。"

看着蒋玲玲扭头离开，沈念这才坐下，一只手撑住额头，闭上眼睛皱眉，另一只手习惯性地摸着脖子上的向日葵项链吊坠，指腹来回摸索着花瓣。因为蒋玲玲像陆凌蕊的缘故，她一直帮着、护着她，导致蒋玲玲有时候的确有些懈怠，现在稍稍受到些惩罚不见得是坏事。

到了中午休息时间，其他人都去吃饭了，沈念还在忙碌。

放在桌子上的手机突然震动起来，沈念原本想按掉来电，目光在触及备注时顿住，几秒钟后，还是接起电话："喂。"

现在是休息时间，为了避免被公司的熟人看到，沈念把见面地点定在了距离公司较远的一家咖啡厅。

沈念到地方的时候陆凌晨已经来了，坐在靠窗的位置。这几年他的变化很大。不得不承认，他们一家人的基因都太好了，从父母再到他们兄弟姐妹，一个比一个好看。

平常沈念很少在公司和陆凌晨说话。

听见动静，陆凌晨抬头，看到沈念，他挑了挑眉："来了？坐。"

沈念走过去坐在他对面的卡座上，陆凌晨已经替她点好了餐——牛奶和蛋糕。她只是瞥了一眼便抬起头来，盯着陆凌晨："什么事？说吧。"

刚才在电话里，陆凌晨说有事和她谈，要和她见一面。

陆凌晨端起面前的红茶喝了一口，对沈念挑了一下眉："你们又怎么了？"

"嗯？"沈念一时间没反应过来。

"这个世界上，只有你能把他气成那样。"陆凌晨露出一脸无奈的表情。他没有指名道姓，但说的是谁不言而喻。

沈念突然也觉得坦然了，端起面前的牛奶喝了一口，随意地道："我们之间不一直如此吗？"相爱相杀。

陆凌晨耸了耸肩，无话反驳。以前他哥不是这样的，话不多，但一切正常，凌蕊过世后，他哥就变了很多。

"念姐。"陆凌晨看着沈念，非常认真地开口道，"你知道的，凌蕊过世后，我妈的状态一直很差。当年的事，你是受害者，同样也是经历者，我妈一直过不去心里的坎儿。"

或许是当年沈念和陆凌蕊太要好的缘故，她妈只要看到沈念，就像看到了陆凌蕊，就会想到当年发生的一切，想到自己已经不在的女儿，从而陷入痛苦的循环。

沈念的表情僵硬了一下，用手摩挲着杯子，她低声道："我知道。"陆凌蕊的事，注定了她和陆凌川不会有好的结果。

"所以，萧沐白对你而言，或许会是更好的选择。"自从知道他们又吵架后，陆凌晨便去了解了一下，昨天发生的事他大概知道一些。

作为旁观者，这些年他看得很清楚。沈念和他哥，就是在相互折磨，谁也舍不得放下，谁也没勇气向前一步，所以只能互相伤害，都很痛苦。

只要放下对陆凌蕊的执念，他们会过得很轻松。但他们都是重情之人，陆凌蕊是沈念父母车祸离世后那段黑暗时光里唯一的光，她放不下，也不愿放下对陆凌蕊的执念。

一个执着于友情，一个放不下亲情。

若沈念能先走出这一步，或许陆凌川也能释怀放下⋯⋯

听到陆凌晨的话，沈念苦笑一下："心里在已经有人的时候怎么还能进去第二个人？"

陆凌晨看着她，认真地道："我哥是感情，萧沐白是面包。"

前者是梦想，后者是现实，现实和梦想往往难以重合。就像这个世界上有很多人为年少轻狂、一见倾心的她或他心动，可最后还是娶、嫁了适合自己的人。

沈念垂眸，睫毛颤抖了一下，过了好久才道："短暂的救赎拯救不了黑暗中的我。"

陆凌晨动了动嘴唇，终究还是没说什么。不知道过了多久，陆凌晨才道："下次开庭在五天后，你会去吗？"

"会。"为了陆凌蕊，她怎么会不去？

"行吧。"陆凌晨点点头，他知道已经劝不动沈念了，起身离开。才站起来，陆凌晨还是没忍住，"念姐，嫂子，凌蕊曾经对我爸妈、我哥说过，你是个特别好的人，她想和你一辈子都是好朋友。她知道你的父母出车祸都离开了你，所以让我爸妈对你像对亲生女儿一样，还警告我哥不能欺你负你，她也只认你一个嫂子。"

沈念怔住。

"若凌蕊活着，肯定不希望你过得如此辛苦。"

留下这些话，陆凌晨离开。

沈念独自呆坐在卡座上，目光呆滞地盯着对面刚才陆凌晨坐过的位置，等她回神时已经泪流满面。她伸手摸着脖子上的那条向日葵项链，趴在桌子上，肩膀轻轻抖动着。哭得泣不成声。

…………

那天之后，沈念和陆凌川进入了莫名其妙的冷战状态。虽然两个人每天见面，一起工作，但工作以外的话题一个字都没说过。

陆凌川回到了他自己的公寓，再也没去过沈念那儿。沈念也过着简单、平静的生活，互不打扰。

今天陆凌川不在公司，也没给她安排工作，沈念难得腾出时间，正好去医院。萧沐白的伤需要去医院换药。

"你要来？也好，我马上到医院。"

"嗯。"沈念看了一下时间，又问，"现在正好是吃饭的点儿，你要吃点什么？我顺便帮你带过去。"

电话那边的萧沐白笑了一下："医院门口的粥店味道不错，前两天去喝过一次，可以帮我带一碗吗？"

"当然。"又说了几句，沈念挂了电话。

车子到了医院门口，沈念下车，先去萧沐白说的那家粥店买粥。

第四章 冷战

人不多，前面零零散散地排着三四个人，很快就排到了沈念。

拎着粥就要进入医院，刚到医院门口，一个人挡在她的面前。

沈念抬眸，蹙眉，发现站在面前的是一个非常有气质的女人，她打扮精致，化着淡妆，眉眼间尽是柔情。她的五官看起来有些熟悉。但沈念可以确定，自己并不认识眼前的人。

不过对方似乎认识她。只见女人对她笑了笑，开口问道："你好，沈念小姐，是吧？"

虽然对方是陌生面孔，但能准确无误地说出她的名字，证明就是奔着她来的。

沈念点了一下头："我是。"

见沈念警惕地盯着她，女人微微一笑："不用害怕，你虽然没见过我，但你和我儿子是朋友。"

她的儿子？

女人伸出了手："你好，我是萧沐白的母亲。"

两个人去了医院附近的一家奶茶店。

沈念点了两杯饮料，在为萧夫人点单的时候特意询问了她的口味和忌口。从她凹凸有致的身材和吹弹可破的皮肤上能看出萧夫人保养得很好，所以她应该不太喜欢太甜的东西，沈念点餐时要求饮料三分甜就行。

萧夫人打量着面前的沈念，眼底带着笑意："我儿子的眼光的确不错，是个有礼貌的好孩子。"

闻言，沈念收回目光，对萧夫人没有太过冷漠，但也没有表现得十分谄媚。"萧夫人，您找我有什么事？请直说。"沈念一向不喜欢绕圈子，直奔主题。

萧夫人的眉头一挑，她儿子的眼光的确不错，是个聪明的姑娘。所以她毫不吝啬地夸赞了沈念。

做好的饮料送了上来，萧夫人捏着吸管喝了一口，她的气质和容貌，完全看不出来有个二十多岁的儿子，因为保养得太好了，她的穿着也是往年轻方面搭配的。这就是在蜜罐子里生活的女人，不用她刻意分享，从她的一举一动、一颦一笑中就能看出，她过得很幸福。夫妻和睦，儿子懂事。

"虽然这是咱们第一次见面，不过我已经认识你很久了。"看得出来萧夫人也不是个小家子气的人，她面对沈念十分坦诚。她仔细想了一下，然后告诉了沈念一个答案："好像……两年前就知道了。我儿子虽然没和我说太多，但我是他妈，我对他的了解仅次于他对自己的了解。我一直知道他有一个很喜欢的姑娘，叫沈念，我也知道他喜欢的姑娘有喜欢的人，我儿子只能算是备胎……不，甚至连备胎都算不上，因为我儿子从来都没进过那个姑娘的心里。"

萧夫人的目光落在她的脸上。

沈念敛眸，盯着自己面前的杯子。

气氛有些冷下来了。

"别担心。"萧夫人扬唇，"我今天不是来找你麻烦的。"

萧夫人看着沈念，道："我儿子从未谈过恋爱，所以我一定要把好关。我能接受我儿子娶一位家庭一般、长相一般的姑娘，但决不允许心机深沉的姑娘进我们家的门。"

"所以，我在夫人的眼里是前者还是后者？"沈念直接问。

"我刚才说过，你很聪明，我儿子的眼光不差，你猜你把你归纳在前者还是后者？"萧夫人歪了一下脑袋，调皮了一下。

"如果我真的反感，两年前我就不会再让我儿子和你接触。

"你的事情，我知道一些。"父母过世，还有和陆家这些年的恩怨，是个命苦的孩子。

"其实我挺喜欢你的，从刚才你为我点饮料这件小事上能看出你是个心思细腻的人，如果咱们是婆媳，我想应该能相处得蛮愉快的，只可惜……"她顿了顿，"你不喜欢我的儿子。"

"所以您是来让我以后离萧沐白远一些的吗？"沈念问。她想，应该没有哪个父母愿意让自己的孩子在一段不可能得到回应的感情里一直沉溺下去。

沈念把话说得直接，萧夫人也不藏着掖着："准确来说，是的。沐白是我和我丈夫唯一的孩子，从小就是被我们和两边的长辈宠着长大的，这孩子也是个重感情的人。"

这点沈念也看出来了，就因为遇见了她，萧沐白明知没有答案，可还是在她身上浪费了这么些年。

"前些日子我公公查出来身体不好，癌症，中期了，医生说治愈的可能不大，风险是有的，现在还没把这件事告诉沐白。老爷子从小就宠着沐白，沐白已经不小了，老爷子这段时间一直在念叨想看到沐白娶妻生子，不然就算走了，也觉得遗憾。所以，考虑了几天，我想我还是应该和你见面聊聊。"

第四章 冷战

难怪萧沐白那么温柔有分寸，原来他有一位情商很高的母亲。

"所以我今天不是来找你的麻烦的，我想听一下你的答案。"萧夫人开口，"如果你愿意和我儿子在一起，我自然是高兴的……"

"萧夫人既然查过我，应该知道我的这些烂事。"沈念打断她。

沈念的事萧夫人自然清楚，只是沉默了一下，便回答道："对于当年的事……未知全貌不予置评。你的过去什么样我没参与，所以我也没资格对你指指点点。但如果你愿意选择我儿子，我们萧家自然会把你当成亲生女儿，不过我也希望你能处理好和那边的关系。"

她已经尽量用委婉的话语告诉沈念了。坦白讲，她不讨厌沈念，加上自家儿子又这么喜欢沈念，若沈念真的愿意和她儿子在一起，萧家自然把沈念当成亲生女儿一样疼爱，但这并不代表她愿意接受沈念和前男友不清不楚的。她对沈念，只有这一个要求。

沈念低头沉默下来。萧夫人也没有逼着她立刻给出答案，双方沉默了近一分钟，就在萧夫人准备说可以给她时间，让她好好考虑时，捏着吸管搅动饮料的沈念突然开口："您知道我对您的第一印象是什么吗？"

萧夫人疑惑地道："嗯？"

沈念抬头，盯着她，继续说："浸在蜜罐里，嫁给爱情的幸福女人。"

萧夫人挑眉。

"幸福不幸福其实也能从脸上看出来的，在看到您的第一眼，我就发现您的眼神明亮，眉眼上扬，连唇角在不说话的时候也是轻轻勾起来的，看得出来您的日子过得很幸福。"

"是的，我很幸福。"这点萧夫人没有否认，她的丈夫和儿子都很爱她，这也是她幸福的资本。

"我以前见到过一个像您这样的笑起来很幸福的女人。"那是陆凌蕊第一次带她回家的时候。她看到黎明诗的第一眼，和现在的萧夫人是一样的感觉。美丽、优雅、温柔、年轻，不管是身材还是气质，完全看不出来是三个孩子的母亲，因为她很幸福，丈夫忠心，孩子放心，所以她能做的只能是天天开心了。

萧夫人只是知道当年陆凌蕊身上发生的事，也知道沈念和前男友，也就是陆凌蕊的哥哥陆凌川纠缠不清，对陆家的两位家长倒不是特别了解。虽然两家的家世都不错，但发展的方向不同，所以平时没有接触过。

"然后呢？"她问。

"然后……"沈念顿了顿,"那个笑容被我毁了。"

如今的黎明诗消瘦、憔悴,眼里黯淡无光,眼睛通红,已经不见当年那温柔优雅的贵妇人模样。

"我爸妈车祸离世,我的家毁了;陆凌蕊和陆凌川都说过要给我一个家,然后我把他们的家也毁了。或许……我就是个天煞孤星,谁靠近我都会变得不幸。"一想到这儿,沈念露出一抹自嘲的微笑。

萧夫人张了张口,不知道应该如何安慰她。

"所以,"沈念顿了顿,看着萧夫人,"我还是别去祸害您幸福的家庭了。"

萧沐白对她很好,她不想毁了萧沐白的家。她说这话是婉拒了萧夫人。她起身,沈念对萧夫人微微颔首:"夫人,我以后会和萧沐白保持距离,不会让您难做的。"说完,她拎着桌子上的粥,离开了奶茶店。

看着她的背影,萧夫人动了动唇,还是没说什么。

…………

沈念到的时候萧沐白已经换好了药,他坐在走廊边的长椅上,正在等待沈念。

听到高跟鞋的声音,萧沐白抬头,在看到沈念身影的那一刻眼睛明显亮了些,立刻露出温柔的笑:"和我打电话的时候不是说快到了吗?我一直等不到你,有些着急,正准备给你打电话呢。"

沈念面不改色地撒着谎:"那家粥店的人气太旺,我到的时候排队的队伍特别长,所以就浪费了些时间。"

听到这话,萧沐白的眼神有些怪,但稍纵即逝,他用很淡定的语气问:"是吗?原来是这样。"

"嗯。"沈念将手上的粥递给他,"你要的粥。"

萧沐白微微一笑:"好,谢谢。"他用没受伤的左手从沈念手里接过粥,将粥放在自己的膝盖上,然后准备打开盖子。

"一上午没吃过饭,正好现在饿了,等我喝完粥咱们再走吧。"

"好。"沈念。

萧沐白的另一只手还是不能动,他用左手刚要打开塑料碗的盖子,沈念看到后就要上前:"我帮你吧……"

"不用。"萧沐白婉拒,对沈念露出一个"不用担心"的表情,"这点小事,不用麻烦你。"说完非常轻松地打开了盖子,旁边有塑料勺,他握着喝粥。

第四章 冷战

117

在粥入口的时候萧沐白就感觉到有点凉,他愣了一下,随即面不改色地咽了下去,很随意地对沈念说:"粥凉了。"

沈念买的时候还是热的,但和萧夫人在奶茶店聊了好一会儿的天,加上现在的天气那么热,奶茶店的空调开得温度很低,粥就凉了。

"是吗?"沈念佯装不知,"可能是买粥的人太多了,放粥的盖子一直打开,所以粥都凉了。"

萧沐白微微一笑:"也是。"然后继续喝粥。

沈念不想再继续这个话题,见萧沐白非常熟练地用左手吃东西,无心地问了一句:"我怎么不记得你是左撇子?"

"这个?"萧沐白看了一下自己的左手,然后解释道,"也不算左撇子吧,我的两只手都能用。以前小时候不会用右手吃饭,一直都是用左手拿筷子,但我家里人坚持让我改回来。后来虽然习惯用右手了,但用左手也很熟练,就很幸运地两只手能同时拿筷子吃饭和拿笔工作了。"

知道沈念的时间宝贵,他没浪费太多时间,用最快速度吃完,将一次性碗和勺用外边的塑料袋系上,丢进附近的垃圾桶里,然后对沈念道:"咱们走吧。"

"好。"

两个人一起走出了医院,并肩前行,萧沐白和她说着话。

"陆凌蕊的事怎么样了?"

沈念:"一切顺利。"

萧沐白:"需要我帮忙吗?"

沈念:"目前不需要,陆凌川安排好了。"

萧沐白点了点头,并未再说。纠结再三,她还是开口:"萧沐白。"

"嗯。"萧沐白几乎是立刻回应了她的话。

"谢谢你,你帮了我很多,但……我不想欠你那么多……"顿了顿,她还是说出了那句话,"以后……咱们还是少联系吧。"

闻言,萧沐白的脸色一僵,扯出一个极其难看的笑容:"是我的存在让你有了困扰吗?"

"是。"沈念坦然承认了。既然要拒绝萧沐白,能让他死心的只有陆凌川。所以沈念直接将陆凌川说了出来:"其实我一直没和你说过,那天从医院回去之后,我和陆凌川吵架了,现在还在冷战。我不想伤害你,也不会离开陆凌川。这几天我考虑了很多,还是觉得和你保持距离比较好,这对你、对陆凌川、对我都是最好的结果。"既然她明确知道自己无法给予他想要的东西，那就不要接受他的好，不是吗？

萧沐白的脸色变得苍白，身子摇摇欲坠。可最终，他还是说出了那个字："好。"他认识了她多少年，便喜欢了她多少年，守护了她多少年。他会满足她的所有要求。只要是她提出来的，他又怎么舍得拒绝。

"只要你能开心就好……"他的声音轻轻的，淡淡的，带着纵容，带着妥协。即便是让他离她远些，只要这是她想要的，他会满足。

萧沐白的回答和表情让沈念感觉胸口受到了猛烈一击。

"我可以再抱你一下吗？"他盯着她，试探着提出最后一个请求。

沈念看着他受伤的手："你的手还没好。"

"没关系，我就是想再抱抱你。"萧沐白认真地盯着她，眼底还带着执拗。

"就当是最后一次，好吗？"他的语气里甚至带上了祈求。

沈念盯着他的眼睛，两个人四目相对了近一分钟，沈念终究还是上前扑进了萧沐白的怀里。

萧沐白这些年对她的保护和付出，她看得见。如果没认识陆凌川，她想，她会和萧沐白走到一起的。只是太晚了，他们之间的缘分太浅。终究是，有缘无分。

萧沐白被撞了一下，他稳住身子，伸出双手将她牢牢地拥进怀里。因为用力，他明显感觉到了右手的疼痛，但他似乎疼得麻木了，咬着牙，也要抱着她。这是她第一次主动抱他，是第一次，也是最后一次。如果可以，他真希望这短暂的时间可以无限延长，没有期限。他爱她，他舍不得逼她，如果她觉得他的存在会影响她的生活，那他就离开。没关系，得到了这个拥抱足以让他用余生来怀念。

这个拥抱足足持续了五分钟，萧沐白心满意足地依依不舍地松开她。他的眉眼还是那么好看，目光还是那么温柔。

"时间不早了，打车回去吧。"他说。

"嗯。"沈念应了一声。

他用手机叫了车，在等车的时候，两个人并肩而站，即便一言不发，也觉得这短暂的平静是幸福的。

打的车就在附近，一分钟不到就来了，确认好车牌号，萧沐白才帮沈念打开后车座的车门，习惯性地对沈念嘱咐着："注意身体，每天都要喝一些热水，做事不要那么拼命，要给自己适当的休息时间，要按时吃饭，少碰油腻辛辣的东西，你的胃溃疡就是长期饮食不规律造成的。"

知道这是最后一次见面了，所以萧沐白的话有些多。

听他提起自己的胃病，沈念的脸上闪过一丝异样，很快又消失不见。她耐心地听完，并回答了一个字："好。"

看着安静的沈念，萧沐白肚子里原本还有一大堆话，可话到了喉咙口，突然就说不出来了，终究还是全都咽了下去，对沈念露出一抹大大的笑容："行了，我没什么要嘱咐的了，路上小心。"

"嗯。"

沈念上了车，萧沐白亲自帮她把门关上。

车子离开，萧沐白盯着车子离开的影子，看着车离得越来越远，越来越远，在前面转了一个弯，然后……再也看不到了。

"老板，来一碗白粥。"耳边传来路人的声音，不远处是一家粥店。

"大碗还是小碗？"

"小碗吧，大碗吃不完。"

"得嘞！"

粥店老板打开盖子，里面的粥冒着热气，老板一只手拿着塑料碗，另一只手捏着大勺，非常利索地盛了一碗白粥。

客人看了看粥摊上的几个盛粥的容器，忍不住道："老板，怎么还是这老几样啊？之前你们家那个干酪粥特别好喝，我儿子特别喜欢，结果现在每次来都没有。"

老板将盛放着粥的容器的盖子盖上，从旁边拿了个一次性塑料碗的盖子，一边盖一边叹着气解释："没办法，现在是夏天，天热，买粥的人不多，大家都喜欢吃凉皮儿解暑，谁喝粥啊，要是做多了卖不出去就全坏了，所以我们每年夏天只做卖得最好的三四款粥，其他的都不做了。"

听完老板的解释之后，客人恍然大悟："原来是这样啊。"

不远处的萧沐白将视线收回来，一只手放在口袋里。他身上穿着的外套是沈念买给他的那件。

自从得到了这件衣服，他衣柜里的其他衣服都失了宠，就算现在白天热得人头疼，他还是喜欢穿着。也幸好沈念给他买的是薄外套，不然非得捂出一身痱子。他默默地转过身，沿着马路，往沈念离开的方向走去。

…………

沈念今天很早就出门了，到地点后，站在角落的一处空地等待。她今天穿着一身黑色衣服，尽可能地减少存在感。她拿着手机查看时间，正巧此时日程提醒弹了出来。

对她和陆家来说，今天是为凌蕊讨回公道的重要的一天。

陆家的车到了，陆凌晨从副驾驶出来，打开后车座将黎明诗扶了出来。

这些年黎明诗过得很辛苦，已经不见当年贵妇人的优雅端庄模样，如今的她面容憔悴，头上竟生了些许白发。

沈念怔了怔，脑中忽然想起萧夫人优雅矜贵的模样。

陆凌川和陆凌晨的父亲陆延华从后车座另一边下来，几年的时间，他也变得苍老了很多，现在只能在眉眼间瞧出他年轻时英俊、帅气的模样了。

当年的事，岂止毁了陆凌蕊、沈念和陆凌川三人。

沈念立刻往后退了一步，将头上的鸭舌帽又往下压了压，戴着口罩垂着头。

知道陆家人不太想看到她，沈念很有自知之明地降低自己的存在感。

陆凌川第一时间就瞧见了那个可怜的身影。或许是她身上的那件黑色衣服太显瘦了，衬得她是那么的瘦小，单薄的身子让人怀疑只要一阵风，就能把她吹走。

陆凌川收回目光，看着父亲："进去吧。"

"嗯。"

看到他们都进去后，沈念才握着手机，小心翼翼地跟了进去。

由于证据不足，法院宣布延期审理。

黎明诗出来的时候状态很差，她的脚步虚浮，浑身瘫软，仿佛下一秒钟就会倒下。

"妈。"陆凌晨扶着母亲，脸上是难以掩饰的担心的表情。今天原本是不让她来的，但黎明诗坚持要来。

陆凌晨在心底无奈地叹了口气，抬头对父亲道："爸，您先在这等一下，我去开车。"

陆延华面色憔悴，点了点头："去吧。"

陆凌川在和徐律师谈事，陆凌晨去开车了，陆延华扶着妻子在大门口的柱子旁站着，低声温柔地安抚道："没事，咱们不会放弃的……"

黎明诗没有说话，只是无声地流泪。

沈念跟在后面出来，她的脸色不比陆家人好。

第四章　冷战

抬头盯着不远处的陆氏夫妇,沈念垂在两边的手握紧,松开,然后再握紧,反复了好几次,终究没有勇气上前。她压低帽子打算悄悄离开,才走了一步,突然听见陆延华惊慌失措的呼喊:"明诗,明诗!"

沈念一抬头,就看到黎明诗已经昏倒,陆延华跪在地上紧紧地抱着她。

沈念的脸色骤然一白,想都没想就冲了上去。

....

黎明诗被立刻送去了医院。

急救室门口,陆延华坐在椅子上,低着头沉默异常,陆凌晨一直盯着急救室大门的方向,陆凌川靠在急救室门口冰冷的墙壁上,闭着眼睛,看不清表情。

不远处的拐角处,沈念站在那儿,盯着急救室的方向,呆呆地等着。

终于,急救室大门上方的灯关了,大门打开,医生从里面出来,父子三人立刻冲上去。

陆延华红着眼睛急忙问道:"医生,我太太怎么样了?"

医生摘掉口罩,脸色有些不好看:"目前没有生命危险。"

看出来了医生脸上的凝重之色,陆凌川沉声道:"有什么话请直说。"

医生叹了一口气:"病人身体很虚弱。我的建议是,先给病人做个全身检查吧。"

医生凝重的脸色告诉他们事情在往不好的方向发展。

....

沈念看到黎明诗从急救室里出来后才离开。她跌跌撞撞地进了公共洗手间里,直到冲进其中一间,连门都来不及锁上便跌坐在地上。她的脸色苍白得吓人,一只手捂着胃部。不知道从何时开始,她的症状越来越明显。

"哇——"扒着马桶,沈念呕出了一口鲜血。疼……难以形容的疼,像是有成千上万根针同一时间猛戳胃部,让人感到痛不欲生。

一个人蜷缩在地上缓了好一会儿,情况才稍稍有些好转,她艰难坐起来,伸手按住马桶的冲水按钮,就听哗啦啦的水声,被刚才那口血染红的水颜色慢慢变淡,然后被冲了下去……

"呵……"她突然笑了起来,闭上红红的眼睛,笑得停不下来。

....

第五章

后来，有了一切

陆家听从了医生的建议，给黎明诗做了全身检查。

晕倒只是贫血导致，这个并没有什么大碍，但胃镜结果却有些异常。

办公室里，陆延华坐在医生旁边的凳子上，陆凌川和陆凌晨站在陆延华身后，父子三人盯着医生。

医生看完所有的检查报告，脸色凝重地吐出两个字："胃镜显示病人胃黏膜病变，初步怀疑是胃癌，需要取活检做病理检查。"

"胃癌"两个字，直接击垮了父子三人！

陆延华的身子晃了晃，差点从椅子上摔下来，好在陆凌川及时扶住了他。

"怎么可能？"陆凌晨瞪大眼睛，不愿意相信医生的话，"我妈怎么会得胃癌？"在说"癌"那个字的时候，陆凌晨的嘴唇都在颤抖。

"现在只是怀疑，病理检查是胃癌确诊的依据，安排做一下病理检查吧，看看检查结果。"

陆凌川控制住情绪，点了点头。

三天后，黎明诗的病理检查结果出来了，确诊胃癌。

陆凌晨感觉自己的身子都是软的，他愣愣站着，还是不肯相信这个事实。这些年黎明诗瘦了很多，但都以为是因为失去陆凌蕊大悲导致的暴瘦，从来没想过会是癌……

以前他听学医的朋友提过胃癌，全球范围内，胃癌发病率在恶性肿瘤中排第二，死亡率居第三位……陆凌晨不敢再想下去了。

陆凌川忍着悲痛问医生："有治愈的希望吗？"

"有的。"医生点头，"目前比较好的消息是发现得还算及时，还没到中晚期，这就说明还是有很大的治愈希望。没人愿意遇到这种事情，但既然碰到了，你们作为病人最亲近的人，不能唉声叹气，应该和她一起对抗病魔，鼓励她战胜病魔。其实病魔没那么可怕的,最重要的是心态,我曾经遇到过一个病人,当时我们确定他不会活过半年,但他的心态不错,我亲眼看见他挺过了一年又一年。所以遇到问题,心态不能崩。"

"是……是……"陆延华什么时候如此潦倒憔悴过。此刻的他就像失了魂的孩子,嘴里不停地喃喃着,"一定没事的,一定没事的……"他和明诗携手走了二十七年,还没走够呢,她怎么狠心甩开他的手离开他?

"所以目前最该调整的,是病人的心态。据我观察,病人的精神状态很差。"医生又抛下一记重磅炸弹,"长期情绪压抑对病人来说可不是什么好消息,若长此以往,病情加重的可能性很大。"

又是一个重磅炸弹在他们面前炸开,炸得他们伤痕累累。

其实老天一直都是不公平的,幸运的人会更加幸运,不幸的人会越发不幸。

黎明诗躺在病床上,脸色苍白,还在昏睡。

病房里安静极了。他们给黎明诗安排的是最高级别的 vip 病房,除了里面的卧室,外面还有客厅、餐厅、厨房,设施齐全。

陆凌川站在客厅的窗口,满脸愁容。

陆延华在卧室里面,坐在病床旁边,紧紧地抓着黎明诗没有挂水的那只手。瘦,太瘦了。都能摸到她硌人的骨头。

他忽然想起二十多年前,他第一次看到她的时候。当时还是小姑娘的她站在向日葵花海中,笑容迷了他的眼。他上前搭讪,她红了脸。时过境迁,如今……怎么变成这样了呢?

陆凌晨从外面打包了饭菜回来,将饭菜放在餐桌上,他推开卧室的门。

"爸。"

陆延华握着黎明诗的手,没有动。

"我买了饭,您吃点吧,医生说妈妈不会这么早醒。"陆凌晨的声音很轻。

陆延华还是没动。

陆凌晨的心口泛着酸涩。今天开庭,父母一大早就醒了,连早饭都没吃,又碰到这事……

"爸。"陆凌晨再次开口,"刚才医生也说了,人不是被癌症打败的,是被自己的心态打败的。咱们是妈妈最亲的人,咱们应该拉着妈妈的手,陪她一起战胜病魔。您现在不吃不喝,苦着张脸,妈妈醒了,看到您这样,怎么可能不多想？胡思乱想对妈妈的病没好处的。所以您一定要健健康康的，才有精力陪着妈妈，不是吗？"

小儿子的话打动了陆延华。是的，现在他不能颓废潦倒，他要好好吃饭，把身体养好了才有精力照顾妻子。他握紧了黎明诗微凉的手，掀开被子的一角，将她的手放进去，又确定了一下点滴，检查过没问题后，才起身跟着陆凌晨出去，小心翼翼地关上门。

陆凌晨将父亲劝了出来，又看向站在客厅窗口的陆凌川，开口："哥，你也吃点吧。"

"嗯。"陆凌川将手上的烟丢在地上，用鞋尖碾灭，大步走过去。

鲜少只父子三人坐一起吃饭的情况，三个人非常安静，只有陆凌晨打开一次性餐盒发出的声音。

"我学校那边没什么事，这段时间我来照顾妈。哥，你和爸忙工作就行。"陆凌晨一边说话一边将掰好的筷子递给陆延华。

"不用。"陆凌川的语气淡淡的，"我已经安排好工作了，你好好上学，这里不用担心。"

"哥。"陆凌晨蹙眉，"我比你更有时间。"他也在凌蕊集团工作，自然知道陆凌川每天的工作量有多少。如今公司正处在上升期，会议、应酬、出差，陆凌川的每一分钟都被安排得满满的。就连今天都是陆凌川熬了三个大夜，提前把今天的工作处理完才腾出来的。

"哥，没什么好争的，你和爸都有公司需要管理，我还在学校，空闲时间比你们多很多。而且哥你也知道，Ａ大修完学分就能毕业，所以我的时间可以自由支配。"说完，他又接着道，"妈现在的情况不算坏，但也不算太好，咱们肯定是要给她用最好的药，做最好的治疗。目前我没本事一夜赚百万千万，所以钱的问题只能靠你们，你们不去上班，妈的医药费怎么办？"

陆延华拿着筷子低着头，开口道："你们该上班的上班，该上学的上学，我来照顾你妈。"

"爸……"

"你再有时间，也没有照顾你妈妈的经验，我照顾了她那么多年，各方面比你得心应手。而且……我想一直陪着她。"

以前的她怕虫怕痛，就连瞧见一只鸡都吓得躲在他身后不敢靠近。癌症这么可怕的恶魔，他怎么舍得让她独自面对。他要陪着她，不管结果怎么样，他一定要陪着她。

"公司的事不用担心,这两年我请了专业人士管理,不去公司也不影响,一些重要工作我可以线上或者电话解决。"陆延华的语气不容反驳,"行了,就这么安排,你妈妈还在睡,我走不开,等你妈妈醒了,我更不能走了。待会儿吃完饭你回家一趟,把家里的保姆带过来,你妈妈不喜欢吃外卖,让保姆过来照顾你妈妈的饮食。"

"好。"陆凌晨点头。

父子三人的话题到此结束,又恢复了安静。

陆凌川坐在椅子上,面前盛着米饭的餐盒打都没打开,陆凌晨和陆延华都在低头吃饭,也是食不知味。

陆凌蕊的事还没有解决,现在黎明诗又出事了,许多压力砸在身上,砸得他们喘不过气来,哪还有心思吃饭。

陆凌晨扒拉着米饭,麻木地吞咽着。

"第一次见你妈的时候是在一片向日葵花海……"陆延华开口,声音里带着沧桑。

"啪嗒。"陆凌川又点了一支烟,烟雾萦绕,挡住了他的脸,看不清他脸上的表情。

从确定黎明诗患癌到现在才过了几个小时,陆凌川都抽了快一包的烟了。

陆凌晨原本就没有食欲,听到父亲开口,他抬头。

陆延华还是低头盯着自己面前的米饭,一字一句地道:"她穿着淡黄色的连衣裙站在向日葵花海里,头上戴着沙滩草帽,人比花娇。我上前搭讪,和她说,我叫陆延华,你呢?她愣了一下,然后对我温柔地一笑,红了脸。"

凡·高说过这样一段话:

> 每个人心里都有一团火,路过的人只看到烟。
>
> 但总有一个人,总有那么一个人能看到这团火,然后走过来,陪我一起。
>
> 我在人群中,看到了他的火,然后快步走过去,生怕慢一点他就会被淹没在岁月的尘埃里。
>
> 我带着我的热情,我的冷漠,我的狂暴,我的温和,以及对爱情毫无理由的相信,走得上气不接下气。
>
> 我结结巴巴地对她说:你叫什么名字。

从你叫什么名字开始，后来，有了一切。

陆延华垂着眸，声音越来越低："如果她不在了，我该怎么办……"

当年女儿出事的时候，他再痛苦不堪也还是强打起精神，因为他是家里的顶梁柱，不能倒下。他倒下了，这个家也就倒了。可现在……陆延华不敢想，如果妻子不在了，他该怎么办，能怎么办……

有人说，父亲的爱都是隐晦的，他们不会像母亲那般事无巨细地关心你，但只要你累了，回头一看的时候，你会发现，父亲一直都站在身后。

他们不善言辞，但会用行动表达爱意。他们或许没有太多时间陪伴妻儿，因为他们是家里的顶梁柱，要为这个家奔波辛苦。

可现在……陆家的顶梁柱却垂着头，努力克制住自己，肩膀不停地抖动，哭得隐忍。

…………

陆凌晨接了个电话从病房出来，去了医院外面的一个休息亭。他过去的时候亭子里坐着一个人，低着头。

"念姐。"陆凌晨走过去，叫住那个人。

沈念正低头用手机回复邮件，听见陆凌晨的声音才抬头："来了。"

"嗯。"陆凌晨应了一声。

沈念直接进入正题："刚才我接到电话，你哥把接下来半年的所有工作全部推了，没有解释原因，只是让公司安排。公司那边不知道发生了什么，因为事情太大，也不敢轻举妄动，所以给我打了电话，和我确认情况。"

目前公司正处于上升期，不少欣赏陆凌川的老总都有意抛出橄榄枝，想和陆凌川合作。还有不少已经合作的老总准备和陆凌川签续约合同……陆凌川的行程，都已经排到半年后了。结果陆凌川突然打电话，要取消所有行程，而且连个理由都没给就挂了电话，公司那边的同事很蒙，不晓得发生了什么，但他们知道如果取消全部行程，公司的损失难以估算……

想到沈念是陆凌川的贴身助理，而且是陆凌川众多助理和秘书中最信任、业务能力最强的一个，公司的人立刻给沈念打电话，确认一下情况，得到沈念的回复他们才敢动作。

沈念垂下眸，轻声开口："今天比较特殊，你哥应该不太想听见我的声音，所以我才给你打了电话。"

平常只要有事，都是陆凌川给沈念下命令，然后由她往下通知，但今天陆凌川直接略过了她。所以沈念认为是陆凌川不想和她说话。毕竟，他们现在还在冷战呢。

陆凌晨听完，立刻明白了沈念说的是什么事："不用取消，安排如旧。"他妈这边有他爸照顾，再不济还有他，不需要他哥。

"好。"沈念点头，"那我待会儿给公司的同事回电话。"公司那边现在正在等她的电话，等不到她的回复，他们不敢轻举妄动。

"对了。"想到什么，沈念又问，"阿姨的情况怎么样？有没有醒过来？"当时黎明诗突然昏倒真是吓死人了。

陆凌晨沉默下来。

"医生有说什么原因吗？"沈念虽然没有听到医生的话，但也知道突然昏倒不是什么好事。虽然她刚才也在不远处等着，但距离急救室有一段距离，所以她只看到急救室上的灯关了，医生从里面出来，至于医生说了什么，她听不见。

陆凌晨还是没有说话。

沈念发现了不对劲，她蹙眉，盯着陆凌晨的脸。刚才没细看，现在仔细观察，她才发现陆凌晨的眼睛有些红，和上午比，脸色也憔悴了许多。

"……怎么了？"

"胃癌。"陆凌晨突然开口。

沈念心里"咯噔"一下，下意识地抓紧自己手里的包，明面上还是一副没听懂的样子："……嗯？"

"我妈做了全套检查，医生说……我妈得了胃癌。"陆凌晨开口，再次提起黎明诗的病情，他还是不愿意接受这个事实。

沈念的脸色变得苍白，手一松，包直接掉了。她的身子颤抖了一下，有些狼狈地蹲下去把包捡起来，她的手颤抖得越发厉害。

"……确定了吗？"她的声音都在发抖。

"嗯。"陆凌晨闭上眼睛，重重地点了下头。

"凌蕊去世后，我妈的状态一直很差，经常饮食不规律，几年前我爸就想带她去看医生的。"不管是身体检查还是心理检查，"但我妈一直不肯，一提起要去医院，情绪就很激动，我爸怕刺激她，不敢硬来。"结果就……

沈念将手机放回包里，不知道是不是蹲久了的缘故，站起身，只感觉眼前一晃，她差点摔倒。她把手伸进包里，在里面不停地摸索，最后拿出一张卡递给陆凌晨。

沈念："拿着。"

陆凌晨看着她递过来的卡："什么？"

"这是我这些年的积蓄。"沈念不由分说，就要把卡塞给他，"用最好的药，做最好的治疗，钱不够和我说，我再去筹。"

陆凌晨这才明白沈念的意思，明白过来后他立刻把卡推给沈念："不用。"

"拿着。"

"不用。"

"陆凌晨，现在不是任性的时候，拿着，密码是……我和你哥的生日。"这张卡是她很多年前办的，一直没改过密码。后来……也没时间改。

"真不用，念姐。"陆凌晨再次拒绝，"念姐，我们家不差治疗的钱。"

陆家是富裕家庭，陆延华有自己的公司，还在好几家公司有股份，收入十分可观；黎明诗是自由职业，她嫁给陆延华后就没上过班，平常就是在家里画画打发时间，她的作品在很多展览上出现过，也是个小有名气的画家；陆凌川自己也在创业。至于陆凌晨在饭桌上为什么会那么说，他只是想让父亲和哥哥转移注意力，有工作压力，他们就没那么多精力为母亲的病愁闷。

看着手上陆凌晨塞回来的卡，她垂眸，沉默了几秒钟之后才开口。

"我知道陆家不缺钱。"

如果陆凌晨没有猜错，沈念下面还有话，所以他没有出声，而是继续听她说。

沈念的睫毛轻轻颤抖着："父母养子女是责任，子女养父母是义务。"她抬头，对着陆凌晨，"我欠你姐姐的人情，她尽不到的义务……我应该替她承担。"

"沈念……"陆凌晨从以前就发现了，沈念是个很执拗的人。她太执着于一件事了，所以她活得很累。人……还是要自私一些才行，起码不会活得那么辛苦。

"你知道的，我爸妈几年前就车祸去世了。"沈念打断陆凌晨，"现在我有能力报答他们了，可惜再也没有这个机会，你就当可怜一下我，让我有个长辈孝敬。"

陆凌晨沉默了一下，还是没有收，但他道："今天我爸和主治医生谈了后续治疗，癌症治疗是长期战役，需要准备很多，以后肯定会有需要你帮忙的地方，需要你的时候我会和你说，不会和你客气的。"接受她的付出，或许会让她心里舒服一些。

....

黎明诗是下午醒的,她睁开眼睛,只是看着天花板,沉默着。

陆延华一直在旁边照顾,所以在黎明诗醒过来的第一时间就发现了。

"醒了。"他勉强自己露出轻松的笑容,抓着她的手。虽然夏天手凉一点没什么,但她的手也太凉了。陆延华握着她的手,想要把自己掌心的温度传给她些,然后开始说家常事。

"最近公司新接触了一个合伙人,他或许能帮咱们,关于凌蕊的事。但是也得健健康康的才能去关心这个,你现在生病了,哪有时间关心其他事,对不?你忘了蕊蕊说过的话吗?她说你笑着好看,要是让她知道她走之后你一直苦着脸,又要碎碎念了。咱俩的话也没那么多啊,怎么咱闺女那么能嘟囔,也不知道随了谁……"

陆延华没有避讳生病的事。癌症不是三两天就能治好的,需要一点一点慢慢来,根本瞒不住。与其现在找各种理由极力掩饰,还不如直接说实话。而且黎明诗也不是傻子,自己身体的异样她能感觉不出来吗?

不过陆延华也没有非常直白地告诉她,只是说她生病了,并没说是癌。

提到女儿,黎明诗闭上眼睛,忍着不把眼泪流出来。

黎明诗喜欢向日葵,第一次遇到陆延华的时候也是在一片向日葵花海。向日葵,阳光使者,向阳而生。人的一生会遇到很多挫折,但黎明诗希望自己能活成向日葵的样子,向阳而生,积极笑着面对。

陆凌蕊从小就看黎明诗在画纸上画各式各样的向日葵,耳濡目染,对向日葵也是特别喜欢。陆凌蕊就活成了向日葵的样子,她的笑容就像阳光下的向日葵,阳光,灿烂。

"妈,你怎么这么好看?是不是因为你长得好看,所以也把我生得那么好看啊?"陆凌蕊一直都是个嘴甜的孩子,她很会哄人,所以也格外讨喜。

"妈妈,你喜欢我吗?我也喜欢你啊!妈妈,所以咱们这是双向奔赴。"

"妈妈,你笑起来怎么那么好看啊!"

"妈妈,我好爱你啊。不管,我就是妈宝。"

"妈妈……"

黎明诗一闭上眼睛,脑子里全是陆凌蕊在她面前调皮搞怪的画面。属于曾经的美好回忆终究成了一把双刃剑,这些画面当初哄得她有多开心,如今就把她捅得有多疼。

陆凌川一直站在门口,只是看着屋子里的父母,他倚靠在门框上。

"嗡——"口袋里的手机响了,陆凌川看了眼来电人,目光沉了沉,转身去了客厅。

"喂。"

"我知道了。"

"我马上过去。"简单应付几句,陆凌川挂了电话。原本准备直接离开,但走了两步,还是停下步子,转身进了卧室。卧室里很安静,陆凌川走到黎明诗的床前,黎明诗闭着眼睛,睫毛颤抖了一下。她知道大儿子就在旁边。

忽然,另一只手被人握住,陆凌川的手也不是很热。黎明诗的睫毛颤抖得更加厉害。

"妈。"陆凌川看着她,声音很低,"咱们家不能再少任何人了。"

…………

沈念才洗完澡,围着浴巾出来,将脏衣服丢进阳台的洗衣机里。倒上洗衣液和除菌液,选择功能,然后按下开始键,洗衣机开始运行。

趁着这个工夫,沈念转身去收拾茶几,才蹲下拿起一个杯子,门口处传来"滴滴滴"按动密码的声音。

"验证失败。"电子门锁传来开锁的声音。

沈念听到门口有声音,立刻抬头看过去,眉头紧锁,已经开始警惕起来。这么晚了,是谁在开她家的大门?

"滴滴滴——"又是按密码的声音。

"验证失败。"第二次输入密码错误了。

沈念立刻站起来,紧接着她拿起茶几上放果盘里的水果刀。小小的一把,很适合防身。

抓着水果刀,沈念一步一步朝门口走去,软底拖鞋踩在地毯上,没有声音。

"验证失败。"智能门锁第三次发出警告,沈念握紧手上的刀,警惕地盯着大门,做好随时动手的准备。

"滴滴滴——"又是输入密码的声音。

就在沈念认定此刻站在她家门外的肯定是不怀好意的坏人时,这一次不再是密码失败的提示。

"已开锁。"听见提示音,沈念愣了一下。她家门锁的密码不简单,若是坏人，不可能三四次就能试到正确密码。除非，外面的人原本就知道真正的开锁密码，之前只是不小心按错了。可知道她公寓门锁密码的只有自己和……可如果是他，不可能按错那么多次。

在她失神的时候，外面的人拧动门把手开了门。

只见陆凌川站在门口，整个身子都靠在门上。他身上还是今天白天的那套西装，西装外套被他脱下来搭在左手手肘上，脖子上挂着的领带松松垮垮的，衬衫最上面的两颗扣子也被他扯掉了。他英俊的脸上憔悴之色明显可见，黑眸此刻带着明显的醉意和黯然，短发微微凌乱，还翘了个小角。

看到他的状态，沈念终于知道刚才他为什么按那么多次错误的密码了。只看了一眼，沈念就能确定，陆凌川喝醉了。

看陆凌川这副模样，还醉得不轻，也难怪刚才他输入了那么多次密码都没对，因为被酒精控制了大脑，他迷迷糊糊的，连智能门锁上有指纹识别都忘了，傻乎乎地一次又一次按密码。

沈念愣住，原本紧握着水果刀的手松开，把刀放在了旁边的鞋柜上。

"怎么喝这么多？"她轻声开口，语气里隐藏着关心。

陆凌川靠在了门上，微阖着眼睛，好像站在那里睡着了。听见沈念的声音，他才慢慢悠悠地睁开眼睛。

进入职场多年，陆凌川从没让自己喝醉过，他很清楚商场如战场，如果在酒桌上自己都无法控制自己的大脑，那就只能被别人拿捏在手里。所以这些年里，他真正喝醉的次数一只手都能数过来。

他刚和徐律师谈过，陆凌蕊的事有些棘手……

今天发生了太多事，让他身心俱疲。他给自己灌了那么多酒，终于把自己灌得烂醉，理智全无，可喝醉酒后的他脑子里只有一个人的脸。

沈念，沈念……

那一瞬间，陆凌川突然很想见沈念，想立刻见她，只想见她。即便已经醉得走不好路，他还是跌跌撞撞地来找她了。

陆凌川终于动了，也不知道他到底喝了多少，只走了一步，身子就要歪倒，旁边看着的沈念的心猛地一提，想都不想，上前一步扶住他，而陆凌川也顺势倒在了沈念身上，揽住她的腰，将她抱在怀里。

"念念……"

在陆凌川怀里的沈念听到熟悉的称呼，身子一僵。已经……很久没有从他的嘴里听见过这个称呼了。

"念念……"他又叫她，声音很轻，很淡，就像是一根羽毛来回拨动她的心，心脏不受控制地加速跳动。

"念念不忘……念念……"他不停喃喃着。

沈念开始恍惚，眼前闪过第一次见到陆凌川时的画面。

当时的陆凌川唇角微扬，对她礼貌地点头："你好，我是陆凌川，傲雪凌霜，海纳百川。"

她回答："沈念，念念不忘的念。"

当时他还多问了一句："念念不忘，必有回响？"

那个时候的沈念太年轻，不知道念念不忘，不一定有回响。而且，念念不忘的念和奠念的念是同一个字。

晚上的风有点凉，一股凉风吹来，沈念的身上只围着浴巾，风把她吹得清醒了很多。

"陆凌川，你先进去，我关门。"沈念低声哄他。

陆凌川的两只手仍旧放在她的腰部，脸埋在她的肩头，低声喃喃着，显然醉得不轻，沈念的话一个字都没听进去。

沈念无奈，伸直手测了一下自己和门把手的距离，有些远，她拖着陆凌川往门口移了移，身上扒个超大玩具，被束缚着，抬个手都麻烦。磨蹭了好一会儿，她终于把门关上了。

拖着陆凌川去了客厅，让他躺在沙发上，沈念转身进厨房，拉开抽屉，在里面翻出蜂蜜，舀了一勺倒进杯子里，又添上杯热水。

端着蜂蜜水出来，沈念看着躺在沙发上的陆凌川，轻声开口："陆凌川，我倒了蜂蜜水，你喝一点吧。"

"念念……"他闭着眼睛喃喃着。

看他这样应该起不来了，沈念先将杯子放在茶几上，腾出手把他扶起来，然后端着蜂蜜水将杯口贴在他的薄唇上，仔细喂他。

陆凌川喝醉了也没有耍酒疯，沈念一点点喂他，他就一点点喝。

喝完小半杯蜂蜜水，陆凌川才睁开眼睛，醉意蒙眬却依旧紧紧地盯着她。

两个人靠得极近，近得他能把她脸上的每一个细节都能看得清清楚楚。沈念的五官精致柔和，她笑的时候眉眼弯弯，给人一种全世界都很温暖的感觉。他就呆呆地盯着沈念，失了神。

沈念的手里还拿着杯子，见陆凌川没有再喝，她疑惑地看去，好巧不巧地对上他深邃的眸子。他的眼神和平常比，多了些醉意，少了些犀利与压迫。

她愣了一下，不明所以地问："在看什么？"

他的眼睛直直地盯着她。是她的脸上有什么东西吗？

沈念抚了一下自己的脸。应该没有吧？她才洗了澡。

"你。"陆凌川竟然回答了她。而且，他在很认真地回答她的问题。

明明是简单的一个字却如千金，砸得沈念面目全非。

她盯着陆凌川的脸，声音沙哑："……你知道你在说什么吗？"

"知道。"

"你知道我是谁吗？"

"是你。"此刻他的眼睛里，只有她，也只能看到她。

看他认真中又带着傻气的模样，沈念真的怀疑他到底是醉了还是没醉。如果没醉，和她说话的时候怎么傻乎乎的；可若是醉了，又怎么能这么流利地和她对话。

"醉成这样，真不知道你是怎么记得大门密码的。"沈念摇了摇头，嘴里很无心地嘟囔出了这句。

"当然记得。"他靠在沙发上，抬起一只手搭在额头上，盯着上头的灯，似乎想到了什么，他的眼底闪过痛苦和挣扎，呼吸沉了些。

沈念没在意他的回答，看他把蜂蜜水喝得差不多了，只剩下一点底了，也没逼着他喝完，拿着杯子起身，打算把杯子送进厨房洗了。

转身才走了两步，身后传来陆凌川很轻很轻的声音，轻得让人怀疑他有没有开过口。

可是，沈念还是听见了。短短的几个字，让她瞬间溃不成军。原来他知道，他一直都知道。

沈念握着杯子的手松了松，又紧了紧。

陆凌川坐着，沈念站着，两个人就这么僵持了一分多钟。

最终还是沈念先动，她抬脚进了厨房，将杯子洗了，然后出来。

客厅里，陆凌川还保持着刚才的姿势，手搭在额头，眼睛微阖着。

她上前，对陆凌川道："很晚了，早点休息吧。"她装作刚才什么都没听见。有些事就像泡沫，默默地看它在空中飘着就行，因为只要轻轻一碰，就会破掉。

陆凌川没有回答。

沈念抓住他的手，在触碰到陆凌川的那一刹那，陆凌川睁开了眼睛，漆黑的眸子直勾勾地看着她。

沈念被他过于直接的眼神盯得有些不自在，立刻瞥开目光不和他对视，小声道,"很晚了,明天还要工作。"

今天他一定很累,不是身体,是心。心力交瘁。

陆凌川仍旧一言不发,不过沈念拉他起来的时候他没有挣扎,乖乖地站了起来。

酒精还在作祟,陆凌川走路摇摇晃晃的,沈念害怕他栽倒在地上,抓着他的胳膊,扶着他。陆凌川来的时候沈念刚洗完澡,身上只围着浴巾,纤细的胳膊和分明的锁骨都暴露在空气中。她扶着陆凌川,两个人靠得极近,陆凌川微微一侧低头便瞧见勾人心弦的锁骨下那道更添诱惑的风光……

将陆凌川扶进卧室,他醉成这样估计也无法自己换睡衣了,沈念帮他把松松垮垮地挂在脖子上的领带解下来,叠好放在旁边的床头柜上,又将他脚上的鞋和袜子脱掉,让他躺好。从旁边扯过薄被,正要帮他盖上,陆凌川的手就这么勾住了她的腰,然后用力。

沈念被勾了去,整个人不受控制地往前栽倒在陆凌川身上,手砸到了他的胸膛,两个人脸贴着脸,鼻抵着鼻,唇对着唇。四目相对,他们的距离极近,近得能感觉到对方的呼吸。

陆凌川的眼睛一直都很有魔力,不管是以前还是现在,沈念都不敢盯着他的眼睛看太久,因为看久了,就会陷进去。

他伸出另一只手兜住她的后脑,将她按下来,然后,吻上了她的唇。很轻,很淡,很温柔,一如曾经。

陆凌川曾经对沈念说过一句浪漫的英文情话——

Do you have a map? Because I just keep losing in your eyes.(你有地图吗?因为我刚在你的眼神中迷失了。)

而现在,是沈念在他的眼神中迷失了。

…………

翌日,两个人几乎同时醒过来。

陆凌川松开怀里的沈念,然后起身踩着拖鞋去浴室洗漱。

沈念也醒了,坐了起来。看着他走向浴室的背影,她感到有些恍惚。所以他们这是……和好了吗?

陆凌川洗漱完出来,沈念穿着睡裙走过来,熟练地打开衣柜的玻璃门,从里面挑出一件白衬衫帮他穿上,由下至上一颗颗扣上衬衫的扣子。

陆凌川低头,安静地看着她,一言不发地享受着她的服务。

"今天上午八点半有个会议，下午一点和济源集团的黎总约了高尔夫，晚上六点半是和孙总的饭局，三个月前就约好的。"沈念帮他扣好袖口的扣子，又拉开旁边的展示柜，从里面挑了一条暗色带着刺绣的定制领带。

不同的场合，不同领带的打法。今天没有特别重要的活动，所以沈念给陆凌川打了个不复杂的领带结，又挑了一枚蓝宝石领带夹夹上。

"嗯。"陆凌川应声，盯着她，"今天你不用去公司，休息一天。"

"好。"沈念答应着。最后帮他套上西装外套，然后目送陆凌川离开。

陆凌川换好衣服后没有立刻离开，而是盯着她的脸，一言不发。

沈念被他的目光盯得有些发毛，不晓得他在看什么。

若沈念站在旁观者的角度看，就能发现陆凌川其实没有在看她的脸，而是在看她的……嘴唇。

沈念的唇很薄很粉，他就这么盯着，盯着……

就在沈念实在忍不住准备问怎么了的时候，陆凌川却收回视线，转过身。

盯着他的背影，沈念想到什么，开口："陆凌川。"

听她叫了自己的名字，陆凌川停住脚步，挺了挺脊背。这个女人，终于自觉了一次。他转身，目光又一次落在她的薄唇上。

"我昨天特意找了一下，有几位专家对癌症很有研究。陆阿姨的病还是有希望的。"

陆凌川没有说话。

没等到他的回答，沈念抿了抿唇，试探着开口："陆凌川？"

"还有呢？"陆凌川问她。

"嗯？"沈念不明所以，下意识地问道："还有什么？"她已经说完了。

陆凌川沉默了足足一分多钟，才淡淡地说了句："知道了。"然后转身离开。

目送陆凌川离开后，沈念也出了门。

一辆出租车在她面前停下，司机师傅探头问她："小姑娘，去哪儿？"

沈念打开后车座的门，坐进去，把门关上，没有回答师傅的问题，而是在发呆。

司机师傅不知道去哪儿，又叫了一声："小姑娘？"

"人民医院。"沈念回过神，还是说出了这四个字。

到了医院，沈念先去了附近的花店。医院附近都会有花店和水果店，来看病人，鲜花、果篮少不了，开在这里，客流量会高很多。

这个时候向日葵已经开花了基本，每个花店都有向日葵。

买了一小束向日葵，沈念才进了医院。

昨天谈话时她从陆凌晨嘴里得知了黎明诗所在的病房楼层和病房号。高级vip病房在最上面一层，连护士站也是单独的。

沈念抱着向日葵走到病房门口，后知后觉地觉得不知所措起来。她想起一件很重要的事——陆阿姨不想看到她。沈念忽然不知道是不是该进去。她既想代替陆凌蕊尽孝，又不希望黎明诗看到她生气。

正当她进退两难时，小护士看见了门口的沈念，开口问："你好，你是哪位？"

沈念回过神，对护士点了点头："你好，我是陆总的助理。"虽然她没穿职业装，但只是一个眼神，就气质不凡。

护士知道这间病房的病人丈夫的确姓陆，而且沈念身上也的确有助理的气质。

"陆先生带着陆太太去做检查了，可能要半个小时才能回来。"护士对沈念道。她以为沈念是陆延华的助理。

"好。"沈念点头，又问护士道，"我可以把东西送进去吗？"说完，她看了一眼自己手上的向日葵。

护士犹豫了一下，想着是要拒绝还是同意。看沈念不像坏人，而且这里到处都是监控，若真是心怀不轨之人，调出监控就能立刻抓到她……

这么一想，护士就放心多了，点头："可以。"

"谢谢。"沈念低头，推开门进去。

病房是个套间，装修风格像家一样。

先将向日葵放在空桌上，沈念没做什么特别的事，只是将没放好的椅子推了一下，回归原位。用手腕上的皮筋将头发束成高高的马尾，利索地收拾着房间。她的动作很快，加上屋里原本就不脏，所以很快便将屋子整理完毕。

又将沙发上搭着的衣服叠好了放在旁边，沈念从客厅发一个柜子上拿起一个玻璃花瓶，里面放着假花。将假花放在旁边，把花瓶洗干净，这才去拆自己带来的向日葵花束，将向日葵一枝枝放进去。高档病房的装修和家里没什么两样，房子里也配备着各种可能会用到的小物件。

沈念找了一圈，在客厅电视柜的抽屉里翻到了剪刀。沈念会一点插花，熟练地修饰花梗，根据整体不停地调整，花束显得精致了很多。

抱着花瓶，在客厅里看了一圈，最后还是把花瓶放在了距离阳台很近的一张小桌子上。做完这些，沈念收拾了桌子上的东西，然后将垃圾也带走。默默地来，默默地走，没人知道她曾经来过。

沈念刚离开三分钟都不到，一直在陆家工作的阿姨买完菜回来了，一开门就看见房间干干净净的，空气中还带着若有似无的香味。不是那种十分刺鼻的香，就是浅浅的，淡淡的，闻了让人觉得很心安的香味。

这是……有钟点工来收拾过房子了？

阿姨不明所以，拎着菜进了厨房，开始准备饭菜。

自从知道黎明诗患胃癌后，陆家在饮食方面格外重视，少食多餐，忌油忌辣。

阿姨刚摘完菜，想到买的水果还在外边，待会儿先生就带夫人回来了，她得先把水果洗好切块。这样想着，她放下手头忙着的活儿，出去拿东西。

陆延华带黎明诗做完检查就回来了。

在进来的一瞬间，陆延华也发现了不同。明明是同一套房子，不变的装修，但和他们离开之前完全是两种感觉。可仔细观察也只能看出被打扫过而已。难道是因为更加干净的缘故？

阳台的窗户开了一点，便于空气流通，白色的窗帘拉到两边，用绑带扣上，显得屋里亮堂了很多。

黎明诗一眼就瞧见了放在小桌子上的插着向日葵的花瓶，她呆呆地盯着看了一会儿，然后上前。

见妻子的注意力好像被什么吸引了，陆延华顺着她的视线看过去，就瞧见了那个花瓶。他愣了一下，眼底闪过意外。自从女儿过世后，妻子再也没画过向日葵，也再也没提过向日葵。向日葵就像陆凌蕊一样，向阳而生，活泼阳光……

向日葵，就是陆凌蕊的象征。

陆延华的心里"咯噔"一下，怕妻子看到向日葵而崩溃。医生说过，生病最忌讳的是情绪不好，治疗期间一定要保持情绪稳定。

可是，意料之外，黎明诗竟然没有崩溃的迹象。她认真地盯着向日葵，伸手捏住向日葵的花瓣，然后……终于露出了这段时间的第一个笑容。

虽然笑容很淡，和平时的区别也就是唇角勾了起来，但看到那个笑容时，陆延华松了一口气。

阿姨出来见陆延华已经带着黎明诗回来了，开口道："先生、太太回来了，我刚买完菜,今天多做几个太太喜欢吃的菜。"

黎明诗笑了,一直紧绷着的陆延华也轻松很多,他对阿姨笑了笑:"徐姨,辛苦你了,又买菜又收拾房间,你买的向日葵很好看。"

结果徐姨一脸茫然:"什么向日葵?我没买啊?"

"什么?"陆延华微微一愣,立刻抬头看向不远处,黎明诗已经将花瓶抱了起来。

"我回来时就这么干净了,还以为是先生请人打扫的。"徐姨也觉得迷茫了。

没有。他没有请人打扫过房间。

陆延华让徐姨照顾黎明诗,然后他去了护士站。

正好有小护士在值班,看到陆延华走过来,立刻站起来。

"陆先生,有什么需要帮助的吗?"

陆延华看着护士问:"今天有陌生人进过病房吗?"停顿了一下,他又补充,"带着向日葵。"

现在站在陆延华面前的小护士正是和沈念说过话的那个,陆延华提示得非常清楚,小姑娘一下子就想到了。

"是有人来了,她说她是陆总的助理,应该是您的助理。"能住这种高档病房的,都是家里有公司的老总。

陆延华蹙眉,他没有什么助理。

"对方很年轻,她抱着一束向日葵花,当时我和她说,陆先生您带着太太去做检查了,她说想进去放一下东西。"

年轻,向日葵,陆总的助理。这三个线索串在一起,陆延华立刻就知道是谁了。陆总,他们家不止一个陆总。不是他的助理,那就只可能是他儿子陆凌川的助理。而陆凌川的助理是……沈念。

一时间,陆延华心绪复杂,不知道该说什么。

见陆延华没有说话,小护士有些紧张:"怎么了?陆先生……那个人不是您的助理吗?"难道是坏人?她把坏人放进去了?

"不是。"陆延华开口。

听到这个回答,小护士的心都凉了,正要道歉,就听陆延华继续道:"是我大儿子的助理,她知道了我太太住院的事,所以来看看。"

原来如此,听陆延华这么说,小护士才松了一口气。

"以后她再来……"陆延华本想说什么。可话到嘴边,却又说不出口。

停顿了几秒钟,他才道:"算了,没事了。"

没再继续聊这个话题,陆延华转身离开。

之后的一个星期,日子平淡如水。

沈念每天都会来医院,她知道黎明诗不想看到她,所以会卡着黎明诗去做检查的工夫过来。她也没做什么,就是收拾房间,每天带一小束向日葵。

有时候黎明诗不做检查,在病房里,沈念会把花放在门口。

黎明诗的手术时间定好了,陆家请了在胃病方面最有权威的医生,手术过后,还要化疗。

手术当天,陆家人放下了手上的工作陪着她,黎明诗已经换上了手术服,她躺在那儿。

"没事。"陆延华握着她的手,露出轻松的笑容,"只是小手术,别怕。很快就结束了。只要你勇敢,出来之后我带你去见蕊蕊好不好?你知道的,我以前都不愿意让你见蕊蕊的。"他像是哄小孩一样哄着黎明诗。

在陆凌蕊刚过世的第一年,黎明诗几乎天天去墓园,看着陆凌蕊的墓碑就会哭得难以自抑,数次哭晕过去,后来陆延华就不让她经常去墓园了。

听到能去看女儿,黎明诗的眼睛里闪过一抹亮光,她点点头。

陆延华克制住心头的苦涩,握着她的手又紧了些:"我在外边等着你,睡一觉醒了就好了,凌川和凌晨也在。"

想到什么,陆延华从怀里拿出一枝向日葵,是白色奶油向日葵,奶黄色的花瓣,和正常品种的向日葵比,颜色更淡些。

这是昨天沈念送来的,刚才出病房前他也不知怎么,鬼使神差般地拿了一枝揣在了怀里。

将向日葵放在黎明诗的手里,陆延华继续道:"还有凌蕊……我和孩子们都在外边等你出来。"

黎明诗重重地点了下头。

护士将她推进去。

手术室的门关上,上面的灯也亮了起来,长达几个小时的煎熬开始。

陆延华坐在椅子上,低头看着自己手上捏着的向日葵的花瓣,刚才把向日葵递给妻子时,有一片花瓣掉了下来。他坐在那儿,默默地等待。

"爸。"陆凌晨坐在父亲身边,也没说什么,只是默默地陪伴。

陆凌川靠在旁边的墙壁上,低头单手拿着手机,用大拇指点着屏幕。蓦地,感觉到什么,他抬头,看向不远处的拐角。在他看过去的时候,拐角的那个身影已经消失不见,只看到了她匆匆离开时奶黄色的裙角。

沈念发觉陆凌川看过来的时候,立刻收回视线躲了起来,她背贴着墙,心跳加速,一手抚着心口,平复着紧张的情绪。

等了五分钟,感觉应该没事了,她这才又探出脑袋,下一秒钟,她愣住了。就在看过去的那一瞬间,她的视线对上了陆凌川的。

陆凌川还在原来的位置站着,手上保持着拿手机的姿势,目光灼灼地盯着她。也可以说,陆凌川盯着那个拐角处已经五分钟了,就等着她呢。

沈念的脸上闪过不知所措的表情。

陆凌川看了她三秒钟,又继续低头看手机,脸上没有多余的情绪,好像从没看到过沈念。

沈念抿着唇,抓着包的手紧了紧。人在紧张的时候,真的会有度日如年的感觉。也不知道过去了多久,手术室的灯终于灭了,门从里面打开,护士们推着还没醒过来的黎明诗出来。

陆延华第一个冲上去,先看了一眼妻子,然后抬头紧张地盯着医生。

"医生,我妈怎么样?"陆凌川替陆延华问出来。

医生摘掉口罩,笑了笑:"手术很成功。不过也不能侥幸,后续的化疗也要积极配合。"

这话简直照亮了昏暗的陆家。

"那就好,那就好。"陆延华不停地喃喃着。现在已经做完手术了,后续化疗他会陪着她,会一直陪着她。

陆凌川听到医生的话,微蹙的眉头也舒展开来,他眼角的余光瞥向不远处。

沈念一直在等着,看着黎明诗被推进去,再被推出来,她穿着八厘米的高跟鞋,站了几个小时,腿都酸了。直到听到医生的话,她终于松了一口气,露出轻松的笑容。她靠在墙上,微仰着头,抚着自己的脖子上的向日葵吊坠,闭着眼睛,笑得轻快。

胃癌术后一到三天应为禁食状态,需要输营养液来维持。

黎明诗醒过来就看到了新的向日葵,在看到向日葵的时候,黎明诗的眉头舒展开,显然心情很好,唇角都带着浅浅的笑。刚做完手术,她的身体还很虚弱,脸色有些憔悴。

阳光落在她的身上,显得她脸上的笑容更加灿烂。

黎明诗很配合后续治疗，她每天最喜欢的事就是摆弄向日葵。

住院的这段时间，她收到不少向日葵，各个品种都有，有的做成了插花，有的直接一整束摆着。

有些向日葵已经蔫了，黎明诗也舍不得丢，让陆延华帮她买了鲜花干燥剂，又买了个大大的相框，准备做手工创意挂画。

她的状态比以前好多了，会笑了，也有了想做的事，这是好事。抗癌最重要的是心态。所以，为了让黎明诗开心，陆延华将她以前的画画工具拿了过来，这些东西好多年没碰过了，陆延华又帮她买了新的颜料和刷子，都是黎明诗以前最喜欢的牌子。

向日葵要比玫瑰大好几圈，所以陆延华买的相框也是超大版的，放在桌上太大，不过可以挂在墙上。

还有白纸板，用来做手工的。

黎明诗的状态很好，坐在阳光下，陆延华帮她把白板固定在画架上，她左手拿着调色盘，右手拿着画笔，在白板上开始勾勒向日葵的雏形。

已经很久没动笔了，一开始还有些生疏，但她以前最会画的就是各种向日葵，很快就进入了状态。

陆延华坐在旁边守着她，阳光照在她身上，感觉她人都活泼了很多，他有些恍惚。以前黎明诗经常坐在暖阳下画画，一画就是好几个小时，陆延华忙的时候会坐在旁边处理工作，两个人各忙各的；不忙的时候就坐在旁边陪她，看她创作。

如今正慢慢在回到从前。

黎明诗画得差不多了，扭头看着陆延华，问他："好不好看？"

陆延华没有敷衍，很认真地欣赏完，才点评道："好看，惟妙惟肖。"

黎明诗笑笑，又认真地调整了一下细节。

陆延华将向日葵一枝枝整理好，又将做手工需要的工具放在旁边方便黎明诗使用。

调整完画的细节，黎明诗拿起用鲜花干燥剂浸过的向日葵在画上比了一下，用剪刀剪掉下面长的部分，再用工具黏上。

很少有人会这样设计，黎明诗很有想法，这样衬得整幅画格外立体。

弄好之后，黎明诗又看向陆延华，陆延华毫不吝啬地夸赞："很漂亮。"

"嗯。"她点头，"我也觉得挺好看的。"想到什么，她拿起笔在右下角开始写字，陆延华看着她一点一点把那段话写完，脸上露出笑容。

看她把字写完，陆延华才温柔地开口："帮你把画装好？"

"嗯。"黎明诗点头，想到什么，又补充道，"我想挂在房间里。"

"好。"陆延华对她的要求一向有求必应。

两个人一起把相册装好，陆延华亲自在墙上钉了钉子，然后把画挂上去。"可以吗？"他问妻子。

黎明诗盯着面前的画作，点了点头："好。"

很快，黎明诗开始进行第一次化疗，化疗是痛苦的过程。从第一次化疗结束到第二次化疗之前，头发会脱落得很明显，到后面头发会越掉越多。

化疗的痛苦让黎明诗这几天好不容易露出来的笑容又不见了，她整个人看着都憔悴了很多，陆延华看着心里觉得难受。如果可以，他愿意替妻子承受痛苦，十倍、百倍都可以。

可现在，他能做的也只有拉着她的手，不离不弃。

陆凌川站在门口，看着父亲坐在病床边握着母亲的手。他曾经听人说过，上一代人的爱情是让人羡慕的，即便短暂的人生中经历了各种坎坷，可最后还是会白头携手到老，两双已经布满皱纹的手紧握在一起，承诺下辈子还要在一起。

而他们这代人，太理智、太现实了。

察觉身后有一道视线，陆延华扭头就看到大儿子站在门口。

"凌川？"他的声音很小，惊讶地看着儿子，无声地询问：什么时候来的？

不等陆凌川回答，陆延华扭头看了一眼妻子，她还很虚弱，怕自己和儿子讲话的声音大了会把她吵醒，陆延华对陆凌川指了指外边，意思是去外面说话。

陆凌川没有说话，只是默默地转身。

陆延华检查了一下，确定没问题后才出去。

父子俩在客厅里，陆凌川开口："我妈怎么样了？"

"挺好的。"陆延华脸上的表情比前段时间轻松了不少，"你妈妈最近心情不错，爱笑了，心理医生和她交流，也搭理人家了。"这些都是越来越好的迹象。

陆延华露出笑容。这几年命运对陆家一直不太公平，如今终于让他们看到了些光明。

陆凌川正要开口，手里的手机震动了一下，他瞥了一眼，眸光沉了沉。

按灭手机,才对陆延华道:"爸,有些事和你说。"

陆延华:"什么?"

陆凌川并未立刻告诉他,而是道:"出去说。"

"好。"陆延华点头,跟着陆凌川离开了病房。

父子俩刚离开没多久,沈念抱着新买的向日葵来了,本想将向日葵放在门口就走,不远处护士站的护士看到了她,主动开口。

"又是沈助理啊。"

听到有人和自己说话,沈念扭头,对着护士点了点头:"嗯。"

护士现在不忙,也有时间和沈念闲谈。

"陆太太做完第一次化疗了,听医生说效果很好,这段时间陆太太的心情很好,对病情是有帮助,相信陆太太很快就会好转。"

听到这话,沈念脸上的笑容多了些,她"嗯"了一声,喃喃着道:"一定会好转的。"

"对了。"想到什么,护士又道,"刚才我看到陆先生和他家大公子出去了,好像有什么事,不知道什么时候回来。陆先生带来的阿姨刚才也出去买菜了,现在应该就陆太太一个人在里面休息,正好沈助理进去,有什么事沈助理记得叫我们。"

沈念本想放下向日葵就离开,听到护士这么说,她的心一动。回了神,她对护士点头:"好。"

然后抱着向日葵轻手轻脚地进了病房。

…………

父子俩谈完话,陆延华去给妻子买水果了,陆凌川回来看顾黎明诗。

路过护士站的时候,护士看到陆凌川,立刻叫住他:"陆先生!"

陆凌川停下脚步,扭头瞥了一眼病房的门:"她离开了吗?"

"还没呢。"护士道,"沈助理进去有一会儿了。"

"嗯。"陆凌川轻轻应声。没再说什么,陆凌川轻轻推开房门,皮鞋踩在地板上,没有发出丝毫声音。他走到卧室门口才停下,卧室的门轻掩着,留出一道不小的缝隙。

因为黎明诗在睡觉,房间里的窗帘拉着,只开了床头灯。

陆凌川站在门口,看着里面的画面。

沈念将头发束成一个马尾,显得人都精神了很多。

旁边的床头柜上放着一个盆，盆里的水还冒着热气，沈念将白毛巾放进去，让毛巾被热水浸湿，然后把水拧干。

黎明诗做完化疗，十分虚弱，此刻熟睡着。沈念小心翼翼地抬起她的手，帮她擦着手，然后再拿起另一只手开始擦。这几天黎明诗洗不了澡，沈念知道她喜欢干净，所以用毛巾帮她擦一下，能舒服些。

沈念忙碌的时候既细心又认真。

这些年，黎明诗一直没从失去女儿的痛苦中走出来，正因为走不出来，所以不愿意见沈念。痛苦时的情绪难以克制，很多说出来的话也格外刺耳。无论黎明诗再怎么怨她，沈念始终不反驳，任由她埋怨。痛苦积攒在心里，时间长了就会成为心病，还是要发泄出来。

曾经的黎明诗待她如亲生女儿一般，即便她们的母女情分很短暂，却是她曾经痛苦的回忆里，罕见的那点甜了。欠债还钱，天经地义，她欠了情，自然也是要一点点还掉的。这也是在……替陆凌蕊尽孝。

陆凌川一言不发，像个局外人一般站在第三视角看着沈念照顾黎明诗。

若没有当年的事，画面一定比现在还要温馨很多。即便黎明诗查出癌症，他们一家五口、六口也会站在一起，战胜病魔。

被砸碎的盘子就算用胶水一点点粘回去，破碎的裂痕依旧掩饰不住。终究还是回不到从前。

沈念帮黎明诗擦洗完毕，将毛巾放在盆里。她坐在病床边的椅子上，看着黎明诗憔悴的脸。

黎明诗憔悴了很多，当年的精致与高贵一去不复返了。沈念的脑海中不由得浮现出萧夫人的脸，在蜜罐子里生活的女人不用明说，能直接看出来的。

曾经的黎明诗和萧夫人一模一样。如今……

沈念握着黎明诗的手，喃喃着道："对不起。"

这段时间沈念都是趁陆家其他人不在，黎明诗又熟睡的时候才会进来。她没做什么感人肺腑的事，就是收拾房间，插插花，帮黎明诗擦擦手，或是帮她将拖鞋摆正。没有刻意地讨好，没有刻意地补偿，就像女儿对母亲、儿媳对婆婆，做这些是应该的。

不清楚黎明诗什么时候睡着的，沈念怕她突然醒了看到自己会不开心。

沈念端起放在床头柜上的水盆准备离开。

从床尾路过的时候看到了墙上的向日葵挂画，上次来的时候还没看到过，应该是这两天才挂上去的。

一看就知道是黎明诗自己画的。她是个画家,她的画和她的人一样,自由、优雅且浪漫。黎明诗画的向日葵最漂亮,为了博爱妻一笑,陆延华把家里二楼所有的房间全部打通装修成家庭版小型展馆,里面摆放着黎明诗各个时期的画作,曾经沈念有幸见过几次。知道是黎明诗画的,沈念多看了好几眼,才发现黎明诗将真的向日葵贴了上去,让画平添了几分特别的感觉。

画得还是和以前一样好。沈念正要收回视线,瞥见了写在角落的那行字。

字很小,却很清秀。

"宝贝,妈妈会坚强。"

很简单的七个字,沈念盯着前面那两个字失了神。

记忆立刻被带到了她和陆凌蕊关系最好时的那段时间。

陆家人很喜欢她,黎明诗待她如亲生女儿,经常带着她和陆凌蕊出去玩。

在又一次被服务员认为她们是姐妹三人后,陆凌蕊挽着黎明诗的胳膊,眉飞色舞,一脸嘚瑟的表情,嘴上却抱怨着。

"谁说咱们是姐妹的,明明是母慈子孝的母女。都是妈妈不好,年轻漂亮,迷惑了我爸那么多年就算了,现在还抢我和念念的风头,哼!"陆凌蕊就是个小向日葵,明明自己妈妈被夸年轻漂亮,觉得骄傲得不得了,却不肯直接承认,还在故意抱怨。

当时黎明诗被女儿逗得合不拢嘴,点了一下她的小鼻子:"那以后别人一夸我,我就告诉她们,你是我的宝贝女儿,把风头都给你好不好?"

"还有念念呢!"陆凌蕊松开黎明诗的胳膊,从后面绕了一圈跑到另一边的沈念旁边,改挽着她的胳膊,对黎明诗吐舌头。

"我和念念都是你的女儿,念念是宝宝,我是贝贝,以后向别人介绍我和念念的时候直接说,她们是我的宝贝!宝贝就是我和念念!"

对其他母亲而言,这种随口一说的话基本听完就忘,不会放在心上;但黎明诗宠爱女儿,陆凌蕊随口说的一句话,她就记在心里了,以后逢人介绍陆凌蕊和沈念的时候就说:"这两个都是我宝贝女儿,穿背带裙的那个是亲生的,白裙子的叫念念,和我亲生女儿一样!"

在别人的嘴里,"宝贝"是对一个人的爱称,但在黎明诗这里,"宝贝"不光是一个爱称,还是对陆凌蕊和沈念的统一的称呼。

沈念盯着那两个字,扬起一抹浅浅的笑。

…………

沈念收拾好后，轻手轻脚地离开病房，走的时候特意拜托护士多多关注黎明诗的情况。

看她离开，护士转身看向某一处，只见一个人从门后走出来。

陆凌川身形高挑，只是站在那儿一言不发，也是大家一眼望过去最先关注的重点。已经看不到沈念的身影了，男人的视线依旧不肯收回，护士试图顺着他的视线看去，却什么都没看到。

不知道看了多久，陆凌川才收回视线，大步进了病房。

晚上，沈念洗完澡，围着浴巾坐在床边。

正准备拉开床头柜的抽屉，门口传来脚步声，在她抬头的一瞬间，陆凌川打开卧室的大门，正巧对上沈念的目光。

沈念刚洗完的头发用干发帽包着，原本就清纯的脸上不施粉黛，五官显得十分柔和。她眉眼弯弯的时候会给人一种温暖的感觉。因为没想过陆凌川突然回来，沈念有点蒙。

陆凌川推开门的第一眼目光就落在她的身上，看到她发呆，男人的心里有一块地方像是被棉花撞了一下，软软的。唇角勾起浅浅的弧度。

沈念先回过神来，下意识地解释："我刚洗完澡。"

"嗯。"陆凌川只是应了一声，没说什么，将门关上，去客厅了。

看他关了门，沈念才收回视线。从衣柜里挑了一套黑色长袖睡衣，换上后，又拿了块专门擦头发的干毛巾，将干发帽放在旁边。

干发帽已经将头发上的水吸得差不多了，用毛巾简单擦了擦，她一边擦头发一边走出卧室。

陆凌川坐在餐厅，他的面前摆着四五个打包盒，盖子被打开放在旁边，露出里面精致的菜肴。这是陆凌川打包回来的菜。

陆凌川拿着筷子低头在吃，没有抬头，但他听到了开门声和脚步声。

"吃饭。"他说出这句话。

"嗯。"沈念应了一声，从旁边的桌子上随手摸了个大发卡将头发随意束起来。现在头发还湿着，但是已经不滴水了，先把头发束起来，吃完饭再去吹干。

她知道这段时间陆凌川很忙。他今天会来，沈念的确没想到。

沈念坐下，下意识地去摸一次性筷子，才发现陆凌川已经帮她把一次性筷子拆开，甚至连米饭的盖子都打开了，盖子放在旁边，筷子放在上面。

她愣了一下,抬头看向陆凌川,男人依旧没有表情地吃着饭,连个眼神都没给她,放在餐桌上的手机震动一直没停过。

他很忙,而且是非常非常忙。

沈念抿了抿唇,默默地拿起筷子,看着陆凌川点的菜,都是不辣的。

因为沈念的口味清淡,很少吃辣的东西。倒是陆凌蕊无辣不欢,不管吃火锅还是吃串串都要变态辣锅。陆凌川从小就陪着陆凌蕊吃,也跟着成了辣口,后来和沈念在一起后,知道她的口味淡,所以也跟着戒了辣。

四份菜都是大菜,沈念随口说了一句:"怎么点那么多菜啊?"他们两个人吃四个菜,吃不完。

闻言,陆凌川抬头瞥了她一眼,给了沈念一个十分傲娇的眼神:"我有钱。"

沈念沉默下来。今天沈念从医院出来去了公司,和陆家合作的一个项目出现了点麻烦,需要立刻处理,沈念临危受命,加班翻文件写数据,终于在回家之前把问题解决了。

不过她因为忙着处理工作,晚上都没时间吃饭,连叼块饼干的工夫都腾不出来。因为要尽快解决,否则耽误一秒钟都会给公司带来损失。

陆凌川目光沉沉地盯着面前的菜,是沈念平时经常点的那家外卖,以前在家里看到过这家店 logo 的外卖盒。

他又吃了一口米饭,就将筷子放在了旁边,拿起手机,一边回复邮件一边淡淡地道:"全都吃完。"

沈念一脸匪夷所思地看着他,默默地鼓起腮帮子:"我吃不完。"

"吃不完还点那么多?"

明明是你点的。

陆总终于抬起高贵的头颅,施舍地给了她一个眼神:"谁知盘中餐,粒粒皆辛苦,没学过?"

沈念默默地反驳:"我可以放在冰箱,明天早上热着吃。"反正她又不娇气,今天吃不完的饭菜明天热着再吃。

结果——

陆凌川:"你让我明天吃剩菜?"

沈念,"你可以不吃,我吃。"

陆凌川:"让我看着你吃剩菜?你在暗示我?"

陆凌川一副确信的姿态:"暗示我给你发的工资太少,你已经沦落到每天吃剩菜度日了？"

看他把筷子放那在玩手机，俨然是不打算再吃了，可他面前的米饭还剩下三分之二呢。

沈念刚才被堵得说不出来话，好不容易找到陆凌川的错漏，立刻指出来："你也没吃完，米饭剩了那么多。"

听到她的指责，陆凌川倒真的低头看了一眼自己面前的米饭盒，就听他开口说。

"哦。"

下一句是："我乐意。"

简单的对话却让两个人之间的气氛缓和了很多，他们之间已经很久没有这么温馨过了。

他们陆家人，不管是哥哥还是妹妹，都伶牙俐齿、能说会道的，沈念以前就是这方面吃过亏，所以她很聪明地不再争辩了，因为她知道再掰扯也占不到上风。她默默地低头夹了一块肉塞进嘴里。

这家店是老字号了，老板是一对夫妻，他们做的菜都很好吃。

沈念饿了一天了，也没有客气，低头认真地吃饭。沈念无声地吃着饭，陆凌川认真地忙着工作，也算和谐。

沈念的胃口本来就小，吃了大半碗米饭，菜也吃了很多，肚子饱饱的，可还剩下很多。一碗米饭四个菜，就算沈念是饿死鬼托生也吃不了那么多。

陆凌川只是嘴上说说，没有真的要求她把所有的饭菜都吃完，不过也没有浪费，将盖子盖上，放在了冰箱里。

陆凌川从厨房里出来，沈念正好拿着吹风机找了个有插座的地方，把吹风机插好，调档，开启。这个吹风机是陆凌川买的，大牌，噪音小，热度高。就像沈念现在调的一级，几乎没多大的声音，但热气很足。她将发夹拿下来，把还没干的头发散开，吹风机放在距离头发十厘米左右远，轻轻晃动。

陆凌川在旁边的沙发上坐下，耳边传来轻轻的吹风机启动的声音，嗡嗡的，声音不大，却带走了陆凌川的所有注意力。

不知何时，他的目光不再落在手机上，而是抬头很认真地看着她吹头发。沈念就连吹头发的时候都给人一种很乖的感觉，她右手拿着吹风机，左手一点点梳理秀发，显得格外认真。

忽然感觉有股灼热的目光落在自己身上，她抬头，刚好对上男人幽深的泛着星光的眸子。

第五章 后来，有了一切

149

突然撞上陆凌川的视线,两个人都慌了一下。

陆凌川反应的很快,没有躲开,而是自然地继续盯着她,开口:"明天开始,之后一个星期的工作推迟,去海市出差。"

"海市?"那是一个四季如春的城市,海市,自然有大海。

"嗯。"陆凌川应声,"出差。"顿了顿,又补充道,"你也去。"

"是。"沈念答应,话音才落就感觉头皮发疼。

"嘶——"她倒抽一口凉气。

吹风机的温度有些高,刚才她听陆凌川说话的时候吹风机一直对着一个地方吹,烫到了。沈念放下吹风机,一只手摸着脑袋。

比她本人反应还快的是一只大手,陆凌川的手覆上她的黑发,轻轻揉着她烫到的地方。

沈念盯着男人。

陆凌川却没有看她,只是认真地盯着她的脑袋,脸色十分严肃。他在关心她,却不和她对视。另一只手从旁边拿起吹风机,一只手托着微湿的秀发,吹风机放置在二三十厘米的距离,这个距离能感觉到热风,却不会太烫。他帮沈念吹着头发。

其实看清一个人的真实性格可以从他说话做事的很多小细节分辨,陆凌川的动作温柔,用自己的手指梳理头发,不会把她拽疼,似乎对做这些十分得心应手。

吹风机的风太热,太暖,吹得人暖洋洋的,想打个哈欠,让沈念恍惚间以为回到了曾经。

以前陆凌川经常帮她吹头发。

陆凌川拿着她的一缕青丝在吹,眉眼间透着认真,只要是他想做的事,他都会很认真地做完,心无旁骛。

沈念知道他有这个毛病,所以才敢认真地盯着他的脸。

有些话说出来或许觉得挺匪夷所思的,其实……之前的陆凌川是个很温柔的人。他和萧沐白一样,温柔,绅士,待人友善。他是孝顺的儿子,有责任心的哥哥,称职的男友。

陆家兄妹的感情一直都很好,陆凌蕊很黏哥哥,只要陆凌蕊不任性妄为,陆凌川一直娇纵着她。

自从陆凌蕊过世后,陆凌川像是变了个人,曾经的温柔与耐心一去不复返,脾气发生了翻天覆地的变化。因为太在乎了,所以难以接受自己在乎的人已经不在的事实。更何况……当初陆凌川亲眼看着陆凌蕊在他面前没了呼吸。

以前那么爱笑的姑娘却鲜血淋漓地躺在救护车里，看到陆凌川近乎崩溃的模样，她努力想安慰他。最终，还是没把那个笑容露出来。

从那之后，温柔的陆凌川消失了。

沈念盯着陆凌川，失了神。连她自己都看不清对陆凌川的感情了。

陆凌川，你知道吗？我好像在放弃你，又好像是在等你。两种想法各占一半的转盘一圈圈转动，连沈念也分不清自己想要的是哪个。

人生无时无刻都要做选择。真的太累了。

…………

翌日，两个人很早就醒了，先是去公司开会。

沈念本以为这次出差只有她和陆凌川两个人，没想到除了他们两个，还有陆凌晨和其他人。他们跟着是去谈合作的。一起出差的一共五个人，早就定好了机票，会议结束后简单收拾了一下就赶飞机去了。

五个人需要开两辆车，沈念和陆凌川乘坐一辆，因为沈念是陆凌川的助理，另外两个是负责这个项目的余经理和陈副经理，他们坐另一辆。

沈念先下去开车，刚坐进车里，正准备发动车子，陆凌晨搭在车门上，对着沈念挑了挑眉："沈助理，好久不见。"

沈念上车后第一件事就是把车窗降到了最低，才给了陆凌晨嘚瑟的机会，他的手搭在车窗上，脑袋伸了进来。

沈念没好气地看了他一眼就收回视线，连个眼神都不愿意多给一个。

"喂，念姐，你不厚道。"陆凌晨不乐意了，"之前你每次来医院，都提前给我发消息，我哪次没告诉你？"

为防止去医院的时候不凑巧碰到陆家人，沈念每次去医院前都会先给陆凌晨发消息确认情况，如果有什么问题，陆凌晨会给她发消息不让她来。

他的脑袋探了进来，离沈念特别近。所以沈念给了他一个爆栗子："小屁孩，年纪不大，倒学会威胁人了。"

"疼！"陆凌晨捂着自己的脑袋控诉，"下这么狠的手，真就恨成这样吗？你别忘了这次去的只有五个人，是单数，你要是再欺负我，我就时时刻刻都黏着我哥，和我哥抱团，让你落单！"

以前陆凌蕊经常欺负陆凌晨，还要找陆凌川告状，之前总觉得作为家里老幺的陆凌晨太惨了,就是被哥哥姐姐压制的小可怜。现在再看,怪不得被欺负,就是欠儿。

他的话音才落,身后就传来阵阵凉气,冷得陆凌晨打了个哆嗦。

"陆总。"沈念看向他后面,颔首。

陆凌晨扭头,就看见陆凌川站在他的身后,单手插兜,没有表情,也不知道什么时候站在这儿的。

陆凌晨被吓了一跳,嘴上还是叫了声,"哥。"

结果陆凌川连个眼神都没给他,目光落在沈念的身上:"你,下来。"

他在和沈念说话。

沈念点头:"是,陆总。"说完,她解开安全带,打开车门下了车。

看亲哥的这副架势,俨然是在针对沈念啊,陆凌晨忽然想到亲哥站在这儿有一会儿了,应该是听到了他和沈念刚才的对话。不出意外,亲哥这是在帮自己撑腰呢。

这么一想,陆凌晨的腰板儿都直了,正要说什么,陆凌川给了他一个淡淡的眼神:"你,上去。"

"哦。"陆凌晨都没多想,陆凌川让他上他就上去了。

坐上了驾驶座,关上车门,系上安全带。做完这些后,再次看向陆凌川。

结果,陆凌川依旧没有看他,而是又盯着沈念:"上车。"

沈念没有说话,默默地打开后面的车门往里坐,陆凌川紧跟着坐进去。

关上车门,他才将目光落在陆凌晨的身上,淡淡地吩咐:"开车。"

"哦。"陆凌晨默默地发动车子,从后视镜小心翼翼地瞥了一眼陆凌川。男人的脸上没有表情,以至于分辨不出喜怒。不过只瞧他微微蹙起的俊眉能判断出,他哥……心情似乎很不好啊。瞧刚才对沈念说话的语气。还是待会儿上飞机的时候再找时间和他哥谈谈,现在……算了吧。发怒中的老虎惹不得。

陆凌晨开车离开,刚从地下车库出来,后知后觉地反应过来什么。原本是沈念开车,怎么换成他了?

看着后面并肩而坐的两个人,虽然一左一右,中间隔着距离,但……他成了他们俩的司机?

…………

第六章
遗憾

很快到了机场，同行的人先他们一步来到机场，办了托运，然后过安检，值机。

上了飞机，陆凌川找到自己机票上的位置坐下。头等舱的位置是两个座位靠在一起，一左一右各两个，中间是走廊，一排共四个位置。陆凌川坐在左边靠里的位置，余经理和陈副经理占了右边的两个位置。

陆凌晨登机后对了一下自己的位置，看向撑着手肘盯着外面的陆凌川："哥，咱俩坐一起。"

闻言，陆凌川收回目光，抬头看了他一眼，觉得有些无语。

陆凌晨在陆凌川旁边坐下，后面的沈念跟上来。她的位置陆凌川后面。

机票是公司定的，考虑到陆凌晨是陆凌川的亲弟弟，沈念是陆凌川的助理，几番纠结之后才这么定了位置。这样陆总和陆经理兄弟俩能坐一起，而沈助理离陆总最近，能随时听候吩咐。

沈念的位置也是在里面，旁边座位的乘客早就坐下了，是个大胖子，个头看不出来，但体积不小。他一坐下，感觉座位都被他挤得满满的，沈念站在过道上默默地看了下大胖子给她留的过路缝隙，沉默了几秒钟，还是对大胖子道："你好，麻烦让一下，我的位置在里面。"

沈念直接从公司赶来的，身上还穿着秘书装，这身衣服衬得身材纤细又高挑，胖子眯成一条缝的眼睛都睁大了不少。他笨拙地站起来，先到过道上，给沈念让出位置。

沈念走进去坐下，然后手肘撑着下巴，和陆凌川同一个姿势，看窗外。

"美女。"听到有人说话，沈念没理。

"美女？"这次感觉有手碰到了她，沈念立刻往里面坐了坐，然后扭头，就见是隔壁的胖子。

胖子笑得眼睛眯成小缝儿，拿着手机晃了晃："美女，你也去海市啊，这么巧?"

这架飞机直飞海市,她不去海市去哪里?真是非常低端的搭讪方式。

沈念没有说话,默默地就要转头,然而胖子没看出她的无语,继续笑着道:"海市我经常去的,特别适合旅游,他们那儿还有很多招牌海鲜。我就知道好几家店做出来的味道特别好,关键价格还不贵。咱们加个微信呗,等到海市了可以好好聊聊,你有不懂的就问我,我都告诉你。"

沈念默默坐到了最里边,她的椅子一大半都是空的,为了和胖子保持距离。

"不用,谢谢。"

胖子也不放弃:"美女,你肯定需要的,就加个好友呗。"

"飞机马上就要起飞了。"飞机起飞前都需要把手机关机或者调成飞行模式,沈念在委婉地拒绝他。

然而胖子非常不识趣:"哎呀,起飞还得好一会儿呢,后边经济舱的乘客还没上,就一会儿的工夫。"

沈念:"我用的老年机。"这次真的是明显在拒绝了。

果然,胖子愣了一下,讪笑着道:"美女你真会开玩笑。"

后面两个人的对话陆凌川听得一清二楚,后边那个胖子俨然将"牡丹花下死,做鬼也风流"表现得淋漓尽致,死缠着沈念要联系方式。

陆凌川听不下去了:"陆凌晨。"

正在玩手机的陆凌晨抬头:"嗯?"

陆凌川有些烦,闭着眼睛揉了揉眉心:"换位置。"

"啊?"陆凌晨有点蒙,他戴着蓝牙耳机,刚才他在很认真地看视频,所以没注意后面的情况,也不知道发生了什么,听到陆凌川的话他蒙了一下,不过还是默默地站了起来。

"哥,你喜欢外边那我就……"他磨磨蹭蹭地要换位置。

"和沈念换。"陆凌川淡淡地道。

陆凌晨拿下蓝牙耳机,觉得更蒙了,下意识地看向后面的沈念。

"喂。"陆凌晨知道怎么回事了,立刻开口,"念姐,咱俩换个位置。"说完他先站起来,看着沈念出来。

胖子本来还有些不甘心,但看见一米八几大高个的陆凌晨,还是默默地闭了嘴。

陆凌晨坐在了沈念的位置上,然后沈念坐在了以前陆凌川的位置,陆凌川坐在外边。

飞海市需要三个半小时，沈念昨晚睡得不怎么好，所以起飞后没多久她就睡着了。

陆凌川打开面前的小桌板，上面放着电脑，他正在看项目报告。头顶上传来阵阵的凉意，打在手上，感觉冷冰冰的，是飞机上开的空调。

现在的天气热，需要开空调，公共场合开空调有个共同的点就是——会把温度开很低。连陆凌川都感觉到有些冷了。他立刻侧头看向旁边。沈念娇小的身子缩着，两只手环着自己，睡得不太安稳。

陆凌川蹙了蹙眉，没说什么，收回视线继续看着电脑。一分钟不到，他直接叫住路过的空姐："拿一个毯子过来。"

空姐微笑着道："好的，先生。"

很快，空姐将陆凌川要的毯子拿过来，陆凌川将毯子盖在沈念身上，帮她掖了一下，防止漏风。他无意中碰到了她的手，冷冰冰的。

陆凌川的动作顿了一下，握着她的手塞进毯子里。

到海市已经是下午，离开机场，去了早就订好的酒店。和对方老总约好的时间是明天，今天没有工作安排，算是自由活动时间。

这家酒店是海市出了名的高档酒店，不光因为高档，更吸引人的是，酒店后面就是大海，每天一觉醒来拉开窗帘看到的就是海，风景很美。

酒店附近的海湾属于浅水区，是允许游客进入的，现在沙滩上已经聚集了很多游客。

回到自己的房间后，沈念换了身裙子。刚才在飞机上睡了将近三个小时，现在十分清醒，沈念简单收拾一下准备去海滩转转。

离开酒店，下楼。

现在没到晚上，海水还没涨潮，很多游客都在浅水区游泳、打闹。还有很多小朋友拿着小号铲子在沙滩上挖沙子，堆城堡。

沈念独自走在沙滩上，她的脚上穿着凉鞋，沙子会进入脚底，就那么几颗小碎沙有些硌脚，所以沈念干脆脱了鞋子，光着脚在沙滩上走。

她穿了一件浅蓝色碎花吊带裙，长度到脚踝，海风吹过来，裙子轻轻飘起，显得仙气飘飘。头发用皮筋简单地扎起来，两边垂着碎发，不施粉黛，给人一种干净且温柔的美。她拎着裙子，盯着自己白皙漂亮的脚，一步步往前走，身后出现一排排脚印，是她曾经出现在这里的证明。

第六章 遗憾

途中，遇到几个小朋友围在一起堆城堡，大家玩得不亦乐乎，有个小朋友看到了沈念，上前拉住她的手，一口一个"美女姐姐"，把沈念哄得眉开眼笑，小朋友还拉着她的手要她一起堆城堡。

看着这群可爱的小家伙，沈念眉眼的温柔都要溢出来了。小小的萝卜头，也不知道是从哪儿学来哄人的话。现在的小朋友真是一个比一个聪明。

沈念难得感觉这么轻松，倒真的和一堆小朋友蹲在一起，拿着小铲子和他们一起做城堡、堆小人儿。她的温柔和耐心让旁边看着孩子的几个妈妈们都很佩服。

妈妈们忍不住开口道："你的脾气真好，我每天被我家这小祖宗闹得头都大了。"

沈念手上拿着铲子，笑着回答道："是辛苦，但是很幸福。"有这么个小萝卜头在旁边吵吵闹闹，是件很幸福的事。

"那倒是。"妈妈们笑，其中有人问沈念，"看你年纪不大，结婚了吗？"

沈念摇摇头："还没有。"

另外一个看着沈念漂亮的脸蛋，忍不住道："那肯定有男朋友了，你长得那么好看，脾气还这么好，谁能娶到你真是福气。"

沈念笑笑："我没你们说得那么好。"

妈妈们笑着道："趁着年轻就该多出来走走看看，别这么早要孩子，你看看我们，有了孩子就得围着孩子转，出来玩都得拖家带口的。"

这话沈念没有回，只是将自己手上的小鸭子模具一点点打开，模具里面塞了沙子，她打开模具，沙子变成了小鸭子形状。

有个小萝莉指着小鸭子，奶声奶气地说："鸭鸭。"

沈念的声音也不自觉地软了很多："这是鸭鸭啊。"

"鸭鸭漂亮。"

"嗯，姐姐也觉得鸭鸭漂亮。"

"姐姐漂亮！"小萝莉又道。

"谢谢，你也漂亮。"

风吹得小姑娘的头发到处乱飞，全都打在了脸上，小萝莉一张嘴，细软的头发被她吃进嘴里。

"呸呸呸。"小萝莉就要用自己沾满沙子的手碰嘴。

"别动。"沈念温柔地按住她的手，帮她把吃进嘴里的头发拨出来，又将她松松垮垮的丸子头解开，熟练地弄了个新的小揪揪。头发扎紧了，碎发少了很多,也吹不到嘴里去了。

小萝莉伸着小手就要摸自己的丸子头,沈念将她小手上的沙子拍干净,温柔地问:"好看吗?"

明明都没看到,小姑娘还是一本正经地回答:"好看!"

沈念脸上的笑意更深:"喜欢吗?"

"喜欢!"小声音奶到了沈念的心里,"姐姐好看,涵涵好看,咱们都是大美妞。"

小朋友的妈妈被逗得哈哈大笑,沈念也被她逗得笑出了声,单膝跪在地上,一只手揽着小朋友的小腰,伸手点了点小萝莉的鼻子:"是,你是大美妞。"

蓦地,感觉到一道灼热的视线落在她的身上,沈念心里"咯噔"一下,抬头便看到不远处的陆凌川。

陆凌川上身只穿着一件白色衬衫,不像工作时将衬衫穿得板正,没有打领带,最上面的两个扣子散着,松松垮垮的。海风吹过,他的衬衫也扬起来,额角的碎发飘动着。他像是刚洗完澡,随便穿了一件衬衫和裤子就出来了。褪去了工作时的清冷与凌厉,这么一身,看着倒像是刚踏入大学的学生,显得青涩了很多。

海滩上,他站在那儿,她蹲在地上,怀里抱着孩子,两个人对视着。海风吹过,吹乱了他们的头发。画面似乎在这一瞬间定格。

"哥哥!"怀里的小萝莉看到陆凌川激动起来,握着沈念的手指,"帅哥哥!"

陆凌川踏步走过来,在两个人面前停下,然后蹲下,与小萝莉平视。

伸手捏了一下她的小脸,一向板着的脸上此刻带着一丝笑容:"才这么点大,就知道什么是帅了?"

"妈妈经常在手机上刷帅哥哥。"小萝莉一副非常懂的样子,"妈妈说,腿腿长,手手长,鼻鼻高,眼睛大大,都是帅哥哥,哥哥也腿腿长,鼻鼻高,眼睛大大。"小萝莉就要指陆凌川的鼻子,陆凌川低下头,配合着她。

陆凌川的眉眼要比八九成的男生好看很多,五官细节刚刚好,不平庸,但也没有过分惊艳。沈念最喜欢的就是他的眼睛,以前他的眼里总带着温柔,只要和他对视,不用一分钟她便招架不住,陷进他的温柔乡中。

再后来,他的眼里好像隔着一层缥缈的云雾,掩住了他真实的情绪,根本望不进他的心里,似乎有一段难以丈量的距离,明明近在咫尺,却给人一种看不透的感觉。

小萝莉的妈妈一直在旁边看着,见自家宝贝女儿是真的喜欢沈念,沈念也对她很有耐心,所以并没阻止两个人互动。结果谁承想这个小丫头看到一个帅哥,就把自己的亲妈给卖出了。她红着脸上前,直接拉起小萝莉,嘴里嘟囔着:"你这个小坏蛋!妈妈什么时候经常在手机上刷帅哥哥了。"

小家伙被亲妈捂住了嘴,孩子妈红着脸对沈念尴尬地笑着:"小朋友满嘴瞎说。"然后就带着自家亲闺女赶紧狼狈地离开。

沈念盯着母女俩匆匆离开的背影,脸上的笑意不减。

"沈念。"身旁传来陆凌川的声音。

"嗯。"沈念还在看着,没有收回视线。

"这是我第一次来海边,以前只在视频里见过,原来海长这样。"她勾起唇角。

"以前我就很想来海边度假,但我夏天怕热,冬天怕冷。当时我还是学生,只有寒暑假有空。我爸妈和我说,只要我好好学习,考上一个好大学后,他们帮我请一个月的假,带我去海边玩。"现在想想,都过去这么多年了。可惜,她的父母没有兑现诺言,他们失言了。

"你之前说过。"陆凌川和她并肩而站,一起看着大海,"我也说过,我会带你来。"

"我会带你去看大海,如果你喜欢,我可以给你一个海边的婚礼。"

后面的话沈念自然记得,不过她直接忽略掉了,只是对陆凌川道:"所以你今天算是兑现诺言了吗?"她的父母说会带她来看大海,没有兑现;陆凌川说过会给她一个海边的婚礼,应该也不会兑现了。

沈念看着大海,大海一望无垠,看不到尽头。时而涌来层层波浪,阳光洒在海面上,映得海面银光闪闪。她没有在看海,只是在看自己破败不堪的遗憾。

沈念想到什么,扭头看着陆凌川,认真地问:"你喜欢大海吗?"不等男人回答,她又收回目光,继续盯着海面,自言自语着道,"我挺喜欢的。"

吹着海风,沈念感觉眼前的世界都变得清明了。她微微抬头,阖上眼睛,感受着海风。现在的天气热,连风吹在身上都是温暖的,也不觉得刺痛。

沈念的唇角勾起浅浅的弧度,笑着说:"如果可以的话,退休之后想在海边买套房子,我可能真的太喜欢大海了。"

人生的路口太多,每到一个新的路口就要重新做一次选择,只要选错了一次,就会万劫不复。这种提心吊胆的感觉真的太累了。不如大海,宽阔无垠,四周都是海，不用刻意选择方向，往哪儿飘都好，不管飘到哪个地方，都能领略到独美的风景。她想，她真的很喜欢大海。

陆凌川没有说话，只是盯着沈念。她穿着一身浅蓝色的碎花吊带裙，皮肤白得让人羡慕。她的个子很高，但是很瘦，暴露在外的锁骨格外显眼，搭配着让男人看一眼就会沦陷的容颜，衬得整个人非常迷人。

沈念微微抬起头感受着海风，露出漂亮的下颚，微阖着眼睛，她的睫毛又密又长。笑意轻轻荡漾在唇角，衬得她干净又清纯。她就像海之女神。

陆凌川盯着她看了好一会儿，才实话实说："你穿白裙子更漂亮。"浅蓝色的碎花裙是好看，但如果她穿白色，或许会更惊艳。

陆凌川永远忘记不了第一次看到她时，她站在凌蕊的身后，一身白裙好似留在人间的精灵。在看到他的时候愣了一下，继而露出一抹又腼腆又礼貌的微笑。那个笑容刻在了陆凌川的心口，至死难忘，不管何时回想起来，心跳还是控制不住地加速。他已经很久没看她穿白色了。

听到陆凌川的话，沈念睁开眼睛，扭头看着他。蓦地，她勾起唇角，微微一笑，"人生要多些尝试，我觉得我穿其他颜色也挺好看的。"

太阳下山了，连海风都凉了很多，沈念对陆凌川说："时间不早了，我先回去了，陆总自便。"说完，拎着裙子朝酒店走去。

陆凌川没有跟着她离开，而是伫立在原地，继续盯着大海。

忽然感觉自己的脚上多了个小挂件，低头，就看到一只"小奶包"抱住了他的大腿。小小的一只都没他的腿高。是刚才的小萝莉。小姑娘的脑袋上还顶着沈念给她扎的丸子头，萌到了人心上。

陆凌川看着她，声音都温柔了很多："怎么了？"连他自己都觉得匪夷所思，原来可以如此温柔。

小萝莉抬头看着他，奶声奶气地道："哥哥，妈妈要带我回去了，我和哥哥说拜拜。"

闻言，陆凌川抬头，便看到不远处的小萝莉的妈妈，她的手上拿着小家伙的东西，站在那里等着，看到陆凌川看过来，她微微点头，露出一个非常礼貌的微笑。

陆凌川勾唇，弯腰把小东西抱起来，小奶团窝在陆凌川怀里，两只胖乎乎的小手非常自觉地搂着他的脖子。

"小家伙，拜拜。"

小萝莉抱着陆凌川，在他的脸上亲了一口："哥哥，明天我还能见到你吗?"

明天还有工作要忙,实在没时间溜达。不过看着小家伙黑黝黝的大眼睛,陆凌川实在不忍心拒绝,点头:"能,只要你晚上多多吃饭,乖乖睡觉,明天还能见到叔叔的。"他的年纪和小萝莉的妈妈差不多,叫叔叔才对。

小孩子就是小孩子,注意力立刻转移了:"那我明天和叔叔堆高高。"她在邀请陆凌川推沙堡。

"好。"陆凌川答道。

"叔叔抱涵涵拍照照!"

"好。"陆凌川全都答应。

小家伙高兴了,抱着陆凌川,小脸贴着他的脸,开心得咯咯直笑。

感觉着小家伙稚嫩的脸蛋,陆凌川微微一笑,喃喃着:"要是叔叔也能有个像你这么可爱的宝贝就好了。"说完,他的眼底划过一抹黯然。终究是南柯一梦,痴心妄想罢了。

....

翌日,开了一整天会,晚上双方在海市一家口碑非常好的一家酒店吃饭。

才到门口,陆凌晨的手机响了,他没多想就接通电话,不知对面说了什么,他的脸色变了变。

"哥。"他叫住陆凌川。

走在前面的陆凌川停下脚步。陆凌晨匆匆过去,在他的耳边说了几句,沈念就站在陆凌川后面,没听见他说的什么,但看唇语盲猜了七八分。好像是黎明诗的身体出现了问题。这只是沈念的猜测,在看到陆凌川的脸色变化后就确定了。

陆凌川对对方颔首:"抱歉,我这里有些急事,先去打个电话。"

对方愣了一下,赶紧道:"那陆总先去解决事情,打完电话后会有服务员带陆总去包厢。"

陆凌川应了一声,一边拿手机拨打电话一边朝外边匆匆走去,陆凌晨紧跟其后。

陆凌川和陆凌晨都走了,沈念收回目光,对对方露出一抹得体的微笑:"邹总,请先进去,陆总很快回来。"

包间里,公司另外两个跟着来海市出差的经理在和邹总聊工作上的事,沈念一直魂不守舍的,脑海中全是陆凌川和陆凌晨焦急的表情。

不知道喝了几杯酒，拿在手上的酒才喝了一半，沈念便隐约感觉到了不对劲。她立刻放下杯子，想要吃点东西压制疼痛，往常美味的佳肴在她这儿却成了难以下咽的食物，明明才刚咽下去，便控制不住地想要吐出来。沈念强忍着难受的感觉，努力压制着胃部带来的疼痛和煎熬。

京市，黎明诗突然昏了过去。
"你妈妈目前的情况已经稳定下来，你们不用担心。"
"嗯。"陆凌川应了一声，语气没有什么起伏，但缓和下来的眉头证明他悬着的心已经放下来。
"你们不用担心这里的情况，璟禾来了，她在帮忙照顾你妈妈，这孩子是真的懂事。"
璟禾，梁璟禾。
"我们会尽快回来。"陆凌川沉声道。
挂了电话，一旁的陆凌晨紧张地问："哥，妈的情况怎么样了？"
陆凌川："已经没事了。"
闻言，陆凌晨这才彻底松了一口气。
握着手机，陆凌川不知道在想什么，陆凌晨在旁边看着，正要开口询问，只见陆凌川已经再次举起手机，拨通了一个电话。
电话很快接通，传来梁璟禾好听的声音："凌川。"
陆凌川很少主动给她打电话，梁璟禾立刻知道了他给自己打电话的目的，所以不用他主动提，梁璟禾就先说道："阿姨的情况已经稳定下来了，这几天我会跑医院勤快些，和陆叔叔一起照顾陆阿姨……"
听她在电话那头一直在说最近的安排，陆凌川安静地听着，过了好一会儿才开口："谢谢你。"
正在转述消息的梁璟禾愣了一下，随即温婉地一笑："咱们之间不说这些虚话，听陆叔叔说你在海市。"
"是。"
"愿你平安，另外……"停顿了下，梁璟禾说，"心想事成。"
挂了电话，陆凌川和陆凌晨走进酒店。还未到包厢便看到匆匆跑出来的沈念。
她的身体在不停地发出警报，沈念实在撑不住了，寻了个理由出来大吐特吐。现在，她已经有些吃不下东西了，明明没碰什么辛辣、油腻的东西，她的胃还是接受不了。刚才吃的东西全部吐了出来,现在胃里空空。

从洗手间出来,刚好撞上还未入座的陆凌川和陆凌晨。

因为黎明诗身体的缘故,陆凌川的心情本就差得离谱,当看到沈念那张又虚弱又苍白的脸时,脑子里牢牢紧绷着的那根弦彻底断开。

只见他几个大步冲上前,直接攥住了沈念的手,不顾身后陆凌晨的喊声,带着沈念离开了饭店。

…………

陆凌川带着沈念开车离开,沈念一直在看他。

他的脸色从刚才起就十分难看,这个时候开车很容易出事,沈念看了眼附近,对陆凌川开口:"陆凌川,找个地方停下来,冷静一下。"

陆凌川看了她一眼,目光沉沉,但还是听了沈念的话,在前面的停车场把车停了下来。

两个人下了车,旁边是大海,这是海市旅游的一大特色。很多游客来这里游玩都会租一辆双人自行车,在大海旁边的小道上踩着脚踏车,欣赏沿途的风景。不过现在很晚了,海边已经没了人,就连吹过来的海风都是冷得刺骨的。

两个人并肩走在海边,天已经擦黑,不远处的小道上每隔一段距离都会有灯,路灯的灯光映过来,倒是帮他们照明了前面的路。

沈念喝了酒,微醺,她大步往前走着,一边走一边低头看自己的脚。风吹在她身上,有些凉。

蓦地,一丝温暖将她牢牢包裹,她抬头,错愕地盯着自己肩膀上的西装外套。因为是陆凌川才脱下来的,还带着温度。

沈念抬头,看着他。

西装的主人解开自己的袖扣,将衬衫袖子往上卷了几下,原本打的一丝不苟的领带也被他扯松,最上面的两个扣子也解开了。

晚上海边的风很凉,沈念套着陆凌川的外套才稍稍感觉到暖和,陆凌川只穿了一件衬衫不说,还把扣子解开那么多。

沈念忍不住道:"风太冷。"会冻到的。

陆凌川瞥了她一眼,留下一个酷酷的眼神:"我散热。"

他一本正经地说出这三个字,沈念听着倒觉得有些滑稽。她忍着才没有笑出声来。

两个人没再说别的，只是并肩往前走，一直走一直走……

沈念看着前方没有尽头，忽然觉得自己走的不是沙滩，而是人生。她和陆凌川并肩而行，是不是也走到人生的尽头了？

沈念忽然很想看到尽头。即便没有白发苍苍，携手而行，但她这辈子也算是和陆凌川并肩将一段路走到头过。

也不知道走了多久，还是没有看到尽头。

被风吹了这么久，倒是把沈念吹清醒了，旁边的陆凌川也冷静了下来。看他的状态好多了，沈念才开口："咱们没打招呼就离席实在失了分寸，明天我亲自向邹总道歉。"

闻言，陆凌川扭头，看了她一眼："为什么要去道歉？你做错了？"

沈念道："有时候道歉不一定是错了，而是为了利益，不得不妥协。"

陆凌川停下脚步，沈念往前走了两步，感觉旁边的人没跟上来，扭头便看见陆凌川站在原地看着她。

沈念愣了一下，正要说话，陆凌川已经大步走上来，直接略过她往前走，声音冷冷："你代表我，让我道歉，没门。"

沈念愣了一下，后知后觉地回过神来。陆凌川这么说，是为了她吗？即便沈念觉得不太可能，但这个想法在脑海中出现的时候，心里还是甜丝丝的。在一堆冰碴里找糖吃，可能就只有她了。

就算只是脑子里出现的一个妄想，也让沈念的心情大好。她跟上男人，连步伐都轻快了不少。

想到什么，沈念问陆凌川："京市那边出什么事了吗？"

陆凌川看了她一眼，很快又收回目光："没事。"事情已经解决了，她知不知道已经不重要了。

沈念自然不信，不过陆凌川不说，就证明他不愿意告诉自己，沈念也没有再问。

两个人又走了一段路，还是没有看到尽头，这才折返。

开车离开，路上的车并不多。沈念抓着安全带看沿途的风景，真的很美。陆凌川的一只手握着方向盘，另一只手搭在门上。

车子开到了海市比较知名的小吃街，两个人到现在都没吃饭呢。

把车停好，两人找了个人气不错的店。坐在桌子旁，服务员递过菜单来。两个人吃不了多少，所以只挑了几个招牌菜。

很快服务员把菜送上来，作为沿海城市，海鲜自然是特色，他们家的大

第六章 遗憾

虾足足有手掌大小，一看就好吃。

陆凌川拿起送上来的一次性手套，戴上后这才捏起盘子里的一只虾，慢条斯理地剥了起来。陆凌川认真剥虾的样子特别好看。

沈念以前就喜欢吃海鲜，所以陆凌川处理海鲜很有一套，那么大的一只虾他三下五除二便将壳剥得干干净净的，然后习惯性地放在沈念的碗里。

看到出现在碗里的虾肉，沈念抬头，就看见陆凌川又拿起一只，继续剥。她抿了抿嘴唇，没说什么，默默地低下了头。

刚才把胃里的东西都吐得差不多了，原本以为还是会吃了就吐，或许是因为现在心情不错的缘故，在吃第一口的时候竟然没有再吐出来。

沈念低着头，小口吃着东西，没有打断罕见的温馨。

很快陆凌川将一整盘虾都剥完，把盘子推到了她面前，又处理了几个她喜欢吃的海鲜，确定能让她吃饱，这才摘掉一次性手套，抽了几张纸巾擦了擦手，才开始自己吃饭。

这顿饭吃得还算温馨，吃完饭之后，陆凌川看着她："吃饱了？"

"嗯。"沈念点头。

陆凌川给她剥的虾她一个都没舍得浪费，全都吃了下去，现在有点撑。

"嗯。"陆凌川也回了一声，这才扬声，"买单。"

服务员立刻拿着小票走过来："先生，这是您的用餐小票，一共878元，请问是现金还是⋯⋯"

"线上支付。"陆凌川说完，然后就要拿手机。

下一秒钟，他的脸黑了下来。他的手机不知道什么时候丢了。

"怎么了？"见陆凌川黑着脸没有付款的意思，沈念问了一句。

陆凌川没有说话，默默地看她。

只是一个眼神，沈念立刻就明白了。好吧，他没带手机。

沈念对服务员招了招手："我来付。"说完，习惯性地扭头去拿自己的包。结果，旁边的凳子上空空。

沈念是被陆凌川带出来的，出来的时候手机和包都没带，落在包厢里了。

看着面前已经吃完的菜，两个人对视一眼，都沉默下来了。他们吃了霸王餐？

⋯⋯⋯⋯⋯⋯

三分钟后，陆凌川挂断电话，把手机还给老板："麻烦了。"

还好老板也很好说话，笑着道："小事。"

不到一分钟，老板的卡上收到一笔来自陆凌晨的五千元的转账，扣掉吃饭的钱，老板把剩下的四千多块钱换成现金给了陆凌川。

从店里出来的时候，陆凌川的脸都还是黑的。

"扑哧——"沈念终究没忍住，笑出声来。她和陆凌川差点吃了霸王餐，怎么想怎么觉得好玩。

听到笑声，陆凌川扭头看她，凶巴巴地质问："你笑什么？"

"好玩。"沈念眉眼弯弯，直接笑到了人的心坎儿上。

陆凌川又看了她一眼，还想说两句的，但是看到她脸上的笑容，要说的话还是没说出口。

两个人吃完东西准备回去了，回酒店的路上瞧见了一家花店，陆凌川停下，带她进去。

沈念疑惑地看着他："带我来这里做什么？"

"消费。"陆凌川言简意赅地道。

沈念："我没什么想要的。"

陆凌川："难得从陆凌晨手里要到钱，这钱不花出去心里不舒服，选。"

好吧，陆凌晨才是那个大冤种。

花店的小姐姐瞧见两个人一起进来，郎才女貌，妥妥的一对，立刻热情地上前。

"先生、小姐，要买花吗？"

"嗯。"

小姐姐露出笑容，赶紧介绍着："我们家的花都是空运过来的，品种齐全，想要含苞待放的还是已经开好的？都可以选。小姐喜欢什么花？我们家的玫瑰卖得不错，先生可以送给小姐一束玫瑰，来表达自己的爱意。"一边说一边指着旁边的玫瑰区，有各种各样的玫瑰，有最经典的红玫瑰，还有蓝玫瑰也就是蓝色妖姬，还有香槟色的香槟玫瑰。

陆凌川看了一眼，然后扭头看向沈念："喜欢哪种？"

沈念摇了摇头，默默地在店里环顾了一圈，最终将目光落在向日葵区。她指了指向日葵："我想要这个。"

陆凌川看过去，目光一沉。不过还是没说什么，只是对服务员吩咐："包一束。"

"好的。"小姐姐立刻去挑花。

一大束花拿着很不方便，所以沈念只要了小小的一束，倒也小巧轻便。

抱着向日葵，沈念觉得高兴了，唇角一直带着若有似无的笑。虽然遇到了点麻烦，但今天整体来说她还是很开心的。

两个人回到了酒店，才到酒店门口，就瞧见门口站着一大一小两道身影。

"涵涵？"沈念一眼就认出了那个小萝莉是谁，是昨天在海滩上碰到的那个小姑娘。小姑娘拉着妈妈的手，看起来困得不行，站着都在打瞌睡，可还是坚持站着。

看到沈念和陆凌川，小家伙的妈妈露出微笑："这个小东西，年纪不大，倒是倔得很，昨天的约定记到现在，非得等着，不肯上去。"

昨天陆凌川答应她今天还会见面，没想到小家伙放在心上了。

小家伙困得不行，终于看到了陆凌川，她伸出短短的小手："抱抱。"

沈念侧头看着陆凌川，他走上前，将小东西抱在怀里。因为没有抱孩子的经验，陆凌川的手都是有些僵硬的，不过好在小家伙不会被他捏坏。

涵涵搂着陆凌川的脖子，打了个哈欠，嘴上还嘟囔着："哥哥坏。"

陆凌川看着她，眼底的温柔都要溢出来了："对不起！"即便只有两面之缘，但陆凌川对小东西的喜欢是由心而发，他的耐心与温柔是做不了假的。也不知道为什么，在看到小家伙的时候，他的心就是不受控制地柔软下来。可能是因为，涵涵正好戳中了他心里最柔软的部分。

小家伙的年纪还小，分不清称呼，只是觉得陆凌川又帅又年轻，所以一口一个哥哥地叫。那声软糯糯的"哥哥"，又让陆凌川想到陆凌蕊。

从小到大，陆凌蕊最粘的就是陆凌川，当年她小小一只的时候也和涵涵一样，说话甜甜的，一口一个"哥哥"喊得人高兴。

涵涵抱着陆凌川的脖子，眼皮都在打架，涵涵妈看着自家女儿，没好气地道："哥哥向你道歉了，你应该说什么？"

涵涵奶声奶气地道："原谅哥哥。"这个小家伙，是真的惹人喜欢。

看到了陆凌川，小家伙的瞌睡虫少了很多，睁大眼睛才发现了旁边的沈念，乖乖地道："姐姐好。"

"乖。"沈念捏了捏她的小脸，说，"哥哥姐姐挣钱钱去了，不是故意不来见涵涵的，涵涵原谅了哥哥，要不要也原谅姐姐？"

涵涵瞪大眼睛："挣钱钱？"

"对啊。"沈念将怀里的向日葵递给她，"姐姐给你买的花花，喜不喜欢？"

小小的一束向日葵沈念拿着很轻便，涵涵抱着有些吃力了。

旁边涵涵的妈妈看到沈念给自己女儿送东西，连忙拒绝："不不不，我们不能要。"说完，又对涵涵道，"宝贝，把花花还给姐姐。"

"没关系，拿着。"沈念微笑，又忍不住捏了捏她的小脸蛋，"小家伙，要一直像向日葵一样。"阳光、健康。

这家酒店算是海市较为高档的星级酒店，能在这里住的都不差钱。见沈念是真心把东西送给小家伙的，涵涵妈也没再推脱，笑着对女儿道："姐姐送你花花要说什么？"

小家伙立刻明白了："谢谢姐姐！"

"真乖。"沈念忍俊不禁，"你怎么还这么小就这么聪明啊。"这个小东西，真是乖到了她的心里。

又陪着涵涵玩了一会儿，沈念和陆凌川这才上楼。

陆凌川喜欢安静，不希望楼道的吵闹打扰到他，加上他的老总身份，公司的人给他和陆凌晨订的是顶级总统套房，而沈念和两位经理的是下面一层的豪华套房。

电梯是要刷房卡才能进去的，还好沈念今天出门因为走得急随手将房卡塞进了自己女士西装的口袋里，所以现在回房间也没有太麻烦。

陆凌川的房卡也在沈念这儿，被她一起放在了口袋里。她先刷了她的房卡，然后又刷了陆凌川的房卡。

电梯门关上，缓缓上升。沈念手里捏着房卡，两个人并肩，没有说话。

电梯里面装修得非常豪华，四面金光灿灿的，能看到他们的照影。沈念低着头沉默着，实则眼角的余光看着电梯门上，他的照影。

陆凌川长身玉立，上身只穿一件衬衫，不染一点尘埃，刚才抱小孩子的时候他刻意将衬衫上面的两颗扣子扣上了，但卷起来的袖子还没有拉下来，露出形状好看的腕骨，眼睛如月光般的清冷。不管何时何地，他永远都这么好看。

"叮"的一声打断了沈念的思绪，电梯停在了她所在的楼层，然后缓缓地开了门。她到了。

沈念脱掉自己身上原属于陆凌川的外套，包括他的房卡，一起递给他。

"陆总。"

陆凌川的目光微动，一言不发。

沈念蹙眉："陆总？"

第六章 遗憾

过了几秒钟，陆凌川才看过来，伸手接过了她手上的东西。

因为一直没人出去，电梯即将自动关门，沈念赶紧要出去，可才抬了脚，一步都没踏出去，一只手直接揽住了她的腰。

下一秒钟，她跌入一个微凉的怀抱。因为陆凌川把西装外套给了她，自己吹了很久的风，所以身上凉凉的。

短短几秒钟的工夫，电梯门已经关上了，然后继续往上升。

"叮——"因为只高了一层，很快就到了。都不给沈念回神的工夫，陆凌川就已经揽着她出了电梯。

直到听到刷房卡的"滴"声，沈念才反应过来，可陆凌川已经打开了门。

"陆……"沈念正想叫他的名字，然而陆凌川根本不给她说话的机会，直接拦腰把她抱了进去，然后用脚把门关上。

"嘭！"随着关门声，沈念的唇被他堵住。她被陆凌川公主抱在怀里，陆凌川低头，准确无误地吻住她。

沈念的两只手不知该怎么放，紧紧地圈着他的脖子。陆凌川将她按在墙上，沈念的身子悬着，只能挂在他身上，生怕掉下去。

沈念想，在陆凌川面前，她从来没有占过上风，这个男人太了解她了，所以只需一个眼神，一个动作，她便会情不自禁地沦陷进去。

陆凌川一手护在沈念后脑，他盯着沈念。这些年，关于她的每一个细节都已经深深刻在了他的脑海中，他的心里。直到现在，陆凌川都难以想象，他这辈子会如此爱一个女人。深入骨髓，刻骨铭心。他俯下身子，薄唇贴在她漂亮的耳垂旁，声音很轻，带着情动，带着卑微，带着祈求："咱们要个孩子好不好……"

一句话，让原本深陷其中的沈念如当头一棒，立刻清醒过来。她感觉自己的呼吸越来越困难，不是源于陆凌川，而是因为她自己。口腔中似乎传来药片化开的苦涩。好苦。她到现在才感觉到了苦。

沈念眼底的痛苦陆凌川没有看到，此刻他正在给自己编织美梦。

一直得不到沈念的回答，陆凌川的动作幅度越来越大，带着紧逼和迫切："好不好……"

沈念没有回答，只是睁着眼睛就这么看着他，然后阖上眼眸，再也没有发出一点声音。

像是被人泼了一盆冷水，陆凌川也清醒过来。他看着闭上眼睛一言不发的沈念，心凉得透透的。

沉默是无声的拒绝，也是最冷漠的拒绝。

他死死地咬住她紧绷的唇瓣，直到两个人都尝到了铁锈味。他紧紧地扣着她的胳膊，逼着她和自己十指紧扣，眼底迸发着疯狂。

"我恨你，沈念。"

直到最后，陆凌川都没听见沈念说出那个"好"字。

很快归于平静，屋里没有开灯，一片漆黑，沈念闭着眼睛安静地躺着，像是睡着了。

陆凌川起身进了浴室。

"啪嗒。"是浴室落锁的声音。很快里面传来水声。沈念缓缓地睁开眼睛，转头看向浴室的方向，默默地坐起来，套上衣服，安静地离开。

房间的门被关上，紧随而来浴室的门发出声音。

浴室门又被打开，陆凌川站在门口，身上套着浴袍。

后面淋浴间的花洒正在放水，因为温度较高，浴室里散着蒸蒸热气。他面无表情地站在那儿，紧盯着卧室门，沉默中带着落寞。

…………

沈念回到了自己楼下的房间，好在住在这两层的人本来就少，没人撞到狼狈的沈念。直到关上门，她靠在门后面，呼吸越来越沉，胸口大幅度地起伏着，像是哮喘发作一样，脸色苍白得吓人。眼角的余光瞥到了旁边鞋柜上的包，是她的。应该是陆凌晨给她放进来的。

他们的房间都是公司统一订的，只要陆凌晨去前台告知自己的名字和身份证号表明身份，然后和前台说帮朋友送东西，前台就会拿万能卡帮他开门。

她没有开灯，背靠着鞋柜，缓缓地跌坐下去。双手紧紧地捂着心口的位置，倒在地上，痛苦地嘤咛着，大脑却格外清醒。

脑子里满是陆凌川的那句"要个孩子"。与此同时，紧跟着在脑子里浮现的是那天的检查报告，她的脸色白得厉害。

…………

第二天醒来时，她才知道陆凌川已经离开海市了，除了沈念，没人知道原因。

两个人算是陷入了新一轮的冷战。

她跟着陆凌晨一起完成在海市的工作，一行人才返回京市。

陆凌川回来后先去了医院，卧室的大门难得没有紧闭着，房间和客厅的窗帘都拉开着，阳光洒进来，显得房间里明亮了很多。

走近卧室，便听见梁璟禾的声音。

"阿姨，您画的向日葵真好看，我之前在国外的一个展览会上还看到过您的作品呢！"

"是吗？"是黎明诗的声音，"我的画都到国外去了？"

"是，当时是和几个国外朋友去的，他们站在您的作品下夸赞您的画技，都吹捧成天上有地上无了，所以我的印象才那么深刻。"

黎明诗被逗笑了："我哪有他们说的那么好，只是随便画画。"

梁璟禾正在削苹果，她的动作显得有些笨拙，可见并不是经常做这种事。她坐在椅子上，在腿上放个小盘子，放一块又一块的苹果皮，虽然有些难，可还是努力把苹果皮都削完了。她捏着苹果的那只手戴着一次性手套，用另一只手把旁边的新盘子拿过来，将完整的苹果切成一块一块的，切好之后才把盘子递给黎明诗："您吃苹果，陆叔叔买的这个苹果又大又甜。"

看着梁璟禾如此懂事，黎明诗微微一笑："谢谢你。"

梁璟禾把一次性手套脱下来扔进旁边的垃圾桶里，又从桌子上抽了几张纸巾擦水果刀，听见黎明诗这么说，立刻不高兴了。

"阿姨，又不是什么大事，就帮您削个苹果而已，您要是一直对我说谢谢谢谢的，我可就真的不敢来了。"

黎明诗微微一笑，难得看她笑得那么温柔。

看到她的笑容，梁璟禾也笑了，帮她托着盘子："我帮您托着，您慢慢吃。"

"嗯。"

陆凌川进来就看到这个情景。

梁璟禾虽然是被宠到大的大小姐，但一点也不骄矜。她的性格里有沈念和陆凌蕊的优点，是个阳光的女孩，她没有陆凌蕊那么大大咧咧，却有着沈念的温柔和心思细腻，可沈念也正是因为过于温柔、安静的性子，很多事情都隐藏在心里，梁璟禾比她要活泼很多。

黎明诗看着梁璟禾的目光慈爱极了，她应该也是发现了这点。

"妈。"陆凌川开口，走了进来。

看到自家儿子，黎明诗眼底闪过一抹欣喜："你回来了。"

"嗯。"他走过来，握着黎明诗微凉的手。

现在天气已经很热了，黎明诗还在生病，所以不能吹空调，只能在角落放两个风扇,让房间里凉快一些,但黎明诗的手凉凉的。她看着比前段时间还要瘦,是做了化疗的缘故。

见陆凌川来了,梁璟禾先是点头简单打了个招呼,随后扭头对黎明诗道:"阿姨,凌川来了我就放心了,您和凌川说话吧,我先出去,有什么事大声叫我就行。"说完话后,梁璟禾退了出去。

医生和护士照例准时来为黎明诗做检查,陆凌川询问了情况。

虽然黎明诗脸色憔悴,但目前化疗结果不错。

医生们还在做检查,陆凌川默默地退了出去。梁璟禾还在外面等着。

看到陆凌川出来了,她微笑着道:"凌川。"

陆凌川走过去,对她颔首:"这段时间辛苦你了。"虽然不擅长照顾人,但她很认真地在做每一件事。

"谢我做什么,咱们都是朋友。"

看着陆凌川,梁璟禾的笑容里带着小女孩的娇羞。

第一次见到陆凌川,她便被他身上的气质吸引。陆凌川的长相自然不用多说,梁璟禾在国外待了很多年,外国人的五官要更加立体,所以对于帅哥梁璟禾是很免疫的。真正吸引她的,是他的气质。

当初第一次见陆凌川的时候,他身着一袭黑色的风衣,在人群中是那么的显眼。他看到了她,漆黑的眸子里透着诱惑。他朝她走过来,在她的对面坐下,微微颔首,代表已经打了招呼。他很安静,一言不发,能感觉到他身上的忧郁气息,像是被什么事情困扰。冷酷中带着忧郁,两种完全不同的感觉却在他身上出现,所以一下子就吸引了梁璟禾。

他对她说,他并没有想交往的想法,只是碍于家里人的压力才出现在这儿。

梁璟禾并没恼,而是对他说,没关系,可以先做朋友,可以以后如果有那种想法再发展。所以后来,他们成了朋友。

之前梁璟禾一直觉得可能是第一次见到陆凌川这么特别的男生,所以印象才格外深刻,只是一瞬间的动心而已,并不代表什么。可是过了这么久,她还是心动。这是不是就代表……是真的喜欢?

梁璟禾盯着陆凌川的脸,想到什么:"对了——"

陆凌川抬头,看着她。

梁璟禾原本想问陆凌蕊的事,可话到了嘴边,忽然想起一句话——夸赞的话脱口而出,诋毁的话三思而行。同样,好事可以主动开口,分享快乐;

第六章 遗憾

171

不好的事若对方不主动诉说，不应该询问惹对方伤心。

"没事。"梁璟禾的话锋一转，没有多问，只是对他微微一笑，"既然你来了，那我就先走了？"

"好。"陆凌川点头。

送走梁璟禾，陆凌川回去。

医生已经检查完了，护士去准备待会儿挂水需要的药水。医生要和陆凌川谈一下黎明诗的身体情况，在陆家工作多年的徐阿姨买菜回来了，有徐阿姨在，陆凌川才放心地和医生一起离开。

徐阿姨收拾东西，把桌上的盘子收走，待会儿要洗。她一边忙一边笑着说："梁小姐还真懂事，又温柔又阳光。"

黎明诗的心情不错，她靠坐在床头，点头："这孩子是好。"很懂事的一个孩子。

护士拿着托盘进来，徐阿姨赶紧把床头柜上的东西都收走，方便放药水。床旁边放了个架子，是用来挂点滴的。

护士拆开输液管的包装，一边忙碌一边笑着说："梁小姐这几天天天陪着陆太太，陆太太的气色好了很多呢。"虽然脸色还是憔悴，但气色已经好了很多了，不像才住院的那两天，脸色都是惨白的，如今已经红润多了。

旁边的徐阿姨笑着说："梁小姐说多晒太阳能让气色变好，反复嘱咐我外边阳光好的时候一定要打开窗帘，让阳光照进来。"

护士点头："多晒太阳是对身体好。"

把药瓶挂在架子上，瓶子里的药水顺着输液管缓缓流下来。护士手上的动作不停，嘴里也没停："之前的沈助理也好，有段时间她天天都来看您，您醒着，她就把向日葵放在门口，您睡着的时候她才会进来。之前有一次我来给您换点滴的药瓶，就看到沈助理坐在床边帮您擦脸……"

见黎明诗的心情不错，护士也多说了几句。

等反应过来的时候已经迟了，因为该说的不该说的全都说完了。

旁边的徐阿姨脸色一变，惊恐地盯着黎明诗，怕她的情绪崩溃。她在陆家做了很多年了，陆家的事情她自然清楚。她小心翼翼地打量着黎明诗的神色，黎明诗只是敛了敛眸，没说什么，情绪还算正常。

感觉气氛有些不对，护士没再说话，帮黎明诗打上针，弄好之后拿着托盘离开。

看着护士离开的背影，徐阿姨收回视线，帮黎明诗整理了一下输液管，说:"太太,您其实是很喜欢念念那个孩子的。"

黎明诗垂眸,沉默着。

徐阿姨也是无奈地叹一口气。连她都知道念念那个孩子来过,向日葵都是她送的,太太比她聪明多了,怎么可能不知道?

当年陆凌川和沈念在一起后,两个人经常一起回陆家吃饭,徐阿姨对沈念的印象非常好。本以为她和陆凌川会是一对让人羡慕的小夫妻。怎么就……成了这个样子呢?

…………

之后的一段时间里,陆凌川和沈念完全没有了交集,陆凌川和陆凌晨全国各地飞,沈念则回公司继续上班。每天她第一个到公司,最后一个离开,用工作麻痹自己。她的饮食再次不规律起来,忙的时候一天也不会吃一口东西,紧随而来的是身体越来越差,胃痛经常发生,时不时地呕血,吃不下东西,越来越瘦。

"念姐,这是你让我整理的资料,你看看可以吗?"

沈念接过员工递过来的文件夹,认真地翻看着。

"可以。"看了一遍后,沈念对员工吩咐着,"这份文件复印三十份,下午要用。"说着要将文件夹递回去,想到什么,又道,"算了,我自己去吧。"

"好的念姐。"员工点头。

沈念拿着文件去了影印区,将文件放上去,按了几下按钮,打印机开始运行,缓缓吐出纸张。

一个员工从饮水间里出来,手上端着一个盘子,上面有十几杯不同的饮品。将盘子放在桌上:"谁的喝的?自己来拿,露露,你的红茶,小雅,你的果汁。"

十几个人起身过来拿饮品。

沈念靠在打印机上,看着她们围在一起,唇角上翘。还有三分钟不到就要休息了,所以允许他们偶尔松泛一下。只看了一会儿,沈念便收回视线继续低头看打印机吐纸。

"念姐。"有人叫了沈念,抬头,一个员工走过来,对她说,"你的咖啡。"停顿了一下,又补充,"没有加糖的。"

沈念莞尔一笑:"谢谢。"她接过员工递过来的咖啡,抿了一口。一点糖都没加,咖啡的苦涩在口腔蔓延。

第六章 遗憾

沈念以前喝咖啡的时候还喜欢加少量的糖，如今越来越喜欢这种苦涩的味道了。嘴里苦，才能短暂忘记心里的苦。

电梯处传来声音，梁璟禾从电梯里出来。她今天穿着一身白裙，拎着包包走过来，非常热情地对大家打着招呼："大家好久不见。"

之前梁璟禾请大家喝过饮料，加上她为人很好，所以凌蕊集团的员工对她的印象都特别好。

马上就要中午休息了，加上"未来老板娘"视察，大家都放肆了些。

"梁小姐好。"

"梁小姐今天的裙子真漂亮。"

"谢谢。"梁璟禾谦虚地一笑。

听见了梁璟禾的声音，沈念喝咖啡的动作一顿。本想装作没听见，但梁璟禾发现了站在打印机旁边的她。

"沈助理。"

沈念的动作僵了一下，抬起头的时候，神色已经恢复正常。

她在梁璟禾面前一直都是一丝不苟的认真态度，所以也不需要刻意装出笑容，沈念神色冷淡，手上拿着咖啡杯，对着她微微颔首，算是打过招呼。

梁璟禾回以一个微笑后便收回视线，继续看着大家说："楼下的法式餐厅被我包场了，我请大家吃午餐。"

此话一出，大家立刻欢呼起来，正好卡在这个时间点，下班喽。

"谢谢梁小姐！"大家异口同声地道。从脸上掩饰不住的喜悦便能看出，大家是真的觉得高兴。

楼下那家法式餐厅他们都知道，消费还是比较高的，梁璟禾包下餐厅请所有人吃午餐，真的很大方了。

见大家如此高兴，梁璟禾又看向沈念："沈助理，法式餐厅可以吗？如果你不喜欢可以换其他的。"

"不用管我。"沈念依旧没有表现得太热情，淡淡地道，"下午要开会，需要的资料需要我亲自盯着，今天中午打算不吃饭的，你们吃得开心就好。"

"工作虽然重要，但吃饭也很重要。"梁璟禾露出不赞同的目光，转而又说，"而且，今天这顿饭我主要请的是你。"

"我？"沈念蹙眉。如果没有记错的话，她和梁璟禾并没有过多的接触，两个人之间的关系还没好到请吃饭的地步。

"是。"想到什么，梁璟禾露出一丝甜甜的笑，"我有一件事需要沈助理和大家的助攻,特别是沈助理,如果你不愿意帮我的话,我会很苦恼的。"

"我自诩没有这样的本事。"沈念的声音淡淡的,"梁小姐有什么需要我做的尽管说,我能帮忙的一定帮。"说完,垂眸喝了一口咖啡。

梁璟禾一笑:"其实也不是什么大事,只需要大家帮忙暖个场子就行。"

现在已经下班了,没有一个走的,大家都在听梁璟禾说话呢。

梁璟禾抬头看着大家,笑着开口:"你们陆总这周五回来,我想……在那天向他表白,希望你们到时候在现场为我助攻,好不好?"

"哇哦……"大家一副识破秘密的样子。

沈念的手猛地一抖,杯子里的咖啡溅出去不少,烫到了她的手指。她的睫毛颤抖得厉害,努力克制着自己开始不正常的呼吸。

"梁小姐,你那么好看,又那么有礼貌,应该是我们陆总向你表白才对。"或许是未来老板娘过于好说话,加上已经是下班时间了,所以员工们也大胆起来。

听到这话,梁璟禾却不赞同地摇摇头:"谁说惊喜只能男生给的?只要喜欢,就能给对方制造小惊喜。"梁璟禾眉眼弯弯,"大家上午工作都辛苦了,咱们先去吃饭?"

"好!"大家异口同声,有的同事先收拾好已经上电梯先下楼等了。

蒋玲玲把自己的电脑关上,拿着手机向沈念走去:"念姐,一起走吧。"

沈念盯着还没吐完纸张的打印机,拒绝道:"不用了,你们去吧。"

正好李楠过来,她不知道沈念、陆凌川、梁璟禾三人的关系,只以为是沈念对待工作太认真,随口劝着:"哎呀,念念,工作再重要也得吃饭,你也说了,下午挺忙的,中午连饭都不吃,下午哪有精力好好工作啊。"

"不用……"

"要你真的是赶时间,咱们赶紧吃,吃完就回来,反正是别人请客,不吃白不吃,你说是吧。"不等沈念说完,李楠继续开口道。

旁边同样不明所以的蒋玲玲点头:"是啊是啊。"

两个人一左一右,拉着沈念就走。

"走啦走啦,吃个饭的工夫浪费不了多少时间的。"

不给沈念说话的机会,直接被两个人拉走。

梁璟禾早就提前一个小时让法式餐厅做菜了,也让餐厅的员工把餐厅里的桌椅重新摆了一下,桌子围成一个圈,像以前在学校里进行集体活动一样,特别热闹。

大家随便找位置坐,沈念习惯挑了角落的位置,李楠和蒋玲玲在她左右两边。一坐下,沈念便低头看手机,将自己的存在感缩到最小。

他们才坐下,法式菜肴就送了上来,马赛鱼羹、鹅肝排、巴黎龙虾……都是价格不便宜的东西,梁璟禾请那么多人吃大餐,是真的大方。

服务员又送上来了果汁,梁璟禾对大家笑着道:"法国的红酒是出了名的,如果今天是休息日,我就拿两瓶年份不错的红酒庆祝了,但大家下午还要工作,不宜喝酒,所以,果汁代酒。"

不得不承认,梁璟禾的为人处世没得说,待人谦和有礼,做事大方不做作,这样的人的确很容易惹人喜欢。

就听有男员工说:"没关系,以后如果有幸参加梁小姐和陆总的婚礼,到时候补上就是了!"

梁璟禾微微一笑:"如果真有那天,会给在座的各位发邀请函的。"

有梁璟禾如此亲和的"未来老板娘",现场气氛十分活跃。大家先是一起吃饭,聊了美食、美酒,梁璟禾去过很多地方,所以了解很多国家的文化。

聊着聊着,大家又提到了表白的事。

有人提议梁璟禾可以先选一个表白地点。

有人说,可以在现场准备999朵玫瑰,代表爱你久久的意思。

有人说……

浪漫不一定只有男人才能创造,女人也可以,其实考验的还是谁更爱谁。梁璟禾喜欢陆凌川,所以心甘情愿地抛开矜持为他做这些。

"可以先装作什么都没发生,先想办法把陆总引过来,然后给一个超大的 surprise!到时候梁小姐上前表白,咱们在后面烘托气氛……"

只是用语言形容,就已经能想象那个画面了。

梁璟禾觉得这个提议不错,不过有个难题:"要怎么让凌川过去?如果没有正当理由,他不会去的。"

"也对哦。"出点子的员工苦恼不已,她忘了这点了。陆总可不是随便扯个理由就能哄住的。

忽然想到什么,那个员工的眼睛一亮:"可以请沈助理帮忙!"

所有人一起看向沈念。

"沈助理是陆总最信任的助理,又是从公司创立就跟着陆总的,只要沈助理开口,自然比我们要更容易做到!"

忽然被很多双眼睛盯着，盯得沈念头皮发麻。她不得已抬头一看，不知道有多少双眼睛齐刷刷地盯着她，都在等待她的回答。

沈念不自然地轻声说着："我没这个本事。"

那个员工越说越激动："沈助理，你就别谦虚了，陆总都肯把很多重要的工作给你做，在座有谁还能像沈助理你这样啊，如果你都不行，就没有能行的了。"

梁璟禾对着沈念一笑："麻烦你一下，可以吗？"

沈念如同被浸在了十二月的冰池里，感到由外到内的寒冷。而他们的目光就是冰刃，一个个全都捅进了她的身体里，她挣脱不开。

所有人都觉得这么点小事沈念应该帮忙。殊不知，对沈念而言，这就是堕入地狱一般的煎熬。

终究，沈念没有敌过这么多人的目光，淡淡地说："我知道了。"她的话音才落，下一秒钟，在她身上的"冰刃"全都消失不见了。

解决了叫陆凌川的事，大家也就不担心了，继续聊表白现场的布置。

接下来的一下午，沈念一直很沉默，包括开会时候，她一言不发，只是坐在位置上沉浸在自己的世界里。

很快到了下班时间，难得大家不急着回家，而是跟着梁璟禾一起去准备表白用的东西，鲜花、灯牌什么的，这些都需要提前准备。距离陆凌川回来没几天了，他们得加班加点地准备。

而沈念接下了"叫陆凌川过去"的重任，便没给她分配其他工作了，所以她不需要跟着去布置，直接回了家。

回到家里，沈念又恢复了往日一个人的生活，自己坐在餐桌前吃饭，洗碗，再去洗澡。从浴室里出来后，她穿着睡衣坐在沙发上，屈起双腿，然后开始发呆。她没有其他娱乐活动，每天不知道做什么的时候，就盯着墙发呆。

已经很多天没陆凌川的消息了，沈念尝试给他打过电话，一直都无人接听。

"您拨打的电话正在通话中……"

沈念穿着一身职业装坐在工位上，手上握着手机。她盯着手机屏幕，又挂了电话。依旧没有接通。

将手机放在旁边，然后继续看电脑。

凑巧李楠过来送资料："沈助理，这是上个季度的报表，你看一下。"

第六章 遗憾

"嗯。"沈念接过来查看。

趁着沈念看报表的工夫,李楠眨眨眼睛:"念念,今晚的表白你啥时候去?"

沈念的身子一僵,过了好一会儿才抬头:"嗯?"

"就是梁小姐对陆总表白啊。"李楠以为沈念忘了,"你可是要给陆总打电话骗他过去的,谁都可以不去,但你不能不去……"

沈念的睫毛颤抖了一下,又低下头,声音很轻,"我晚上还有点事,就不去了。"

"这么重要的时刻你怎么能不去?"李楠蹙眉。

不管李楠怎么说,沈念再也没说一句话。即便她知道陆凌川终有一天还是会和梁璟禾在一起的,她也不想亲手将陆凌川送到别的女人身边。

…………

沈念本想下班后直接离开的,但梁璟禾亲自邀请她,沈念被赶鸭子上架一般跟去了表白现场。

从现场的布置就能看出来,梁璟禾是真的用了一番心思。999朵白玫瑰都是现运过来的,梁璟禾一支一支亲自插好,包括现场布置点,都是她亲力亲为的。

"凌川是晚上八点钟的飞机,现在已经七点半了,等八点一到还要麻烦你了。"梁璟禾对沈念眨了眨眼睛。

沈念的嗓子眼如同吞了一把刀,动一下都疼,她十分艰难地说了那声"嗯。"

梁璟禾脸上的笑意更深:"辛苦了。我先去检查一下其他地方,今天请大家吃晚餐,到时候先别走。"说完,她便心情很好地离开了,独留沈念一个人站在那儿。

沈念默默地站在了角落里,又拿出手机拨打了陆凌川的电话。

"您好,您拨打的电话暂时无法接通……"

陆凌川现在应该在飞机上,他开了飞行模式。

晚上七点五十分,一架飞机降落在京市的国际机场。陆凌川和陆凌晨下了飞机,后面有人拿着行李。

刚一开机,他就看到了备注为"念"的未接来电。点开,她这两天打了三个电话。

沈念在第二个电话没打通后，知道他忙，就没再打电话影响他了。第三个电话是今天下午打的。而陆凌川这几天忙得团团转，没注意到沈念的来电。

上次在海市分开后，他们通电话的次数一只手就能数完，还是陆凌川主动打的，只是安排工作，沈念也只是"嗯""我知道了"，多余的话一句没有。

犹豫了一下，陆凌川还是轻触屏幕，拨通电话。

沈念正准备偷偷离开，走到门口时，口袋里的手机响了，立刻吸引了旁边人的注意。

敏感的众人赶紧看了一下时间，发现差不多八点钟了，激动地问："沈念，是不是陆总的电话啊？"

"估计是，陆总八点到京市，可能陆总一下飞机就给沈助理打电话布置工作了。"

"沈念，快看看是不是陆总的电话！"

梁璟禾立刻闻声赶来，一脸期盼地盯着沈念。

在众人目光下，沈念只能硬着头皮把手机拿出来，离她最近的员工看到了上面的来电备注。

沈念给陆凌川的备注就是全名，大家不会通过备注发现他们的关系。

"真的是陆总！"

见真是陆凌川后，大家的情绪都沸腾了。

"沈助理，你快接啊！"

"记得要委婉，找个理由把陆总骗过来！"

被所有人催促着，沈念接听电话。

"喂……"她的声音很轻，"陆总。"

对面的陆凌川听见沈念对自己的称呼，蹙眉。

这些年，两个人吵过大大小小的架，每次冷战时候沈念都叫他"陆总"，用称呼将两个人的关系划分得明明白白。加上沈念的声音很轻，更让陆凌川以为沈念还在和他冷战。

陆凌川原本有些躁动的心被人泼了冷水，他的声音也是冷冷的："我下飞机了。"

"嗯。"沈念应了一声，就没话了，陆凌川也不说话，气氛僵在了那儿。

见沈念没进入主题，大家都急得不行，挤眉弄眼地暗示沈念。迫于大家的压力，沈念只能硬着头皮继续说："你现在有空吗？"

听见沈念这么说，陆凌川感到有些诧异，不知道她要做什么，所以没有

第六章 遗憾

立刻应下,只是道:"继续。"

沈念只觉得的头皮越来越麻,声音也越来越轻:"我有一些事需要当面和你说……"她的声音轻得差点让人听不见。停顿了一下,她又补充了一句:"可以吗?"

陆凌川在听见沈念那声软软的轻轻的"可以吗"时,被泼了一盆冷水的心跳又开始加速。可想到她的冷淡,陆凌川没有立刻答应,只酷酷地留下一句:"再说。"然后挂断了电话。

旁边的陆凌晨看他挂了电话才开口问:"沈念?"

"嗯。"陆凌川回答道。

"有事?"

"她说有一些事要当面和我说。"陆凌川蹙眉,"她要说什么事?"

正是因为不知道她要说什么,所以陆凌川并没有果断地应下。其实主要是因为……沈念在说那句话的时候,声音冷冷的,让他心底有一种不好的预感。他很怕……沈念是说要和他分手。如果是要说这个,陆凌川绝对不会去见她!

"说事?"陆凌晨仔细想了一下,然后说,"是谈工作吗?"

工作?陆凌川的眸子一闪。

陆凌晨说:"咱们这几天都在外地,公司的事情都交给了她,可能是有些工作她处理不了,知道你回来了,就给你打电话谈谈工作上遇到的问题。"

被陆凌晨这么一说,陆凌川原本不安的心得到了安抚。

"哥。"陆凌晨盯着陆凌川,认真地道,"你心里是在乎沈念的,等凌蕊的事情解决后,你们就好好在一起吧。"

陆凌川的身子一僵。

陆凌晨知道他听进去了,所以继续又道:"你们俩相互折磨了那么多年,说到底,你的心结是凌蕊,她的心结也是凌蕊,妈的心结也是凌蕊。一条小河表面上看起来风平浪静的,其实每次踏进去都是不同的,咱们永远不会踏进同一条河流。"

陆凌晨认真地说:"哥,我只是想告诉你,时间不会暂停,咱们也不能只为那段记忆而活。即便今天过得不如意,可一觉醒来,新的一天依旧会来。"

"所以……"陆凌晨顿了顿,继续道,"等妈的心结解了,你就和沈念重新开始吧。"

陆凌晨说的每一个字陆凌川都听进了心里。

重新开始吧……

重新开始。心里每念一次这四个字，心跳便会加速跳动一次，带着满满的诱惑。如同身处泥潭的人抓到了绳子，也抓到了唯一的生的希望。他的脑海中不由得浮现出沈念抱着孩子的温馨画面。

还能重新开始的，对吗？

陆凌川猛地抬头："今天我不去医院看妈了。"

陆凌晨愣了一下，随即点头："妈有我照顾，放心。"

不再说什么，陆凌川匆匆离开机场，一边走一边给沈念发信息。

"你在家里？"正要发送信息，忽然想到她刚才和自己通电话时那头有风声，她应该在外面。将输入栏里的四个字删掉，重新编辑文字。

地址，然后发送。

…………

另一边，陆凌川冷漠地挂了电话，沈念一直悬着的心终于放下，她对大家耸了耸肩，大家都哭丧着脸。

"啊——连沈助理都骗不过来，那怎么办啊？"

刚才不少人站在沈念旁边，听到了陆凌川冷漠的话。

梁璟禾垂眸，眼底闪过一丝失落。

沈念不想再在这里多待，在这里的每一分钟，都能感受到梁璟禾对陆凌川的爱意，她现在只想仓皇逃离。

"没什么事的话我先走了。"说完，她就要离开。

就在这个时候，手机传来一声"叮咚——"，是新消息通知的声音。

立刻有人出声："是不是陆总发的信息？"

此话一出，大家的兴致再次被点燃。

"很有可能是。"

"沈助理，你快看看！"

被大家推搡着，沈念无可奈何，只能打开手机证明不是。可点开消息，一愣。

地址，十分简单的两个字。发送人，陆凌川。

第六章 遗憾

第七章
向现实低头

陆凌川收到沈念发过来的定位的时候刚从机场出来，立刻打了车过去。

虽然在夏日，但晚上的风也是凉的，车窗降下一半，外面的风吹进来打在陆凌川脸上，没有让他清醒，心底的小火苗反而被扇得越来越旺。

脑子中反复循环着陆凌晨的话。若是凌蕊的事情过去了，他们都放下心结，重新开始。

放在膝盖上微微握着的手收了力气，大脑中每出现一次那四个字，心里的坚定便多了一分。

能重新开始吗？

……能！

从机场出发，只用了二十分钟就到了地方。陆凌川下车，环顾四周，只觉得这里十分安静，又很昏暗。他蹙了蹙眉，拿出手机再次确定了一下，的确是这里。将手机重新收回口袋里，他向前走去。

这里是一处风景不错的小公园，平常很多人晚餐后会来这里散步，之前陆凌川每天会带沈念过来跑步。

想到之前的点点滴滴，陆凌川的脚步又快了些，皮鞋在地上发出"踏踏踏"的声音。

向前走只有一条路，陆凌川大步向前，直到看到前面有一片黑黢黢的东西挡住了前进的路这才停下脚步。

现在天已经黑了，加上周围也没有灯光，看不清是什么，只是感觉到有一块重影格外的深。

他向前几步，靠近了才发现放在小道上的是一块牌子，下面是用画架架着，上面是一块大牌子。因为太黑看不清楚，陆凌川弯腰仔细一看，隐隐约约瞧到了上面的字。

"陆凌川，我喜欢你。"

在看到这几个字的时候，陆凌川的心陡然一沉，紧接着心跳控制不住地加速跳动，越来越快，越来越快……

目光缓缓下移，最下面是两个字母——c&n。

川和念。陆凌川的瞳孔骤缩，心脏跳得好像要随时冲破胸腔。

就在此时——

"嘭！"

周围的灯突然都亮了，陆凌川这才发现周围的花坛上全是白玫瑰，他刚才走的那段路两边也被人粘上了灯带。

一袭白色身影出现在他眼角的余光中，陆凌川猛地抬头。

时至今日，陆凌川都难以忘怀第一次见到沈念时，那抹白色的身影。

她一身白裙，脸上不施粉黛，仿佛整个人都是浸在温柔中的。因为第一次跟着陆凌蕊回来，沈念有些拘束，有些小心翼翼的，在看到突然出现的陆凌川时，如受了惊的小兽被吓了一跳，立刻躲在陆凌蕊身后。对上他的目光，后知后觉地发现自己这是不礼貌的，于是弯唇，对他歉意地一笑。那个笑容，直接笑进了陆凌川的心里。

此时此刻，一如回到了从前第一次见到沈念的时候。

目光缓缓上移，从小腿转到了腰上，一点一点……

在看到梁璟禾那张脸时，原本悸动的心好似被浸入了三尺寒冰，一瞬间停止了跳动。他原本勾起的唇也僵在了脸上。

梁璟禾穿了一身白色裙子，做工精致，有点简易婚纱的感觉了，她手捧一小束鲜花，带着对陆凌川的爱，一步一步，缓缓走来。直到走到陆凌川面前，才停下。她的个子要比沈念矮一些，站在更高的陆凌川面前，还是要微微抬头。

梁璟禾勾起唇，笑容带着沈念的温柔，又不缺陆凌蕊的灿烂。她看着表情僵硬的陆凌川，开口："我听人说，制造浪漫是男生的责任，而女生只需享受浪漫就行，这句话我是很不赞同的。"

"因为我认为，浪漫是给自己爱的人制造的，就像我喜欢你，所以我想送你我亲手制作的浪漫。"她就这么看着陆凌川，脸上的笑容越来越深，"你之前说，目前没有恋爱的想法，当时我是怎么回答你的？"

"嗯……"梁璟禾认真想了一下，然后继续道，"我说，我也是这么想的，咱们才刚认识，彼此了解并不多，如果只见一面就在一起，未免也太尴尬了，可以慢慢培养感情，如果以后真的有想法，可以再在一起。现在，我想说的是：我认真想了很久，我确定我就是喜欢你。所以——"

梁璟禾深吸一口气，将手上的花束递过去，问道："陆凌川先生，你愿意做我的男朋友吗？"

与此同时，不远处的超大牌子也亮了起来，上面只有简单几个大字。

"陆凌川，你愿意做我的男朋友吗？"

"嘭嘭嘭！"

耳边传来什么东西爆炸的声音，紧接着有粉色的花瓣落在他和梁璟禾身上。

不知道躲在哪里的员工全都涌了出来，男员工拿着手持礼炮，活跃气氛，女员工手上拿着气球，一松手，气球全都飘上天空，被黑夜吞噬。

"在一起！在一起！在一起！"

大家很有节奏的打起拍子，十分激动的样子。

陆凌川抬头，一眼就看到了人群中的沈念，她没跟着旁边的人一起打拍子起哄，所以显得格格不入。

沈念被推出来一起烘托气氛，她沉默地站在那儿，像是个木头人。感觉到一道灼热的目光盯着自己，沈念抬头，对上陆凌川的眼神。

冷如寒潭的眸子里一片阴翳，凉风吹起，阴影覆着男人的眉眼。

灯光照亮了刚才的牌子，直到这时陆凌川才发现自己刚才因为黑暗看错了。c 后面的并不是 n，而是 h。不是川和念，而是川和禾，梁璟禾的禾。

沈念，你真是给了我一个大惊喜！

沈念只看了一眼，便立刻撇开了头。

陆凌川的指节狠狠收紧，幽深的眸子好似困在黑夜中的凶兽。在这一刻，他的心都是凉的。

梁璟禾一脸期待地盯着陆凌川，陆凌川却一脸冷漠地盯着沈念，而沈念……选择回避陆凌川的视线。

男人的神色早已冷峻如冰，那双黑眸好似没有边际的夜空，看不到半点光芒。

沉默，是无声的默认。

而沈念的沉默，是打垮陆凌川的致命一击。

他以为他们还能重新开始，沈念的当头一棒把他彻底打清醒了。

"……好。"陆凌川几乎是咬牙切齿地说出了这个字。她特意将他骗过来不就是想听他说出这个字？

梁璟禾的眼底闪过一抹惊喜，扑进陆凌川的怀里，环着男人的腰。

陆凌川像雕像一样矗立在那儿，一动不动，任由梁璟禾抱着。

男人的回答让在场的吃瓜群众欢欣鼓舞，起哄着。

"哦……"隐隐还传来口哨声。

她却始终不看他。

陆凌川的目光一直盯着沈念，那么的执着，神情麻木，满是幽光的眸里最终闪过死寂。

所有人的注意力都在不远处的两个人身上，没人发现沈念的手在颤抖，而且颤抖得越来越厉害。她伸出另一只手死死地按着，极力蹙着眉，不让自己有过多的情绪让别人怀疑。

她想要匆匆离开，抬头的时候对上了陆凌川的视线。

陆凌川灼热的目光直勾勾地盯着沈念，带着审视，带着质问。他在问她——满意了吗？

这样，你满意了吗？

沈念感觉一股寒气由下而上，将她冰封住了。

…………

沈念狼狈地回到了家。

才要关门，一只手扣住了门。看到那只手，沈念的瞳孔骤缩，要用力关门，陆凌川一用力气，直接将她甩开。

只觉得一阵地转天旋，随着"嘭"的一声剧烈的关门声，沈念被陆凌川狠狠地按在了墙上。她的后背撞到了门口的开关，房间变得明亮起来。

陆凌川低头看着她，眼底带着猩红，沈念推着他的手。

"放开我……"男人纹丝不动，她推他的力气又大了些，"放开我！"

陆凌川死死地按着沈念，阴鸷地瞪着她，狂躁在全身游走，似乎有无数虫子钻进了他浑身上下的每一根血管里，狠狠撕咬着他，让他痛不欲生。

"你满意了吗？"他的声音很冷。

沈念怔怔地盯着他。

"说话！"他歇斯底里地吼了出来，"满意了吗？"

沈念的眼睛通红，就这么盯着他，莞尔一笑："满意了。"

"陆凌川，我希望你幸福。"她看着他，一字一句地说。

梁璟禾很好，也是真心喜欢陆凌川的，所以梁璟禾比她更适合陆凌川。起码，陆阿姨在看到梁璟禾的时候，只有喜欢，没有痛苦。

第七章 向现实低头

"幸福？"听着她的话，陆凌川笑了，狠狠地瞪着她，"你有什么资格替我选择幸福？你有什么资格？沈念！你从来就没想过和我在一起，是不是？你就是个冷漠无情的女人！当年选择抛弃凌蕊！现在也毫不犹豫地选择抛弃我！"像个濒临崩溃的孩子，不甘心地吼着，一声又一声，一句又一句。

　　陆凌川伸出拳头，一下又一下地砸着自己的胸口："从来没有人把我伤得那么深过，只有你！手里握着刀，每一下都正中我的心脏！"把他捅得遍体鳞伤，支离破碎！

　　沈念的耳朵嗡嗡作响，像是听不见，只是沉默地看着癫狂的他。

　　陆凌川已经彻底失去了理智和清醒，带着疯狂的怒气，他不甘心地质问着："沈念，你怎么就这么绝情？我为什么会喜欢你这么冷漠的女人？"他的眼睛像是充了血，眼底是无尽的绝望和空洞。他不甘心。为什么沈念不要他？为什么不肯要他？

　　直到现在，沈念连一滴眼泪也没有掉，只是眼睛红得吓人。看着如此癫狂的陆凌川，沈念一笑，然后缓缓闭上了眼睛。

　　看着沈念，陆凌川像是被电击了一下，猛地往后退了好几步，后背狠狠地撞到了鞋柜上，柜子上的东西全都掉在了地上，发出"噼里啪啦"的破碎声。

　　陆凌川只是盯着她。

　　"呵……"他自嘲地一笑，喃喃着道，"你赢了……"

　　"沈念。"他叫着她的名字，神色是那么的平静。他说，"我从来没有这么讨厌过你。"

　　沈念一愣，心脏几乎停止跳动。泪水流了下来，划过她的脸颊。他说，他讨厌她。他以前一直说恨她，因为恨是爱的转变，由爱生恨。越爱，才会越恨。可现在，他说讨厌她……

　　陆凌川盯着泪流满面的沈念，质问她，"这是鳄鱼的眼泪吗？"说完，他自己都笑了，"你还真是多变。"

　　将他骗过去接受梁璟禾的表白，现在又哭得那么委屈，好像冤枉了她一样。或许是出差了很多天的缘故，陆凌川突然觉得很累，从来没有这么累过，连手都抬不起来。他不想再说什么了，无论怎么争吵，也改变不了结局。

　　陆凌川像个饱经沧桑的老人，他抓着门把手，打开了门，然后，离开了他和沈念的家。

　　沈念的双腿使不上一点力气。她贴着墙，狼狈地跌坐在地上，泪如雨下，肩膀颤抖得厉害。

这么些年，无论他们怎么吵架怎么冷战，转身回头的那一刻，对方永远站在身后。因为只有他们两个，没有其他人的出现。

而如今……第三个人出现了。

直到今天，梁璟禾扑进陆凌川怀中的那一刻。她彻底失去了陆凌川。陆凌川再也不会是她的了。

…………

萧沐白狠狠地撞开包间大门，一眼望去，房间里面空荡荡的。他的心陡然一沉，立刻扭头看向服务员，急切地质问着："你确定真的在这里吗？"

一向温和的人难得语气那么凌厉，服务员被吓得缩了缩脖子，点头道："是这间啊，当时有个长得特别好看但眼睛通红的小姐定了这个包间，长得和先生手机里的照片一模一样，而且也姓沈，叫沈念……"

闻言，萧沐白立刻扭头继续转向包间，又看了一遍，还是没人。包间里的沙发一尘不染，连桌上送的果盘也一动没动，干净得像从来没人进来过一样。

萧沐白心底的恐慌越来越浓烈，"找！快找！"说完，便冲了进去，直奔里边的卫生间。

推开卫生间的门，里面十分干净，没有人进来过的痕迹，他匆匆冲向洗手台，伸手去摸洗手池，没有水渍。也就是说，没人用过洗手台。他又仔细查看，确定没看见有血迹。

这才让他稍稍松了一口气，但想到还没找到沈念，那颗悬着的心又紧绷起来。

"先生！找到了！"外边传来服务员的声音，萧沐白立即冲出去，在房间最容易忽视的角落里，看到了沈念。

在瞧见她的那一刻，萧沐白愣住了。她靠坐在角落里，周围倒着数不清的空酒瓶。灯光昏暗，她头靠着墙角，阖着眼睛，泪水浸满了她巴掌大的小脸，手上握着一个已经见底的空酒瓶。没有吵，没有闹，只是靠坐在那儿，无声地流着眼泪。

"念念，念念……"萧沐白的心陡然一沉，蹲下抓住她的肩膀。他靠近一看，才瞧见沈念的脸上、脖子上都是小红点，还能发现一片片的红，好像是她挠的。

萧沐白的瞳孔骤缩，连声音都在颤抖："念念！"

沈念感觉这一觉睡得很沉，她梦到了自己小时候，差不多才五六岁的时候。她被妈妈抱在怀里，爸爸拿着相机给她们拍照。

那时候的她还懵懵无知，看着拿相机的爸爸，问："爸爸，为什么你不和我们一起拍？"

爸爸宠溺地摸了摸她又细又软的头发，说："因为你和妈妈的笑容只能爸爸看。"

她的家庭算是富裕的了，爸爸是公司的重点员工，妈妈是全职太太，他们家完全符合那句"老公赚钱养家，老婆和孩子负责貌美如花"。

从沈念有记忆开始，父母从没因为什么事情吵过架，家里的小事爸爸听妈妈的，棘手的大事夫妻俩一起商量。他们只有沈念一个女儿，所以愿意费时费心培养她。夫妻俩都是有耐心的人，所以养出来的女儿也一样好脾气。

如果没有那场车祸……沈念依旧是活在父母宠爱中的小姑娘。

小时候只想着快快长大，好自己做主，做自己喜欢的事，长大之后才知道，原来做大人的烦恼会那么多，最天真快乐的时光，还是在小时候。

沈念只觉得自己在一条路上一直走，一直走，没有方向，前方的路也没有尽头。

也不知道走了多久，终于在不远处看到了人影。一对夫妻并肩而行，像是感觉到了什么，夫妻俩齐齐扭头，在看到沈念的时候，纷纷露出温柔的笑容。

沈念已经很久没有梦见父母了。她像个年幼的孩子一样冲上去，想要抱住他们，却扑了个空。

抬头，见他们离自己还有十米之远。她走一米，他们就往后退一米，之间永远隔着一段距离。父母看着她，依旧笑着。

终于，母亲开了口。

"念念。"她叫着沈念的小名，她继续说道，"女儿，要做个快乐的人。"

沈念一愣，不等她回答，脚下的地面开始消失，她坠落进无尽的黑暗中……

"滴……滴……"病床旁边的监护仪发出声音。

沈念缓缓地睁开眼睛，入眼便是一片白色。

"滴……"听见声音，她侧头看去，这才发现自己在医院里。正要收回视线，看到了趴在病床边的人。黝黑的短发，修长好看的双手……沈念的心一沉。

萧沐白的觉很浅，感觉到了一点动静，他立刻惊醒过来，抬头便对上沈念的眸子。

在看到是萧沐白时，沈念愣了一下，眼底的失落一闪而过。

"你醒了！"萧沐白没有发现沈念的异样，看到她醒了十分激动。

"醒了就好，醒了就好……我……我去叫医生！"说完，他立刻站起来，直接冲了出去，一边跑还一边喊着，"医生，医生！"

"喂……"沈念本想叫住他，但萧沐白跑得太快，几个大步就冲出了病房。沈念默默地收回目光，然后又看了看旁边的按铃。

医生被萧沐白叫了进来。

"目前没什么问题了，不过你酒精中毒，以后最好还是不要喝酒了。酒精中毒，轻者会意识不清，出现幻觉、惊厥等症状；严重的会出现昏迷，甚至休克的症状。有原发性基础疾病的患者还会诱发脑出血、脑卒中等并发症。"

昨天萧沐白找到沈念的时候她不是睡着了，而是昏过去了。

"酒精中毒？"沈念倒是听过这个词，不过从没想过会出现在自己身上。她的脸上还带着憔悴之色，"医生，你应该搞错了，我并不是过敏体质，怎么会酒精过敏？"

医生板着脸，认真地道："虽然你之前没有过敏史，但免疫力低下，加上喝了太多酒，也容易出现酒精过敏的。"

看她还那么年轻，医生忍不住多说了几句："酒虽然不像烟一样，但小喝怡情，大喝照样伤身。为了自己的家人，也为了自己的健康着想，以后酒还是别碰了。"

已经有了一次过敏反应，酒就成了她的变应原，就像对其他东西过敏一样，只要碰一次，就会过敏一次。严重过敏还会有生命危险。

检查完，医生才离开病房。

沈念靠坐在病床上，萧沐白站在旁边，两个人一时谁都没有说话。

过了好一会儿，沈念才缓缓抬起头来，对着萧沐白露出一个十分遗憾的笑容。

"还真是一件不幸的消息，我其实挺喜欢喝酒的，以后恐怕没机会了。"

"你还笑！"萧沐白一副恨铁不成钢的表情，板着脸看着她。

沈念脸上的笑意更深。

两个人一坐一站，一个笑着一个板着脸。

不知道过了多久，终究是萧沐白绷不住了，弯腰，将她露在外边的手塞进被子里。

"萧沐白。"她叫他。

"嗯。"萧沐白的声音闷闷的。

"我梦见我爸妈了。"沈念说。

闻言，他抬头看她。他知道沈念的父母因为一场车祸离开了，沈念很少会主动和他提到他们。他没有回应，而是安静地看着她。

沈念继续说着："我梦见小时候的事了。"沈念似乎是陷入了回忆，脸上带着笑意，"幼儿园的时候，有一次举办了变装大会，爸爸妈妈很重视，买了很多变装工具。我和妈妈是公主，爸爸是骑士。这种幼稚的活动很少有家长会重视的，所以当时我是最漂亮的一个……"想到小时候的事，她脸上的笑容越来越多，还"扑哧"一声笑出了声。

"现在一想，都是快二十年前的事了，时间过得真快……"或许是那段记忆太过深刻，即便过去了那么多年，沈念还记得那么清楚。

萧沐白拿起旁边的热水壶，他刚才就烧上了热水，刚才水沸腾后已经自动跳闸了。将杯子放在桌上，萧沐白倒了半杯水，水冒着蒸气。他又拿了个杯子，将杯子里的热水倒进另一个，然后再倒回来，反复重复着，好让水快些凉下来。

听沈念这么说，他道："想叔叔阿姨了？我带你去见他们。"

沈念抿了抿唇："就是太久没梦到他们了。"说完自嘲地一笑，"刚才医生说，酒精中毒会意识不清，出现幻觉……可能我只是出现幻觉了。"

"叔叔阿姨一定知道你不好好爱惜自己，所以不愿意来你的梦里。"萧沐白很少会说这么重的话，最后将热水倒入右手的杯子里，只剩下一个底，他将左手杯子里剩下的那口水喝掉，尝试温度，确定不烫嘴了，才把右手的杯子递给她，脸上难得不见温和的表情。

闻言，沈念愣了一下，低头看着萧沐白递过来的热水，默默地伸手接了过来，然后抿了一口，才小声嘟囔着："我只是不小心喝多了。"

"不小心？"萧沐白被她拙劣的谎言逗笑了，"你以为我是在大马路上捡到你的？"所以根本不知道她到底喝了多少？

沈念难得觉得心虚。过了好一会儿，她才问道："你怎么知道我……"在那里。

"因为我找遍了京市大大小小的酒吧。"不等沈念问完，萧沐白便知道她想问什么，所以抢先一步回答。

他盯着沈念，认真地开着玩笑："恐怕酒鬼都没我清楚京市所有的酒吧位置。"

沈念垂下了眼。

在沈念醒过来之前，萧沐白一直告诉自己，如果她醒了，必须要狠狠地骂她一顿，骂得越狠，她才能把话记在心里。所以从刚才到现在，萧沐白一直冷冷的，说话也不像从前那样温柔。

可看到沈念低着头安静的样子，萧沐白眼眸微动，眉眼间透出愁容，最终无奈地叹了一口气。他坐下来，声音疲惫："昨天再找不到你，我就要疯了。"

萧沐白动了动嘴唇，认真地打量着她。

一段时间不见，她憔悴了好多，眉眼间多了很多愁容。

"我本以为我的远离能让你开心一些。"结果她还是把自己弄得如此潦倒、憔悴。

沈念眸光微动，过了好久，她才开口："对不起。"

"你没什么对不起我的。"萧沐白开口，"既然陆凌川和别人在一起了，你也该向前看了。"

闻言，沈念抬头，错愕地看着萧沐白。他怎么知道……

"我有一个朋友和梁璟禾认识，不然我怎么推断出他们在一起后你会出去买醉？"萧沐白说。

他盯着沈念，认真地说："沈念，以后别这样了，我会担心。"

沈念一笑："就是多喝了点酒而已，我平常谈合作的时候也会喝酒。"

"我担心的不是这个。"萧沐白，"你知道我有多怕吗？我怕晚一分钟找到你，在我推开门的时候，看到的是出事的你。"

陆凌川和沈念纠缠了多少年，萧沐白就喜欢了沈念多少年。虽然沈念从来没有接受过他，在这份感情中，他一直都是外人的身份，但萧沐白很清楚沈念是什么样的人。若沈念自私一点，她会反复申述自己的无辜，绝不会让陆家把怨愤移到她身上。说到底，她还是太看重感情，甚至连她自己都在自责当初为什么留陆凌蕊一个人面对。再加上，她放不下陆凌川，但显然两个人已经回不到从前，所以她和陆凌川相互折磨了这么久。也是个傻瓜。

萧沐白说得十分直白，沈念的睫毛颤抖了一下。

过了一会儿，她才抬头，对着他温婉地一笑："怎么会？我的承受能力一向不错。"说完，她继续笑着道，"我和陆凌川纠缠了那么多年，可能就是因为只有我们两个，所以我们一直相互折磨。如今梁小姐出现，陆阿姨知道陆凌川有了新的感情，远离了我一定会很开心，她的病也一定会好；陆凌川是个很重视亲情的人,陆阿姨好了,他同样会好。这是好事,他踏出了那一步,我们终于不是在原地踏步了。"

"那么你呢?"萧沐白问她,"陆阿姨会开心,陆凌川会好……那么你呢?你会好吗?"

"当然。"沈念说,"只要陆凌川踏出那步,迈向了更好的生活,我自然不会再继续停留在原地等他了。"

萧沐白只是默默地盯着她,没有说话。

沈念抬头,对上他的眸子,眉眼弯弯地道:"你是不是想骂我没脑子?没事,你骂吧,我听着。"

萧沐白对她说:"你不是没脑子,你是傻。"傻,太傻了,从来没见过这么傻的姑娘。

沈念愣了一下,随即笑着问:"这是在夸我吗?"

"不。"萧沐白板着脸,"我在骂你,没听出来?"

还真没听过这样骂人的。

两个人虽然不是情侣,但相识多年,就像是知心好友。她看着他,他也看着她。蓦地,两个人都笑了。

…………

沈念还得在医院挂水,萧沐白帮她去缴费了。

病房里只剩下沈念自己,她伸手摸了摸脖子上的向日葵项链,想到什么,扭头看向旁边桌子上。有两部手机,都是沈念的。一部款式很新,另一部则是几年前的款了。

现在的手机更新换代得很厉害,才过了五年,两者外观看着就已经差太多了。沈念几乎是随身携带两部手机,一部用来接电话工作,另一部手机上只有一条短信——陆凌蕊出事前发送的最后一条短信。

她打开,看着上面早已倒背如流的文字。看了很久,她才自言自语着道:"如果你当时是怨我的,或许我心里还会好受些。"

有时候沈念也在想,为什么明明已经过去这么久了,依旧无法释怀,思来想去,或许是因为陆凌蕊的善良吧。从来没有怪过她一句,甚至,一直在为她着想。

盯着屏幕上的短信内容,她轻轻出声:"我和你之间已经没什么话可说的了。"

因为年少时说得太多了。说得太多了，多到沈念都想不全，所以除了那句"对不起"，还想和她说什么，沈念想不出来了。

她看着屏幕，苦笑着道："我还是想再见见你，看你一眼就行。毕竟这辈子，我只欠过你。"

手机铃声打断了沈念，沈念侧头看着旁边桌子上的另一只手机，她默默地拿过来，只看了一眼来电人的备注便接通电话，然后将手机放在耳边。

她没说话，电话那头也不说话，两个人都一言不发。不知道过了多久，电话那边传来一声无奈的叹息，带着些心力交瘁的感觉。

"他和我说……他昨天原本不打算过去的，因为他害怕，怕你和他分手。"

沈念的睫毛颤抖了一下，继续一言不发。

"没想到你更狠。"直接骗他去其他女人的告白现场。

电话那头没有说话，但陆凌晨知道她在听着。陆凌晨捏了捏眉心，然后叫她："念姐。"他问，"真的要放弃了吗？"

沈念垂眸盯着自己脖子上的向日葵项链，过了一会儿才喃喃道："放弃是很可惜，可有些事情坚持本身就没有意义。"停顿了一下，她反问，"不是吗？"

这话堵得陆凌晨哑口无言。想了一下，他才用肯定句说，"你知道的，我哥喜欢的人从来都是你，这点一直没有变过。就算和梁璟禾在一起，也不会喜欢她。"

"我和梁璟禾应该算是印证了那一句话。"沈念。

"哪一句？"

"鱼和熊掌不可兼得。"

过了好一会儿，陆凌晨才问："为什么？"

沈念抬头，盯着天花板上的灯泡，那么白，那么亮。

"陆凌川或许还是喜欢我的，但我们之间有太多羁绊了。凌蕊的死是摸不到底的深渊，你妈妈的心结……随便扯出一点，都足够让我们走不到一起，更何况现在这些全都重叠在一起。"她说。

"而梁璟禾，或许她现在没有抓住你哥的心，但她身世清白，没有那么多羁绊，你妈妈在看到她的时候会想着这只是她的儿媳妇，而不会透过她，看到凌蕊。这就是我和梁璟禾的区别。"

有些时候是没有十全十美的选择的，不管选择哪个，在得到一样东西的同时就得放弃另一样东西。她是爱情，梁璟禾是现实。

很多男生都会在年少轻狂时认识一个走进他心里的白月光,曾经信誓旦旦地说过一定会娶她,最终还是被现实打败,娶了他或许没有刻骨铭心的爱,但适合和他过日子的女人。同理,女生也是。

"人生都是要向现实低头的。"她总结,"如果这么算的话,我还是你哥心里爱而不得的那个白月光呢。"说完,她自己都笑了。想到什么,她的神色黯然,轻轻说出两个字,"值了。"起码走进过陆凌川的心里,她这辈子值了。

陆凌晨问她:"你真的觉得你们走不到一起了吗?"

"可能会。"沈念突然说。

她的回答让陆凌晨感到意外,他以为她会说不可能的。

"他失忆或者我失忆,最好我们两个一起失忆。一切清零,重新开始。没了关于凌蕊的心结,没了那么多羁绊,他喜欢我,我也喜欢他,我们还能轰轰烈烈地再爱一场。"这似乎是他们走出困境的唯一一的路。

"但是我不想。"停顿了一下,沈念又开口,"我不想忘记凌蕊。"她重复着,神情恍惚,"当初我爸妈过世,在我以为人生都是黑暗的时候,是凌蕊的出现,将我从无尽深渊中拉了出来,我一点儿也不想忘记她。"

陆凌晨过了很久才说,"果然爱情能改变一个人,你和他在商界也算能叱咤风云了,结果碰到爱情,像是被原地打成了傻子。智商从二百暴跌到二,简称智障。"

沈念被他直率的话逗笑了:"没大没小,怎么和姐姐说话的?"

"对了。"想到什么,沈念又说,"我能请两天假吗?"说完,她补充道,"你知道的,我们才吵完架,现在他估计听到我的声音都烦。"

"批了。"陆凌晨倒是爽快,"这件事我和他说。"

"谢谢。"沈念莞尔一笑。

陆凌晨从她的声音里听出了疲惫,也没再多说,只是道:"这几天好好休息。"

"好。"

"那我先挂了。"

"好。"

就在陆凌晨准备挂电话时,电话那头再次传来沈念的声音:"弟弟。"

陆凌晨一愣。认识沈念这么多年,陆凌晨虽然知道沈念一直将他当成亲弟弟一样,但这是第一次用这个称呼叫他。

沈念低头看着自己手上,另一部手机里陆凌蕊的短信,声音轻轻的:"姐姐……可能撑不下去了。"

陆凌晨还没从沈念的那声"姐姐"里回神,又听她说了这么一句,蒙了一下,下意识地问道:"什么?"

"没什么。"沈念抬头,无所谓地一笑,"对你哥的爱,我有点撑不下去了,所以想我放手了。你去忙吧,我挂了。"

然后,她挂了电话。

…………

沈念挂完水就出院了。

萧沐白扶着她坐进副驾驶,确定她的安全带系好后才绕到驾驶座上车。开车,离开。

路上,萧沐白握着方向盘,问她:"现在回去吗?我送你回家。"

"回家……"沈念喃喃着这两个字,然后点头,"我想回家。"

萧沐白知道了,前面正好有路口,准备在前面路口掉头。沈念的住处在反方向。

"回我的家。"蓦地,沈念又补充了一句。

听到这话,萧沐白只是愣了一下,紧接着就明白了。她的家,不是她和陆凌川的家。

"嗯。"萧沐白应了一声,然后说,"我没去过,你得带路。"

"好。"沈念带着萧沐白回了她的家,她和父母的家,在一个中高端小区。

进了小区,把车子停进了地下车库,沈念带他上了电梯。从电梯里出来,往左转,她在一扇房门前停下。

她按了密码,打开门。里面已经空落许久了。

沈念摸到了开关,屋里变得明亮起来。地上、家具上她都贴了一次性防尘罩,上面已经布上灰尘。沈念弯腰,从门口开始撕防尘罩。

"我来。"萧沐白弯腰帮她。他的动作很利索,很快就把门口那一块撕完了。

"是都要撕吗?"萧沐白问。

"嗯。"沈念点点头,"好几个月没来了,防尘罩上的灰尘太多,撕掉换新的。"

"好。"萧沐白点头,继续忙碌。

沈念要帮他,萧沐白不愿意,先把客厅沙发上的防尘罩弄掉,让她坐下等自己。

第七章 向现实低头

"我可以……"

"去坐好，别让我生气。"知道沈念要说什么，所以萧沐白先一步开口。那么温柔的人生气时是什么样子的？

沈念扁了扁嘴，脑子里不由得浮现出陆凌川的脸。以前的陆凌川和萧沐白一样是个温柔的绅士，却被生生逼成了一个冷漠无情的人。好吧，是挺吓人的。

沈念坐在沙发上，抱着抱枕，默默地看着他忙碌。

萧沐白的动作十分利索，防尘罩是一大块一大块贴的，收起来特别方便。很快便把防尘罩都收起来了。

"垃圾袋在哪里？"萧沐白问。

"门口玄关第二层的抽屉里。"

萧沐白打开抽屉，找到了用了半卷的垃圾袋。他撕了几个垃圾袋，然后撑开，将脏的防尘罩塞进去，塞了鼓鼓的三大包，收紧袋子，把垃圾放在了门口。

沈念看着他说："在我这儿，你不是司机就是劳动力，如果是我，我早就跑了。"她在开玩笑。

萧沐白把垃圾放在门口后将门关上，闻言笑了笑："没事，我已经得到报酬了。"

"嗯？"她并没有支付他钱。

萧沐白指了指自己，又指了指房子："我是第一个来这里的吗？"

沈念沉默下来了。不是第一个，以前陆凌川也来过。刚才萧沐白做的一切……陆凌川做过很多次。而且，他还用自己赚的钱给她交了天价电费，确保之后的一百年里，只要她想回家，打开电灯开关，灯就是亮的。

他说："人可以不住这里，但家里的灯一直为你而亮，叔叔阿姨等你回家。"

她没有说话，萧沐白便什么都知道了。原以为终于有一点能比过陆凌川了……他轻松地道："你能带我来这里，说明在你的心里，我的位置还是很重要的，所以我很开心。"

沈念并没有否认，坦然地道："是，在我的心里，你一直都是很重要的。"

如果没有萧沐白，她恐怕早就撑不下去了。

萧沐白听见她直白的话愣了一下，随即定定地看着她。

沈念被男人炽热的目光盯得有些不自在，正要开口，便见男人一笑："值了。"他说了和她在医院说过的话。

"什么？"

"能听你这么说，我也觉得自己值了。"起码不是没有回应的一厢情愿。

两个人对视着，沈念愣住了，萧沐白微笑着。

"对了。"萧沐白在气氛即将变得尴尬时收回视线然后来回打量着，"这是你生活了很多年的地方吗？"

"嗯。"沈念点头，抱着抱枕，低头嗅了一下。太久没晒过了。

"几岁的时候不住在这儿，差不多小学时候才搬过来的，之后就一直住在这儿了。"

"我想参观一下。"萧沐白看着她，接着补充，"我第一次见你的时候你都已经成年了，你小时候什么样我都不知道呢。"

"好啊。"沈念站起来，"我带你去。"

"嗯。"

这个家沈念已经住了十几年了，即便已经很久不住了，哪里有什么，她都知道得清清楚楚。

"这是我爸爸妈妈的房间，他们走了之后我将这里保持原样，没有动过。"沈念先带萧沐白进了主卧，很大的一个房间，沈念一边进去一边怀念地介绍着。她走到梳妆台前，上面还摆放着她的母亲以前用过的化妆品和护肤品，过了很多年，已经不能用了，但她还摆放在原处。

萧沐白打量了一下，然后点头："装饰得很好看，是阿姨的风格吗？"

"嗯。"沈念应声，"我妈妈的眼光一向不错。"

萧沐白一眼便瞧见了挂在床头的一幅超大的全家福，被吸引了视线。

沈念扭头便见萧沐白在看什么，顺着他的视线看过去，瞧见了全家福，她莞尔一笑："这是我们拍的全家福，我十六岁时候拍的。"

萧沐白第一次瞧见如此青涩的沈念，眉眼间是没有经历过社会伤害的清澈，其他和现在对比起来，区别不大。

沈念像妈妈，沈念的妈妈长得也十分漂亮，一看就是个很温柔的人。沈念的爸爸也长得英俊帅气。颜值非常高的一家三口。

"我们家里单人照居多，多数是我或者我和妈妈的，很少拍全家福，这是第一次拍。我们还约定，大学毕业的时候拍一次，我结婚的时候拍一次，我有孩子了还要拍……"越说，沈念的声音越小，眼神越暗淡。承诺了很多次，结果连第一条都没做到。

感觉到了沈念的情绪低落，萧沐白立刻转移话题："你以前拍了很多照片吗？说起来我手上都没有你的照片呢。"他笑着道。这是真的。

沈念抬头，看着他："你这是在向我讨要照片吗？"

萧沐白挑眉："我都说得这么明白了你还要问？"当时是要。

沈念"扑哧"一声笑出了声："那可能要让你失望了，我没照片了。"

"喂……"萧沐白没好气地盯着她，"刚才是你自己说的，你小时候有很多照片的。"

"以前是有。"沈念说，"但有一次陆凌川陪……"沈念原本脱口想说有一次陆凌川陪她回来，猛地反应过来，默默地将关于陆凌川的那一段删除了，然后说后面。

"那次我把家里所有的照片都找出来，然后烧给爸妈了。"沈念低下了头，"我希望他们不要忘记我。"沈念没说，当时陆凌川拿走了几张，是她各个年纪中陆凌川认为最好看的几张，其他的是真的被她烧给父母了。怕萧沐白听完不高兴，沈念便没说这个。

萧沐白问她："不觉得可惜吗？这是你和他们之间最幸福的回忆。"

"不可惜。"她抬头，指了指全家福，"我有这个就够了。"说完，她笑着说，"我爸妈房间里也没什么了，我带你去看我的房间。"

"好啊。"

沈爸是个十分顾家的好男人，将所有的一切都投入了家庭。光看房子就能发现。虽然是一家三口，但却有四个房间。

"这个就是我的房间，那边是我爸爸工作的书房。"沈念带着萧沐白从自己的房间出来，然后指了指不远处的一个房间，又指了指旁边的那个，"那个就是我的另一个房间。"说完，她走过去。

开了门，推门进去。里面空间也不小，和沈念的房间差不多大，什么东西都有。

"这是我写作业的书桌，旁边的画架是我以前画画的时候买的，角落里的那个是钢琴，架子上的是小提琴。"

她打开一个小柜子，里面叠着一些衣服。

"这些是学跳舞时候的舞蹈服，还有学拳击时候的手套和衣服……"

"舞蹈和拳击？"萧沐白被逗笑了。

沈念摸了摸鼻子："舞蹈是妈妈让学的，她说学习舞蹈需要控制饮食，从小学会克制自己，以后在各方面都占优势。至于拳击是我爸爸让我学的，他说女孩子会点防身术还是好的，不过从我上课没几天就被一个同龄的调皮的小男孩打肿了脸后，我爸爸就舍不得我去学了。"

萧沐白环顾一圈，点头："没想到你以前学过那么多。"

"都是会些基础的。"沈念将柜门关上，"妈妈说，每个人的人生都是一幅画，虽然不用动笔画也会画完，但在适当时候添上几笔，会让画更漂亮，大家更喜欢，也更有价值。妈妈说，学习并不是唯一的出路，能在其他领域有发展也是自己的本事。虽然小时候学这些会辛苦些，但以后如果我没有考上大学，这些起码都是我的退路。"沈念指了指房间里的东西。

萧沐白点头："阿姨是个很有远见的人。"

沈念又看了一眼四周，觉得没什么好介绍的了："就这些了，其他没什么了。"

"好了。"她吐出一口气，"挺长时间没回来看看了，现在回来一趟，看看爸爸妈妈，我心里舒服多了。"她对萧沐白说，"咱们回去吧。"

萧沐白应声，然后问："需要重新盖上吗？"

"不用。"沈念道，"过两天有空的时候，我请家政阿姨来打扫一下，虽然用防尘罩盖着，但还是脏，到时候通通风晒晒被子，然后再重新罩上。"

"行。"

两个人关上门带着垃圾离开了，路上，萧沐白忽然将车在路边的停车位停下。

正在看外面的沈念扭头："嗯？"

萧沐白解开安全带："你在这里等一下，我去去就回。"

"好。"沈念点点头，没有多问。

过了十分钟左右，萧沐白才匆匆赶过来，手里还买了两捧花。

沈念诧异地问："你这是？"

"去祭奠叔叔阿姨，自然要买花。"

"可……"她没说要去，但见萧沐白把花都买回来了，将后面的话咽了下去，然后点头，"谢谢。"谢谢他也有这份心意。

萧沐白将花放在后面，重新系上安全带，挑眉道："地址。"

"……………"

二十分钟后，两个人到了墓地。

萧沐白抱着一束花，沈念抱着一束花，两个人走进墓地，然后在一块墓碑前停下。只有一个墓碑，沈念将他们合葬了。

妈妈曾经说过，爸爸是个很有责任心的人，这辈子嫁给他很幸福，所以下辈子还要在一起。车祸前的最后一秒，爸爸是将妈妈紧紧护在怀中的。所以沈念将他们合葬，希望来生他们还能在一起。

"有人来过？"萧沐白看到了墓碑前的花，感到有些诧异。花瓣还没有枯萎，应该是这两天才来的。他低头，看了一眼花束，觉得更奇怪了，"桔梗花？"谁祭奠送桔梗花的？一般都是菊花、勿忘我、浅色百合什么的。

在听见萧沐白说"桔梗花"时，沈念的睫毛一颤，当年的对话再一次在耳边响起。

"买白菊就行，你怎么买了桔梗花？"

"店员和我说了桔梗花的花语，我觉得不错，就买了。"

"什么？"

"永恒不变的爱。"

沈念觉得无语，"所以，你什么时候爱上了我的爸爸妈妈？"

"是对你永恒不变的爱。"陆凌川没好气地敲了一下她的头，"叔叔阿姨没有见过我，所以只能这样告诉他们我对你的感情，永恒不变，希望他们放心。这也是沈家准女婿的标志，以后他们只要看到了桔梗花，就知道是女婿来看他们了。"

陆凌川来过了。

"应该是爸爸的同事吧。"沈念随便找了个理由搪塞了过去，"爸爸以前的朋友缘还是很不错的。"

萧沐白默默地看了她一眼。朋友……到底是什么朋友会送这种花语的花？

不过萧沐白并没有戳穿沈念，而是和她一起将花放在墓碑前。

刚才来的时候沈念还买了蜡烛，她跪在墓碑前点上。

萧沐白站在一旁郑重其事地鞠了三个躬，然后轻声开口道："叔叔阿姨，你们好！我是萧沐白，是念念的……朋友。"然后，就没有话了。过了好一会儿，他才轻声说："我会照顾好她。"

沈念默默垂眸，自始至终，一言不发。

看完父母，从墓地回来后，沈念又在家里休息了一天才去上班。

从电梯里出来，正好蒋玲玲在和同事谈工作的事，听见电梯门打开的声音,她抬头,眼底闪过欣喜:"念姐,你来了。"

"嗯。"沈念对她点了点头,"好好工作。"说完朝着自己的工位走去。

"婉姐,就这么定吧,其他的麻烦你了。"匆忙说了几句,蒋玲玲赶紧追上沈念。

沈念在自己的工位上坐下,将包放在旁边,先开电脑。桌子上放了小山一般高的文件夹,都是这两天积攒下来的工作。

蒋玲玲十分殷勤地帮她把文件按照轻重缓急分开,分享着八卦:"今天老板娘也在!"

沈念分文件的手一顿,继而又恢复正常:"等陆总一起出去吃午餐的?"他们现在在一起了,出去吃个饭很正常。

"也不算吧。"蒋玲玲想了一下,然后说,"好像是来谈工作的,之前梁小姐手上不是有个项目准备和咱们合作?"

"哦。"沈念随口应了一声,没有再多问。

"沈助理。"正好有员工拿着文件过来,"这几份文件都是需要陆总签字的,比较急。"

沈念瞥了眼旁边的空桌子:"放那儿吧,我待会儿去。"

"好。"

分好文件后,沈念才抱着刚才的文件朝陆凌川的办公室走去。

"嘭、嘭、嘭",三下敲门声,里面传来男人冷冷的声音后,她才推门而入。

"陆总。"沈念又恢复工作时兢兢业业的状态,秀气的脸上带着严谨和认真。

陆凌川和梁璟禾正坐在沙发上谈工作,在陆凌川抬头的那一刻,梁璟禾听见声音也扭头,对着沈念笑了笑。

"梁小姐。"沈念将头低了些。

梁璟禾点了点头,随即关心地问道:"昨天我来的时候见你不在,凌川说你生病请假了?"

"是的。"沈念敛眸,"前两天洗澡的时候热水没了,后边都是用凉水冲的,又吹了空调,就发烧了。"

"沈助理要照顾好自己。"

"谢谢梁小姐的关心。"

沈念上前两步,将文件放在陆凌川面前,道:"陆总,这几份文件都是需要您立刻签字的。"

陆凌川面无表情地看着她，一言不发。

沈念像是没发现一样，从桌子上拿了一支笔，打开盖子，然后递给他："陆总。"

陆凌川坐在沙发上，沈念弯着腰，两个人难得靠得那么近，也让沈念瞧见了他眼里的疲惫。才两天没见，他看起来憔悴多了。

怕被陆凌川发现，沈念只匆匆瞥了一眼，便收回视线。

陆凌川也没为难她，从她的手里接过笔，打开文件，在最后一页签了字。

梁璟禾正在和陆凌川谈工作，因为沈念进来才被打断。

和沈念打完招呼后，梁璟禾便继续和陆凌川说："天亚集团的技术是目前国内最成熟的，如果能和他们合作，咱们可以做得更好。"

陆凌川应了一声，这一点他也清楚。

"我让我的助理查过了，天亚集团的董事长是个酒蒙子，只要酒喝开心了，什么事都好谈。"

"我已经准备了两瓶不错的酒，定好了今天晚上八点，行吗？"

陆凌川："可以。"停顿了一下，他抬头，终于正视了沈念。眼神冷漠，带着一丝不近人情的寒意，"你也去。"

沈念被点了名，她的反应很快，抱着文件，微微低头："是，陆总。"然后退出了办公室。

梁璟禾正低头一边看资料一边和陆凌川说话，所以并没看到陆凌川的心不在焉。

陆凌川盯着门口的方向，看着她离开办公室，然后不见身影。他收回视线，眼底多了几分黯然。

…………

晚上七点五十分，陆凌川的车准时出现在酒店门口。

沈念先下车，跟着来的还有梁璟禾的助理。

梁璟禾的助理手上拿着酒，沈念抱着待会儿需要用的资料。

陆凌川和梁璟禾从后边下车，梁璟禾自然地挽住男人的胳膊，两个人一边往里走一边聊着工作。沈念和梁璟禾的助理跟在后面。

服务员帮他们推开包间门，程董已经来了。

双方见面自然少不了寒暄。

"陆总，梁小姐！好久不见。"

看着程董先和陆凌川握完手梁璟禾才伸手，微笑着开口："上一次见程叔叔的时候还是在一场拍卖会上，想来已经两年不见，程叔叔倒是越来越年轻了。"

梁璟禾处理人际关系的能力真的没得说，一句"程叔叔"直接拉近了他们和程董之间的距离，又适当地夸上一句，哄得对方开怀。这样就算谈不成合作，对方也会碍于情面给他们一些其他的好处。

果然，程董被梁璟禾哄得笑得合不拢嘴，低头，目光落在梁璟禾挽着陆凌川的右手上："你们这是……"

梁璟禾微微一笑，点了下头。

程董顿时什么都明白了，立刻夸赞着："还真是郎才女貌啊，结婚了可得给我送邀请函！"

"一定。"梁璟禾微笑着道，"到时候亲自给您送去。"

一见面就将气氛营造得非常不错，他们坐下，陆凌川的左边是程董，右边是梁璟禾，沈念没有坐在梁璟禾旁边，与她相隔了一个座位。

所有人都落座。

程董这才瞧见了沈念："这位就是沈助理吧。"

被点到名字的沈念站起身来，对着程董露出标准笑容，颔首："程董，您好！我是陆总的助理，沈念。"

程董"哈哈"笑了两声："早就听说了沈助理的大名，今日一见，果然又年轻又漂亮，最重要的是有能力！"谁不知道陆凌川有个十分衷忠心的助理，一直追随陆凌川，陪着他打江山。

"程董谬赞，我只是做了自己的分内工作。"沈念点了一下头，然后坐下。

梁璟禾适时插嘴："知道程叔叔喜欢喝酒，前几天我爸爸从国外回来，带了几瓶好酒，我挑了两瓶不错的送给程叔叔。"说完，她看了一眼助理，她的助理立刻明白，将放在脚边的袋子拎起来，然后朝程董走去，把两瓶酒从袋子里拿出来。

"哟！"看到酒，程董眼神立刻就变了，拿起其中一瓶酒来回打量着，忍不住夸赞，"果然是好酒！"喝了那么多年的酒，程董对酒熟悉到只需要看一眼就知道这牌子是好是坏。

"他们家的酒我在三年前喝过一次，后来想买，但他们的产量太少，一直订不到。"

梁璟禾笑着道："现在不就有了。"

"哈哈哈……"程董被哄得十分开心，夸着梁璟禾，"你这小丫头，还真会哄我高兴。"

梁璟禾的笑意更深："程叔叔开心就好。"

陆凌川的话很少，都是梁璟禾在活跃气氛。

程董让人拿了杯子过来，当场打开了梁璟禾送给他的酒，亲自帮她和陆凌川倒上，三个人碰杯。

现在是他们老总在说话，沈念这个助理自然不用起身赔笑。

开了静音的手机一直在震动，她垂着眸，偷偷拿出手机。是萧沐白给她发了消息，问她身体怎么样了。

挺好的。沈念回复。

那边很快发来新消息。

听说今天南街有美食街，要不要去逛逛？萧沐白发出邀请。

沈念敲打键盘：不用了，我在外面谈工作，还不知道什么时候结束。

和陆凌川？

沈念触碰屏幕的手停顿了一下，回复：嗯。

那边一分多钟都没回复，就在沈念以为他不会再发消息时，屏幕上又跳出新消息。

记得医生的嘱咐，不要喝酒，你现在属于过敏体质。

好。

"沈助理。"

沈念才发送完消息，就听见有人叫自己。他立刻将手机一关，塞在椅后，抬头便见程董在看着自己，还有……陆凌川。

沈念起身："程董。"

程董哈哈笑着："之前听人说沈助理千杯不倒，咱们难得一见，可得好好碰一碰。"说完就对自己的秘书使了个眼色，秘书立刻拿着酒瓶过来，将沈念面前的空杯子倒满酒。

沈念停顿了一下，随即谦虚地道："只是偶尔小酌一杯罢了。"她没有拿酒，只是端起果汁，"最近身体有些不舒服，还是以果汁代酒。"

"哎，难得和沈助理一起吃饭，只喝果汁有什么劲儿，还是喝酒好，喝酒痛快！沈助理身体不舒服那就少喝两杯。"程董以为沈念嘴里说的"身体不舒服"是亲戚来了。

沈念没有应。

现场的气氛陷入尴尬。程董原本脸上还带着笑容的，但沈念足足一分钟都没回应自己，他脸上的笑容有些挂不住了，扭头看向陆凌川。

"陆总，你家助理不给我面子啊。"

原本被梁璟禾营造得很好的气氛被沈念破坏。沈念垂着眼帘一言不发，等再次抬头，直接爽快地一饮而尽，气氛慢慢又回来了。

梁璟禾很有分寸，在适当时候提出合作，然后再稍稍说点好话，程董就十分爽快地同意了合作。

一顿饭吃完，陆凌川和梁璟禾先去送程董了，沈念和梁璟禾的助理没有跟上去。

沈念喝了几杯酒，脑子有些沉沉的，坐在那儿用一只手撑着头。过了一会儿，她缓过来些了，才起身要离开。

梁璟禾的助理帮梁璟禾拿包，抬头正好看见沈念站起来。

看到沈念的脸，梁璟禾的助理吓了一跳："沈助理，你的脸……"

沈念摸了一下自己的脸，只感觉有些烫烫的："嗯？"

"你的脸上……有好多小红点。"不光脸上，还有露出来的脖子上也布满小红点。

沈念蹙了下眉，现在没有镜子，她也看不见自己目前是什么模样，"我没事。"

留下这么一句，沈念离开包间。

她出包间往前走，在转角处遇到了陆凌川。

陆凌川正好回来，和她撞上。在看到沈念时，陆凌川瞳孔微缩，大步上前。

沈念的脑子昏昏沉沉的，也没有看前面，只是埋着头走，然后就撞上了陆凌川。她被撞得后退两步，抬头便瞧见陆凌川。

沈念晃了晃脑袋，让自己清醒一些："陆总。"没有掺杂任何感情的两个字，她点了一下头，然后就要离开。

陆凌川却突然抓住她的手。

沈念被拉住走不掉了，被迫停下脚步，用力收回自己的手，但陆凌川抓得很紧。

"你放手……"她连声音都有气无力的。

"你的脸怎么了？"陆凌川直勾勾地盯着她的脸。

"没事。"沈念不想多说。

眼角的余光又瞥到了什么，陆凌川低头看着沈念的手，手背上也有小红

第七章 向现实低头

205

点。男人的眼底闪过一抹慌乱,直接撸起她的袖子。

"你过敏了?"这副模样,明显就是过敏了。可他记得她之前并不过敏。

"嗯。"沈念趁着他错愕的工夫立即将自己的手抽回来,将袖子拉了下去,淡淡地回答道,"只是有点酒精过敏而已。"

怎么会酒精过敏,以前她……

"以前是以前,现在是现在。"沈念知道他怎么想的,所以回答道,"以前和现在不能比。"就像当初,她从没想过自己会和陆凌川走到如今的地步。

陆凌川盯着她抽回的手,声音低沉:"你知道自己过敏为什么还要喝酒?"

"因为我是公司的员工。"沈念道。对上他的目光,沈念认真地说:"只要我还在公司一天,自然要以公司的利益为重,这是我应尽的责任。"没有别的,只是这样而已。不是为了陆凌川,不是为了陆凌蕊。她只是,作为公司的员工,为自己所在的公司创造利益。仅此而已。

"凌川。"

陆凌川还要说什么,一个声音打断了他们。

梁璟禾走过来:"程董已经送走了,车停在酒店门口呢,咱们也走吧。"

才说完,她看到了旁边的沈念,诧异地道:"沈助理,你的脸?"

"没事。"沈念赶紧道,"有点过敏。"说完,她又继续道,"可能要去趟医院,我先走了。"

梁璟禾关心地道:"我们先送你去医院吧。"

"不用了。"沈念委婉地拒绝,"我先走了。"说完,对两个人低了低头,摇晃着离开。

陆凌川盯着她显得虚弱却又倔强的背影,垂在旁边的手松开又握紧,握紧了又松开。

"凌川,沈助理没事吧?"看沈念的模样,过敏真的挺严重的。

陆凌川收回目光,淡淡地说:"没事,走吧。"

梁璟禾还是很担心,但陆凌川要走,她抿了抿嘴唇,还是跟上了他的脚步。

两个人坐上了车,离开酒店。

坐在车上,陆凌川显得心不在焉,他将手肘撑在车门上,扭头看着外面。

梁璟禾也喝了很多酒,现在靠在座位上在闭目养神。

忽然,陆凌川看到了什么。虽然只是一闪而过,但陆凌川还是看到了走在人行道上的沈念。他立刻坐直身子,转头往后看。

车子开得太快了,加上现在天也黑了,很快便不见了沈念的身影。

陆凌川收回目光,拿出手机盯着屏幕,几秒钟之后抬起头来,对司机吩咐:"前面停车。"

闭目养神的梁璟禾闻言睁开眼睛,有些诧异地盯着陆凌川:"凌川,怎么了?"

"公司有点事。"陆凌川说,"我先去公司一趟。"

梁璟禾点点头,懂事地道:"那先让司机去一趟公司。"

"不用。"陆凌川拒绝。

司机把车停在了路边,陆凌川下了车。

"我自己打车去,让司机送你回家。"留下这句话,陆凌川关上车门。

梁璟禾愣愣地看着。不知道为什么,她总觉得陆凌川怪怪的,但又不清楚是哪里怪。揉了揉眉心,没有再多想:"师傅,开车吧。"

…………

沈念将脚下的高跟鞋脱掉,拎在手上,赤着脚向前走,走一步,晃一下。现在已经不早了,人行道上只有她自己。路灯照在她的身上。

陆凌川站离沈念三十米外的地方,默默地看着摇摇晃晃的她。她走一步,他也走一步,一前一后,始终保持着一段距离。

陆凌川是第一次站在后面那么认真地观察着沈念,看着她背对着他,一步一步地朝前走去,离他越来越远,越来越远……

走在前面的沈念忽然踉跄一下,就要摔倒,陆凌川的脸色突然一变,就要冲上前。可是才跑出两步,一个更快的身影出现了。

萧沐白发现沈念后,立刻把车停在路边,扯开安全带就下车,翻过跨栏及时扶住了沈念。

沈念抬头,看到是萧沐白,露出笑容:"你怎么来得这么快?"

萧沐白板着脸:"你叫我,我哪次拖延过?"看着她脸上的小红点,萧沐白觉得又生气又无奈,"我就知道!答应得再好也丝毫不影响你继续伤害自己。"

沈念讪讪地笑着:"没办法,对方是个酒鬼,不喝不高兴。"

"又不是只有你一个,凭什么只灌你?"

"大家都喝了。"沈念说完,又安抚他,"没事的,我只喝了两杯,不算多。"

萧沐白还想骂她,但看到她脸上的红点还是没忍心:"有没有觉得身体不舒服？"

沈念摇摇头："就是觉得痒。"

"我带你去医院。"

"嗯。"

萧沐白低头见她赤脚踩在水泥地上，想都没想就要公主抱，却被沈念拒绝。

"不用。"即便她和陆凌川没可能了，沈念也不想欠萧沐白太多。因为她知道，自己给不了萧沐白想要的东西，所以能少欠些就少欠些吧。

萧沐白一向不喜欢逼迫她，沈念不愿意，他便也不勉强。萧沐白想都没想便将自己的鞋脱下来，只穿着袜子踩在水泥地上："穿上鞋。"

"不……"沈念还要拒绝，萧沐白威胁道："要么我抱你，要么自己走。"说完非常自然地从她手里抢过高跟鞋。

沈念盯着地上的鞋，抬头对着萧沐白露出一个大大的笑，"谢谢你。"

萧沐白看着她把鞋穿上，然后扶着她跨过栏杆，自然地开口："在我面前，你永远不用说这两个字。"说着，打开副驾驶的门，让她上去。

关上门后，绕到驾驶座，开车离开。

不远处的陆凌川就这么沉默地看完。

萧沐白所有的注意力都在沈念身上，所以没有发现陆凌川就在不远处。

陆凌川看着两个人的相处，那么的般配。他独自一人站在人行道上，沉默地站在那里，站了很久很久。

…………

黎明诗的第二次化疗已经结束了。她的头发掉了很多，天气还没冷就已经戴上了帽子。

化疗的过程都是难熬的，和前段时间比，她显得又憔悴了很多。但好在，检查结果越来越好。梁璟禾和陆凌川一起去医院看黎明诗时，黎明诗正坐在阳台上画画。从住院开始，黎明诗捡起了自己丢下了多年的画技，似乎慢慢放下了女儿的死，一点点恢复以前的生活。

陆延华坐在那里，满眼柔情地看着画画的妻子。

"阿姨。"梁璟禾拎着礼物走进来。

黎明诗扭头，对她笑着道："璟禾来了。"

"嗯。"梁璟禾点头，关心地问道，"阿姨，您的身体好些了吗？"

黎明诗放下手上的画笔，无奈地笑着："也就那样，倒是越来越丑了。"说完，她下意识地摸了一下自己头上的帽子，眼底闪过黯然。不管男女，对自己的模样总归是有些在意的，黎明诗有些难以接受这么丑陋的自己。

"所以我来给阿姨送漂亮了。"感觉到了黎明诗的情绪低落，梁璟禾笑着说，说完还举了举自己手上的袋子。

"我有一个朋友开了一家假发店，他卖的假发和真的一模一样，所以我拜托他为我选了几顶。"梁璟禾一边说一边将包装精致的假发拿出来，都是很适合黎明诗的。

"阿姨。"梁璟禾看着她。

"你……"盯着假发，黎明诗有些错愕。能在这个时候送来这个，算是细心了。

"你这孩子，不用这么心细的。"

梁璟禾眨了眨眼睛："阿姨，我可不是为了推销我朋友的产品故意夸大宣传，没收广告费，清清白白的。"

"你这孩子。"黎明诗嗔了她一句，"胡说，明明瞧着那么乖的一个丫头，净说些大大咧咧的胡话。"说完，她停顿了一下，后知后觉地反应过来什么。

梁璟禾并不知道黎明诗想到了什么，见她被自己逗开心了，立刻笑着道："您开心就好。"

黎明诗笑了笑，抬头看着站在她身后的陆凌川："你们俩竟然一起来的，倒是稀奇。"

听到这话，梁璟禾立刻露出一个大大的笑容，往后退了两步，然后挽上陆凌川的胳膊，向黎明诗宣布着好消息："阿姨，我们在一起了。"

闻言，黎明诗的表情一僵，陆延华也看了一眼陆凌川。

陆凌川站在那儿，自始至终都一言不发。

没有惊喜的表情，反而一直沉默着。

就要气氛即将变得尴尬时，黎明诗点了点头，唇角扯出一抹笑容来："挺好的。"

…………

第八章
百日之约

陪着黎明诗待了一会儿，又一起吃了顿饭，陆凌川和梁璟禾才离开。

两个人坐电梯到了地下车库，找到了他们停的车。

梁璟禾拉开副驾驶的门坐进去，关上车门后才问陆凌川："阿姨是不喜欢我吗？她知道咱们在一起后好像并不开心。"

梁璟禾也不是傻子，刚才气氛中那种微妙的感觉她感觉到了。说完，她扭头就拉安全带。

陆凌川坐在位置上，垂眸看着方向盘，沉默了几秒钟，才缓缓开口。

"我爱了一个女孩。"他说的是爱了，而不是爱过。

梁璟禾抓着安全带的手一僵，她缓缓地扭头，盯着男人。

不知道过了多久，梁璟禾才开口："那现在是放下了吗？"虽然心里有些难受，却并不意外。陆凌川是个很优秀的人，在知道他迄今还是一人时梁璟禾就想到过，他心里有人。

"没有。"他说，"从来没有放下过。"

梁璟禾的脸色变得苍白，抓着安全带的手越来越紧，艰难地找回自己的声音，"所以，你特意和我说这个是想做什么？"

"她说过……"陆凌川喃喃着。

"什么？"梁璟禾没听清。

陆凌川扭头，盯着梁璟禾的脸，缓缓地开口："你是一个好人，你也知道我并不喜欢你。"

梁璟禾垂下眸子，没有说话。她是喜欢陆凌川，但并不代表她是傻子。喜欢还是不喜欢，能从细节看出来的。陆凌川是接受了她的告白，但他从没高兴过。这一点梁璟禾在准备表白的时候就想过了。既然她决定主动表白，就已经做好了付出更多的准备。

"我不想辜负她，也不想欺骗你，更不想骗自己。"陆凌川说。

"你那么爱她，为什么没有在一起？"梁璟禾问出关键的一点。

陆凌川的神色一僵，低头盯着自己的手，过了许久才开口，声音沙哑，"以前是我不敢要她，现在是她不想要我。"握着方向盘的手紧了些，心底的那个决定也坚定了些，"我们认识了多少年，便纠缠了多少年，即便要分开，也希望我和她之间能有句号。"

陆凌川又抬头看向梁璟禾："所以很抱歉，我要去处理我的过去。如果……"他停顿了一下，眼底闪过黯然，声音也低了很多，"如果我们真的有缘无分……到时候若你还需要我，我可以在心里没有她的前提下，试着和你交往。"

他知道梁璟禾是个不错的姑娘，但他只能承诺这些。

梁璟禾自嘲地笑了笑，陆凌川太诚实了，诚实到她不知道该说些什么了。都说男人若真想骗自己的另一半，是绝对不会让对方发现的。她应该庆幸，陆凌川没有在和她在一起的时候还对她隐瞒，和心里的那个人纠缠不清，让她分不清到底自己是小三还是那个女孩是小三。

"陆凌川，如果你没对我说这些多好。"梁璟禾喃喃着，对上陆凌川的眼睛，她红了眼眶，"如果是被我自己发现的，我就能在你的脸上泼一杯水，大骂一句渣男，然后毫不犹豫地转身，再也不会惦记你。"偏偏就那么诚实。那么诚实做什么啊……

一时间，两个人谁都没有说话。

"你说得对。"还是梁璟禾打破了沉默，她点点头，"不管是好是坏，的确应该有个结果，是对你、对她、对我的负责。"

梁璟禾红着眼睛笑着，她原本是想哭的，毕竟她这样，算是失恋了呢。可是她哭不出来，就是想笑。她扭头看向陆凌川："我想知道那个女生是个什么样的人，能让你爱了她这么多年。"

陆凌川最青涩美好的时光，都给了那个女生。她很想知道，到底是个什么样的女生。什么样的女生啊……

听见这个问题，陆凌川自己都恍惚了，脑海中不自觉地浮现出沈念的脸，各种模样的沈念。她害羞时脸红的模样。她勾唇微笑时的模样，还有和他吵架时倔强的模样，和他冷战时冷淡的模样……太多太多了。

"她是个温柔的人。"陆凌川最终选择用这两个字形容。

梁璟禾愣了一下，随后轻轻地点头："难怪。"应该是个特别温柔的人吧，否则怎么会让陆凌川念念不忘那么多年。

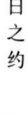

她抓着自己的包，纠结再三还是开口。

"陆凌川。"她一字一字地叫着他的名字。

陆凌川看她。

梁璟禾深吸一口气，对上他的眸子，认真地说："如果你们两个最后走到一起了，可以给我寄一份请柬吗？"停顿了一下，她说，"我希望是你们亲自写的。"她又继续说，"如果……你们没有走到一起，可以认真考虑一下我吗？到时候，请在心里没有她的前提下，和我交往一次。"她问他，"可以吗？"

陆凌川盯着她，就在梁璟禾以为他会拒绝时，陆凌川点头："好。"

梁璟禾立刻露出微笑："你答应了，我听见了。"

"嗯。"

"既然话都已经说开了。"梁璟禾露出松了一口气的模样，抬手看了一眼时间，"时候不早了，我下午还有个会，要先走了。"说完，她打开车门就要下去。

"我送你。"陆凌川说。

梁璟禾只是停顿了一下，还是下了车。她抓着车门，盯着驾驶座的陆凌川："不用了，门口有很多出租车，我打车很方便。"说完，她低头看着自己刚才坐过的副驾驶，开口道，"这个位置暂时属于另一个女生，我坐不合适。"然后，她故意露出一个轻松的笑容，"走了，你路上小心。"然后把车门关上，扭头离开。

…………

沈念洗完澡坐在沙发上，倒了一杯水放在旁边。

今天出门的时候忘记烧水了，恒温壶里没有温水，只能先烧开等水凉。

趁着这个工夫，她拿起药膏涂抹。她已经坚持涂了两天了，目前脸上的小红点已经褪去了，只是手肘上还有一点点。

沈念刚拧开药膏的盖子，门口传来声音，是电子门锁解锁的声音。

听见那声熟悉的"已开锁"，沈念的心里"咯噔"一下，手下意识地用了力，好在及时反应过来立刻松了手，不然药管里的膏药就被她挤多了。

抬头的时候，陆凌川站在门口。

两个人一站一坐，就这么看着对方。

不知道过了多久，沈念才找回自己的声音："你怎么来了？"她一开口，声音带着些沙哑。问完，她又默默地低下头，从旁边抽了一张纸巾擦掉刚才因为失态挤在手上的药膏。

陆凌川沉沉盯着她："我来看看你。"

沈念擦手的动作一顿。

陆凌川走过来，在她面前停下，然后单膝跪地，非常自然地从她手上拿过药膏，拉着她一只手，看着上面已经浅了很多的小红点。

挤了一点药膏在自己的指腹，细心地在手臂上擦拭着。

"什么时候酒精过敏的？"他都不知道。

"下次别喝酒了。"

沈念用一副见鬼的眼神盯着陆凌川头顶的黑发。打了一个激灵，猛地抽回手臂，用一种匪夷所思的语气问他，"你知道你在做什么吗？"

陆凌川抬头，就这么看着她。

沈念的嗓子有些干涩，转过头淡淡地说："你现在是梁璟禾的男朋友，虽然咱们之前是有些牵扯，但在梁璟禾出现的那一刻，咱们也该保持距离。"停顿了两秒钟，她才继续道，"我不想伤害无辜的人。"她这辈子伤害的人太多了。

陆凌川还保持着单膝跪地的姿势，只比坐在沙发上的沈念矮一些，漆黑的眸中看不清情绪。他盯着她看了一会儿，才问："你就这么希望我和她在一起吗？"

沈念的睫毛轻轻颤抖了一下，"起码她比我适合你。"这是事实。

"适不适合只有我最清楚。"陆凌川说，然后问她，"我不喜欢她，所以即便她的条件再好，也不是我喜欢的。"

沈念抬头，对上他的视线，微微一笑："你这个言论只适合谈恋爱，结婚还是要找适合自己的，爱不爱其实一点也不重要。"

"或许吧。"陆凌川点头，露出自嘲的笑容，"梁璟禾是适合我的人，但我爱的人是谁，你知道吗？"

沈念的睫毛颤抖得更加厉害，她又一次低头避开他的目光，"我不知道。"她在避开这个话题，说完就要起身。

陆凌川似乎早就知道她想逃的心思，按住她，不让她走："是你。"他说，"我喜欢的是你。"一直都是。

即便知道答案，可在听见他这么说的时候，心脏还是控制不住地加速跳动。她有些错愕地盯着陆凌川，不明白……他为什么会这么说。

"沈念，我们认识那么多年，却一直在互相伤害，其实最美好最难忘

第八章 百日之约

的……也就只有那一年而已。"陆凌川自嘲地道。

一年,太短了,他们之间最美好的回忆,真的是太短了。

听见陆凌川的话,沈念也有些感慨。是啊!只有那一年。可即便很短暂,也还是她短暂的人生中,此生不可再得的温暖了。

"咱们纠缠了那么多年还没有放过对方,是不是证明……咱们还是有些缘分的?"他握着她的手紧了些,"我知道你也从未放弃过对凌蕊的执念,现在事情正在解决。等解决了之后,咱们重新开始好不好?"他的语气越来越卑微。之前没有萧沐白,没有梁璟禾,即便两个人再互相伤害,伤害过后对方依旧在。如今两个人身边都有了其他人,他们之间的距离也越来越远……

沈念张了张口,想说什么,却失了声,过了好一会儿,她才磕磕巴巴地开口,"你已经有梁璟禾了。"

"没有。"陆凌川说,"我和她说清楚了,我不喜欢她,我们已经分开了。"

沈念敛眸盯着他握着自己的手,最终还是默默地将他推开。这是无声的拒绝。

陆凌川本来带着希冀的眼眸顿时黯然失色,他露出一个悲凉的笑容。

他问她:"是因为萧沐白吗?"是因为……接受了萧沐白吗?

"和任何人都没有关系。"沈念的薄唇微微颤抖。是她……自己的选择。情绪隐隐有些失控,她扭头看着旁边的热水和放在茶几上的药片。疼痛已经越来越清晰,已经痛得让她难以承受,只能靠吃药来止疼。她伸手拿过,用热水送下去。

陆凌川亲眼看着沈念吃药。蹙着眉,就这么看着她。

察觉到了他的目光,沈念又喝了一口热水,才淡淡地解释:"医生说我过敏挺严重的,除了涂抹药膏,还要吃抗过敏的药。"

陆凌川看着她,她用十分冷静的眼神回看他。

沈念太淡定了,淡定得连她自己都以为自己说的是真话。

陆凌川此刻大脑里一团乱麻,只想着沈念的拒绝,加上沈念毫不心虚的模样,他没有过于纠结这个问题。他的声音十分沙哑,突然说:"今天是九月二十二日。"

沈念愣了一下,随即点头:"是。"

时间过得太快,马上就要十月份了。这一年,又要过去了。

陆凌川盯着她,说:"距离明年,还有一百天。"

沈念没有说话,默默地听他继续说。

"我想和你来一次对赌。用咱们曾经相爱的那一年为对赌的资本。"陆凌川补充道。

沈念抿了抿嘴唇:"你继续。"

陆凌川看着她:"从明天开始,到十二月三十一日为结束,一共一百天。这一百天里,双方不顾及任何人任何事,和六年前一样交往。一百天结束之后,如果你选择和我在一起,咱们结婚。"

十二月三十一日是这一年的最后一天,之后便是一月一日,新一年的开始。只要沈念还要他,他们就放弃曾经,重新开始。

沈念没有立刻答应,而是又问他:"如果我选择结束呢?"

"你就这么盼着和我结束吗?"陆凌川反问她,眼底闪过一抹自嘲。

沈念默默地咬住了嘴唇:"既然是选择题,自然会有至少两个选择。"

陆凌川盯着她,那双漆黑的眼眸好似没有边界的黑夜,看不到星星点点,黯淡无光。过了许久,他才继续开口,声音比之前沙哑多了:"如果你选择和我结束……"眼底划过一抹黯然,最终还是选择了认命,他继续说,"我会尊重你的选择,协议结束后,我就放过你了,放你去迎接新生。"

陆凌川盯着她,问:"所以,赌吗?这是你唯一离开我的机会。你知道的,我从未放下过你,如果你选择不和我对赌,我也不会放你离开。"

虽然两个人纠缠多年,但到底相爱了那么多年,陆凌川就用他们最相爱的那一年为资本,和沈念来一场对赌。

如果他们还爱对方,那就放下一切,重新开始。

如果……最终选择分开,这最后的一百天,也算是给予对方一些美好回忆了。

长达六年的感情或许并不完美,但也要画上句号,然后……

不得不承认,陆凌川天生是做商人的料,他太知道合作方想什么了,所以抛出来的诱惑让人根本难以拒绝。

最后一百天,放下所有心结,像曾经最相爱的时候那样,再爱一百天。

"好。"沈念点头,"我答应你。"

"但我有一个要求。"沈念说。

陆凌川点头:"可以。"

"你给我选择的机会,那我就给你后悔的机会。这一百天时间里,只要你想结束了,随时随地,我都尊重你的选择,可以吗?"沈念道。

陆凌川沉默了两秒钟,点头:"可以。"答应完,他又拿起放在旁边的药

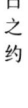

膏要帮她抹药,沈念要收手,陆凌川的态度有些强硬,"要涂药。"不给她拒绝的机会,"对赌协议现在开始,所以咱们恢复曾经的男女朋友关系。"

此话一出,刚才还有些凝重的气氛得到了些许缓和,沈念的眼底带过一丝浅浅的笑意。

"别想对我进行洗脑,你说的是从明天开始,今天不算。"她说。

"是吗?"

"是。"

"那不好意思,我是商人,不为自己谋利不是我的风格。"陆凌川道,停顿了一下,他继续说,"最后这几个小时算你赠送给我的。"清了清嗓子,补充道,"试用期。"

沈念哭笑不得地道:"只有会员有试用期。"哪有这个有试用期的。

"对啊。"陆凌川一本正经地说,"我充个会员都能给我几天免费试用,你凭什么不给我?"

商人果然还是商人,明明是那么奇怪的逻辑,却听着挺有道理的。不过也就几个小时了,送就送了。

沈念没再挣扎,任由陆凌川帮忙擦药。擦完药,沈念起身:"我去给你放水,你洗澡吧。"

"嗯。"

"你那套黑色的睡衣前几天帮你洗干净放在衣柜里了,穿那套?"沈念一边走一边说话。

"嗯。"

感觉声音离自己越来越远,他没有跟上来。沈念扭头,就见陆凌川还保持着单膝跪地的姿势,可沙发上已经没有她了,他单膝跪地,看着……沙发?

沈念被他的样子逗得哭笑不得:"你在做什么?"

陆凌川的身子僵硬:"我在思考问题。"

沈念:"思考什么?"

陆凌川一本正经地道:"如何缓解因腿部血液循环受阻,细胞供氧不足带来的困扰。"

沈念非常认真地将他说的每一个字都揣摩了一下,揣摩明白后扯了扯唇:"所以你是腿麻了,对吗?"腿麻就腿麻,还说得那么专业。

"是。"男人承认得十分迅速。从刚才进来到现在,他一直都是单膝跪地的姿势,怎么可能不腿麻?

听他语气里的理直气壮，沈念头一次觉得陆凌川可爱。对，是可爱。她试探着问了一句："要我扶你吗？"

陆凌川："还不快来？"

几句对话，让他们之间的气氛轻松了不少。

沈念转回来，扶陆凌川起来。

陆凌川的腿的确麻了，被沈念扶着，他慢慢站起来，准备坐在沙发上缓一下。

将他扶到沙发上后，沈念说："那我先去给你放水。"说完扭头就要走。因为没注意自己站的位置，她的右腿贴着茶几呢，所以往右边一转，小腿直接撞到了茶几。茶几被往后推了一点，沈念也后退两步，好巧不巧地踩到了陆凌川的鞋，然后跌坐在陆凌川的身上，稳稳当当地坐在了他发麻的那只腿上。

陆凌川见沈念往后退，立刻伸手要扶她，沈念跌坐在他腿上，他的手也碰到了沈念的后腰。

然后，整个世界都安静了。

…………

一顿鸡飞狗跳但也算得上是难得的温馨。

陆凌川去浴室洗澡，沈念靠坐在床上。想到什么，她弯腰，打开床头柜下面的那个抽屉。

这些年，虽然两个人经常因为一些小事吵架，但陆凌川有一个优点就是从不胡乱翻找她的东西。

沈念这一头的床头柜是她用来放一些平时晚上需要用的东西，陆凌川知道，所以不会把自己的东西放在沈念的地盘上。

打开下面的抽屉，里面显得有点乱，全是药盒和药罐，多得差点卡住抽屉。

沈念摸索着，终于摸到了钥匙。将抽屉合上，锁好，然后打开上边的抽屉，把钥匙丢了进去。

陆凌川出来的时候沈念正在刷手机。他用毛巾擦着短发，身上穿着那身黑色睡衣，睡衣上有浅浅的花香味，和沈念身上的味道一模一样。

现在九月份了，白天还是热的，但是晚上又有凉风。

陆凌川掀开薄被上了床，眼角的余光瞥到正在翻照片的沈念。

"在看什么？"陆凌川问。

"随便看看。"沈念一边翻照片一边回答陆凌川,"马上要到十一长假了,看到很多博主开始安利旅游攻略,已经刷了好多个了。"说完,她将手机屏幕给陆凌川看,都是国内非常漂亮的大好河山和秀美风景。

陆凌川一眼看出了她眼底的心动:"想出去旅游?"

旅游……听到这两个字,沈念出了神。好像……从来没旅游过呢。回过神后她却摇了摇头:"还是算了吧。"

沈念又翻到下一条,是七天小假期出游一些不会被挤爆的小众旅游区的推荐。

"公司最近挺忙的,哪有时间旅游?"她胡乱找了一条理由。

陆凌川盯着她,目光沉沉的:"只要你想去,我就带你去。"他说这话的时候完全没有开玩笑的成分。

他们似乎又回到了曾经,只要是她喜欢的东西,陆凌川能给予的一定会给予,即便目前没有能力给她,也一定会尽可能给她最好的。现在也是,只要她想出去旅游,他会放下所有,陪她。

沈念已经很久没有看到这样的眼神了,一如回到了从前,她竟然恍惚了一下。恍惚过后,她摇了摇头,还是拒绝,"真不用。"

指着手机上的内容,沈念说:"人太多了,说是出去玩,结果什么都看不到,只能看到一堆人头,一点意思都没有。而且你知道的,我不喜欢在人多的地方待着。"

这点沈念倒没撒谎,节假日确实出行的人多。

"嗯。"陆凌川认真思考片刻,应了一声,算是尊重沈念的想法,却还是将这件事放在了心里。

明年之前,他势必会将凌蕊的事情解决完,到时候,他带着沈念,将国内所有著名的旅游胜地都走一次,特别是沿海的城市。她很喜欢大海,她说过。

陆凌川放在床头柜上的手机响了,沈念有些困了,打了个哈欠。看她困了,陆凌川起身离开了卧室,不吵她。

讲了一个多小时,挂了电话后,陆凌川将手机调成静音,这才推门进来。房间里的大灯被沈念关了,只在床头开了一盏小灯,她窝在被子里,已经睡得很香了。微亮的暖光打在她的侧颜,照亮了她熟睡的脸。这一刻的沈念像是睡美人。

看她睡得那么香,陆凌川走路的动作也不自觉地轻了很多。走到床边,将手机放在床头柜上,然后缓缓坐下,小心翼翼地掀开被子躺好。

他一只手撑着脑袋，认真、仔细地打量着沈念的熟颜。明明只是睡个觉，陆凌川像是看不够一样，忍不住想多看一眼，再多看一眼。
…………

这段时间发生了太多事，沈念已经很久没有睡得那么安稳了，一觉竟睡到了大天亮。睁开眼睛时，便看到陆凌川的脸。他的侧脸特别好看，深色的眉，长长的睫毛，从侧面看更能瞧出他高挺的鼻梁，薄唇轻抿，带着一丝性感。他睡觉的时候完全没有工作时运筹帷幄的王者气息，倒平添了一些温柔。一如回到……曾经。

一觉醒来，好像真的回到了从前，他们最相爱的那一年。她美好的梦，开始了。

沈念看他看得失了神，连陆凌川什么时候醒了都没发现。

男人睁开眼就见沈念正盯着他发呆呢，因为刚醒，头发有点乱乱的，加上她呆滞的眼神，倒真多了些软萌的感觉。

陆凌川的唇角不自觉地勾起一抹笑意。他抬头，吻上她的唇。

"呜……"直到沈念被他亲得喘不过来气了，才推推他。

陆凌川松开她，性感的薄唇缓缓移向她小巧的耳垂，轻吐了一口热气。

沈念被这股热气吹得猛地打个激灵。

看着她的小动作，陆凌川的眼底漾出一抹笑容："早安，女朋友。"因为才醒，他的声音带着一点沙哑的感觉，是那种不刻意的磁性，格外的勾人。

因为两个人都要上班，不可能一整天都在家里，只逗沈念一会儿两个人就都起床了。

沈念去洗漱，陆凌川十分自觉地去做两个人的早餐。

以前的陆凌川就是十指不沾阳春水的少爷，因为家里有做菜的阿姨，所以也不需要他动手。是后来他和沈念在一起后，有一次陆凌蕊开玩笑的时候说了一句："念念只会煮面条，我哥连面条都不会煮，你们两个生活白痴在一起完了，以后只能吃白面条了。"陆凌蕊捂着嘴偷笑。

"我们可以天天点外卖。"沈念不服气地回答。

"很多外卖都是不健康的，没听过用地沟油炒菜吗？"外卖上出的事可不少。

就因为这几句非常简单的对话，陆凌川就听进了心里，之后每天徐阿姨做饭的时候陆凌川都会十分自觉地跑进厨房，在后面看徐阿姨怎么做菜，然后请教她怎么放调料，每个调料的作用是什么，应该放多少等。

从一个什么都不会做的大少爷慢慢地学会了炒鸡蛋，学会了炒蔬菜，之后还会一些复杂的菜系……是因为沈念，陆凌川才学了做菜。

沈念出来的时候陆凌川正好将做好的早餐端到桌子上。

"吃早餐。"看到沈念出来了，陆凌川说了一句。

"哦。"答应了一声，沈念走过来拉开椅子坐下，陆凌川摸了一下牛奶杯，确定温度刚好才推给她。

陆凌川做的早餐偏西式，用餐刀将三明治切开，然后递给她。

沈念接过来默默地咬了一口，然后又喝了一口牛奶。

有的时候不需要刻意制造温馨，只是坐在一起吃顿饭，都是能感觉到幸福的。起码对于沈念来说，是的。

吃完饭后，陆凌川去换衣服，沈念的速度要快一些。

她正在整理裙摆，陆凌川推开门出来，衣服穿得差不多了，只是衬衫最上面的两颗扣子还没扣上，手臂上搭着西装，手里拿着领带。

沈念自觉地上前，从他的手里拿过领带，不用多说，陆凌川便低下头。沈念十分熟练地帮他打着领带，今天不用见其他合作商，一天都在公司里，只有两场不是特别重要的会议。所以沈念给陆凌川打了个简单的领带结，不会给人一种复杂、严肃的感觉。

打完领带后，又拿起领带夹夹上，这才拿起西装帮他穿上。

陆凌川一言不发，安静地看着她忙碌。

他们像是众多夫妻中最普通的一对。他早起为她制作早餐，她为他系领带，为他穿好西装。

换好衣服后，两个人一起出门上班，走的时候还带上了家里的垃圾。

陆凌川左手拎着垃圾袋，右手握住沈念的手。

感觉到包裹住自己手的温度，沈念抬头，就看到陆凌川十分坦然自若的神色。

"走吧，快要迟到了。"他说。

沈念抿了抿唇，没说什么，跟着他一起进了电梯。

按了地下一层，两个人并肩站在电梯里。

"叮咚——"到了地下一层，电梯门打开，两个人出来，陆凌川将垃圾丢进电梯门口的垃圾箱里，然后拉着沈念去找他们的车。

从刚才到现在，气氛一直都是轻松的。

陆凌川亲自开车带着沈念去上班。他们之间最好的一点就是根本不需要刻意避讳公司的人。因为众人皆知沈念是陆凌川最信任的助理，也是随叫随到的助理，所以两个人坐一辆车，两个人同时上班，对大家来说都是再平常不过的。

一起从公司电梯里出来，陆凌川大步上前，沈念紧跟其后。

"陆总，半个小时后在B21开会。"沈念提醒了一句，又恢复了工作时的刻板认真。

"嗯。"陆凌川不紧不慢地应了一声，然后进了办公室，沈念则坐在自己的工位上。

半个小时后，所有人都提前到了会议室，沈念和陆凌川最后两个到的。两人虽然不用为了回避大家刻意保持距离，但也不会显得特别暧昧，在公司里就是老板和助理的关系。

从陆凌川落座，会议正式开始，有人起身讲解自己的PPT。

沈念正在认真听，感觉到手机震动了一下。

抬头瞥了一眼，见大家都忙着记录，没人注意到自己，她默默地拿出了手机，解锁。是陆凌川发来的微信消息。

无聊。就两个字。

沈念这次抬头直看向陆凌川，就见陆凌川坐得笔直，手上拿着手机。是的，不是偷偷发信息，而是正大光明地开小差。

察觉到了沈念的目光，陆凌川抬头对上她的眼睛，还一脸理直气壮的表情。

沈念觉得无语，又默默地低下了头，回复道，*无聊就数猪。*

然后关掉手机继续记录。不到三十秒钟，手机再次震动，陆凌川给她回复了信息。

你只有一个，怎么数都变不了，数得我更无聊了。

沈念握着手机的手紧了些，咬紧牙关。

很好，还真有以前陆凌川的样子了。以前的陆凌川就是这样，在很多细节上细心备至，但无聊的时候便会想方设法地逗她。

沈念干脆把手机一关，懒得回复他，就听手机一直在震动。

"陆总。"

正在讲解PPT的员工见陆凌川一直在拿手机发消息，艰难地吞咽了一下口水，忐忑不安地问："陆总，请问是我说错什么了吗？"陆总怎么一直

第八章 百日之约

在发消息?

"没有。"陆凌川还在盯着手机,手上的动作不停,"在听呢。你说你的,我发我的,继续。"说完又成功发送了一条消息,沈念的手机紧跟着震动了一下。

今天的陆总是……怎么了?

陆凌川发送完短信后还没听见说话的声音,抬头看着那个员工,又一次说:"继续啊。"

虽然不知道发生了什么,但那个员工还是擦了擦额头上的冷汗,继续刚才的讲述。

摸鱼还摸得理所应当,恐怕只有陆凌川了吧。没办法,人家是老总,有在自己公司光明正大地摸鱼的资本。

手机一直在震动,生怕被人发现陆凌川是在给自己发消息,沈念又一次默默地拿出手机,就看到陆凌川长达三十条的消息轰炸。前面都是一些没有营养的信息,沈念瞥了一眼就直接略过了。倒是最后几条有些意思。陆凌川给她发了一条网址。

选!他说。

沈念敲打屏幕:什么?

陆凌川的回复很快:选!

还是那个字。

选?选什么?

带着疑问,沈念点开那条网址。

标题是"情侣之间可以做什么事情增进感情?"

新鲜感是和一个对的人做很多新的事情,而不是和不一样的人做很多次同一件事情。我们来做一百件事情吧……去做吧……相爱的两个人,我不允许你们无聊。

1. 互相写信给彼此。

2. 一起唱首歌并录下来。

3. 一起穿情侣装逛街。

4. 一起去游乐园嗨一天。

5. 一起去鬼屋。

6. 教我一个你的特长。

7. 陪对方过生日。

8. 一起去露营。

9. 一起 diy 蛋糕。

10. 一起做陶艺。

11. 一起做手模。

12. 一起去我们的小学、初中、高中、大学。

13. 闭着眼让对方牵着过马路。

…………

是情侣必做的一百件小事,有人说将这一百件小事做完之后,就可以结婚,一起白头偕老了。

沈念无声地念着一条又一条,唇角勾起浅浅的弧度。都是些再平常不过的小事,但若是和喜欢的人一起做,都是足够温馨的回忆。

她正在看,陆凌川的消息又发了过来:选好了吗?

沈念仔细思考了片刻,回复:太多了,挑花了眼。

真的太多了,足足有一百件呢。她的消息才发出去,那边立刻回复:不用挑了。

沈念不知道他要做什么,紧接着男人的下一条消息发过来了。

全做!短短的两个字,带着男人不可一世的霸道。他们之间还有一百天,正好一边件事,每天做一件事,让这一百天更有纪念意义。

沈念往下翻了翻,虽然有些不忍心,可还是不得不打断陆凌川的美好想法。

很多事情可以一天完成的,不需要掰几天做。

比如这一条"一起去游乐园嗨一天"和这两条"一起去坐过山车""一起坐摩天轮,在最高处拥吻"完全可以同一天完成。

还有那个"陪对方过生日",他们的生日都不在这一百天里,不出意外的话,这条是完成不了了。

那边的陆凌川果然沉默了,就在沈念以为他已经放弃时,陆凌川又发来一条网址,点开,竟然还有附加条。

101. 制定一个只有你们俩才懂得手势暗语。

102. 在海边露营一晚。

103. 在春天去草坪上晒太阳,吃饱后躺在对方腿上睡个午觉。

104. 一起创作一个作品。

…………

好吧,她看出来了,陆凌川真的很执着要完成这一百件小事。也好,有了这个,这一百天她也知道怎么过了。

会议还在继续,沈念低头偷偷将要做的一百件小事看一遍。前面还好,都是一些简单的但很温馨的事情,可看到后面……

95. 带上你我的家人去聚会、旅游。

96. 来一场难忘的求婚。

97. 拍属于我们自己的婚纱照。

98. 设计一场梦中的婚礼。

99. 拥有一个爱的结晶,给予宝贝最好的爱。

100. 就这样,余生漫漫,执子之手,与子偕老。

虽然只是文字,看得沈念却心里一热。她妄图得到,却此生得不到的,就是这些吧。

会议在陆凌川光明正大地摸大鱼和沈念偷偷摸摸地摸小鱼中终于结束。

刚才讲解 PPT 的员工发言结束后小心翼翼地打量着陆凌川,等他指出不足之处,陆凌川还在心无旁骛地玩着手机。直到安静了长达一分多钟,他才不紧不慢抬起头来:"讲完了?"

陆凌川仍旧没有摸鱼的窘迫:"讲得不错,散会。"然后站起身来,瞥了一眼旁边的沈念,"沈念,把你的笔记整理好送到我办公桌上。"说完,大步离开。

沈念起身低头:"是,陆总。"

陆凌川走了,大家终于松了一口气,都没急着离开会议室,而是三个两个的靠在一起窃窃私语。

"陆总这是怎么了?"

"不知道,反正和以前很不一样,说是开心嘛……还是板着一张脸,要说不开心嘛……又总觉得陆总今天的心情特好。"

沈念没和他们一起交谈,整理好自己的东西起身离开,蒋玲玲赶紧跟上来。

"念姐,你是陆总的助理,陆总有什么事你最清楚了。你快和我说说,是不是陆总碰到什么高兴事了?"

沈念的手里抱着笔记和电脑:"我怎么不知道陆总很高兴?"

"虽然脸上没有怎么表达，但他浑身散发的气息在告诉我们：他今天心情特好。"蒋玲玲还在据理力争，"念姐难道你没发现吗？"

沈念故作听不懂："发现什么？"

"陆总对你说话都温和了好多。"蒋玲玲说，"以前陆总吩咐你做事的时候都是冷冰冰的。"

沈念反问："今天不也是冷冰冰的？"刚才陆凌川吩咐她的时候可没带什么私人感情。

"唔……"被沈念这么一迷惑，蒋玲玲开始怀疑起自己来。对哦，陆总吩咐念姐的时候还是显得十分冷淡，和以前没有任何分别。可……可她就是觉得怪怪的，虽然今天和以前一样冷冰冰的，就是感觉……要温暖一些。蒋玲玲被沈念忽悠得脑子里一团乱，不知道该怎么形容那种感觉，她急得抓了抓头发。

看她迷糊的那样儿，沈念忍俊不禁，勾了下唇，脚步加快，离开。

看着沈念离开的背影，蒋玲玲有点蒙。不光陆总怪怪的，她怎么觉得念姐今天的心情也特别好啊。

…………

今天心情不错，连工作都觉得比之前轻松了很多。

下午准时下班，陆凌川从办公室里出来，沈念正好也关了电脑，拿上几份今天需要处理的文件，跟着陆凌川进了电梯。

陆凌川亲自开车出了公司地下车库，驶入车道，沈念低头归纳着带出来的文件。

"这几份需要你过一遍的，这边的只要你签个字就行，和田总的饭局安排在后天晚上的九点钟。"

"嗯。"陆凌川应了一声，随后说，"后天的饭局你不用去，要喝酒。"他记得沈念现在酒精过敏，老总会面，喝酒是免不了的。

沈念停顿了一下，随即回答："好。"

二人之间难得这么平静地说这些，沈念看向外面陌生的风景，转头，疑惑地盯着陆凌川："不回家吗？"

从公司到住处的那条路沈念走了那么多年了，熟得闭着眼睛都能摸回去，所以她非常确定现在他们走的不是回家的路。

陆凌川的一只手撑在车门上，另一只手随意搭在方向盘上，显得整个人

第八章 百日之约

懒洋洋的。听见沈念的话,他应了一声,说:"去做第一件事。"

第一件事……

被陆凌川提醒,沈念才想到他早上说的。他们有一百天,所以要做一百件事,每天做一件。而陆凌川给她的网址里,第一件事是:"互相写信给彼此。"

写信……现在的互联网时代,网络代替了太多东西了,写信这种交流方式很早就被手机短信和微信消息替代了。

沈念觉得有些哭笑不得:"咱们去哪里写信啊?"

陆凌川却露出一副"你不要担心"的表情:"我查到有一家叫'时间'的店,那里有写信服务。"

沈念有些稀罕地看向他:"你怎么知道?"这种店应该是小女孩光顾的多一些,连她都没听过什么叫"时间"的店。

"我在地图上看到的。"陆凌川答得颇为理直气壮。

白天在办公室不忙的时候,他就拿出手机打开地图,以凌蕊集团为中心,开始查看四面八方的路和店。手机地图有一个好处就是放大之后,什么街上有什么店都能显示出来,陆凌川就一点一点地放大看,然后……找到了这家店。

说话的工夫,已经到了地方,陆凌川将车子停好。

沈念在早上出门的时候顺便带了便装,在车里换好衣服,陆凌川拿起帽子扣在她的脑袋上。

沈念从包里拿出干净的口罩给自己戴上,想了一下,也给陆凌川递了一个。两个人的颜值站在人群中都是扎眼的那种,沈念不想被太多人关注。

陆凌川显然也想到了这一点,从沈念的手上接过口罩。

两个人下车,关上车门后陆凌川自然地握住沈念的手,并肩而行。

那家店开在一条热闹的街上,晚上人气很旺。

因为天气渐渐变冷的缘故,现在的天已经黑得早了,从公司出来的时候还是白天,如今已经有点昏暗了。

两个人慢慢地往前走着,周围有不少小摊贩。卖香水分装的,卖糖葫芦的,甚至连卖红薯和板栗的都出来了。差不多走到中间的位置,终于看到了陆凌川所说的那家店。门头是十分简单的黑白系装修,简简单单的两个字——时间。

好像还是个网红店铺呢。

两个人一起进去,推开门就看到里面有不少人。

店铺的面积特别大，一眼望去起码有两百多平方米，有个角落摆放着桌子，是供客人写字的，旁边是网红打卡区、拍照区，一面墙上都是便利贴，客人可以把对自己说的话、对别人说的话写上去，另一边则是店里的服务表。

比如"时间囊"服务，就是给你一个像蛋一样的东西，你可以将自己最珍贵的东西放在里面，用锁锁上，由店家帮你埋起来。十年或者二十年后，店家会给你寄钥匙顺带埋东西的地址，你再挖出来。

还有"给未来的自己"一封信服务，店里有各式各样的书签、信纸和信封，挑自己最喜欢的，可以给十年后的自己写一封信，再留下一个地址，十年后会寄给你。

陆凌川想要的是第三条"给彼此一封信"，这项服务主要是为小情侣设定的，在两个人最相爱的时候为对方写下一封信，在一个时间点将彼此写的信寄给对方。

如果那个时候他们已经结婚，幸福美满，双方可以带着那两封信回来，店家会送上一支红玫瑰祝福他们。

如果那时的他们已经分手了，也可以过来，店家会给双方各送一支风铃草。风铃草代表健康，代表温柔的爱，代表感恩。快乐的人会长寿，运动会让人保持年轻，平安是幸，健康是福。即便没有白头偕老，也希望对方平安喜乐。相识相爱一场，也已不负此生。

这家店，倒是真会做生意。

沈念和陆凌川选了第三项，不过他们提了一个要求，就是他们不需要五年、十年。太长了。

店员小姐姐也非常好说话，笑着说："你们可以自己定时间。"

陆凌川想了一下："今年的十二月三十一日吧。"

这是他们约定的最后一天，在一百天约定的最后一天收到第一天为彼此写的那封信，寓意还不错。

"可以。"店员小姐姐十分好说话，就要写下时间。

"等一下。"沈念阻止，想了一下然后说，"可以不定时间吗？"

"嗯？"店员小姐姐没明白沈念的意思。

"就是，不确定寄信时间。"沈念解释，"请你留给我们一个邮箱地址，如果有一天，我想寄出我这封信的时候，我会给你发邮件，麻烦你将这封信寄出去。"

这么一说，店员小姐姐立刻就明白了，微微一笑："当然可以，这是你们的回忆，你们可以自行决定。"

沟通好了寄信方式，陆凌川付了钱，留下地址。

陆凌川留的地址是陆家，沈念留的是沈家，谁都没留他们现在住的地方的地址。陆家和沈家代表的是曾经，而他们住的地方代表了现在。对他们来说，最美好的还是六年前，他是陆凌川，她是沈念。现在的他们已经被现实折磨成这般模样。

写好地址，两个人去挑信纸和信封。

花样太多，风格也挑花了眼，可爱，复古，各种风格应有尽有。

挑信纸和信封也有个小游戏，就是左右两边的架子一模一样，两边也摆着同样的信封和信纸，小情侣分开挑选。

如果他们挑了同样的信纸或信封，说明他们心有灵犀，但若他们挑的信封和信纸都是一样的，那便是命定的情缘。

沈念和陆凌川玩了这个游戏，沈念在货架中间走着，这里的陈设和超市货架没有区别，左边是信纸和书签区，右边是信封区。光这些信封的款式，起码得有几百种。从几百种可能里挑到一模一样，的确是命定情缘了。

沈念一边看一边往前走，眼角的余光瞥到那抹黄色。她的目光一顿，立刻看过去，就看到了印着向日葵的信封。上面的向日葵漂亮极了，是一片向日葵花海，妥妥的田园风格。扭头一看，对面的信纸区，也有同样风格的向日葵信纸和书签。

认识沈念的人都知道，沈念喜欢向日葵，甚至可以说是爱向日葵如命。

一开始是黎明诗喜欢，陆凌蕊多年耳濡目染之下，也对向日葵分外喜欢。在陆凌蕊过世后，沈念像是接了她的班，对向日葵入了魔一般地喜欢。

两个人几乎同时出来，店员小姐姐已经等候多时了。

为了留下悬念，他们进去前店员小姐姐特意给了他们一个文件袋，让他们挑好后塞在里边，到时候揭秘。

沈念和陆凌川一起将文件袋递给店员小姐姐，店员小姐姐笑着说："你们有没有默契就看现在了。"

沈念抿了抿嘴唇。根据她对陆凌川的了解，陆凌川一定会认为她选择那款印着向日葵的。

店员小姐姐已经将她的文件袋打开，拿出了信纸。是什么图案都没有印的纯白色信纸、信封。沈念没有选择那款印着向日葵的。

又到了揭秘陆凌川的时刻，沈念确定他会选那款印着向日葵的，因为他知道沈念对向日葵的喜爱。

可在拿出来的那一刻，沈念感到十分诧异，立刻看向陆凌川。眼底带着难以置信的震惊和不可思议。他……也选了纯白色的信纸和信封？

陆凌川坦然对上她的眸子，目光沉沉。

两个人都戴着口罩，尤其是沈念还戴着帽子，将五官遮得十分严实，可只是站在那里，四目相对，就给人一种十分般配的感觉。

店员小姐姐看了看沈念，又瞧了瞧陆凌川，眼里闪过诧异之色："没想到你们都选了白色啊。"

简直太意外了，因为这家店里信封和信纸的款式多达三百多种，一般情侣都会选带有可爱花纹的信封或信纸，像这种纯白色没有印花的，是最少人选的。这两位，竟然同时选择了白色的。

双方的目光都没有噼里啪啦一路火花带闪电，就这么平静地看着对方，安安静静的。

"两位可以说一下为什么选白色信封吗？"店员小姐姐好奇极了。

陆凌川看着沈念，沈念也看着陆凌川，异口同声地道："一切清零，重新开始。"

零是没有意义的，却又有无限种意义。阿拉伯数字中表示计数什么都没有，汉语中表示无，道教中表示虚无之境。零代表无，却又是一切的开始。

话音一落，两个人都愣住了，继而相视一笑。

…………

陆凌川和沈念挑了个角落的位置坐下，为了隐私，他们背对而坐，桌子上有提前准备好的笔。

沈念拿起笔，在看到那张白纸时大脑忽然一片空白，不知道该写什么。对陆凌川说的话……她和陆凌川之间，已经没什么刻意要说的话了。思考了几秒钟，她还是在上面写了字，写完之后将信纸对折，然后塞进信封里，用胶水封口。

沈念起身准备将信封塞进邮筒时，陆凌川后脚也跟着站了起来。

旁边还有几对埋头苦写的情侣，他们是最晚坐下的，却花了一分钟不到就都站起来了。

一分钟不到写的信，虽然暂时还不知道内容，但怎么想怎么觉得敷衍啊……

陆凌川直勾勾地盯着沈念手上的信封，眼神幽怨了好多："你该不会什么都没写，敷衍我吧。"

沈念抿了抿嘴唇，将信封往自己怀里一揣，不给他看："没有。"

"不信。"旁边几对小情侣哪个不是在长篇大论地写，一张纸都写不完想说的话，她倒好，凳子还没焐热乎呢，就站起来了。

沈念不想说自己写了什么，盯着陆凌川，幽幽地说："你不是也立刻就站起来了，让我猜猜你写了几个字？十个？五个？该不会连五个字都没有吧？"

这下换陆凌川心虚了。

半斤埋怨不了八两，两个人一起走向邮箱。

沈念本想将自己写的信塞进去，才戳进口里，就被陆凌川握住手。沈念疑惑地抬头，陆凌川没有说话，只是将自己的信放在她的上面，与她的信封重叠。

塞信的邮筒口很大，足够两份信封一起塞进去。

陆凌川让她捏着两个信封，然后自己握着她的手，两个人一起将信封塞进邮筒里。

…………

之后的一段时间，两个人遵从约定，每天都做一件特别的事情。一起穿情侣装逛街，一起做陶艺，为对方刷牙然后刷完来一个 kiss，一起手拉手压马路……像普通小情侣那般，甚至比普通小情侣还要甜很多。一如六年前一样。

这天，沈念一下班就被陆凌川带到了游乐场里，男人握着她的手，一步一步向前走，沈念无奈地跟在后面。

"明天是休息日，想来游乐场咱们可以明天来啊。"现在这个点来，还能玩什么啊？

陆凌川却很坚持："我查过，今天有烟花表演。"这家游乐场的烟花表演是国内出了名的漂亮，只可惜除了一些特殊日子，其他什么时候燃放全靠临时通知，陆凌川关注很久了，听说今天有烟花表演，立刻就定了两张票。

烟花表演在晚上八点钟左右，现在才六点多，也就是说，还要等一个多小时。

沈念跟在陆凌川后面，两个人已经十分默契，沈念自然地挽着他的手臂:"现在这一个小时要怎么打发?"

"啊啊啊……"话音才落,不远处传来尖叫声,是隔壁的过山车。

看着过山车轨道,沈念忍俊不禁,指着过山车说:"要不咱们去玩一个小时的过山车吧。"

"不要。"陆凌川单手插着口袋,酷酷地说,"我怕你哭。"

沈念不服气:"我没有。"她都没玩过山车,什么时候哭过。

她以前倒是想玩,但那时候的陆凌川非得说过山车太危险了,很多翻转过来的轨道,所以不许她玩危险的项目,最后被他拉着去坐了几圈旋转木马。

用陆凌川的原话就是:"过山车是坐着,旋转木马也是坐着,一样都是坐着,解解馋就行。"

沈念当即被气吐血:"你和我说西瓜和樱桃的区别?一点都不一样,而且坐过山车不是坐着,是吊着。"她不服气地反驳。

坐过过山车的人都知道,除了那种小型过山车,大型过山车是需要像吊烤鸭一样吊着的。

结果,陆凌川给了她一个眼神:"好好坐着不坐,老想着被吊着?不许。"

然后,沈念的过山车梦被陆凌川无情地击碎。

一想到陆凌川以前的模样,沈念就格外幽怨,低头一口咬住了他的胳膊。沈念没有用力,所以并不疼,陆凌川只感觉有小尖牙抵着自己的手臂。他扭头,在她的脑袋上点了一下。

"我不管,你只能在一个地方哭,别的地方不允许。"

"什么?"怎么莫名其妙地霸道起来了。

看到了沈念眼底的疑惑,陆凌川一本正经地补充着:"我的床上。"

两句话分开听好像没什么,找不到一点毛病。但是合在一起听……沈念的脸颊爆红,又是嗷呜一口,咬得更用力了。

距离烟花表演还有一个小时左右,陆凌川带着沈念进了一家店。

看着墙上挂着的一排排可爱的钥匙链,沈念觉得颇为无语:"你别告诉我你要进来买这些小东西。"

这是一家精品店,里面还有毛绒玩具。

陆凌川没有回答,只是往里走,里面有除了毛绒玩具以外的其他东西。

经过衣服区、鞋子区、包包区。陆凌川带着沈念走向衣服区,指着第一排那两件款式一样尺码却不同的衣服:"情侣装。"他说,"我要穿情侣装。"

必做的一百件事里的确有这么一条"一起穿情侣装逛街"。

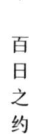

沈念看了一眼衣服，然后半信半疑地看着陆凌川："你……确定现在穿？"

不是她不想穿，一般游乐场精品店里卖的衣服多数都是可爱款，沈念实在想象不到陆凌川穿着情侣装，前面顶着个卡哇伊熊头会是什么画面。

陆凌川坚持："要穿。"

好吧。

在一堆款式不同的情侣衫中，沈念左挑右选，最终看上了一套卡其色长袖卫衣。

天气越来越冷，这套情侣卫衣是薄绒款，穿在身上刚刚好，不用套外套。颜色不错，女款前面印着个超大超可爱的卡通娃娃，男款的娃娃要小几圈，放大的是字母。可爱，却又不会那么可爱。

沈念拿起衣架，将两件卫衣比在自己身上，眼睛亮亮地盯着陆凌川："这件好不好看？"

陆凌川点头，毫不犹豫地夸着："好看。"她挑的都好看。

没有意见，两个人就确定了这一身，先去付了款，然后在店里的更衣室换上。

当看到穿卡其色卫衣的陆凌川时，沈念的眼睛一亮。

男人的容貌自然不差，有棱有角的脸俊美绝伦，剑眉底下是一双细长的眸，看向沈念的时候充满了深情。尽管只穿着卫衣和工装裤，也依旧将流畅的腰线和笔直的长腿勾勒得淋漓尽致。换掉严肃的西装，这个颜色的卫衣显得他年轻了很多，像个才毕业的大学生。

为了避免被熟人撞见，他们一直戴着口罩。即便脸被挡住了，这掩饰不住的身高和身材依旧能让他成为众人格外关注的重点。

陆凌川扯了扯自己身上的衣服，看着沈念，问："好看吗？"

沈念实话实说："好看。"她已经很久没有看到他穿除西装和衬衫以外的便装了。

闻言，陆凌川笑出声，富有磁性的声音在沈念耳边轻轻回荡，虽然看不到口罩之下那张带着笑意的脸，但他的眉眼弯弯，可见心情极好。属于他的荷尔蒙以他为中心朝四周散开，撩得人心里酥酥麻麻的。

被沈念夸了，陆凌川的心情极好，自然地搂着沈念的腰一起离开，路过发箍区的时候，男人一眼注意到了众多可爱发箍中那抹卡其色。发箍一圈是用毛茸茸布料包裹住的，一左一右两只小耳朵，像小熊一样。陆凌川一眼就看上了，拿起来扣在沈念头上。

"什么?"感觉有发箍卡在自己的头上,沈念下意识地就要摸。

陆凌川认真地帮她整理了一下,然后仔细瞧了一遍,确定和自己想象中的一样可爱,男人这才满意点头,低头在她的脸上亲了一口,声音愉快且富有磁性:"走。"他搂着沈念的腰朝收银台走去,"付款去。"

…………

买了情侣衫,两个人手牵手在小吃街逛了一圈。从小吃街里出来,陆凌川手上拿着一堆小吃。

晚上八点的烟花准时开始,虽然现在才七点三十多,但已经有不少游客提前去占位置了。

看着朝某方向走的黑压压一群人,沈念握着糖葫芦的手紧了些:"那么多人,咱们看不到什么了吧?"她不喜欢人挤人。

陆凌川看了一眼时间,见差不多了:"走吧。"说完拉着沈念朝与众人相反的方向而行。

"啊?"看烟花不是往左走吗?陆凌川怎么向右走?

沈念来不及问,就被陆凌川拉走了。

一路上沈念觉得有点蒙,直到看到眼前那座巨大的摩天轮。现在摩天轮正在运行,前面有十几个人排队。不是说要带她看烟花吗?怎么又来坐摩天轮了?

好不容易排队到了他们。

摩天轮座舱落到了最下边,两个人坐进去,关上舱门。摩天轮从外面和里边看有些不同,外面很漂亮,坐在里边却是安安静静的。

沈念坐在位置上,默默地看着他们的座舱一点点往上升,从什么都看不见,到看到晚上游乐场的全景,俯视都市的万家灯火。她看得失了神,等收回视线时便见陆凌川一直在拿着手机,不知道在看什么。

"你在看什么?"沈念忍不住问道。

从刚才她就感觉陆凌川似乎很注意时间。

闻言,陆凌川的目光从手机上收回,他盯着她,问道:"还记得上一次坐摩天轮时你说过的梦想吗?"

"记得。"沈念点头。

她清楚地记得当初第一次和陆凌川坐摩天轮时的情景。那时她在观景舱里,看着外面的灯火。她说:"我希望万家灯火有一盏是为我而亮。"

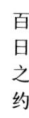

陆凌川坐在对面看着她,性感的薄唇微动:"倒计时十秒。"

"什么?"沈念不明所以。

男人没有回她的话,而是开始倒数。

"十。"

"九。"

"八。"

……

"三。"

"二。"

"一。"

话音落下,只听"嘭"的一声,像流星一样的东西由下冲到天上,在黑夜中绽放出五颜六色的光芒。是烟花。与此同时,他们的观景舱在摩天轮的最高处,从这个角度看烟花,远比在地面上仰头看还要让人印象深刻。

沈念趴在玻璃窗上,目不转睛地盯着烟花,脸上的笑意掩饰不住。

"沈念。"蓦地,身后传来男人温柔且有磁性的声音。

"嗯?"沈念就要转头,还不等她看清男人,男人的手揽住她的腰肢,猛地一用力,沈念撞进了陆凌川的怀里。

低头,准确无误贴住她的唇。

"我爱你。"三个字从他嘴里缓缓说出来。低沉的声音带着蛊惑,温热的气息撩拨着心弦。

有人说,在摩天轮的最高处拥吻,上帝便能最先看到他们,欣然祝福他们的爱情。

陆凌川一手扣着她的后脑,吻得缠绵,霸道地席卷着一切。外面燃放的烟花都成了他们的背景板。他们在摩天轮最高处拥吻,向上帝证明着他们的爱情。

…………

翌日,休息日——

今天不用上班,两个人难得睡懒觉。

沈念一觉醒来,人窝在陆凌川的怀里,她打了个哈欠,缓缓地睁开眼睛,伸手,摸到旁边床头柜上的手机,看了一眼时间。早上九点半了。她揉了揉眼睛,彻底清醒过来,放下手机准备坐起来。

然而她才一动,陆凌川放在她腰间的手便收紧了,沈念又一次栽进他的怀里。

陆凌川的头往她的锁骨处一埋,像只长毛小狗一样胡乱蹭着撒娇。

沈念忍俊不禁,推了推他的脑袋:"放开我,我要起床了。"

陆凌川闭着眼睛,好像在她的怀里睡着了,过了好几秒钟才闷闷地开口:"今天休息。"意思是,不用起这么早,可以和他多睡会儿。

"我知道。"沈念说,"但是我和几个同事约好了今天出去购物买衣服的。"她已经答应人家了,也不能反悔吧,那这也太不道德了。

陆凌川没有说话。

沈念等了好久都没听见他开口,又说了一句:"你听见了吗?"

"嗯……"陆凌川懒懒地应了一声,依旧闭着眼睛,然后说,"我很不高兴。"别人的不高兴都是在表情上表达出来,陆少爷的不高兴直接明面上说。今天好不容易可以休息一天,她还要去和别人在一起。陆总不高兴,非常不高兴。

沈念觉得哭笑不得,又推了推他的脑袋:"几天前就答应了,真的拒绝不了。"

为了哄他,沈念的声音温柔了好多:"那我早点回来,咱们去菜市场买菜,在家里吃火锅?"

被这么一哄,陆凌川这才不情不愿地松开她:"嗯。"

马上就要十点钟了,再浪费时间就得迟到了。沈念踩着拖鞋下床,朝浴室走去。

…………

公司里的气氛不错,沈念帮过很多人,所以她的人缘一直不错。今天约她出来购物的除了和她关系最好的蒋玲玲,还有李楠、何莹等人。

沈念来的时候她们已经到了,大家一起进了商场。

这个商场的一楼就有不少卖衣服的店,她们开始一家一家地逛。

"你们看这件衣服怎么样?"

"嗯,挺好的,就是颜色有点浅,不过你家大宝正是调皮的时候,你穿不了太干净的衣服。"

"也对……"

几个人围在一起挑着衣服,沈念独自一人在旁边自己挑选。这家店的风格不错,她挺喜欢的。挑了一件黑色外套,正好旁边有镜子,沈念拿着衣服

第八章 百日之约

在自己身上比了比。嗯，不错。

"念姐！"蒋玲玲不知道从哪里冲出来，嗷呜一声扑到沈念的身上。

沈念眉眼带笑，没有生气，只是嗔了一句："小心点，不要把人家的衣服弄脏了。"

"好！"蒋玲玲答应得飞快，她的手里还拿着两件衣服，"念姐，你快帮我挑一下，哪个好看？"

沈念认真地比对着，指着左边那件："这个。"

"好嘞！"蒋玲玲非常相信沈念的眼光，当即就把右边那件还给旁边的服务员。

看着沈念的手上拿着黑色外套，蒋玲玲问："念姐，你喜欢这个啊？"

"还好。"沈念低头看着自己手上的外套，"感觉款式不错。"然后将外套拎起来，问蒋玲玲，"不好看吗？"

"嗯……"蒋玲玲也非常认真地端详片刻，然后发表意见，"也不是不好看，念姐你这么漂亮，身材还这么好，穿个麻袋都好看的。就是……感觉和你的气质不搭。"说完，觉得自己说得很有道理，她"嗯"了一声，然后还点了点头。

的确如此，沈念的五官十分柔和，那种浅色系更适合她些。

眼角的余光瞥到了旁边的一件白色刺绣宽松泡泡袖衬衫，立刻拿过来。

"念姐，你穿这个一定好看！"都不用试，只看衣服的款式，就能想到沈念穿着有多漂亮。

沈念并没有接过衣服，而是盯着那件白色衬衫。过了良久，她从蒋玲玲的手上拿过衣服，并不准备试穿，而是放了回去。

"是挺漂亮的，不过我不喜欢。"

"啊……"蒋玲玲看着重新挂回架子上的衣服，"我觉得挺好看的，念姐，你不喜欢吗？"

"嗯。"沈念回，"我不喜欢白色。"说完，她将自己手上的那件黑色外套递给服务员，"麻烦帮我包起来吧，谢谢。"

听见沈念的话，蒋玲玲感到有些惊讶和不解，没有多想直接问了出来，"念姐，你不喜欢白色吗？可是我记得你以前很喜欢白色的。"她记得刚来实习的那段时间，沈念每天都穿白色，特别漂亮。就是因为知道沈念穿白色有多好看，所以才觉得这件衬衫很适合她。

沈念的睫毛颤抖了一下，缓缓道："以前挺喜欢的，现在不喜欢了。"

看得出来沈念不太愿意提这个事,蒋玲玲默默地闭上了嘴,没有再多说。

逛了差不多两个小时,大家都满载而归,几个人一边聊天一边拎着袋子朝电梯走去。

她们来的这家商场十分高档,逛完街准备上楼吃个饭。

除了进电梯的那一面,其他三面均是透明玻璃,可以站在电梯里随着电梯升高一点点俯瞰这个城市。

"楼上有家店,他们的空中餐厅特别有名。"

"我在攻略里刷到过!听说他们家的意式肉酱面味道一绝!"

电梯里只有她们几个,大家笑吟吟地讨论着今天中午要吃的那家店,边说边按上关闭电梯门按钮,然后按了楼层,电梯缓缓上升。

沈念先进来的,她站在里面的角落,一般这种话题她很少加入,左手拎着袋子,右手则拿出手机。

这种高楼层,光坐电梯都需要一段时间,只能看手机来打发。

"哎哟!"不知道是谁叫了一声,吸引了所有人的注意。

就见何莹指着下面:"楼下是撞车了吧?"

她们这个角度,刚好能在上方亲眼看见车祸现场。

随着电梯越来越高,画面倒映在沈念的眼中,她的脸色变得煞白,猛地往后退了一大步,直接踩在了蒋玲玲的脚背上,紧接着,身上的所有力气仿佛在一瞬间被抽离得干干净净,狠狠地摔在电梯里,任由旁边的人怎么喊都没有回应,眼神空洞地望着前方。

…………

吃饭时,还是能明显能看出沈念的情绪不对,大家不知道应该怎么安慰,而不知所措。蒋玲玲握住她的手,被她手心的冰凉冻得打了个激灵,但还是没松开她的手,关心地开口问道:"念姐,你没事吧?"

听见蒋玲玲的声音,沈念才从自己的世界里走了出来,对上大家关心的神色,沈念勉强扯了扯唇:"我没事。"

刚才有一瞬间让她想到了陆凌蕊,她庆幸当年没像陆凌川一样亲眼瞧见,若她那个时候亲眼看到陆凌蕊出事……她恐怕早就崩溃了。

为了不让大家担心,沈念扬起笑脸主动开始找话题,一开始大家还在担心,但见沈念真的一切正常后才松了一口气,逐渐进入开心状态。

刚才的气氛有些不好,为了活跃气氛,有人提出玩游戏,被揪到的人都要说一件自己小时候的囧事。

第一个被抽到的是李楠,她一边想一边说:"我记得以前……差不多六七岁的时候吧,当时嘴馋,看到别的同学每天一放学就在小卖部买零嘴吃,我十分羡慕,但我又没钱。然后我就想了个办法,专哄那些长得好看又有钱,一句话形容就是人傻钱多还帅的男同学。我连哄带骗加威胁地告诉他们,说我是他们未来的媳妇儿,他们养我理所应当,要给我买好多好吃的,我以后才会嫁给他们,不然他们以后娶不到老婆,只能自己一个人可怜巴巴没人爱。那时候不是女孩少男孩多嘛,一个班里四分之三都是男孩,然后他们就被我吓到了,每天省吃俭用给我买零食。"

长大之后再想起小时候的事,回忆都是幸福。

大家一脸八卦,着急地问:"然后呢?然后呢?"

"然后……"李楠无奈地摊了摊手,"有一天我翻车了,班里有俩男同学因为争执我是谁的媳妇儿打起来了,被老师和家长知道后,我坑蒙拐骗做的缺德事就都曝光了。那俩为我打架的男生才知道,除了他们,我还对班里二十多个男同学说过同样的话。他们以为我只是他们一个人的媳妇儿,其实不,我承诺过二十多个呢。我不是渣,就是想给每个男孩子一个家。"

"哈哈哈……"大家笑得合不拢嘴,继续追问,"然后呢?然后呢?"

"然后……"李楠叹了一口气,"我被我爸妈教育了一顿,他们带着我轮流向他们道歉,并还了他们给我买零食的钱。我对他们每一个都说了对不起。"

"哈哈哈……哈哈哈……"大家笑得前仰后合,就连沈念也忍不住勾了勾唇。

李楠被大家笑得囧得不行:"前段时间的同学聚会上还有男生记得这件事,开玩笑要拉着我领证去呢。"

"哈哈哈……"

每个人都会在小的时候做过一些糗事,如今再回想,都是美好的回忆。

蒋玲玲笑得眼泪都出来了,她拿着纸巾一边擦眼泪一边对沈念说:"念姐,你也觉得很好玩,是吧?"

沈念勾了勾唇角,轻声道:"我忽然发现,每个人都会在年少轻狂的时光里犯下些错误,有的人只需要说句对不起就能得到原谅……"

她的神情恍惚了下,垂下眸子。有的人只需要说句对不起就能得到原谅,而有的人……需要用余生来赎罪。

"……………"

因为答应过陆凌川会早点回去,只陪着大家坐了一会儿,沈念就走了。

浑浑噩噩地下了车,连买的东西都没拿,还是被司机提醒了才回过神。

陆凌川今天一天都在家里工作,电脑放在阳台的桌子上,他站在落地窗前,一边看外边的风景,一边听着电话那头的汇报。听见门口传来按密码的声音,陆凌川言简意赅地吩咐完,这才挂了电话。

沈念正低头换鞋,陆凌川走过来:"怎么回来得这么早?"

现在才下午两点多,他原本以为她要三四点才能回来的。

听见男人的声音,沈念猛地抬头,她苍白的脸色被陆凌川看进眼里,立刻按住沈念的手臂:"身体不舒服?"

沈念露出微笑:"我没事啊,怎么这么问?"

男人的眉头皱得很深:"你的脸色很不好。"

"是吗?"她故作不知,摸了摸自己的脸,然后想到什么,解释道,"可能是逛街逛太久了,走路多,我太累。"

依旧是正常说话的语气,坦然自若地对上陆凌川的眼神,毫无心虚可言。

见男人依旧蹙着眉,沈念将包挂在旁边,又将手上的七八个购物袋放在地上,揉了揉手臂:"有一段时间没走那么多路了。"

陆凌川一直知道,沈念的身体不太好,很多年前就这样了。如果常年坐着不运动,她就会头昏眼花;同样,很长一段时间不运动,突然走太多路或是运动幅度过大,会心率加速得厉害,上气不接下气,脸色苍白。谎言就是这样,只要本人不承认,就算猜到了真相,终究只能是猜测。

沈念从没想过让陆凌川知道自己生病的事。

陆凌川只觉得沈念的状态不对劲,但因为没有其他迹象,所以一时也没往坏处想。只是沈念看起来状态不太好,他拉着沈念就要进卧室:"去休息一下。"

"不用了。"沈念拒绝,拿起手机看了一眼时间,对陆凌川一笑,"不是说好了今天要在家里吃火锅吗?我们去买食材吧。"

陆凌川蹙眉:"还早,不急,先去休息。"

"我真的没事。"沈念说,"刚才在出租车上休息得差不多了。"停顿了一下,她又接着说,"现在看着时间早,但要挑菜,还要洗菜、切菜、准备锅底,也需要很长时间的。"

"走吧。"她拿起自己的包。

第八章 百日之约

陆凌川拗不过沈念，只能顺从。

打开大门，沈念又想到什么，停下。

"对了，房间里的斗柜里好像有之前放在那儿的零钱，正好买菜用，不然不知道怎么花掉。"说完，她将包递给陆凌川，"先等我一下，我去拿钱。"

用最平稳的步伐进了卧室，在关上门的那一刻溃不成军。

"哇——"一口鲜血吐在了地板上，沈念捂着嘴，强撑着将门反锁后，跌跌撞撞地扑向床头柜。打开最上面的抽屉，从里面摸到钥匙，然后打开下面的抽屉。

吃了药，她跌坐在地上缓和着疼痛，手上还抓着沾了血的纸巾。

…………

陆凌川将沈念的包翻了个底朝天。里面除了有沈念的两部手机，还有一支口红、一个小镜子、一个放银行卡的卡包。除了这些，没有任其他东西。

抬头看着沈念离开的方向，陆凌川目光有些沉。他总觉得沈念有什么事在瞒着他，但又不知道是什么。

…………

好一会儿沈念才缓了过来，用湿巾将吐的血擦干净，然后丢进马桶冲掉。

正准备出去，房门的门把手被拧动，因为被沈念从里边反锁了，所以打不开。

站在门口的陆凌川蹙眉，敲了敲门："怎么了？"

沈念用一只手抚着胸口，按着好不容易平复下来的心跳，扬声道："没事，我在换衣服，等我一下。"

然后就没声音了。

陆凌川在门口等了约一分钟，这一分钟他是看着秒表度过的。见沈念还没有要出来的意思，男人眉眼间透出一丝急迫，就要强行破门而入。

正准备动作，就听"咔哒"一声，然后房门从里边打开了。

沈念换了身新衣服，还洗了把脸，正用洗脸巾擦脸呢。

把脸上的水珠擦掉，沈念将洗脸巾随手丢进旁边的垃圾桶里。

"今天走了太久，弄得我后背湿湿的，所以换了身衣服，又洗了把脸，等吃完火锅我得洗个澡。"她理了理头发。说完，她又从口袋里掏出零钱，五块的，十块二十块的，甚至还有硬币。

"这些钱只能买菜时候用到。"她挽住陆凌川,"走吧。"

陆凌川被她拉着离开,扭头看了一眼房间,没有任何异样。

…………

第八章 百日之约

第九章

珍惜和无憾

沈念带着陆凌川去了附近的菜市场,她之前来过几次,所以也比较熟悉。

火锅里要吃的肉待会儿去超市买,青菜的话还是菜市场的更好,听说有的菜都是摊主自己家种的,比较健康。

就像最普通的小夫妻一起相约逛菜市场,两个生活菜鸟还能讨论起来。

路过一个菜摊前,沈念看到了南瓜,觉得不错,想买一个,然而在挑选的时候出现了分歧。

沈念:"我觉得大的比较好。"

陆凌川:"小的就行,大的吃不完。"

沈念:"你不懂,大的说明它生长的时候营养好,就和人一样,营养好所以蹿得高。"

陆凌川单手插兜:"小的浓缩的还是精华呢。"

沈念不服:"肯定大的好,甜。"

陆凌川同样不甘示弱:"小的,精华越多越甜。"

两个人在菜市场拌嘴,争论南瓜是大的好还是小的好。

卖菜的阿姨被喂了一大口狗粮,看他们俩都觉得自己有理,默默地说了一句:"要不……听听我的?"

陆凌川和沈念同时扭头看过来。

阿姨耐心地问:"你们是一大家子吃吗?"

沈念:"不,两个人。"

阿姨:"分几顿吃?"

陆凌川:"只吃一顿。"

阿姨果断挑了个小点的南瓜,拍了拍:"你们就两个人,还只吃一顿,买大的回去浪费,这个小的就行。"

阿姨称了一下,报了价格,再抬头看到沈念的时候愣了一下,然后陷入回忆，突然想到了什么，她的眼睛一亮。

"哟！这不是之前的那个小姑娘嘛！"

沈念一脸迷茫的表情："嗯？"

阿姨显得特别激动："不认识阿姨啦？你之前在阿姨这儿买过菜，当时阿姨还和你聊过天，忘记了？"

沈念想了一下，好像有了一点印象，微微一笑："阿姨好。"

"好孩子。"阿姨乐得合不拢嘴，瞥向了旁边的陆凌川，眼睛又是一亮，"这是……你男朋友？"

"他……"

沈念张口要回答，不等她说，陆凌川自然地搂住她的腰，对着阿姨点头："阿姨您好。"

这个动作，已经说明了一切。

阿姨特别高兴："好好好，看着就般配。你们还要点啥？阿姨给你们优惠！"

沈念："谢谢阿姨。"

这家的菜沈念买过，还是不错的，所以她又多挑了一点。拿了七八个土豆，又拿了好多生菜，还有豆芽、菌菇、娃娃菜……

见他们小两口买菜不要钱似的一直往袋子里塞，阿姨欲言又止："你们就两个人吃，要买那么多菜吗？"

他们买的这些菜，没几个是能合成一盘菜的，都是一个菜炒一盘。

沈念又将挑的粉丝塞进陆凌川扯开的袋子里，回答阿姨："阿姨，我们不吃炒菜，吃火锅。"

闻言，阿姨默默地低头看了一眼自己秤上的南瓜："南瓜也是……吃火锅？"

两个人同时点头。

阿姨活了这么多年，还是第一次知道在火锅里放南瓜的。想到刚才两个人的争论，分明就是两个生活白痴。

阿姨无奈地叹气，将南瓜放回去，又把他们塞得满满的袋子拉过来，把一些菜放回去，每个菜只留一份。

"你们就两个人，吃不了多少的，待会儿肯定还得去买肉，这个菜就不能买太多，不然容易坏，这些就够了。"

称了一下重量，算了价钱，阿姨很爽快把零头抹了，还从自己的摊子上拿了两包火锅底料塞进袋子里,一个辣的一个不辣的,算是送他们的。

沈念从口袋里掏出纸币,递给她:"谢谢阿姨。"

"谢啥。"阿姨低头找着零钱,"你们小两口哦,一看就是在生活方面不懂。这日子还久,你们要学的还多着呢。现在别看只有两个人,饥一顿饱一顿,一天就混过去了,等以后有了孩子,有个小东西牵绊着,有些事儿不想学也得学。"说完,阿姨拿着零钱塞给沈念,"好好学。"

沈念微笑着:"谢谢阿姨。"

陆凌川拎着菜,另一只手握着沈念。

两个人从阿姨的菜摊离开,在人群中向前走,陆凌川突然说了一句:"看来我的确应该提高这方面的知识。"

"什么?"沈念抬头看他。

陆凌川也看着她,说:"总不能以后让你和小家伙饥一顿饱一顿的吧。"他只会做饭,前提是有人先把食材准备好,要是自己挑选食材,怎么选、买多少,这他就不知道了。

想起以后他们一家三口手牵着手一起再来菜市场,陆凌川的心情就大好,唇角上扬。他沉浸在自己的幻想中,完全没注意到沈念的表情有些僵硬,她默默地低下了头,没有说话。

晚上,吃完了火锅,陆凌川主动收拾桌子。

活儿被抢了,沈念便说要先去洗澡。吃完火锅,一身都是火锅的味道。

陆凌川拿着碗筷进了厨房,沈念则进了卧室。

听见"嘭"的一声关门声,陆凌川的动作一顿,低头打开洗碗机,将碗筷放进去。从旁边拿了一条擦桌子的毛巾,浸湿,拿着去外面擦桌子。

过了三分钟左右,正在擦桌子的陆凌川突然停下手上的动作,从旁边抽了几张纸巾擦干净手,然后朝卧室的方向走去,拧开把手。

沈念正在洗澡,浴室里传来流水声。

陆凌川的步伐很轻,拖鞋踩在地毯上,没有发出一点声音。他把门轻轻关上,先去了斗柜那里,从最上面一层,翻到最下面一层。每一层里面都放了东西,但都是日常用品,没有任何奇怪的地方。

他不死心地又将其他抽屉和柜子翻了一遍,也没有发现什么。扭头看到了沈念那边的床头柜,思考了几年,大步流星地走过去。

打开最上面的抽屉,没有问题。在拉下面那个抽屉的时候,被锁住了。

他的动作一顿，目光一凛。根据沈念的生活习惯，有锁的附近一定会留下一把钥匙，就是避免钥匙以后忘记放在哪里打不开的情况。他又拉开上面的抽屉，在里面翻找了一下，果然，找到了钥匙。

陆凌川拿着钥匙开锁，然后打开……首先映入眼帘的是一抹白色，陆凌川屏住呼吸。当看到里面放着一摞文件时，愣住了。将里面的所有东西都拿出来，放在最上面的是公司的一些重要资料，再往下翻，是两个房产证，还有一些毕业证啥的。

沈念的名下有两套房子，一套是现在住的，还有一套是沈家的。除了这些，别无其他。陆凌川按了按有些疼的头。难道……真是他怀疑错了？其实真的什么事都没有？

目前什么都没找到，一切正常，他所有认为的不正常都只是他没有证据的怀疑罢了。

陆凌川还打算继续深入，浴室的门发出细微的声响，似乎是被风吹了一下。

这个声音立刻让陆凌川收回所有想法，立刻将地上的东西全部捡起来原样放回，关上抽屉，落锁，将钥匙放在原处。

他轻手轻脚地进来，又神不知鬼不觉地出去，就像什么事都没发生过一样。

浴室的门紧紧地关着，里面的灯一直亮着，夹杂着水声。浴室里面，沈念围着浴巾，赤脚站在地板上。她特别白，尤其是浴巾下那双细白的小腿，格外的勾人。她的一只手攥着浴巾，靠在浴室门旁边的墙壁上，紧紧贴着墙。她抬头，盯着头上的浴室灯，发着呆。

也不知道过了多久，她才从自己的世界里恍恍惚惚回了神。侧头，看着洗手台上堆得杂乱无章的药盒和药瓶。敛下眸子，掩饰住眼底的暗淡。

之后的几天，两个人又恢复了正常生活，继续履行一百天之约，做幸福的情侣。唯一发生改变的是沈念的身体越来越差了，很多时候吃不下东西，呕血越来越频繁。她努力维持着表面的平静，尽可能地让自己看起来平安无事。

陆凌川总觉得沈念有事在瞒他，那次之后，他也有过几次试探与查找，但沈念表现得太自然了，让他根本就找不到任何问题。

沈念在客厅看电脑，陆凌川随便扯了个理由进屋，又进行一次搜寻。

出来之后,一无所获。

沈念也不着急,安静地听着他发出的微弱的声音,那双眼睛盯着电脑屏幕,一言不发。直到听见卧室的门打开的声音,沈念这才缓缓抬头,对着陆凌川露出一个大大的笑容。

"好像需要Ａ号资料,我记得昨天带回来了。"

陆凌川走过来,看了一眼电脑上的内容,然后"嗯"了一声,算是同意沈念的话。

沈念起身:"那我去拿?"

"嗯。"沈念去拿东西了,陆凌川也无心工作。不只是房间,连客厅、餐厅、储物间他都检查过很多次,没有一点异样。看来真的是他太敏感了。

看了一眼电脑右下角的时间和日期,细算一下日子,今天是他们试恋爱的第五十天了。

时间过得真快,转眼就过去了一半。

陆凌川勾了勾唇。还有五十天,他们的一百天就结束了。

然后,重新开始……

"嗡——"桌子上的手机响了,陆凌川看了一眼来电人,是陆凌晨。他拿起手机,接通,声音好听有磁性:"凌晨。"

对面不知道说了什么,陆凌川的脸色微变,立刻站起来:"现在情况怎么样了?"

"我立刻过去。"说着,陆凌川一边拿着外套匆匆套上,一边朝门口走去。

沈念正好从房间里出来,看到陆凌川急匆匆地出门,问了一句:"怎么了?"

陆凌川挂了电话,脸色十分难看,他揽过沈念,在她的额头上留下一吻,声音也带着些着急:"医院那边出了点事,我要过去一趟。"

医院……是黎明诗出事了。

沈念的脸色微白,立刻抓住陆凌川的手:"有什么需要我帮忙的?"

陆凌川匆匆换着鞋:"暂时不用,你乖乖在家里等着我就行。"摸了摸她的脑袋,带着安抚,"我早点回来,咱们还要去看电影呢。"

他们今天的规划是,白天在家里忙工作,晚上一起去看新上映的大电影。

沈念抿了抿唇,担忧地看着他。

陆凌川换好鞋,拉开门就要出门。

沈念不止一次看到过陆凌川的背影,看他离自己越来越远。唯独这一次,她的心脏像是被人狠狠地捅了几刀，疼得她的嘴唇发抖。

"陆凌川！"她叫住他。

陆凌川的脚步一顿，转身看向沈念，对她露出一个安抚的微笑："乖，我很快就回来了。"

沈念张了张口，想说什么，却又觉得嗓子干得厉害。

然后，她还是艰难地点了一下头："路上小心。"

"嗯。"

陆凌川走了，整个房间都安静下来了。

沈念回到了客厅的沙发上，也无心工作，坐在那里发呆。

陆凌川和陆凌晨一前一后匆匆赶到医院，进了病房。

病房的门紧紧关着，从里面没有传出任何声音。

不知道过了多久，门终于打开，首先映入眼帘的是一双长腿。身体遮住了天花板上的光，形成了一道阴影落在地上。步伐不似往常一样有力，有些轻。

陆凌川几乎是踉跄着走出的病房，他一只手按着墙壁，顺着墙一点一点地往前走。好几次差点跌倒。

"哥！"陆凌晨一脸焦急，想要上去扶他，却被陆凌川推开。

兄弟俩一前一后，离开了病房。

医院里有个人工湖，人工湖旁边有个亭子，风景不错。陆凌川坐在亭子里，低着头，一言不发。陆凌晨跟着走进去。他已经很久没有看到自家哥哥如此落魄了。他眼底的失魂落魄，令陆凌晨心疼。

"哥。"陆凌晨还是忍不住开口，"有些话是不用听的，生活是自己的，真正开不开心也只有自己知道，没人有权利替你做决定，所以妈的话……"

"有烟吗？"陆凌川打断他。

陆凌晨愣了下，随即摇头："我从不抽烟。"

"嗯。"陆凌川淡淡地答应了一声，然后在自己身上摸索着，还真的在口袋里摸到了抽了还剩一半的烟。应该是之前放在里边的，后来忘记拿出来了。烟和打火机都有。

陆凌川抽出一支烟叼在嘴里，用打火机点燃，他抽了一口，缓缓地吐出烟圈。终于抬了头，没有看陆凌晨，只是一个人坐在那儿，一边抽烟，一边盯着旁边的人工湖，一言不发，显得十分落寞。

陆凌川一支接一支地抽烟，抽了很多支以后，他被呛得咳嗽起来，地上的烟头也越来越多。

哪有这样不要命抽烟的。陆凌川想要劝,可又想到什么,默默地闭上了嘴,只是在旁边站着,安静地陪着他。

一小包烟很快被陆凌川抽完,看着已经空空的香烟盒,陆凌川才不抽了。他依旧坐在那儿,看着人工湖。

"凌晨。"突然,他叫陆凌晨。因为抽了太多烟,他的声音都是沙哑的,也特别低。

陆凌晨听见陆凌川叫自己,开口:"我在。"

陆凌川却沉默着,没有说话。就在陆凌晨以为陆凌川不准备开口时,他又低声询问,"这些年……我对沈念怎么样?"他这么问陆凌晨。

陆凌晨沉默了几秒钟。

"沈念……她和凌蕊都是受害者。虽然她当年抛下凌蕊跑了,但不是逃了,而是去搬救兵,只是太晚了。"

陆凌川又沉默下来了,低头看着自己的手。他扯出了一个难看的笑容,自嘲地道,"我或许还没睡醒。"停顿了一下,他又接着说,"我可能从来都没清醒过。"他笑起来,笑容中带着苦涩、带着痛苦、带着……舍不得,最终却化成了坚定。

陆凌川站起身来,大步离开。

看到他的眼神,陆凌晨心里"咯噔"一下,隐约透出不好的预感。他急忙追上去,嘴里不停地叫着:"哥?哥!"

但陆凌川的步伐十分坚定,没有回头。

陆凌川告诉她很快就会回来,可沈念等了很久,等到外面天都黑了也不见他回来。自己随便吃了点东西,然后默默地窝在沙发上发呆。她无事可做时,就会坐在这儿抱着腿发呆。

"已开锁。"门口传来门锁的机械女音,沈念立刻从神游中清醒过来。她坐直身子,伸头看门口,果然看到了那道熟悉的身影。

明明才几个小时没见,他憔悴了好多。

"回来了。"沈念踩着拖鞋上前,就要帮他脱外套。在靠近他的那一刻,立刻被他身上浓烈的烟味熏得不停地咳嗽。那味道太浓了,沈念有点缓不过来。

陆凌川往旁边走了好几步,离沈念远远的:"别靠近我,我身上烟味重。"

沈念的确被呛得不轻，咳得眼泪都出来了："怎么抽了那么多烟？"

陆凌川默默地将身上外套脱掉挂在旁边，烟味主要都在外套上，脱掉外套后身上的味道就没那么重了。

"没抽烟。"他一本正经地说瞎话，"在抽烟区待了会儿，有人一直在我旁边抽烟，染上了味道。"

谁信他。

不过沈念也没太计较这个问题，只是说："你先去漱漱口吧，我给你热菜？吃饭了吗？"

"没有。"他说。

"那我去热菜，你去漱口。"沈念。

"好。"换上了拖鞋，他默默地进了洗手间。

等他出来的时候，沈念已经将饭菜端了上来。

见陆凌川出来了，沈念将饭推到他面前，将筷子递给他："我跟着美食攻略学了几个菜，你不在家，我就随便弄了点，你尝尝味道怎么样？"

陆凌川一言不发，默默地接过筷子，夹着菜塞进嘴里，默默地嚼着。

"好吃吗？"沈念帮他盛汤。

陆凌川重重地点了点头："好吃。"然后继续默默地吃菜。

沈念总觉得陆凌川心事重重的，又不知道该怎么开口。是不是……陆阿姨出了什么事？他不说，她也不敢问。

而陆凌川完全没有主动开口的意思，只是安静地吃着菜。是的，只吃菜。米饭一点儿没动，默默地，专注地吃着一盘菜，把这盘菜吃得只剩下菜汤就再换一盘，然后再吃下一盘。像是永远吃不饱一样。

沈念愣住，想要提醒他，但看见他的神色，又默默地将话咽回去。

最后，陆凌川将沈念炒的几盘小菜统统吃完，又抱着大碗将汤全部喝掉。除了米饭，菜和汤都被他吃光了。

沈念从不知道陆凌川的食量那么大。觉得不可思议，可还是道，"我先把碗、盘放进洗碗机里。"说完，她起身收拾碗筷。

"念念。"他叫她，声音是那么的温柔。

"嗯？"沈念问。

"还记得一百天之约吗？"陆凌川突然问这个。

沈念的动作一僵，抬头，有些不可思议地看着陆凌川。这些天里，他们是热恋期的恋人，谁都没有提起过这个话题，因为刻意忽视。

"嗯……"她应了一声,然后问,"怎么了?"

陆凌川看她:"当时你说,你给我一个权利。"沈念给了陆凌川一个权利。这一百天里,陆凌川可以随时喊停,说结束。

沈念沉默了几秒钟,坐了下来:"所以呢?"

"我们分手吧。"陆凌川开口。

看着他认真的眸子,沈念一时说不出来话,只是呆呆地看着他。骗人,明明说好有一百天的。

"好。"她的声音轻轻的,非常自然地接过陆凌川的话,"我接受。"她之前就说过,他有随时说结束的权利。

"不过……"停顿了一下,沈念又继续说,"希望这是你认真思考过后的结果。"她不是毛绒玩具,不能供他想玩了就捡起来,不想玩了就丢弃,来回反复折腾。

陆凌川只是看着她,沉默着。

"看来是我想多了。"沈念莞尔一笑。他能说出这话就代表他早就想清楚了。她看了看准备送进洗碗机的碗碟,又看了看陆凌川,"那……现在要做什么呢?"沈念继续问,"你是来赶我走的吗?"这套房子虽然在沈念的名下,但是是陆凌川买的,是属于陆凌川的房子。

"这套房子是你的。"陆凌川说,接着又道,"这几天我会陆续完成对你的补偿。"

"说什么呢。"沈念轻声打断,对上他的眸子,"你又不欠我什么,又何谈补偿?"

两个人沉默着。

"同样。"沈念再次出声,她就这么看着陆凌川,笑容浅浅的,显得她格外的温柔。从刚才说分手到现在,除了最开始的表情僵硬了一下,她之后一直都带着浅笑。

"陆凌川,我也不欠你了。"她说。

陆凌川的瞳孔微缩,有些难以承受,起身就要离开。

看着他的背影,沈念叫住他:"陆凌川。"

陆凌川停下。

"今天是百日约的第五十天。"她看着他的背影说道。

"你能留下来陪我过完今天吗?"她以前从来没有说过这样的话,这是她第一次主动请求他留下来,陪陪她。

陆凌川缓缓地转过身来，再一次对上沈念的眼睛，沈念对他露出笑容。

"你知道的，我不喜欢闹。咱们认识那么多年了，当初甜甜蜜蜜的，现在要分手了，我也希望体体面面的。"说完，她又试探性地问了一句，"再陪我最后一个晚上，好吗？"

这话一出，就像在豺狼面前添了肉，诱惑太大，根本就拒绝不了。

"好。"他说。

"嗯！"沈念笑得十分开心。

在那么多因为分手闹得十分不堪的小情侣中，他们算是安静的了。不吵不闹，沈念还在笑。

将碗筷塞进了洗碗机里，陆凌川拿抹布将桌子擦干净。

本来两个人约定好今天要出去看电影的，现在也取消了。还有最后一晚，想再多说两句话，毕竟以后就说不了的。可坐在一起，却又发现也没什么好说的了。

现在天越来越冷，沈念怕冷，也不想在客厅里待着了，进卧室换了睡衣，然后上床躺着。

陆凌川进来的时候手上拿着一个热水袋，热水袋鼓鼓的，灌了热水。

沈念已经在被窝里躺好了，两只手抓着被子，呆呆地盯着天花板。

床尾的被子被掀开一点，立刻有冷气窜了进来，沈念轻轻颤抖了一下，从呆滞中回了神。接着，她就感觉男人的手十分自然地握住了她的脚。冰冰凉凉的。沈念一直都有这个毛病，每到冬天就会浑身冷，尤其是手脚，冰得像是从冰窖里取出来的。

紧接着沈念就感觉脚下热乎乎的，然后被子被盖好。沈念这几天就用上热水袋了，天是冷下来了，但又不算太冷，开空调会觉得热，但是不开空调脚又凉，所以她就在购物软件上淘到了热水袋。虽然有充电式的，但那种会凉得快，很多时候她的脚还没暖和，热水袋就已经温了，反复充电十分麻烦，所以沈念还是喜欢这种老式热水袋。用的水不用太热，微微烫就正好。

沈念没有说话。

陆凌川转头进了浴室冲澡，差不多七八分钟就出来了。换好了睡衣，他掀开被子的另一角。

"目前我手上正在跟进一个项目，所以暂时还不能辞职，两个月之内我会解决，到时候我再离开。"沈念突然开口。

陆凌川上床的动作一顿，然后轻轻"嗯"了一声，伸出手摸到旁边的开关。

"哒。"房间暗了下来。

虽然两个人在同一张床上躺着,却显得十分生疏,中间隔着很远的距离。房间里安静得能听见对方的呼吸声,两个人都睁着眼睛,看着昏暗的天花板。

"还会留在京市吗?"过了好一会儿,陆凌川主动开口。

沈念沉默了几秒钟,没有回答,只是反问:"这个问题的答案对你来说很重要吗?"

"是。"陆凌川承认得很快,"对我很重要。"

沈念又沉默了几秒钟,继而轻笑出声:"可能会,可能不会吧。天下这么大,应该还有我的容身之处。"

"嗯。"

然后,屋子里又安静了。

"阿姨的身体怎么样?"又过了好一会儿,这次是沈念主动开口。

"已经没事了。"陆凌川说。

"那就好。"沈念点头,"这些年阿姨的身体一直不太好,等治好病还是让叔叔带她多走走多看看吧,或许多瞧瞧新鲜事物能让她的心情好一些。"

"好。"陆凌川答应着。

然后,两个人又沉默了。

"念念。"陆凌川的声音再一次响起来。

"嗯?"她答应得很温柔。

"你恨我吗?"陆凌川问。

沈念很认真想了一下,然后回答:"不,我爱你。"她头一次那么大方地承认。

陆凌川的瞳孔骤然一缩。

"我太爱你了……"沈念的眼神有些恍惚,"因为你是除了我爸妈,唯一毫无保留地爱我的人,比凌蕊深,比陆叔叔和阿姨深。你的存在让我知道,原来我也不算太差劲,不然也不会有一个那么优秀的你一直守护着我。"陆凌川在她生命中的位置太重要了,沈念爱他,深入骨髓,所以这些年也是心甘情愿地和他互相折磨。或许被爱情冲昏头脑的人都是这样吧,深陷爱情之中,其他什么都不在乎了。

"陆凌川,不管怎么说,我很感谢你的出现,包括你给予我的一切,让我原本平淡无奇的生命多了些色彩。"沈念说。

"你以前从来不说这些冠冕堂皇的话。"陆凌川开口。

"是吗?"沈念怔了怔,随即一笑,"那现在说了。"

像是相识多年未见的老友,很想和对方多说说话,却因为没有共同话题,所以只能不停地寻找。一会儿说到一个话题,然后多聊几句,就没话说了,沉默几秒钟,又换另一个话题,再聊几句。

"我最近认识了几个人。"陆凌川再一次找到新的话题。

沈念安静地听着。

"他们的公司都在海边城市。"他接着补充,"到时候你看看有没有喜欢的城市,如果有的话告诉我,我帮你安排。等这边的工作结束之后,直接去那里报到就行。有跟我一起那么多年的工作经验,你的求职不会太困难。"

这些年跟着陆凌川一起打拼,已经为沈念积攒了不少的经验。所以在这方面,陆凌川并不担心。说是不担心,可还是特意留意了。

沈念没有说话。

陆凌川很少说这么多话,就算没有得到沈念的回答,也还在自顾自地往下说:"等你重新选好定居的城市了,我送你一套海景房。平时休息的时候可以去那里度几天假。你的口味一直都偏清淡,淡淡的辣可以,那些重辣的东西少碰,知道吗?还有酒精。以后不管是自愿还是非自愿,注意照顾自己,不要勉强喝,聪明些,以果汁代酒。如果……有一天你要结婚了,给我发张请柬吧,我想去看看。"

说这话的时候,陆凌川的声音在微微颤抖。

旁边的沈念早已溃不成军,死死地抓着被子,眼泪在眼眶中打转,却又倔强地不肯让它流下来。不是说了要分手了吗?不是应该撕破脸老死不相往来了吗?为什么还要说那么多?为什么还要关心那么多?

陆凌川还在说,短短时间,他已经替沈念安排好了以后的生活。

沈念一直告诉自己要克制,要忍住。

终究,情绪崩溃。沈念突然抱住了陆凌川,低头吻住他。

今天的她有了三次主动:主动让陆凌川留下来陪她,主动对陆凌川说"我爱你",主动吻住陆凌川。

陆凌川愣了几秒钟,回过神过后将她牢牢地抱进自己的怀里。今天过后,她可以属于任何人,唯独不再属于他。这么多年的牵绊纠缠,终于到今晚画上了句号。

沈念微微蹙眉,两只手环着陆凌川的脖子。感觉到了疼,她低头,在他

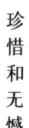

第九章 珍惜和无憾

253

的锁骨上狠狠地咬了一口，完全没有心疼，这一口用了她所有的力气。

"我恨你。"她开口。

陆凌川的动作僵硬。

"我恨你。"像个没有感情反复叙述的机器人，沈念一遍又一遍地说，"陆凌川，我恨你，我恨你。"是的，她撒谎了，她是爱陆凌川，但也丝毫不影响她恨陆凌川。恨的根源就是爱，或许就是因为太爱了，却又爱得不纯粹，中间衍生了太多的复杂因素，所以生成了恨意。

不过，已经不重要了，不管是爱还是恨，今夜之后，他们就是熟悉的陌生人。他的人生，她无权参与。而她的人生，他再也没有资格踏入。

…………

沈念一觉醒来，陆凌川已经离开了。感觉到旁边已经凉下来的被窝，沈念的手搭在那里很久才坐起来。

在这里住了那么久，她好像从来没有将这个房子好好走过一遍。起身，先去了卧室自带的阳台，然后从阳台走进了卧室，走过梳妆台，走过斗柜，走过房间里的开放式衣帽间，然后进了浴室，又去了客厅的阳台，客厅、餐厅、外卫、厨房、储物间……房间里的每一个角落，她都走了一遍。

沈念头一次发现，房子竟然那么大，大到她一个人住都觉得冷冷清清的。

回到卧室，拉开衣柜的玻璃门。她和陆凌川的衣服是分开放的，这边放的是陆凌川的各式衬衫，整整齐齐的一排。每一件衬衫都是她亲自熨完挂好的，这里面有几件衬衫，分别是什么款式，她闭着眼睛都能默写出来。

从左至右，手指在一件件衬衫上滑过，每滑过一件衬衫，便能想到陆凌川穿它们时候的模样。他一件都没有带走，包括衣服、生活用品，还是和以前一样，就好像……他们根本就没有分手，只是又因为一些矛盾大吵特吵了一架，两个人在冷战中。

不过以陆凌川的财力，也不会在乎这些东西，或许是怕麻烦，所以干脆不拿了。

看着那些衬衫，沈念低低地一笑，喃喃着："天亮了。"再美好的梦，如今也要清醒过来了。

之后的几天，陆凌川和沈念一直没有见面。

陆凌川好像是去出差了，没有带沈念。因为沈念手上有个重要的项目，合作方十分看重沈念的能力，指名道姓要沈念亲自负责对接，换任何人他们都不愿意合作。这是沈念留在公司的最后一个项目，顺利解决后，她便要辞职离开了。所以每一个细节，都由她亲自把关，不允许出一点错误。

"这些方案通通不行，重做。"沈念看着手上的几个方案，没一个是她看过眼的。

方案全部被打了回来，员工们垂头丧气。

有个员工弱弱地说了一句："沈助理，那个要求有点高，做到恐怕会很难。"

沈念低头写着字，淡淡地回复："你做不到是你的能力有限，和难不难关系不大。"

员工一噎，不死心地又说："其实 A 方案真的挺好的。"

沈念头也不抬："别把从垃圾桶里的垃圾捡出来放在我的精品展示柜上。"

不知道是不是他们的错觉，以前的沈助理虽然也公事公办、严谨认真，但这两天的她明显……要更冷漠无情些。

感觉到对方的沉默，沈念这才不紧不慢地抬了头，瞥了一眼刚才说话的员工手上的文件，开口道，"这个方案一个小时修改完，然后送到我这里来。"

被训斥了一番，几个员工苦着脸离开。

一个小时后，负责修改方案的员工默默地拿着修改完的方案回来，在距离沈念办公桌还有几十米的时候，怎么也踏不出那一步了。

眼角的余光瞥向不远处正在忙碌的蒋玲玲，那个员工的眼睛转了一下，随后眼睛一亮，默默地走过去。

"玲玲。"

听到有人叫自己，蒋玲玲抬头，看着过来的人，问道："彤姐，有什么事吗？"

叶晓彤对着蒋玲玲露出友善的笑容："是这样的……"叶晓彤将刚才沈念把她训斥一番的事非常详细地告诉了蒋玲玲。

"……事情就是这样，现在我把方案修改好了，就是不知道改得对不对。你看能不能……帮我送一下？"叶晓彤试探性地问。

"我？"蒋玲玲指了指自己，有些不好意思地道，"不太好吧，因为我没有参与你们的那个项目啊。"

"这个问题应该不大，主要是沈助理对你那么好，就算这个方案真的有问题,她也不会训你,可能会指导你修改或者直接亲自修改了……"

沈念对蒋玲玲好,是整个公司都知道的事。

"玲玲,彤姐平时对你怎么样?不算差吧?这个方案彤姐真是改得头疼得不行,现在特别忐忑……"

蒋玲玲作为才转正没几个月的员工,以前实习的时候,大家对她都很友善。思考片刻,她点头:"那好吧。那我帮你送一下吧。"

叶晓彤欣喜若狂地道:"谢谢!亲爱的!要是过了,今天晚上姐请你吃饭!"

蒋玲玲拿着修改好的方案去找沈念。

"沈助理。"

听见熟悉的声音,沈念抬头,看到是蒋玲玲,她轻轻皱了一下眉头。

"怎么是你来了?"

蒋玲玲嘿嘿一笑:"彤姐不敢把修改好的方案送过来,所以就拜托我。"

原本只是一件小事,平常沈念也不会在这种事上计较太多,甚至还帮蒋玲玲送过东西。但这次……

只见她的眉头皱得越来越深,冷漠地看着蒋玲玲,声音冷冷地道:"在帮别人忙的那一刻,你就已经做好帮她承担后果的准备了,对吗?"

"啊?"蒋玲玲觉得有点蒙。

"蒋玲玲。"沈念严肃地叫她的全名,"这个项目你没有参与,但现在你却帮别人送方案。也就代表,你已经做好被我批评的准备了,是吧?"

蒋玲玲还没缓过神来。

"那行。"沈念点点头,敲了一下桌子,"把方案拿过来。"

沈念待蒋玲玲一向温和,这是头一次对她说这么重的话,所以蒋玲玲觉得有点蒙。沈念让她把方案拿过来,她就真的把方案放在桌子上。

沈念用最快速度翻了一遍,然后,把手上的文件往地上一扔:"真的改了吗?改的什么东西?"

接下来的半个小时,原本好心帮忙送东西的蒋玲玲,加上临阵退缩的叶晓彤,两个人被沈念训得头都抬不起来了。

好不容易从沈念那儿出来,叶晓彤拿着方案,觉得又悲催又郁闷。

"我第一次觉得,沈助理训斥人那么毒。"

可能真的是沈念给她们的笑脸太多了,让她们忘记,沈念可是唯一那个跟着陆凌川从无打拼到有,陆凌川最信任的左膀右臂。

"玲玲,你有没有觉得这几天的沈助理太像陆总了。"

也不知道为什么,可能是她们的错觉吧,总觉得现在的沈念和陆凌川特别像。不管是乍一看的气质,还是刚才训斥人的气势,和陆总是一模一样的。

蒋玲玲头一次被训成这样,有些难受的同时,更多的是担心。她总觉得,念姐像是变了个人,明明以前不是这样的。

在公司里忙了一天,原本准备加个班,直到手机铃声提醒她该下班了,沈念才从工作中抬起头。

关掉手机闹钟,恍惚想起今天萧沐白约她吃饭,所以加不了班了。

检查一下目前手头上的工作,这个项目很大,不是三两天就能处理好的,急不得。今天已经做了不少了。

她把东西整理好,打开旁边带锁的抽屉,放进去,然后锁上,将钥匙丢进包里,把电脑一关,准备起身离开。

这个点儿大家都走得差不多了,沈念进了电梯,走出公司,在下公司门口台阶的时候,看到远处在路口石墩旁无聊地低头在地上画画的蒋玲玲。

蒋玲玲无聊地等待着,看到沈念走出来,眼睛一亮,立刻跑了过去。

"念姐!"

比起蒋玲玲的激动,沈念倒显得冷静多了:"怎么这么晚了还不回去?"

"我在等你。"蒋玲玲道。

"等我?"她皱眉问道,"有事吗?"她的声音还是淡淡的,人也显得冷漠了好多,和以前完全不一样了。

蒋玲玲脸上的笑容消失,换上小心翼翼的表情:"我今天是不是惹你不高兴了……念姐,对不起!你别生我气。"

沈念打量着蒋玲玲,她低着头,手上不停抠着包带,足以看出她现在十分不安。

"你不用对我说对不起。"沈念说,"你对不起的是你自己,不是任何人。"

蒋玲玲抬头。

"那个项目你本就没有参与,所以也不需要你送方案,我知道是叶晓彤请求你帮忙送的,但有些事能帮,有些事帮不得。你不知道她的方案是好是坏,又有什么底气帮她送过来?还是你觉得我一定不会骂你呢?"

蒋玲玲默默地又低下了头,声音小小的:"因为以前念姐你也经常帮我,加上彤姐又拜托我,所以才……"

第九章 珍惜和无憾

257

"我在帮你送东西前,都会自己先过一遍,确定没问题后才帮你送。当然,在我答应帮你的时候,我也做好了替你承担后果的准备。显然,你现在还没有这个能力。"沈念一针见血地指出来。

看着就差把头低到地上的蒋玲玲,沈念头疼地揉了揉眉心。

"玲玲,工作不是游戏,活着不是生活。在这种公司工作,就是在一群豺狼虎豹中抢夺食物,你只有在确定自己吃饱的时候,才能发善心去帮助别人夺取食物,你懂我的意思吗?"

"我知道……"蒋玲玲的声音很低。

"也同样,有些事情你可以参与,有些事不能。不要别人拜托你什么你就答应什么,要学会适当的拒绝,这样你才不会又做老好人,又被人埋怨。"

蒋玲玲这次没说话,只是点了一下头。

看她这样,沈念也没再批评她:"行了,时间不早了,你先回去吧。"

现在天气越来越冷,这个点天都已经黑了,沈念知道蒋玲玲自己一个人住,太晚回去会很危险。

听到这话,蒋玲玲默默地抬起了头,小声说:"念姐,今天是我做得不好,我请你吃饭吧。"

"不用。"沈念拒绝道,"你先回去吧。"

眼角的余光瞥到了一旁,因为天已经黑了下来,加上刚才她的注意力都在蒋玲玲身上,所以都没发现旁边停了一辆车。直到那辆车开始打双闪,沈念才发现。

看到了熟悉的车牌号,她收回视线,对蒋玲玲说:"早点回家,我先走了。"说完,踩着高跟鞋朝车的方向走去。

打开副驾驶的门,沈念上车,萧沐白眉眼带笑地伸手将副驾驶座上的矿泉水拿起来放在旁边。

沈念关上门,系好安全带,问了一句:"什么时候来的?怎么不给我打电话?"

萧沐白发动车子:"早就到了。"

他开车离开,正好路过在路口等车的蒋玲玲,眼角的余光瞥了一眼沈念,笑意更深。

看到他的笑,沈念没好气地道:"你想说什么就说吧。"

萧沐白揶揄道:"没想到你竟然舍得把她骂那么狠。"他的车离她们挺远的，所以听不见沈念的说话声，不过光看那个架势，就知道骂得肯定不轻。

"怎么突然对她那么严格了？以前你对她可是很纵容的。"就连萧沐白都知道沈念对蒋玲玲好。

以前萧沐白问过，沈念说，因为蒋玲玲很像陆凌蕊。然后就没说其他了。不过单这一句，就足以让萧沐白明白。因为蒋玲玲很像陆凌蕊，所以沈念对她的感情总归要比对旁人特别一些，会很耐心帮她，有些事只要不过分还会纵容她。不为别的，就因为沈念在她的身上看到了陆凌蕊的影子，所以做什么都心甘情愿。

沈念没有立刻回答萧沐白的问题，而是沉默了一下，才开口："我不能在她身边一辈子，她总归是要自己成长的。"

沈念现在才发现以前对蒋玲玲有些过于纵容了，遇到一点事都会帮她解决，以至于她到现在在很多事情上都是小白。

人只有在碰壁的时候才能记住疼，才会成长，而她永远在蒋玲玲跌倒的时候就及时把蒋玲玲扶住，这样是永远感觉不到疼长不了教训的。

…………

和萧沐白吃完了饭，沈念回去。回沈家。自从那天和陆凌川分开之后，沈念就回沈家住了。

开了门，沈念先把包放在台子上，打开鞋柜拿出自己的拖鞋，一边换鞋一边开口："爸爸妈妈我回来了。"这是她的习惯，以前每次回到家，她都会习惯说这一句。说完，才发现自己又顺嘴了。

默默地抿了抿嘴唇。

前段时间沈念请阿姨把家里收拾了一下，又拜托阿姨洗了床单晒了被子，加上这几天她一直住在这儿，屋子里终于多了些人气儿。

进入厨房打开冰箱，冰箱里空空，只有她前天去便利店买的几瓶水。她拿了一瓶矿泉水，拧开盖子，打开喝了一口，边喝边走出厨房。

坐在沙发上，眼角的余光瞥到了茶几上的一个快递信封袋。这是她刚才开门的时候在门口发现的，收件人是她，而且还是同城快递。

可是她没有买东西。

一般这种文件袋放的都是纸制品，可能是公司的重要文件。可是，她从未对别人说过她现在住在这儿。

带着疑惑，沈念撕开文件袋，将里面的东西倒出来。里面只有一个信封。

一个白信封。信封上清楚地写了她的地址,还有右下角的那个"沈念收"。

熟悉、好看的笔迹,他的字和他的人一样好看。所以只看一眼,沈念便知道,这是他的笔迹。这是他们一百天之约的第一天时,他们在店里为对方写的一封信。陆凌川已经通知店主把信寄给她了。

原本平静的心顿时漾起波澜,她握着信封的手轻轻颤抖着。过了很久,她才平复好情绪,拆开信封。

信封里面有一张纯白色的信纸,也是陆凌川亲自挑的。翻开一看。信纸上大多都是空白的,在看到文字的那一刻,沈念终于明白,为什么陆凌川和她一样一分钟不到就写完了。因为信纸上只有两个字:珍惜。

这是陆凌川对她说的话,没有华丽的辞藻,也没有缠绵和不舍。

只有两个字。珍惜。和你在一起的每一分每一秒,我都很珍惜。短短两个字,让沈念好不容易筑起来的围墙,瞬间崩塌。

京市国际机场,一架飞机平稳地落地。

陆凌川从机场出来,漫无目的地开着车,不知道该去哪里。他的心是空的,明明有很多住处,但那些地方只是住处,是房子,不是家。

他像个无家可归的孩子,一个人盲目地在路上流浪,不知道何去何从。忙了这么多天,他有些疲惫,开起车来都是浑浑噩噩的。

等他回过神,他已经在高架上行驶,而这条路,是回那个家的。他和沈念的那个家。

陆凌川后知后觉地反应过来,但高架上不许掉头。似乎是给自己找了个不错的理由,他开着车,继续向前走。

车子开到了小区门口,平常开车的住户回家一般都是直接开进地下车库,然后从地下车库坐电梯回家。

陆凌川开着车在小区门口徘徊,考虑了一下,还是在附近的停车位上停了车。

下车,关上车门,朝小区大门走去。

进了大门,值班的保安认出他是住户,帮他刷了门禁卡进去。

陆凌川进入小区,踩在石子小路上,一步一步地向前走。这是以前他和沈念走过很多遍的路。到了某幢楼下,陆凌川驻足不前。冷风打在他的身上,他的风衣衣摆飘动着,短发吹得有些乱。

陆凌川的两只手插在口袋里,站在那儿,缓缓抬头,由下到上,一层层数着。然后，找到了自己想找的那一层。上下左右的灯都亮着，唯独中间是暗的。

万家灯火中，他和沈念的那盏灯，熄灭了。

陆凌川不知道在风口站了多久，直到感觉脸被吹僵了，才缓缓地低下了头，没有上去，而是转头离开。

小区门口的保安都是在这里工作几年的老保安了，自然认识小区的住户。

见陆凌川又出来了，值班的保安感到有些惊讶，随口问了一句："这么晚了还出去啊。"

"嗯。"陆凌川随口应了一声，并未打算多言。

"你们年轻人也太忙了，这一出差就是三五天、十几天的，前几天我还看到念丫头拎着个行李箱走了，好像是去出差还是什么来着？"

每次回来时保安帮沈念开门时，沈念都会有礼貌地点头问好，所以保安认识沈念，对她的印象也特别好。

闻言，陆凌川的脚步一顿，下一秒又抬腿，离开。

陆凌川回了陆家，自从黎明诗生病住院后，陆凌川就再也没回来过了。

进来的时候一楼的灯是亮着的，陆凌川皱眉。凌晨在家？

陆凌川正要上楼，正好徐阿姨从楼上下来，看到陆凌川，十分惊讶。

"凌川？你不是出差去了吗？怎么回来了？"

"徐阿姨。"陆凌川叫了一声，然后问，"您怎么回来了？"

徐阿姨指了指楼下客厅里的几个行李箱："现在先生在医院陪着呢，我趁着这个工夫回来帮太太拿几套厚衣服，还有厚被子。虽然医院也有被子，但是盖得不舒服。"

"嗯。"陆凌川又问道，"我妈好些了吗？"

徐阿姨笑着道："已经好多了，别担心，医院有我呢。"见陆凌川的眉眼间尽是憔悴之色，徐阿姨担心地道，"看你都有黑眼圈了，这几天没休息好吧？时间不早了，我得赶紧回医院，你快休息吧。"

"好。"

徐阿姨去拿行李箱，眼角的余光扫到了桌子上的东西，赶紧叫住上楼的陆凌川。

"凌川。"

陆凌川停下脚步，扭头。

徐阿姨将桌子上的文件袋拿起来，给他送过来："这是我今天回来的时候在门口看到的，好像是你的快递，我看上边写了你的名字。"

陆凌川从徐阿姨的手里接过快递，果然快递单上写着他的名字和陆家的地址。

"谢谢。"陆凌川说了一声，然后拿着文件袋上了楼。

回到房间，将身上的风衣脱掉搭在旁边的椅子上，撕开文件袋，里面是一个信封。

当看到那个白色的信封时，他愣住。然后，他像个动作迟缓的老人，缓缓地将信封拿出来。是沈念给他写的信。他拆开信封，翻开信纸。沈念和他一样，只在信纸上写了两个字：无憾。

能有短暂的甜蜜，她无憾了。

翌日一大早，沈念开完早会下楼回自己的工位，一边低头看资料一边往前走，路过几个员工的时候听见她们的窃窃私语。

"刚才我去给陆总送资料的时候看到老板娘也来了。"

"是吗？我都好久没见过她了，还以为她和陆总分手了。"

"怎么可能分手？梁小姐长得那么漂亮，家世又好，和陆总怎么看怎么般配好吗。"

"也是哈……"

几个员工一边讨论一边从沈念的旁边路过，沈念听见了她们的对话，停住脚步。

老板娘……梁璟禾。

陆凌川又和梁璟禾在一起了？

她垂眸，不知道在想什么，可稍微停留一下，沈念便又抬头，回到自己的工位。

回到工位的时候，桌上已经摆了小山一般高的文件，刚把文件放在沈念桌子上的总监见沈念回来了，立刻说道："沈助理，你开完会了。"

"嗯。"沈念应声。

"正好你来了，我顺便和你说一声。上面的五份文件是需要你过一遍的，下边几个黑色的文件夹是你要的资料，我已经整理好分类了。然后最下面的白色文件是需要陆总签字的，比较着急，前几天陆总出差，签不了字，拖到现在。现在陆总回来了，要赶紧签好字，不然再耽误下去会有影响。"总监吩咐着。

沈念看了一下,然后过了一遍总监的话,点头:"我知道了。"

"行,那你先忙。"

"嗯。"

坐下后,她先把最上面几个需要她过一遍的文件看了一遍,确定没问题后,在上面签了字,又将中间的黑色文件夹放在旁边可以随手拿到的文件收纳筐里。最后,是需要陆凌川签字的文件。她的目光落在白色文件夹上,一言不发,只是默默地抱着文件朝陆凌川的办公室走去。

沈念轻轻敲门,在听见里面传来男人的那声"进"时才推开门进去。

梁璟禾正坐在沙发上喝红茶,看到沈念,她微微对着沈念点了一下头。

沈念的脸上没有表情,对她点了点头,然后朝陆凌川走去:"陆总,这几份文件是需要您签字的。"

"拿过来。"陆凌川没有抬头。

沈念将文件放在桌上,陆凌川看着到自己眼前的新文件,放下手头的工作,翻开文件夹,认真地过了一遍项目条款,确定没问题后才在文件上签了字,其他几份文件也同样如此。签好之后,他把文件一推,继续忙刚才的工作。

没有为难沈念,但两个人全程也没有任何多余的交流。

沈念也没有停留,拿着文件离开。

两个人分手分得很平静,不夹带任何私人恩怨,除去曾经相爱过,他们还是老总和助理的关系。

看着沈念关上门,梁璟禾才收回视线,看向忙碌的陆凌川,想说什么,欲言又止。纠结了好久,她才开口。

"凌川,你想好了吗?"她问。

"嗯。"陆凌川依旧在低头工作,声音淡淡地道,"我妈的身体不好,有一件喜事让她开心,挺好的。"

梁璟禾沉默着,抿了抿唇。

"那……你和她,真的没可能了吗?"梁璟禾知道以自己的身份不该问这个,可她还是问了出来。

陆凌川握着钢笔的手颤抖了一下,钢笔的笔尖抵在纸上,墨水很快晕开,留下特别明显的痕迹。他默默地把钢笔放在旁边,将那张纸团成一团丢进旁边的空垃圾桶里。

没有回答梁璟禾的问题,陆凌川只是说:"我说过的,如果你不愿意可以随时拒绝。"

这话倒让梁璟禾无话可说了。愿意，怎么可能不愿意？即便知道他还没有真正放下心里的那个人，即便知道自己并未走进他的心里，他也明确告诉过她，而且尊重她的选择。可面对他提出来的请求，她依旧难以拒绝。

除了那天送文件时碰过面，之后的几天，陆凌川和沈念各忙各的。

沈念有项目负责，经常在会议室里泡着，而陆凌川也有自己的安排，平常也不会碰面。

这段时间沈念一直住在自己家里，每天回到家后，没有社交，没有爱好，连电视剧也不追，只是抱着小腿坐在沙发上发呆，没有时间限制地发呆，发完呆，就起身回房间睡觉，然后第二天上班，下班之后吃饭、洗澡，洗完澡继续发呆，如此反复循环。

又忙碌了一天，沈念终于处理完了手上的工作。她看了一下时间，发现挺晚了，便立刻收拾东西，拿着包离开。

沈念走到路边打车，很快有出租车开了过来。沈念拉开后车座的门，上车。

"师傅，麻烦去……"原本下意识地要报沈家的地址，但想到家里已经没有了换洗衣物，考虑再三，还是报了那边的地址。

车子停在小区门口，沈念下车，进了小区。从电梯里出来，她用大拇指轻贴在识别指纹的位置。成功开锁。

开门进入，屋里非常安静。拉开鞋柜准备换鞋，刚把鞋拿出来放在地上，眼角的余光瞥到了同样在地上的那双浅灰色大码拖鞋。

这是他们前段时间一起去超市新买的拖鞋，因为天气冷了，沈念为两个人重新选购了厚拖鞋，选了个同色同款不同码的。

看到那双鞋，沈念轻轻皱眉，眼底闪过一丝不解。她明明记得这双鞋在她走的时候放进鞋柜里的，怎么会出现在外边。

不过也没有想太多，把拖鞋又放了进去，换上自己的拖鞋，进屋。

今天忙了一天，她又累又困，连客厅都没待，直接进了卧室。

一边打哈欠一边关上卧室的门，然后扑到床上。

鼻子紧贴着被子，被子上传来熟悉的味道，沈念睁开眼睛，人清醒了几分。以为是自己闻错了，她抓着被子，不确定地又嗅了嗅，那股淡淡的好闻的味道在鼻端萦绕。

陆凌川的身上有一股很好闻的味道，很轻很淡，又足够特别。

原本以为陆凌川已经离开多天，房间里早就没有了独属于他的气息，没想到竟然还有，而且还那么浓。因为闻到了陆凌川的味道，沈念清醒了很多，在床上坐直。正好趁着现在去洗澡。

陆凌川今天和客户吃饭，喝了不少酒。摇摇晃晃地走着，每次在差点倒下去的时候又及时稳住身子，十分艰难地回到了家。

站在门口，人是醉醺醺的，他的指纹连续识别失败好几次，陆凌川皱眉，脸上闪过一丝不耐烦。用手指划了一下密码锁屏幕，打算输入密码进屋。人虽然喝醉了，但大脑却十分清醒。他在键盘上边按了六个数字，再按#号键。成功开锁。拧开门，进屋。身子轻轻摇晃着，双眼微阖。

自从那天保安和他说沈念拉着行李箱离开后，陆凌川每天都会回到这里。不需要刻意想什么，只是在这里睡一觉，他都睡得十分安稳。

他连灯都没有开，摸黑着换鞋，脱掉一只鞋后就要去穿拖鞋，结果穿了个空。他紧皱着眉头，最终在鞋柜里找到了拖鞋，换完鞋子进屋，一路上摇摇晃晃的。

终于，他摸到了卧室的门，拧着门把手推门进去。

卧室里面微弱的灯亮到了陆凌川心头，他立刻清醒过来。

抬头的那一瞬间，正好和靠坐在床上开着床头灯看杂志的沈念对上眼神，沈念的眼里满是迷茫。

在看到陆凌川，沈念感到有点惊讶，之后是慌张和迷茫。他……怎么来了？

这是他们分手之后，头一次在公司之外正面相遇。气氛有些尴尬。

没想到沈念回来了，陆凌川的酒醒了大半。现在人都进来了，退是退不出去了，他握着门把的手紧了下，找了个还算可以的理由："我来拿衣服。"他之前离开的时候特意没有拿走任何东西，似乎就是为自己以后名正言顺地来这里找个理由。

沈念回了神，"嗯"了一声。然后继续低头看杂志，却是什么都看不进去了，只是胡乱地翻着。

陆凌川走了进来，直奔衣帽间，打开玻璃柜，随意挑着衣服。

沈念"哗啦啦"翻着杂志，听着衣帽间那边传来的声音，却不抬头看他。

陆凌川随便挑了一套衣服，又磨磨蹭蹭地选了领带和领带夹，拿着选好的衣服准备离开。想到什么，他停住，看向床的方向，犹豫了一下还是对沈

第九章 珍惜和无憾

念说:"我要结婚了。"

沈念抓着杂志的手猛地一抖,险些将那一页撕下来,她笑着道:"是吗?那恭喜了。"说完,她又补充道,"这几天我会尽快搬走的。"

"不用。"陆凌川说,"房产证上是你的名字。"他的意思是,这个房子是他送给她的。

纠缠这么多年,沈念从没要过他的东西。现在他要结婚了,作为前女友,能得到一套房作为补偿,似乎也不错。拿了物质上的补偿,两个人这么多年的纠缠算是两清了。

"谢谢。"她对他说。他们已经生疏到要互相道谢的地步了。

然后,便没话说了。陆凌川一言不发,沈念也不再说话,两个人僵持着。沉默了好一会儿,陆凌川准备拿着衣服离开。

"我们说说话吧。"身后传来沈念的声音。

看着陆凌川即将离开的背影,沈念说:"像刚认识那样。"明明曾经有那么多话可以说,怎么现在都找不到话题了呢?

陆凌川的身影晃了晃,在准备转身的那一刻,又听见她说:"算了。"沈念低低地一笑,"其实挺想和你聊聊天的。"却又怕看到你爱搭不理的模样。怕为难了你,也自己难堪。

沈念深吸一口气,再次抬头,露出笑容。她看着他,说道:"陆总,祝您和梁小姐海枯石烂永结同心,地阔天高比翼齐飞,百年好合,早生贵子。"

陆凌川僵在那儿,一言不发。也不知道站了多久,他终于抬腿,离开。

那天之后,陆凌川再也没回来过,两个人倒是经常在公司里碰到,却也保持着距离。也不知道谁传出来的,公司的人都知道陆凌川和梁璟禾要结婚了,听说婚期定在了年底。

年底就是十二月底,现在已经十二月初了。也就是说连一个月都不到了。

"陆总和梁小姐好像在一起没多久吧,怎么这么快就结婚了?也太匆忙了吧。"

"你懂什么,有钱人结婚不光看感情,还得看利益,就是所谓的联姻。咱们陆总人帅多金,梁小姐是国外海归,从哪方面看都是天造地设的一对。加上两家又都是有头有脸的人物……他们结婚是板上钉钉的事,早结晚结都一样。还不如早点结了,两大家族强强联手,为双方创造更多的利益。"

公司食堂里,沈念还是习惯性地找了个最角落的位置坐下,即便坐在角落里,耳边也能听见员工对陆凌川和梁璟禾的评论。她握着叉子的手顿了顿,面前的意面没动过,却一点胃口都没有了。

蒋玲玲拿着文件在食堂里转了一大圈,终于找到了沈念。

"念姐。"她走过去,在沈念对面坐下。

"这是我最新修改的文件,你看看可以了吗?红色的是我新改的。"

这些天沈念在忙项目的同时也在抓蒋玲玲的工作,她突然变得苛刻了很多,以往蒋玲玲两次就能通过的方案,现在七八次都卡着不给过。

沈念看着她:"现在是午餐时间,你没去吃饭?"

"吃了,我啃了两个面包。"蒋玲玲盯着她手上的文件夹,"念姐,你卡了我那么多次都不给通过,说明这个项目很重要,我得赶紧弄好,不能给你丢脸。"

瞧她认真的模样,沈念微笑着道:"其实项目并不重要,我是在锻炼你的能力。"

正好也没胃口,她干脆将盘子往旁边一推,打开文件夹。里面用各种颜色的笔做了修改,每种颜色代表一次改动,上边已经标记得密密麻麻的,看得出来蒋玲玲是真的用心了。她只看了新改的部分,这次改得不错,改了那么多遍的效果已经出来了。

文件夹上夹了一支红笔,她拿起笔在几处修改了一下,然后把文件夹推给蒋玲玲:"这样会更好,你记一下。"

"哦。"蒋玲玲默默地接过文件夹。

沈念端起旁边的红茶抿了一口,看着认真学习的蒋玲玲,脸上难得带着笑意。

"这就对了,本事是学在自己身上的,别人再有能力也是别人的事,凡事最好靠自己,因为没有人会护着你一辈子的。"

蒋玲玲抬头:"那念姐你会护着我一辈子吗?"

沈念沉默了两秒钟,果断地摇头,"不会。所以你才要进步,这就是我为什么希望你提高能力的理由。"

项目结束后她就要离开了,她最放心不下的就是蒋玲玲。

和蒋玲玲讨论了一会儿,蒋玲玲根据沈念的指点又回去修改了。收拾了餐盘,沈念也回去工作了。

才坐下没多久,萧沐白的电话就来了。沈念微微一笑,接通电话,左手拿着手机,右手忙工作。

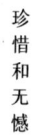

"怎么这个时候给我打电话了？"

萧沐白也在忙，声音一如往常般温和："查班，有没有准时吃饭？"

沈念觉得哭笑不得："吃了，刚回来。"

萧沐白笑着说："别骗我，被我发现小心我黑脸给你看。"

"扑哧。"沈念忍俊不禁，"好啊，请萧少爷给我变个脸，就当免费看场表演了。"

两个人都在笑。

"对了。"想到什么，萧沐白邀请她，"听说城南的动物园开园了，今天下班我带你去看？"

沈念和陆凌川分手之后，萧沐白每天想方设法地要带她出去玩，努力转移着她的注意力。

"不用了。"她对动物没兴趣，也不想去看，"这几天项目在收尾，不加班都算好的了，哪有时间去看动物。"

"行。"萧沐白一向尊重沈念，"那等你休息了再去。"说完又关心地道，"不过忙也要有分寸，该休息的时候还是要休息。"

"好。"沈念乖乖地答应着。

"我这边还有工作，那我先忙，挂了？"

"沐白。"萧沐白正要挂电话时，沈念叫住他。

萧沐白疑惑地问道："怎么了？"

沈念握着手机，说："我忽然想到一件事，可能要麻烦你帮我办一下。"

"你说。"

"我的名下有两套房，你帮我找个靠谱的中介，帮我挂在网上卖了吧。"

"什么？"萧沐白以为自己听错了。

"念念，你突然卖房子做什么？"他有些警惕地问道。

听出了萧沐白语气里的紧张，沈念一笑："等我完成这个项目后，我就不打算在京市待了，也不准备回来了。房子空着也是浪费，所以想着卖了换点现钱，以后在其他城市发展不错的话，就直接在那边买房定居。"沈念又补充道，"其实我挺喜欢大海的，未来应该会在海边定居。"

沈念的语气十分轻松，对未来充满了憧憬，萧沐白这才松了一口气。

"行，我帮你留意一下。"

正好此时负责同一个项目的另外几个同事来找沈念。

"沈助理，你现在在忙吗？向陆总汇报的时间到了。"

沈念捂住电话，轻轻点头："给我一分钟。"
说完，她又对电话那头的萧沐白说。
"谢谢你，沐白。"
"和我客气什么，挂了。"
"好。"
挂了电话，沈念将手机放在桌子上充电，抱着资料跟着几个人一起进了总裁办公室。
…………

第九章　珍惜和无憾

第十章
月亮西沉

这几天梁璟禾每天都来公司，然后在陆凌川的办公室里待上一天。

婚期将近，陆凌川又太忙，除了公司的事还要跟进陆凌蕊的事，根本腾不出来时间去选结婚用品，所以只能梁璟禾过来，趁着陆凌川偶尔的空闲时间，和他商议。

沈念进来的时候，梁璟禾正坐在那儿翻新婚用品的杂志，有时候视力太好也不是件好事，一眼望去便瞧见了大红喜字，看着又亮眼，又喜庆。没有多看，沈念立刻收回目光，和几个人商议一下，然后开始汇报工作。

四十分钟后，几人汇报完毕，等待陆凌川的回复。

陆凌川道："没什么问题，把你们刚才的汇报整理一下发到我的邮箱。"

几个人异口同声地道："是，陆总。"

汇报完了，他们转身准备离开陆凌川的办公室。

看到他们要走了，梁璟禾才看向陆凌川，开口："凌川，这个周末你有空吗？去陪我选一下婚纱吧。"

陆凌川语气淡淡地道："周末约了客户。"

梁璟禾低头，眼底的失望一闪而过，可还是道："行吧，那我自己去。"

走在最后一个的沈念听见了身后的对话，她的一只脚已经踏出了陆凌川的办公室。她停下步子，扭头，开口问道："这个周末我没事，梁小姐需要我陪你吗？"

话音才落，陆凌川和梁璟禾同时看过来，男人的目光深沉，握着笔的手紧了些，没有说话，只是这么看着她。

梁璟禾印象中的沈念一向冷静、淡漠，这是她头一次主动和自己搭话，感到有些诧异，回过神，微笑着道："这样会不会麻烦你？"

"不会。"沈念，"梁小姐即将成为凌蕊集团的女主人，为公司做事是我的义务和责任。"

"只要不影响你就好。"梁璟禾眉眼弯弯地道,"有你陪着我,到时候也能给我提提意见。"

沈念低头,刻意忽略身上那道刺眼的目光。

梁璟禾很容易满足,有沈念陪着,她也就不纠结有没有陆凌川陪着了。她扭头对着陆凌川笑着说:"沈助理陪我去,那你忙你的,不用担心我。"

陆凌川低下头,留下一句:"随便。"

沈念没再多说,离开了办公室,轻轻关上了门。

陆凌川坐在那儿,头一次有坐立难安的感觉。明明有那么多工作等着他处理,脑子里却十分混乱,让他根本无心工作。烦躁,全身心的烦躁。这种感觉已经持续了好几天,尤其是沈念进来送文件抑或汇报工作时,这种感觉更加浓烈。再加上梁璟禾一直在耳边和他说结婚的事,听得他更加烦躁。

这是陆凌川第一次感到如此心累,想要躲避,躲得远远的,什么都不想管。

沈念离开后,陆凌川一直浑浑噩噩的,自己都不知道自己说了什么做了什么,失了魂一样。也不知道这种情况维持了多久,终于觉得过来了。他恍然回神,才发觉办公室里已经暗了。看了一眼时间,已经下午六点多了,外边也亮起了路灯。

办公室里十分安静,连梁璟禾也不知道去哪儿了,只剩他一个人独自坐在办公室里。

回了神,只觉得头痛欲裂,放下笔,陆凌川闭上眼睛捏了捏眉心,然后起身走向落地窗,准备看看风景休息一下。眼角的余光瞥到了什么,陆凌川低头,看着楼下。

沈念从公司里出来,路边停了一辆熟悉的车,好像在哪里见过。

果不其然,下一秒钟,驾驶座的门打开,萧沐白从车头绕过去,朝着沈念小跑而去,自然地从她的手里拿过包。

离得有些远,他听不见他们说了什么,但看得出来两个人的心情不错。

沈念伸手要抓萧沐白,萧沐白躲她,两个人像孩童那般,你跑我追。在距离车子还有五米左右的时候,萧沐白停下来让沈念抓住,被沈念拍了两下,萧沐白揉了揉她的头发,然后很自然地帮她拉开副驾驶的门。两人看着是那么的般配,画面是那么的温馨,那么的……刺眼。

陆凌川站在那儿,垂在身体两边的手松了又握,握了又松。终究,选择了松手。

看着那辆车离开，从他的视线中消失，他的眼底黯淡无光。

…………

周末，沈念很早就起来了。今天不用上班，但有一件重要的事——陪梁璟禾挑婚纱。还是她自己要求的。陪前男友的现女友去选婚纱，这件事传出去，估计别人都能笑掉大牙。

知道自己今天只是配角，沈念挑了一身并不显眼的装扮，黑框眼镜一戴，显得人都古板了很多。她没有化妆，直接素颜出门。和梁璟禾约定好是在婚纱店门口碰面，她提前出了门，到的时候正好梁璟禾也来了。

"你来了。"看到沈念，梁璟禾露出大大的笑容，"我以为你还要等一会儿呢。"

沈念的微笑依旧标准有分寸："是我主动提议陪同梁小姐的，迟到是很失礼的事。"

闻言，梁璟禾脸上的笑容更深："对了，我特意为你带了早餐，吃早餐了吗？"一边说一边扭头看向助理，助理立刻将手上的早餐递过来。

沈念婉拒："吃过了，谢谢梁小姐！"

寒暄完，她们一起进了店，店内的工作人员早就已经恭候多时。看到梁璟禾来了，立刻露出又恭敬又友善的微笑："梁小姐，您来了。"

说着，三四个员工围在梁璟禾身边，其中挂着经理牌子的员工开始介绍："今天咱们主要挑选四套衣服，到会场之前的秀禾服，主婚纱，敬酒服，还有晚礼服。"

听完，梁璟禾诧异地道："要选那么多啊。"她还以为只要选套婚纱就行了。

"是的，陆太太。"经理微笑着道，"这只是粗略划分的四个领域，其实认真分还能更精细的。就比如说秀禾服，通常都是大红色，只是款式和绣花不同，如果要选其他的话也可以选择粉色、金色、蓝色、紫色的秀禾服，根据准新娘的喜好和婚礼现场风格进行选择，这就是选婚纱的意义。"

说着，经理已经带着她们到了秀禾区，入眼看几十米的长廊，两边各摆了一长排架子，上面挂着各种颜色、各种款式的秀禾服。店里特意选了射灯，灯光照在秀禾服上，秀禾服上缝着的钻石又闪又亮。

"真好看。"梁璟禾的眼睛亮着光。

是的，真好看。

梁璟禾翻了一圈都没找到自己最心仪的款式,因为每件都漂亮。

她挑的眼睛都花了。

一旁的经理微笑着说:"我们店的款式的确有些多,如果实在挑不出来的话可以先挑男款,相比较而言,新郎的秀禾服款式是有限的。可以确定好新郎的秀禾服,再根据同风格挑一个自己喜欢的。"说完,经理看了看四周,这才发现梁璟禾只带了两位女性来,并未看到新郎,"新郎呢?他怎么没来?"

梁璟禾说道:"他比较忙,实在没时间来挑衣服,所以他的衣服由我来挑。"

"好的。"经理点头,眼底还是多了些八卦。还是头一次见结婚选礼服新郎连衣服都不来试的。

其实以陆、梁两家的身份,两家强强联合,不光是婚纱,各方面都会高级定制,才不会来婚纱店选购。但因为婚期太赶了,目前还剩下不到一个月的时间,已经来不及定制了,只能在婚纱店挑选实物。

梁璟禾选不出来,扭头拜托沈念:"沈助理,我挑花眼了,麻烦你也多看看,只挑看上眼的。"

"好。"沈念点头,上前帮她挑选。说是帮忙,她却比准新娘梁璟禾都认真,先挑自己觉得不错的,筛选一遍后从筛选出来的衣服里再挑,如此反复。最终,为梁璟禾定了几件款式不错的秀禾服。

主婚纱不用挑,梁璟禾直接买下了这家店的镇店之宝,除此之外,还有敬酒服和晚礼服。虽然不是自己的婚礼,但沈念却挑选得十分认真。

不同场合穿的衣服每套都选了四五件,梁璟禾先去化妆,再试衣服。

助理跟着梁璟禾进了化妆间,沈念没进去,靠在外边,低头回萧沐白的信息。

萧沐白:今天你休息,想去哪里玩?我去接你。

沈念回复道:不用,我现在在婚纱店里。

那边很快回了个"?"。

今天梁小姐来挑选婚纱,我做参谋。沈念回复道。

低头打着字,没有注意周围,直到听见梁璟禾的声音,她才抬头。

"沈助理,这件好看吗?"

闻言,沈念抬起头来,就见梁璟禾穿着一身粉色的秀禾服。粉色娇嫩,穿在她身上显得很美。她头发盘了起来,戴上同色系发钗,额前吊了一颗粉色的宝石。

第十章 月亮西沉

273

沈念握着手机，点头认真地说："好看。"她点评得十分真诚。

梁璟禾被她诚挚的眼神看得有些不好意思，笑着说："还有好几套呢，我再试试别的。"话音才落，为她拍照的小助理立刻带她进入换衣间。

沈念突然没了聊天的心思，靠在那儿认真地等待梁璟禾从换衣间里出来。看她换上颜色、款式各不相同的秀禾服，沈念真看入了迷。

"擦擦口水，快要滴下来了。"耳畔传来一个揶揄的声音，沈念扭头，看到人，有些意外，"你怎么在这儿？"

萧沐白一本正经地道："是你和我说，你在婚纱店陪梁璟禾试婚纱。"

她的确说过自己在婚纱店，不过……

"我不记得和你说过我在哪家婚纱店。"

"还用你说吗？"萧沐白站在沈念身边，个子比她高出许多来。他的手上拿着保温杯，一边打开保温杯的盖子，将温度刚好的牛奶倒进盖子里，递给沈念，一边看向换衣间的方向。

"梁家小姐结婚，即便穿不上高定，也一定会选择京市最昂贵的婚纱店。"所以想找到她们一点都不难。

低头看着萧沐白递过来的牛奶，沈念挑了挑眉，接过来，双手捧着盖子小口喝着。

刚刚梁璟禾已经换完了选的全部秀禾服，现在换的是主婚纱。梁璟禾穿着一身白色的婚纱，显得又娇嫩又明艳，工作人员为她戴上皇冠，换了耳饰。

沈念目不转睛地盯着，她问萧沐白："怎么样？是不是很好看？"她的眉眼弯弯，看得出来心情很好。

盯着蓬松闪亮的婚纱，化妆师正在为梁璟禾补妆。

沈念一脸憧憬的表情："怪不得有那么多姑娘即便不结婚也想穿一次婚纱，为自己拍一组照片。有人说，女生最美的时候是穿着婚纱的时候……"

萧沐白只看了几眼便收回视线，转而看向沈念。婚纱的确漂亮，但萧沐白担心……她。

"你还好吗？"他问。

"好啊。"沈念笑，"我特别好。"

萧沐白沉默了几秒钟，又说："其实你今天不应该来。"没必要看这些伤害自己。

沈念却沉默下来了，继续将目光转到梁璟禾身上，也不知道看了多久，才开口："我知道这不是我的月亮，但有一刻，月光确实照在了我的身上。"

梁璟禾拖着婚纱尾朝沈念走来，她眉眼带笑，对着沈念展露出大大的笑容。

"沈助理，你觉得怎样？有没有哪里需要改的？"毕竟是实款，不是根据她的尺码定做的，有些地方不合适在所难免。

沈念十分认真地打量完毕，点评道："特别漂亮，梁小姐的身材很好，没有特别要改的地方。"

梁璟禾被夸得脸上的笑容容止不住："谢谢。"目光这才落在沈念旁边的萧沐白身上，愣了一下，"这位是……"

这话是她下意识问的，问完就想到了。她见过萧沐白，之前有过一面之缘，虽然当时看得不太清楚，但梁璟禾的记性很好。

沈念斜眼瞥了一眼萧沐白，往他身上一靠。

"我男朋友。"她大大咧咧地道。

话音才落，一直抓着的手机响了，看了一眼，是公司打过来的，应该是工作上的事，她拿着手机走开。

"别听她胡说。"萧沐白看她离开的背影，眼底满是无奈和宠溺。抬头对上梁璟禾的打量，萧沐白认真向她道："我是她哥。"

…………

陪着梁璟禾选完婚纱后，沈念开始了加班模式，终于在一个星期之后，完成了所有的收尾工作。

沈念拿着笔，签完最后一个名字，露出如释重负的表情。看着堆着的一摞摞资料，略带着疲倦的脸上露出一抹解脱的笑容。从此刻开始，真的要和曾经说再见了。

一大摞资料，平时多看一眼都觉得头疼，现在沈念倒饶有意味地翻开看看。

"所有需要我把关的地方我都已经检查完毕，也签了字，其他就靠你们了。"

蒋玲玲过来的时候沈念正在和团队里的其他人交接工作。

团队里的每个人都有自己负责的部分，沈念这段时间天天熬夜加班，提前完成了她的那部分，所以只需交接一下，就能好好休息了。

花了十分多钟交接完毕，他们才抱着资料离开。

沈念伸了个大大的懒腰，扭头就见蒋玲玲已经来了，她笑："来了？"

"嗯……"蒋玲玲点了点头,小声问道,"念姐,你找我有什么事吗?"

刚才她收到了沈念发的消息,让她过来一趟。

"是。"沈念说,坐回椅子上,拉开旁边最下面的抽屉,将里边的两个笔记本拿出来,推给蒋玲玲。

"忽然想起来这个,想着送你吧。"她说。

蒋玲玲走过来,拿起其中一个,翻开,里面记录的密密麻麻,全是字。

"这是我从最开始跟着陆总跑项目的时候做的记录,不算乱,你应该能看懂。以后遇到什么棘手问题的时候可以翻翻笔记,应该都能帮你解决。"

从创业初期就开始记录了,记了那么些年,这两本笔记算是凝聚了她的全部工作经验。现在,她将这些,全数赠给蒋玲玲。

蒋玲玲没想到自己会收到这么珍贵的礼物,错愕地看着沈念:"这么重要的东西给……我?念姐你确定吗?"

"当然确定。"沈念莞尔一笑,"这些东西已经记在我的脑子里了,有没有笔记本对我来说意义不大。"她纤细好看的手指点了点自己的脑袋。

"所以与其放在抽屉里落灰,还不如把它送给你,若你能凭借这些笔记进步,这也是它的荣幸。"

沈念都这么说了,蒋玲玲也没矫情,将那记录得满满的两大本的笔记揣在怀里,看着沈念,认真地保证道:"念姐放心,我会认真翻看的。"

沈念笑:"信你。"

"那……我先回去工作了?"

沈念脸上的笑容更深:"好,去吧。"

拿到了沈念的笔记,蒋玲玲的心情很好,美美地转身准备回去。才走了两步,身后传来沈念的声音:"我要去旅行了。"

听见沈念的话,蒋玲玲再次停下脚步,转头疑惑地看着沈念,"念姐,你要去旅行了吗?"

"嗯。"沈念说,"这段时间一直加班,通宵跟进项目,弄得身心有些疲倦,所以准备出去旅游,放松一下心情。"说完,沈念思考了一下,接着道,"才想到自己这些年一直都在认真工作,还没出去旅行过呢。"她现在十分优秀,却也是个才二十三岁的姑娘。

"出去旅游散心的确不错。"蒋玲玲十分赞同这点,"那念姐,你要好好玩哦,到时候拍美美的照片给我看。"

沈念笑着道:"好。"

蒋玲玲说完准备离开，这次沈念直接叫住她的名字："玲玲。"

蒋玲玲再次停住脚步，疑惑地扭头："嗯？"

这次转身，却看见沈念十分认真地盯着她："其实一开始和你做朋友，是因为你和她太像了，你们的性格一样大大咧咧的，第一次看你笑起来时嘴角浅浅的梨涡，我失了神。"那种大大咧咧的没心没肺的笑，和陆凌蕊近乎一模一样。

蒋玲玲虽然感到意外，却未过分激动。因为以前沈念就说过，她性格和沈念很在乎的一个人很像。

"一开始我的确把你当成她来补偿，不过现在我对你好，完全因为你是玲玲，不是为了她，也不是为了任何人，是因为你值得。很抱歉曾经把你当成过别人的替身。"沈念不想隐瞒，所以对蒋玲玲实话实说。

蒋玲玲并未在意，还笑着安慰沈念："如果没有念姐教我，就不会有我的现在，我才不会怪念姐。"

沈念微笑着。

"我要去旅行了。"她再次说道，停顿了一下，她问蒋玲玲，"可以祝我旅途愉快吗？"

"当然可以。"蒋玲玲想都没想就说，"希望念姐旅途愉快！开开心心。"

得到了蒋玲玲的祝福，沈念的心情很好。

…………

沈念已经好几天没见陆凌川了，他太忙了，很多事情都需要他亲自跟进。沈念的辞职信需要他亲自批，陆凌川暂时没时间，沈念便先开始了休假。她已经很久没有休息过了，难得的假期，沈念倒是很享受。

她的生活又恢复成一个人的转台，一个人买菜，一个人吃饭，一个人散步，一个人发呆。

闲下来的她不再关注时间，想到什么便做什么。这几天她爱上了做攻略，每天都坐在阳台上，沐浴着阳光，一边喝咖啡一边查自己喜欢的旅游景点的旅游攻略，认真地做着笔记。

也不知道写了多久，忽然想到家里已经没存粮了，她抬头，想了一下，然后起身，拿着外套和手机就出门了。

打车去了最常去的那家超市，在超市门口下车，正要进去的时候，眼角的余光瞥到一个骑着三轮车的老奶奶从旁边经过，三轮车后边绑着很多气球，其中粉红色的小猪气球勾走了沈念的魂儿,她忘记了自己出来的目的,就这么跟着老奶奶走了。

这几天沈念的精神状态一直是这样,不知道该如何评价。说她的精神不好,可她很冷静,很安静,不哭不闹;但说她精神好……她却浑浑噩噩的,有时候前脚还在做一件事,脑子里忽然蹦出来另一个想法,便毫不犹豫地放弃了手上的事情。倒不是不正常,只是觉得少了工作时的沉稳、严肃,现在的她像个不经世事的孩童,给人一种呆呆的感觉。

就像现在,她追着老奶奶走了一路,追着追着忽然清醒过了。环顾四周,她身处十字路口,耳边时不时传来鸣笛声。

沈念闭眼按着脑袋,反应过来自己刚才又犯傻了。

这个地方不能打车,正好绿灯亮了,沈念就先过了马路,准备去对面路边打车。

过了马路,看着四周的建筑物,恍惚觉得有些熟悉。

仔细一想,才想到A大就在附近。

A大……

沈念的脑子里顿时又出现了一个想法,等再清醒时,她已经站在A大校门口了。

A大是允许校外人进去参观的,走在A大的校园上,这个地方又陌生又熟悉。沈念实际在学校的时间少得可怜。

她没去看老师,只是独自一个人在学校里漫无目的打着转。她去了篮球场,有男生正在打篮球,挥洒着青春的汗水,女生们则坐在旁边拿着矿泉水欢呼。又去了图书馆,里面十分安静,大家都在认真学习。去了教学楼,有的教室正在上课。去了食堂……

走在石子小道上,旁边是A大绿化区的假山假水,走到尽头,一抹红色映入眼帘。

入眼是一棵很大的树,枝干粗壮,上面系满了红丝带和卡片,就是那棵许愿树。

恍惚想起她和萧沐白认识时的场景。

当年她偶然路过,听见萧沐白在和一位老师据理力争,那位老师坚持认为树已经死了,应该砍倒,萧沐白却觉得这棵树还能救活……

后来才知道,那位根本不是老师,而是校长。

现在想起来,上次到学校参加百年校庆的时候,萧沐白还帮她挂了愿望呢。

沈念抬头,在众多红飘带中一眼便看到了自己的那个。因为在最高处。其他的都在下边,因为挂不到那么高,越往上,上边的树枝越细越脆弱,稍有不慎便会摔下来。

当时萧沐白说,将愿望挂在最高处,这样老天爷在实现愿望时最先看到的便是他们的。萧沐白说这件事的时候她还取笑过他,笑他迷信。

如今想起自己写在上边的愿望,抬头盯着那个飘扬的红飘带。站在树下,闭上眼睛,双手合十,认真地祈祷。如果真的有用,那她希望自己的愿望可以实现。

在学校里逛了一圈便准备离开了,在距离门口不远处时,看到有个签名墙。

走近一看,发现上边还印着LOGO,是今年百年校庆签到的那块板子。应该是校领导觉得很有纪念意义,所以将板子放在这里展览了吧。

签到板上面密密麻麻地写满了名字,沈念从左至右,由上到下一个个地看。终于,看到了陆凌川的名字。

学校百年校庆时,陆凌川可是作为优秀毕业生返校的。

只看了几秒钟,她便继续往下看,然后又找到了陆凌蕊的名字。这是她当初签的。

有几个打扮漂亮的女学生从旁边经过,沈念不知道看到了什么,追上去。

"同学。"

一个女生被叫住,疑惑地看着沈念。

沈念指了指最女生手里拎着的化妆包,友善地问:"同学,请问你有眼线笔吗?"

那个女生愣愣的:"有啊,你是要借吗?"

"我可以买下来吗?"沈念说。

还是头一次碰到有人拦着要买二手眼线笔的,那个女生虽然不解,但看沈念不像坏人,默默地打开自己的化妆包,将眼线笔递给她:"正好我前两天买了新的,以前的就给你吧。"

沈念接过:"我给你钱。"

"不用了,一支眼线笔而已。"

沈念的笑容十分灿烂:"那谢谢了。"

拿着眼线笔,她又回到了签名墙前。打开眼线笔的盖子,轻轻甩了一下,

第十章 月亮西沉

279

在陆凌蕊名字附近寻找着空白。还真让她找到了空白处。

可在即将落笔时却突然停下，停顿了几秒钟后，还是找了个角落的位置写下了自己的名字，离陆凌蕊的名字很远，离陆凌川的名字更远。

沈念。

看着自己的名字出现在Ａ大百年校庆的签名板上，她觉得开心了。这代表着，她曾经出现过。

…………

从学校回来后，沈念便病了，做了检查，说是着凉了，需要吃药，多休息就能好。

"咳咳咳，咳咳咳……"她躺在床上剧烈地咳嗽着，脸色苍白，十分虚弱。感冒药、止咳药一把抓，塞进嘴里，然后喝水顺下去。

"咳咳咳……"才喝完水便又开始咳嗽，药刚从她的喉管滑下去，猛地咳嗽起来，让她开始干呕。

沈念立刻拉过垃圾桶，趴在床边呕吐。刚才吃的药全都被她吐了出来。也不知道吐了多久，只觉得胃里的东西全被她吐了出来，吐到最后已经无东西可吐，还在吐苦水。

好不容易终于缓过来，她拿起床头柜上的杯子喝了一口水，漱了下口，然后吐进垃圾桶里。

她已经吃了好几天的药了，完全不见效果，反而越来越严重。短短几天，沈念瘦了五斤，让本就不胖的她更加显得消瘦。

嗓子里残存着药的苦涩，她吃的一款感冒药的味道十分冲鼻，只是闻着都让人想吐。

靠在床上，闭眼平复着。胃里的东西全被吐了出来，沈念觉得有些饿了，但嘴里觉得苦涩，一点胃口都没有。

"叮咚——叮咚——"旁边手机传来提示音，她闭眼摸索着，摸到手机拿过来，才缓缓睁开眼睛。是萧沐白给她发的消息。萧沐白这几天出差了，并不在京市，他说最晚要月底才能回来。

点开语音消息，传来萧沐白温柔好听的声音："念念，你拜托我挂的房子已经有消息了，有个大老板很满意，准备两套一起买下来。过段时间老板的秘书会代替老板来看房，没问题的话就可以签合同了。你把两套房子的密码锁密码和我说一下，到时候我安排人和他们对接。"

"咳咳咳……"沈念捂着嘴咳嗽，咳完了深吸一口气，给他回复语音消息。

"好的，麻烦你替我和那位老板商量一下，请宽限我一个月，我会尽快搬出去。另外，再帮我问一下房款怎么支付，能快些支付吗？"

用最快速度说完，才松开按键便又开始咳。她的支气管炎十分严重。一边咳一边在屏幕上敲打着，将沈家和这里两边的密码锁密码都告诉了萧沐白。

很快萧沐白又回复了语音消息："这个你放心，我已经提前询问过了，那个老板买咱们两套房不是打算住的，是用来投资的。"

这两套房子的地理位置和小区环境都特别棒，尤其这还是京市的房子，条件好的没话说。不出意外的话未来两年房价可能再涨，这种房子就是宝，也就沈念会拿出来卖。

"老板非常好说话，说只要房子满意，可以现场全款。"

沈念又咳了几声才回复语音消息："谢谢。"

和萧沐白说了几句，沈念便要放下手机。

正准备关掉手机，"叮咚叮咚"又收到好几条微信消息。

原本以为是萧沐白发来的，点开来，却发现是梁璟禾的。梁璟禾为她发了一份电子结婚邀请函，并配文字："沈助理，本想亲手将我的结婚邀请函送你的，但我今天去公司的时候才知道你休假了。因为不知道你的住址，所以也不能给你快递寄过去，想了一下还是给你发送电子版的吧。诚挚邀请你来参加我和凌川的婚礼，另外也很感谢你这些年对凌川的帮助。"

"咳咳咳……"沈念咳得肺疼，还是点开了那份电子结婚邀请函。

是个做得不错的小动画片，一开始有两个卡通人物，长头发的是女生，短头发的是男生。两个人相遇，再相爱，之后步入婚姻的殿堂，然后相守，从黑发走到白发苍苍。背景配着优美的音乐，动画播放到最后，一封邀请函出现。

沈念一边咳，一边念着上面的文字："两姓联姻，一堂缔约。良缘永结，匹配同称。"

"咳咳咳……"她的咳嗽特别严重，却还努力地念着。

"看此日桃花灼灼，宜室宜家，卜他年瓜瓞绵绵，咳咳……尔昌尔炽……谨以白头之约，书向……鸿笺，好将红叶之盟……载明鸳谱。在此诚挚邀请您于 12 月 24 日……参加我们的婚礼……"她的呼吸有些急促，胸口大幅度地起伏着。

"亲眼见证我们的幸福……见证我们迎接新的生活……希望能得到来自您的祝福。新郎，陆凌川。新娘，梁璟禾……"

沈念看着12月24日这个日期。24日平安夜，25日圣诞节……真是个不错的日子，既容易记，又有特别的意义。真好。

她苍白的脸上勉强露出笑容，又被咳嗽打断。床头柜上已经摆了很多药，都是她这几天吃的，每天准时吃，却一点效果都没。捂着嘴，一边咳，一边伸手拿过那些药，全都丢进了垃圾桶。没有效果的药，不必留着。

…………

之后的几天又恢复了平静，陆凌川结婚的日子也越来越近了。

不管是男方还是女方，结婚的前一天是他们的单身夜，尽情狂欢。

大家都知道陆凌川要结婚了，一堆商界合伙人嚷嚷着要给他办单身派对。

陆凌晨找了一圈都没看到陆凌川，询问了好几个服务员，才知道了他在哪儿。

踏上天台时，陆凌川正坐在天台抽烟。他融入黑暗中，一言不发。

陆凌晨没有说话，只是默默地走过去，坐在他旁边。

第三支烟抽完，眼瞧着要抽第四支烟了，陆凌晨才忍不住开口："别抽了。"烟瘾再大，也不能一根接着一根不停地抽吧？

听到陆凌晨的话，陆凌川要拿烟的手停住。

陆凌晨故意说道："明天就是你的大喜之日了，新郎官。"

这话刺激到了陆凌川，他的手猛地一抖，烟盒掉在了地上，他却没有立刻捡，只是垂着头。沉默许久，他的声音沙哑："你最近和她联系了吗？"

"她？"陆凌晨故作不解地问，"她是谁？"

陆凌川给了他一个飞眼。

陆凌晨却不害怕，他刚才上来的时候顺便拿了两罐啤酒，自己留了一罐，另一罐直接丢给了陆凌川。

陆凌川接过，打开拉环，喝了一大口。

陆凌晨捏着啤酒罐碰了一下他的，也喝了一口，才开口问："后悔了？"

男人并没有回答，只是默默地看着前方。面前一片漆黑，也不知道他在看什么。

陆凌晨没指望听到他的回答，自顾自地继续说："既然你已经做了那个决定，所以我也没有再出现在她面前的必要了。我姓陆，她只要看到我就会想到你和凌蕊，这样你的选择就白做了。"

陆凌川依旧沉默不语，冷风打在他的脸上，十二月的夜晚已经很冷了。

"她明天会来吗？"过了许久，陆凌川才找到自己的声音，低低的，轻轻的。

陆凌晨愣了一下，没有回答他，只是问："她来怎样？不来又怎样？"

"如果她来……我一定跟她走。"说完，陆凌川捏着啤酒罐又猛喝一大口。

陆凌晨的眉头一挑，立刻就明白了："你想让她抢婚？只要她先鼓起勇气争取，你就能义无反顾地抛弃一切，什么都不要了，只要她？"

"一定要让她抢婚吗？为什么你自己不愿意逃婚？"陆凌晨反问。

"哥，我知道在头脑方面别说两个了，三个我都比不上一个你。但如果只谈感情，你要承认，你真的很烂。"

陆凌晨说得十分直接，一点面子都没给陆凌川。陆凌晨猛喝了一大口啤酒，看着陆凌川，又接着说："可我又没有资格对你指指点点。因为若是站在你的角度考虑整件事，你的决定又没错。在这段感情里，你的决定的确是目前而言最好的结果。但细细再想，还是有很多遗憾。很多事情是没法去辩论孰是孰非的，这样做是错，那样做也是错。选择哪个决定全看你愿意舍弃哪一边。"

有些事情是没有正确答案的，怎么选择都可以打对勾。但在做出这个选项的同时，也会失去一些东西。陆凌川之前一直在逃避，而现在，他做出了选择。

陆凌川无话可说。自从做出那个决定后，他变得沉默了很多，很多时候都像现在一样，别人说几十句话，都听不见他回应一句。

陆凌晨又和他碰了一下啤酒罐，看着他道："哥，对于你们来说，我一直都是局外人。因为我不是你们，也不能完全理解你们的煎熬。但有一点我想我应该说出来。既然你已经做了选择，只希望你永远不会后悔，顺着这条路一直走下去。"

将罐子里仅剩不多的啤酒一饮而尽，陆凌晨站了起来。

"最后，祝你新婚愉快。"说完，他起身，离开了天台，独剩下陆凌川一个人坐在那里，又恢复了孤独。

…………

翌日，12月24日。

陆凌川和梁璟禾的婚礼当天。陆、梁两家包下了京市最高档的星级酒店，各路有钱人接到邀请，纷纷出席婚礼。

凌蕊集团的全体员工全都放了假，邀请他们来见证。

所有人的脸上都洋溢着灿烂的笑容，为新郎高兴，为新娘高兴，为今天美好的一天高兴，唯独身为新郎官的陆凌川。他从一大早就不对劲了，似乎有心事，一直都处于心不在焉的状态，接亲时频频出错，临时取消了很多环节。

婚礼是在晚上举行的，现在外边的天已经黑了。

站在台上，梁璟禾面带笑容，挽着父亲的胳膊一步步朝他走来，他却没看梁璟禾，而是失魂落魄地盯着角落里蒋玲玲旁边的空位看了很久很久。

公寓里，卧室里一片黑暗，窗帘被拉得严严实实的。躺在大床上的沈念深陷梦魇之中，她睡得很不安稳，头左右摇摆着，以往柔和的五官此刻拧在一起。她很难受，浑身滚烫。

床头柜上的手机一直在响，丁零零……

猛地睁开眼睛，沈念大口地喘着气，眼神呆滞地看着眼前的黑暗。她的呼吸急促，大口喘着气，一只手死死地按着胸口。今天是24号，平安夜，她却一点也不平安。

手死死扣住床头柜的角，摸到了下边的抽屉，拉开。抽屉里面塞的东西太多，一时拉不开，还卡住了。

她用力扯开，药板从里边飞出来掉在地毯上。药板和药瓶塞了满满一抽屉，比之前多了好多。很多药板上的药已经被吃完了，只剩下了铝板。

沈念的脑子昏昏沉沉的，因为高烧，眼睛都睁不开，甚至不知道自己拿的什么药，摸到什么便是什么，一把一把的不要命地往嘴里塞，麻木、机械的吞下去。

手机的来电铃声成了背景音乐，一直响个不停。

感觉像是被人反复碾压着胃部，刚才吞药的反应来了。她的身体比她的精神更爱自己，胃液伴随着各类消化物冲击着她的喉管。

沈念残存着微弱的意识，胸口大幅度地起伏着。她想吐。去拉垃圾桶，微微侧身，身子不受控制地滚到了地上，药品散落一地。无意识地干呕着，她的视线变得越来越模糊。

还有意识的最后几秒钟，沈念好像听见了萧沐白近乎崩溃的喊声，可不等她细听，便彻底没了意识。

沈念再次睁开眼睛的时候不出意外地看到了萧沐白。盯着他十分憔悴的脸，应该是彻夜未眠。她晃了晃头，已经不觉得晕了，应该是退烧了。想要起身，却感觉手背一疼，扭头一看，才发现自己还在挂点滴。

"别动！"怕她的手鼓针，萧沐白立刻上前，小心翼翼地将她扶住。

沈念躺在病床上，对着萧沐白扯了扯嘴角："近一年来好像光顾了太多次医院了，我是不是得拜拜佛，给自己去去身上的晦气？"

都这个时候了，她还能开玩笑。这是第一次看到她笑得那么温柔，萧沐白却没跟着笑。他从来都没露出过如此恐惧的表情，就连手都在轻轻颤抖。

"为什么不告诉我……"他红着眼眶，声音沙哑。带着自责。直到现在，一闭眼脑子里都是昨晚沈念狼狈地摔在地上，四周散落一地的药，那幅触目惊心的画面。他一直以为他在好好地守护沈念，可到最后，他连她病得这么重了都不知道。

沈念愣了一下，随即对他微微一笑。"又不是什么大事。"

"还不大吗？"萧沐白打断她，"如果我没有及时带医生过去，给你洗胃，你现在已经不在这里了。"

高烧，还吃了那么多药，她还能醒过来真的是万幸。

萧沐白原本是在外地出差的，在24号那天和合作伙伴聊天时，对方提到这天是陆凌川的婚礼，他立刻给沈念打电话，却无人接听。他立刻定了最近的航班飞回来，刚下飞机便赶到沈念的公寓。

一冲进去，就看到了已经没了意识的沈念。当时他感觉天都要塌了。

"这是意外。"沈念无奈地解释着，"昨天烧得迷迷糊糊的，原本想拿点退烧药吃，谁想到拿错了……"

"你吃退烧药不限量的，一颗颗往嘴里塞？"萧沐白问她。

沈念抿了抿嘴唇，自己觉得心虚。

"念念。"萧沐白抓着她没有挂水的那只手，抓得紧紧的。不敢放松，他怕抓不住她，便彻底失去她了。他说，"别想不开，你还有我呢。"

沈念抬头，对上他布满血丝的眼睛，罕见的没有因为安慰他而强颜欢笑。她沉默了许久才道："都过去了……"陆凌川已经结婚了，他们之间再也不可能了。

"对。"萧沐白点头，"都过去了。"

即便今天再不幸，第二天的太阳依旧会升起，新的一天开始，不好的事都会成为曾经。

沈念本来想出院的，因为她觉得自己已经没事了。但她的身体不好，萧沐白希望她多住几天，医生也建议住一个星期的院，以便观察情况。

自从醒过来后，沈念每天的话少得可怜，不是在休息就是透过窗户盯着外面的风景出神。

现在已经十二月底了，以往十二月的京市早已飞雪满天，今年也不知道怎么回事，到现在都没下过雪。

"她的胃病很早之前就恶化了，现在已经很严重了。"

办公室里，萧沐白坐在医生对面，听着医生告知沈念的情况。

闻言，萧沐白放在膝盖上的手颤抖一下，差点没坐住。

"您说……什么？"他的脸色苍白，薄唇轻轻颤抖着。

"别紧张。"医生安抚他，"积极配合治疗，保持良好的心态，还是可能发生奇迹的。"

现在只能说一些话来安慰萧沐白。癌症固然可怕，但更加可怕的是心态。

"所以……"萧沐白过了很久才找到了自己的声音，他动了动干涩的唇。

从 24 号那天将沈念救出来到现在，他平均每天只睡四个小时，其余时间都守着沈念，连水都没喝。

"我该怎么做……"他的声音里带着疲倦。

"疗心。"医生只能这么和他说，"现在能做的是，给她一个舒适的环境，让她尽可能过得舒服。"

萧沐白艰难地点头："我知道了。"

从医生办公室里出来，萧沐白回到病房，走到门口的时候停下脚步。他拍了一下自己的脸，闭上眼睛，努力调整着呼吸，再次睁开眼睛时，脸上又露出了温柔的笑。

自从知道她生病后的这几天时间里，除了第一天，即便心里再不好受，可面对沈念时，他都是带着笑容的。她已经很苦了，他不能再对她臭着脸。

推开门进去，沈念又在盯着外面看。

"挂完水了？"萧沐白看着架子上已经没了点滴瓶。

听见萧沐白的声音，沈念才从自己的世界里回了神，低头看了一眼自己贴着医用胶带的手背，轻轻应了一声："嗯。"

萧沐白走过来，看着桌子上才买的草莓，主动说着："现在这个季节的草莓正好，昨天听护士讨论的时候才想到现在是吃草莓的季节了，所以请她们帮我买了一份，又大又甜，我给你洗几个好不好？"

"嗯。"她这几天里对萧沐白说得最多的就是这个字。

萧沐白毫不介意，对她笑了笑，拿着草莓去洗。几分钟后，他端着洗好的草莓回来。将放草莓的碗先放在旁边的桌子上，萧沐白拿过旁边的湿巾，打开盖子抽了几张，低头耐心地帮她擦着手，擦干净之后才挑了个又大又红的草莓递给她。

"草莓凉，你的身体不好，只允许你吃三颗。"说完，停顿了一下，继续道，"等身体好了再给你买。"

沈念捏着草莓，默默地咬了一口草莓尖尖。

在病床上躺了好几天了，沈念都没洗过澡，知道她爱干净，萧沐白先打开病房里的空调，然后又打了盆热水，将干净的毛巾浸湿。让她一只手拿着草莓，腾出另一只手来。先帮她将病号服的袖子往上卷，露出她又细又白的手臂。她太瘦了，瘦得能将袖子卷到腋下的位置。把手露出来，他才将毛巾从盆里拿出来，拧干净毛巾的水，然后帮沈念擦着手。

"还要三天才能出院，医院里不适合洗澡，现在洗澡容易着凉，现在先擦擦，等出院之后再洗，嗯？"

本来萧沐白已经做好了让沈念住院的准备，但医生说如果家里有条件，可以在家中休养，定期过来复查。因为就算住院也起不到什么好的效果，既然如此，倒不如给病患选择一个较为舒服的环境。

这让萧沐白想起沈念说今年经常来医院的那句开玩笑的话，最后还是决定带她回家休养。

沈念只是安静地吃着草莓。

"对了。"萧沐白忽然想到什么，对着沈念露出一个大大的笑容，"和你分享一件事，你听了一定很开心。"

"陆凌蕊的事有结果了，那两个醉鬼的上诉被驳回了。"萧沐白将毛巾丢回盆里，然后把袖子拉下来，边忙碌边说着。

陆凌川和陆家费了那么多心思，终于解决了陆凌蕊的事。

本以为沈念听见这个结果会开心，毕竟她对陆凌蕊的事执着了那么多年。可意料之外，她脸上的表情并没有多大变化。

感觉到萧沐白在看着自己，沈念也只是扯了扯唇，点头："嗯，挺好的。"然后，就没有了。她出奇的淡定。

萧沐白意外地看着她。

"我以为你会很高兴。"他说。现在的她最需要的就是高兴。

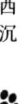

"我高兴啊。"沈念认真地看着他,"今天的确是个好日子,我想出去逛逛。"停顿了一下,她试探问着,"可以吗?"

萧沐白原本想说外面太冷,还是待在屋子里好,可又想到医生的话。医生说了,现在最重要的不是疗人,而是疗心。多出去走走看看,可能都会让她心里舒服一些。

"好。"他答应了她的请求,"正好你也挂完水了,我现在带你出去走走好不好?"

"嗯。"

萧沐白带着沈念离开了医院,她还是病人,不宜走太远,所以只带她在医院附近逛逛。没有目的地,就是随便走走,走到哪里算哪里。

"这里有家照相馆。"沈念老远就看到了前面店铺的店名。

萧沐白也顺着她的视线看过去,点头道:"是。"

"好久没有拍照了。"沈念喃喃着,脑子里突然又蹦出了新的想法,扭头看向萧沐白,"我想进去拍个照。"

"拍照?"萧沐白觉得有点意外。

"嗯。"

"好。"

对于她的要求,他从来都舍不得拒绝。

两个人推开门进去,门口的店员看到他们立刻过来道:"两位欢迎光临,请问两位是来拍婚纱照的吗?"因为萧沐白和沈念看起来太登对了,阳光温柔帅哥和病态温柔美人的组合,也不怪店员会误会他们是小两口。

"不是。"萧沐白微笑着否认,然后看向沈念。

沈念问店员:"请问你们家可以拍证件照吗?"

店员愣了一下,随即点头:"当然可以,红底、蓝底和白底,请问需要拍什么样的?"

沈念想了一下,然后说:"白底吧。"

"好的。"员工点头,"先跟我来选衣服吧。"

"好。"沈念准备跟着员工走。

能感觉到萧沐白一直在注视着自己,沈念知道他在想什么,所以不等他问,便主动解释。

"我要换工作了。"她说,"所以要重新拍证件照,以后投简历的时候需要用的。"

萧沐白愣了一下。换工作，离开陆凌川。所以，她是真的放下了？

店员带着沈念去挑衣服，白底证件照需要配深色的衣服，不然会和底色撞色，导致区分度太低。

"这些都是拍白底证件照可以穿的，选一件自己喜欢的就行。"

沈念十分认真地挑选着，在触到一件深色格子衬衣时停住。她将那件衣服拿起来，在自己身上比画了一下，转身看着萧沐白，问着，"这件好看吗？"

"好看。"萧沐白毫不吝啬地夸奖，"你穿什么都好看。"

沈念笑得很开心："那就这件吧。"

十二月底的天只穿衬衣肯定是有点冷的，趁着沈念换衣服的工夫，萧沐白要了化妆间和拍摄间的空调遥控器，先把空调打开了。

回去的时候沈念已经换完衣服了，她坐在化妆镜前，化妆师在给她化妆。

沈念已经很白了，所以不需要打粉底，只是她的脸色憔悴，化妆师帮她简单遮一下，然后又打了些腮红，涂了口红，给她提升了气色。

每次抬头化妆师都通过镜子察觉到萧沐白一直在盯着沈念，化妆师自然而然地认为他们是一对情侣，所以笑着开玩笑。

"好看吗？"

"好看。"萧沐白还是这两个字。

证件照不能化浓妆，淡淡的就行，沈念的五官非常柔和，最适合的就是这种淡妆，显得温柔极了。

化完妆，工作人员调了白色背景板，沈念坐在白色背景前。头发披散，两边的头发别在耳后，露出眉毛、耳朵。

"一二三，看镜头。"

沈念看着前面，唇角还带着浅浅的笑。

照片拍完，接着修图。沈念长得好看，在这方面能省很多时间，修图员还是兢兢业业地调整着细节。

沈念站在旁边认真地看着。

"念念。"萧沐白叫她。

"嗯？"沈念还在盯着电脑屏幕。

"新的工作想做什么？"萧沐白问她。

听到这个问题，沈念才抬头看他。非常认真地想了一下，然后摇头："还没想过，不过估计要转行了。"她指了指自己，"商界可不要我这种连酒都喝不了的废物。"

公司与公司之间的合作很多时候就是在酒过三巡后定下的,她对酒精过敏,让她无法在这个行业轻松地待下去。

"转行也好。"萧沐白想了一下,随后点点头。钩心斗角太累了,如果可以,他希望她以后都过得轻松些,开心些。

"只要是你想做的,我都支持你。"他看着她,认真地说道。他现在什么都不奢求了,只希望她能开心,余生幸福。在决定默默地守护她的那一刻,他就已经不再奢望得到任何回报了。

沈念对上他认真的神色,愣了一下,随即莞尔一笑,问道:"真的?"

"真的。"萧沐白回答。

"嗯……那我得好好想想。"沈念非常认真地开始思考这个问题,过了十几秒钟,她又看向萧沐白,然后问,"你说,我回我的老本行,做个艺术家怎么样?"

老本行……沈念大学读的专业就是艺术。

"因为仔细一想,我好像从来没有出去旅游过呢,一直把自己禁锢在这里。"每天一觉醒来就是起床,洗漱,化妆,然后去公司工作,像一个没有感情的工作机器。

"如果可以的话……我想好好旅游一次,领略祖国的大好河山。"沈念越说,眼底的期待越多。想想都是一件特别美好的事。

"我很喜欢大海……"她一直都很喜欢大海,踩在沙滩上,沐浴着海风,恐怕没什么比这更幸福的了。

说话的时候,修图员已经把沈念的照片修好然后打印了出来,用裁纸器将照片分成一张张的,然后放进一个小纸袋里,这才递给沈念。

"谢谢。"沈念打开小纸袋,看着纸袋里面的证件照,十分满意。

一抬头,便见萧沐白在盯着自己。她思考了一下,还是拿了一张递给他:"喏。"

萧沐白一时没反应过来:"什么?"

"给你的。"沈念笑着道,"上一次回我家的时候,你不是想要我的照片?那次是真没有了,所以这次补给你。"她说完,然后又问,"不要吗?"说着就要收回手。

萧沐白立刻将证件照拿过来:"要。"怎么可能不要?

沈念愣了一下,随即笑着问:"好看吗?"

这三个字今天他已经听了第三遍了，萧沐白仍旧毫不犹豫地点头，还是那个答案："好看。"

"那我让他们把原图传到你的手机里？"沈念说。

"好。"

修图员将沈念的证件照底图传给萧沐白，给沈念的时候她却拒绝了，举了举手上那一小摞证件照："我有这些就够了。"

如果以后做一个自由自在的艺术家，这种证件照要用的地方会很少。

趁着传照片的工夫，萧沐白拿出手机，扯下自己的透明手机壳，将沈念的证件照放进去。

把对自己而言很有寓意的东西，放在最重要的地方。

....

回去之后，沈念不顾萧沐白的劝告，坚持用电脑写了辞职报告。写完之后，她从头到尾仔细阅读了一遍，确定没问题后，在最下边打上了自己的名字，然后发到了陆凌川的邮箱里。

屏幕上显示"邮件已发送"，看着这几个字，她从来没有感到如此轻松过。一切都结束了。

她目前还在住院，没有时间和精力去公司办理离职手续和收拾东西，只能等出院之后再说了。

转眼又过了两天，天又冷了很多，一到晚上风便吹得呼呼作响。

萧沐白坐在她旁边的椅子上，拿出手机看了一眼时间，然后对沈念笑着说："今天 31 号了，过得也太快了。"

过了今天，就是元旦了，新的一年的开始。

沈念靠坐在病床上，怔怔地盯着窗外："是下雪了吗？"

萧沐白顺着她的目光看过去，瞧见窗外飘着雪花，因为太冷，窗户上也起了雾。

"是。"萧沐白点头，然后说，"下雪了。"说完他又笑了笑，"今年的初雪来的有些晚，平常十二月初就来了。"

今年只是有些冷，却一直不下雪。今天，也就是今年的最后一天，才下了初雪。

沈念似乎很喜欢雪天，一直盯着外面，目光都移不开。

有护士来通知他们可以办理出院手续了，萧沐白去办出院手续，让沈念

第十章 月亮西沉

291

在病房里待着,他回来的时候沈念还在看着外面。

"听护士说,外面挺冷的。"萧沐白走过来,帮她收拾桌子上的东西。

沈念还是看着外边,一言不发。

这些天萧沐白早就已经习惯了她的沉默,她的话变少了,多数时间都在睡觉和发呆,有时候一天都不会说一个字。不过他也不需要听见她的回答,萧沐白自顾自地继续说着:"今天是三十一号了,晚上有跨年夜,听说有商场老板申请了烟火晚会,已经通过了,零点准时进行烟花表演呢。咱们先回家休息一下,晚上我早点带你去占位置?过了今天,就是新的一年了。新一年开始,就算有再难过的事也都是去年的悲伤了,忘记不好的回忆,迎接新年。我把明年的工作都推了,准备带你好好出去玩一趟。你之前不是说想去旅游吗?这几天我特意查了很多旅游攻略,发现国内的确有不少值得去的景点。国内最美的雪山,梅里雪山。听说万丈金光从天而降,照射在雪山之巅,犹如一座金色的'布达拉宫',美得不行。还有天鹅湖,称为'最美的湖泊',袅袅薄雾浮在水面,优雅的天鹅一展歌喉,恍若置身世外之感。最美的诗情画意,西湖。'欲把西湖比西子,淡妆浓抹总相宜。'千百年来多少文人墨客想道出却难以描画西湖的美。"

不做功课不知道,国内有太多美丽的风景了,多得都去不完。

沈念的注意力终于从窗外收了回来,她没有发表意见,只是安静地听着萧沐白述说,唇角勾起浅浅的弧度。

她难得笑得那么干净,那么温柔,让萧沐白恍惚间以为看到了十六岁时的沈念。他见过沈念十六岁时的照片,在那张全家福上,那时她脸上的笑容干净极了,就像现在这样。

她好像身处人世间的花仙子,又如同那为了爱情甘愿放弃自己的嗓音也要换成双腿与王子相见的海的女儿,即便一句话也不说,也丝毫不影响她惊心动魄的美。

她的笑容感染了萧沐白,连萧沐白的语气也越发的温柔:"过了今天就是新的一年了,明年是你的本命年。"是啊,明年的沈念就二十四岁了。

"人家说,本命年是最幸福的一年,因为每十二年才会轮到一次。这么美好的一年,一定会好运满满。"萧沐白像哄孩子一样。

"明年是我们家小沈念的第二个本命年了,上一次是叔叔阿姨陪着,这一次让哥哥陪着你好不好?"他温柔地询问着。

沈念依旧对他微笑。

"新的一年，哥哥希望你忘记曾经，重新开始，健康开心。"萧沐白说完，从旁边拿过沈念的衣服。

住院的这几天，沈念一直都穿着病号服，如今要出院了，自然要换上自己的衣服。

萧沐白一边忙碌一边沈念说话："跨年之后就快要春节了，这个时候出去旅游的人不少，到时候估计要人挤人了。哥哥知道你不喜欢被挤，今年哥哥先带你去国外，想不想旅行过年？"

萧沐白说着，拿出自己的手机，将做好的攻略给沈念看。

这几天，每当沈念熟睡他却睡不着的时候，便会多看旅游攻略，记录好的地方以便之后带沈念去。

"我看过了，国外也有很多值得去的地方。巴厘岛、大堡礁，还有普吉岛、普罗旺斯，马尔代夫也是著名的旅游胜地，泰姬陵似乎也不错。"想到什么，萧沐白又道，"听说佛罗伦萨是欧洲最著名的艺术中心，你不是说做想回艺术家吗？这里很适合你，咱们第一站就去佛罗伦萨怎么样？"

沈念抿了一下唇，并没有答应，只是说："让我想一下。"

"好。"萧沐白一脸宠溺的表情，"不急着，你慢慢想，想去哪里和我说，我来安排。"

"嗯。"沈念点头。

沈念只有一件薄薄的毛衣，连外套都没有。那晚情况紧急，他根本来不及为她收拾衣服。

萧沐白只摸了一下衣服的薄厚便蹙眉。他拿出手机看了一下今天的天气预报，这几天降温降得厉害，气温起码下降了十摄氏度。外面还下着雪，穿这么薄，肯定会冻感冒。

反正也不急着离开，萧沐白放下薄衣服，对沈念说："你先把衣服换好，我去给你买厚点的外套和裤子。"

即便出医院到停车场的这段距离很短，上车之后就能吹空调了，但萧沐白还是不希望她被冻到。

"嗯。"沈念乖乖地应了一声，然后又说，"我饿了。"

"饿了？"萧沐白立刻紧张起来，"想吃什么，哥哥给你带回来好不好？"

"嗯……"沈念认真地想了一下，"我想吃你前几天给我买的皮蛋瘦肉粥。"

皮蛋瘦肉粥啊……萧沐白蹙了蹙眉。那家店离医院有些远。

不过沈念难得主动提出来想吃，萧沐白自然不愿意拒绝，点头："好，

第十章 月亮西沉

我去给你买？"

沈念立刻露出笑容："好。"

"那你先在这里等着。"萧沐白摸了摸她柔软的头发，拿起搭在椅背上的外套，就要出去买衣服和粥。

"哥。"身后传来沈念的声音。

萧沐白站住。虽然他多次表达过他是沈念的哥哥，但沈念从没主动提及过这个字。这是她第一次这么叫他。

萧沐白转过身来，看着她："嗯？"

沈念抿着嘴看着他，沉默着。几秒钟后还是低了头，将一直戴在脖子上的向日葵项链摘下来，然后递给萧沐白。她说："我再也不喜欢向日葵了。"

向日葵是陆凌蕊最喜欢的花，沈念放弃了向日葵，也就是放弃了对陆凌蕊的执念。

盯着她手上的向日葵项链，萧沐白微微一笑，为她放过自己而高兴。

"好。"他点头，然后走过去从她的手上拿过那条项链，温和地道："咱们再也不喜欢向日葵了。"

沈念重重地点了点头："嗯。"

将项链随手塞进自己的口袋里，萧沐白又摸了摸她的脑袋，声音温和地道："等我回来，哥带你回家。"

沈念还是点头："嗯。"想到什么，她又说，"外面下雪了，雪天路滑，你走路小心些，不用急着赶回来的。"

萧沐白眼底的笑意越来越深："好。"说完，依依不舍地离开病房。

沈念靠坐在病床上，看着萧沐白离开的方向，看了很久，她才喃喃着道："谢谢你！"

…………

医院附近就有不少服装店，萧沐白进了一家，挑了比较厚的外套，又为沈念买了厚袜子和带绒的鞋子，怕她的脚冷。心里惦记着沈念，连自己还穿着薄大衣都忘了，也不记得给自己买一件厚点的外套。

买完衣服后，他拎着大包小包，去给沈念买她喜欢吃的皮蛋瘦肉粥。

这家店的粥是附近出了名的好喝，尤其现在这么冷的天，还下了雪，喝一口热乎乎的粥，别提有多温暖了。

雪花落在萧沐白的肩头，萧沐白搓了搓手，呼出来白气。他看着前面还有十几个人的队伍，虽然沈念让他慢慢来，但他还是有些着急。

想了一下，他拿出手机，拍了拍前面的人，说："你好，我妹妹生病了，她很想喝这家的粥，我想赶紧买了给她带回去，我给您发五十元的红包，麻烦您允许我插个队好吗？"

好在前面排队的人都很好说话，听到萧沐白的请求后十分爽快地让出了自己的位置。

买到了沈念喜欢的粥，萧沐白抬头看了一眼天气，雪花越来越大了。虽然粥的外面有保温袋，但他还是把袋子塞进外套里边。他的脚步匆匆，急着回去见沈念。走得太慢，粥就要凉了。

萧沐白离开之后，沈念也跟着离开。

外面的雪越来越大，一眼望去都看不到人。她身着那套单薄的病号服，穿着拖鞋一步步走出去，雪地上留下了她的鞋印。长长一条，在不见尽头的雪地上落下痕迹。

…………

萧沐白回来的时候路过一家花店，店员正热情地招呼着客人。

看到萧沐白，店员立刻笑吟吟地道："先生，今年的最后一天，给您爱的人买一束花吧，让她将笑容带到明年。"

听到这话，萧沐白停住脚步，有些心动，走了进去，屋子里十分温暖。他跺跺脚，抖掉身上的雪，店员已经将她们店卖得不错的花分别挑了几枝拿过来。

"我们家的红玫瑰一直都卖得特别不错的，你看品相，绝对不差。"

"不用。"萧沐白习惯性地拒绝，然后问道，"有向日葵吗？"

这些年，每次进花店给沈念买花，萧沐白都会选择送她向日葵。

店员脸上的笑容僵硬了一下，然后笑得十分尴尬，"先生，现在这个季节，向日葵很少啊，别说我们店了，你去其他花店，也买不到的。"

闻言，萧沐白感到有些失望，拿着东西就要离开。

"哎，先生。"今天下雪了，外面的行人本就不多，店员不愿意错过好不容易进来的客人，"先生，我们家的红玫瑰是真的没话说的，看先生又年轻又帅气，想必是为自己心爱的姑娘挑选花束吧。红玫瑰是比较普通，现在很多小姑娘都不喜欢红玫瑰，而是喜欢一些小众花，不过即便如此，一个女孩

第十章 月亮西沉

子一生中还是要收到一次红玫瑰的,这样才不会有遗憾。"

红玫瑰表达炽热的爱意,曾经有个人炽热地爱过你。这句话打动了萧沐白,他想到什么,摸摸口袋,里面放着那条向日葵项链。她说,再也不喜欢向日葵了。

思考了一下,萧沐白还是点头:"请为我包一束,谢谢。"

闻言,店员脸上立刻露出笑容:"好嘞!"她立刻去挑花,一边挑一边忍不住夸着,"先生,有你这样的男朋友,你的女朋友真的很幸福。"

萧沐白一笑:"你误会了。"

"啊?"

"我是送给我妹妹的。"他说。

店员愣了一下,随即继续笑着说:"有这么好的哥哥,你妹妹真幸福,羡慕她呢。"

萧沐白脸上的笑意更深。

从花店出来,萧沐白怀里抱着红玫瑰,脚步越来越快,脸上的笑容难以掩饰。

雪花落在她的肩头,她身上还穿着病号服。抬头看着天,只看到了飘下来的雪花。她笑了,笑容中带着些惋惜。还想再看看太阳呢。

"哇……"一口鲜血吐出来,染红了她身上的衣服。

沈念像是没感觉到一样,忍着疼痛,只是低头看着自己紧握着的手机,和当年的陆凌蕊一样,点开了自己最放不下的那个人的手机号码。

陆凌蕊点开的是她,她点开的是陆凌川。

………

雪下得不大,但天气太冷了,地上已经结了冰,萧沐白知道雪天路难走,走路出的门,没有开车。脚下一滑,他差点摔倒。不过好在及时稳住自己。

看了看怀里的红玫瑰,又检查了一下瘦肉粥,确定没有撒,这才松了一口气。

想起马上就要见到沈念了,他脸上的笑容更深,加快了脚步。

沈念看着屏幕上发送短信的界面,指腹停在上空,想发点什么,却不知道该说些什么。她对陆凌川已经没有什么想说的话了。

正如她在信纸上写下的那两个字。

"无憾。"

"哇——"又是一口鲜血。

看着屏幕上"陆凌川"三个字，沈念释怀地一笑，步履蹒跚，一步一步艰难地向前走去，时不时呕出的血染红了地面。

终于，她狼狈倒在了地上，然后再也没站起来。

…………

萧沐白加快脚步，离住院部越来越近了。

想到马上就要见到沈念了，他的脚步都变得轻快起来，脸上露出笑容。

眼前瞧见了沈念的身影，看到她穿得那么单薄还在这么冷的天出来，刚想要说她。才走几步，慢慢地，他发觉沈念的状态不太对劲。

不等他细想，便亲眼瞧见对面那道单薄的身影倒在了大雪中。

偶然路过的人发现不对劲，大喊一声便围了上去。不少人听见这边的动静，纷纷赶过来。

萧沐白的表情僵住了，像是被劈头盖脸地浇了一桶冰水，全身都凉透了。心脏在那一刻仿佛停止了跳动。他僵硬地看着前面的人群，像年过百岁的老人，走一步，踉跄一步。跌跌撞撞地走过去，在扒开围观的众人时突然崩溃："让开！都让开！"

扒开一条路，在看到倒在大雪中的那个人时彻底愣住了，他要冲上去，却腿一软跌倒在雪地里。

他为她买的衣服散落在地上，还是热的皮蛋瘦肉粥也都撒在了地上。玫瑰已经散了，花瓣掉得四处都是。他刚才跌倒的时候，口袋里的向日葵项链掉了出来，一片玫瑰花瓣盖在上面。

萧沐白狼狈地摔在地上，地上被鲜血染红的雪比鲜艳的红玫瑰还要红，刺红了他的眼睛。像一个不会说话的哑巴，他张开嘴巴，努力发出声音，却只有无声的嘶吼。

周围是路人的讨论声和匆匆赶来的医生的吩咐声，萧沐白却像听不见一样，跪在地上，一点点朝着她爬去。

念念，天冷，哥哥帮你焐手……

太阳到底是要下山的，月亮也注定会西沉。

即便今天的雪那么大，夜那么长。

第十章 月亮西沉

雪天过去，太阳依旧会升起，新的一天也照样会开始。

沈念死在了一年的最后一天，死在了这场初雪里。她注定过不上第二个本命年了，她今年二十三岁，生命也永远定格在了二十三岁。

番外一
萧沐白

萧沐白第一次见到沈念的时候是在大三开学时。

再回想起那天，萧沐白仍旧印象深刻。其实那天很普通，一如既往地阳光明媚，甚至那天比平常要更热些。但也是在那天，他见到了沈念。

A 大有一块优秀学生碑，参加过重大比赛或是取得过不错成绩的 A 大学生的名字都会被学校记录在上面。

九月的阳光还是很毒的，阳光晒得皮肤刺痛，出来上课的女生都打着伞。

沈念顶着强烈的阳光，看着面前的优秀学生碑。优秀学生碑很大，她微微昂着头，萧沐白清楚地看到她微抬着的下巴。她很瘦，瘦得下颚线十分明显。阳光照在她的脸上，勾勒出分明的线条。

明明是在烈日之下，她身处于人流之中，身上却散发出遗世独立的清冷气息，轻而易举地成为最瞩目的那个人，惹得路人纷纷侧目。也包括萧沐白。

萧沐白注意到她的时候，她正盯着碑面，不知为何，一眼瞧去，萧沐白从她的身上感觉到了悲伤，却不知道她在看什么，也不知道她的悲伤从何而来。

直到后来，萧沐白才知道，那天，她在优秀学生碑前，在看陆凌川的名字。

那次之后，萧沐白又见到过沈念几次，在图书馆，在食堂。她很特别，旁人都是三五成群，唯独她自己一个人，身边没有朋友，也不和别人说话。

不管是学习还是吃饭，即便是走在学校的小路上，也只能看到她一个人的身影。她看起来很孤独，沉浸在自己的世界里。那种感觉，不像是世界抛弃了她，而是她抛弃了这个世界。

萧沐白从来都不是多管闲事的人，沈念的特别，让他多了几分留心。

A 大的校长是萧沐白的妈妈的哥哥，也就是萧沐白的舅舅。

学校有一个地方做了校园绿化，小河、拱桥、凉亭、鹅卵石小路，这都是必不可少的，草坪的面积太大，看着太空，校长决定在小路旁边栽几棵树。

其他小树苗都成功存活,唯独一棵小树苗蔫蔫的,看着要死不活的。

校长觉得活不了,所以想要掘掉换别的,萧沐白却认为树还没死,不同意掘树。因为这点事,两个人竟在小树旁边争论起来。

萧沐白坚决认为树还能救活,和舅舅争辩,浪费了不少口水,口干舌燥地想要离开,抬头便见一道倩影站在不远处的小道上,手里抱着东西,正认真地看着他们,似乎觉得他们争论得很有意思。

只是一眼,萧沐白便愣住了,他主动开口:"同学,你好……"他虽然在之前见过她,却不知道她的名字。

而沈念在听见他的声音的那一刻笑容僵住,立刻收回笑容转头匆匆离开。因为太匆忙,连东西掉了都不知道。

萧沐白走过去,蹲下身子,把东西捡起来。就是一张对折的A4纸,但是展开一看,便发现里面有一个向日葵干花标本。

他抬头,已经不见那道倩影。

之后的几天,萧沐白一直没有见到她,为了向舅舅证明那棵树还有救,他每天中午吃饭的时间点都会来浇水、施肥,观察情况。

有一天,因为一些事晚到了半个小时,拿着花洒匆匆赶去时,便看到那个熟悉的身影正蹲在小树边,认真地培着土。

她似乎对种树并不了解,所以一直握着手机,每隔一会儿就在手机屏幕上敲敲打打,滑动屏幕,时不时地抬头认真查看他挂在小树枝上牌子上记录的小树观察信息。

萧沐白露出笑容,没有过去,而是站在不远处安静地看着她忙碌。在她忙得差不多的时候,他才走过去,主动开口:"同学,你好!我叫萧沐白,你叫什么名字?"

正在认真做事的沈念被吓到,抬头看到萧沐白的那一刻眼底闪过局促与躲避,拿着东西就要离开,却被萧沐白叫住。

"你上次掉东西了。"他说。

沈念置之不理。

"是向日葵的标本,应该是对你很重要的东西。"要是不重要,也不会随身携带。

果然,沈念停住了脚步,转过身来,朝他伸手:"请把它还给我。"

萧沐白微微一笑,从口袋里拿出一个白色悬浮盒递给她:"只是夹在纸里,这样很容易坏。所以我自作主张,放进了悬浮盒里,这样能尽可能地保护标本,还可以随时打开。"

沈念接过萧沐白递过来的悬浮盒,抿了抿嘴唇,还是说了一声:"谢谢。"

见她终于不躲自己了,萧沐白主动搭讪:"这个向日葵标本应该很珍贵吧?"

对面的沈念将悬浮盒护在心口,没有说话,就在萧沐白以为她不会回答时,她开口了:"这是我最好的朋友之前亲手做的。"所以她很珍惜。

听见她这么说,萧沐白愣了一下,脸上的笑意更深。如此珍惜朋友的东西,可见是一位很温柔的姑娘。他又主动问:"我叫萧沐白,可以告诉我你的名字吗?"

她抿了抿嘴唇:"沈念。"

"niàn?"这个读音的字并不多,萧沐白立刻便知道是哪个字了,但他还是问了一句,"是想念的念吗?"

沈念并没有回答,只是用一种看不懂的眼神看着他,就看见她摇了摇头,纠正:"是奠念的念。"

"奠念……"他喃喃着这两个字。想念的念和奠念的念,其实还是同一个字。

"一般人很少会用这个词来形容。"都会说是想念的念,思念的念,还有念念不忘的念。因为奠一般会组词为祭奠,是不太吉利的。

沈念没有说话,依旧用那种让人看不懂的眼神看他。然后,默默地转身离开。

之后的一段时间,萧沐白并未再见到她,可每次只要稍微晚些去看小树,再过去时便都能看见她。

她应该也每天过来,看到他来了,她便不上前,默默地离开。而他有事赶不及照顾小树的时候,她便出现接手他的工作。

他主动向她发出邀请,一起照顾小树。刚开始沈念还觉得很不自在,也还是同意了。她的话并不多,不说话的样子显得十分冷淡,可在认真照顾小树的时候,却又显得那么的温柔,那么的细心,偶尔还会笑。

她没有朋友,只身一人。

经过一段时间的照顾,小树不负期待地活了下来,开始茁壮成长,他们之间的关系也拉近了很多,她偶尔会主动和他说话。

那天,他和她往常一起去照顾小树,他主动开口:"念念。"

"嗯。"她应着。

他的手里拿着铲子，看着正在浇水的她，说："在我的印象中，你是一个很好的姑娘，如果可以的话，你能考虑和我交往吗？"

"啪"沈念手上的花洒掉在地上，里面的水洒在了她的鞋上。沈念像是没有感觉到，只是安静地看了他几秒钟，然后一言不发，起身离开。

萧沐白以为是他的失礼冒犯了沈念，正要道歉时，她却主动发来消息，邀请他在小树旁边的拱桥上碰面。他匆匆赶过去时，她已经到了。站在拱桥上，安静地看着下面的水。他走过去，在距离她还有三米左右时，正要说话，却晚她一步。

"你想多了。"沈念说。

"什么？"萧沐白一时没反应过来。

沈念抿着嘴唇，声音淡淡地道："我并不是你想象中那种美好的人，认识我会变得极其不幸，懂吗？"

萧沐白只是愣了愣，缓过神来，只是无所谓地一笑："我虽然不知道你以前经历过什么，你也不用和我说，因为那是你的人生。每个人都会有不同的人生，去经历别人不会经历的事情，这样才会有独一无二的记忆。而我看人，不会刻意去了解她曾经经历过什么，用这些评判这个人的好坏，我很相信自己的眼睛。相处的这段时间，我能看得出来你很好，不张扬，也不算计。即便你向我反复诉说你有多的不堪，我想我也只会一笑了之，并不会放在心上。"

沈念不解地问："为什么？"

萧沐白却温和地一笑："因为我实在无法相信，一个自愿付出那么多时间和耐心去照顾一棵被人抛弃的小树的姑娘会有多么的恶劣和不堪。"

沈念愣了一下，继而勾出一抹无奈的微笑："还真看不出来，你是个执着的人。"

执着……以前的萧沐白对沈念这么形容自己只是一笑了之，并未放在心上，直到后来仔细回想时，才发觉沈念这个词用得十分中肯。他太执着了，只要认准一件事，便会一直做下去。就像守护沈念，因为这是一开始就坚定的信念，即便知道她不爱自己，在无法确定她幸福之前，他还是不愿意放弃她。

他的存在也许并不能给予她什么，但能告诉她一点。别怕，就算前面的路再难走，你的背后有我在，我会守着你。

也是那次之后，他们成了很好的朋友。

萧沐白站在手术室门口，从未发现时间如此漫长，每一分每一秒像是被放慢了几千倍。他颓废地靠在手术室门口的墙上，垂眸看着自己手上的血，那么的鲜艳，那么的刺眼。看了一下手表上的时间，才发现只过了十几分钟，明明他已经将和沈念相识的过程细细回忆一遍了。

手术室的灯终于灭了，门被打开，医生摘掉口罩，并未说话，只是一脸凝重地对着萧沐白摇了摇头。

然后，沈念被护士推了出来，白布盖住了她的脸。

在看到那抹白时，萧沐白终于绷不住了，狼狈地走过去。他低头，握住了她露在外面的手。那么的冷，那么的凉。

他看不见她的脸，只能感觉到她手上的冰凉，医生、护士默默地后退几步，不打扰他们。

没有撕心裂肺的痛苦，他只是单膝跪在地上握着她的手，忽然笑了。他红着眼睛，看着她："我之前一直想着该怎么让你活下来，仔细想想，是我太自私了，我从来没有考虑过你的感受。"

豆大的泪珠砸在她的手背上，萧沐白低头吹了一口热气，不停地为她搓着手，希望她的手能够温暖一点，哪怕只是一点也行……

他想到她说过，她喜欢看到他笑，因为他的笑容很温暖。她喜欢，他便笑。

滚烫的眼泪却不停地砸在她的手背上，萧沐白赶紧抹掉，他的眼睛红得吓人，可还是在笑。

有一句话说，男儿膝下有黄金。可此刻，医院里，手术室门口，一个一米八几的男人却跪在她的身旁，握着一只永远不可能再热起来的手。

现场的人无不动容，医生、护士也跟着红了眼睛。

A大的一位老教授要退休了，退休之前的最后一节课，邀请了他从师多年教过的所有学生。

包括萧沐白，还有沈念。

原本萧沐白并未打算去的，但想到那位教授是沈念十分尊重的一位老师，还是选择了过去。

老教授一生中教过很多学生，在知道这是教授的最后一节课时，有空的毕业生都来了，A大最大的多媒体教室挤得满满的，连走廊都放上了凳子。

教授虽然年纪大了，但记性特别好，只听学生的名字，便能清楚地说出是哪一级的学生。

在看到萧沐白时，教授开心得合不拢嘴："好孩子，你也来了。"

"嗯。"萧沐白应着，握住老教授的手，"很荣幸，您还记得我。"

"当然记得。"教授笑得很开心。"你这孩子成绩好，人好，长得好，老头子记性再不好也不能把你忘了。"

萧沐白谦虚地一笑："我哪有您说得那么好。"

"对了，沈念丫头呢？"老教授忽然想到了什么，问他，"我还记得那个丫头呢，那个丫头是我教过的话最少的姑娘，每次上我的课，其他孩子不是偷偷玩手机就是讲话，就那个丫头，每节课都仔细地听，笔记记得别提有多认真了。别的孩子我得提醒才能想起来，沈念那孩子，我记得可清楚了。"

一提到沈念，老教授越说越高兴，哪个老师不喜欢听话、认真的好孩子。

"我记得那个孩子不喜欢和别人说话，也就你能让她多说几句。怎么样？现在你们还有联系吗？那个孩子最近怎么样了？今天怎么没来？"

萧沐白脸上的笑容越来越僵硬，身子微微颤抖。

在接触到老教授的目光时，他还是咳嗽了一声才开口："她⋯⋯最近挺好的，原本是在一家公司工作，但前段时间和我说这样的生活有点枯燥，所以辞职去做自由的艺术家了，现在正在佛罗伦萨享受生活，实在赶不及回来了。"

"是这样啊。"老教授恍然大悟，随后笑着说，"挺好，挺好。那个丫头聪明，做什么事脑子都转得快，以后肯定是个出名的大艺术家。"

萧沐白的笑容越来越勉强。

上完课后，萧沐白准备回去了，离开学校之前突然想到什么。

站在鹅卵石铺成的小路上，看着那棵被红色压满枝头的大树。

他和沈念，相识于这棵树前，明明多年前还是棵快死了、差点被掘了的小树，如今已经长那么大了，比旁边同一时期栽种的树还要粗壮一些。

想起上次百年校庆时，他和沈念都写了愿望挂在上边，当时他的愿望是希望沈念幸福开心，沈念⋯⋯写了什么？

萧沐白脱掉身上的外套放在旁边的石桌上，卷起长袖，往后退了几步，然后几个大步跑过去，非常灵活地爬上了树，再踩着枝干，一点一点地往上爬。当时他为了能让老天先看到他们的愿望，所以将愿望挂在了这棵树的最上面，是他亲手挂上去的，现在他亲手拿下来。

最上边还是只有他们两个人的愿望，经过长达几个月的风吹日晒，脏了很多。

他找到了沈念的愿望，取下来，然后下树。在距离草地还有两米多的时候，他直接跳了下来。踩在草坪上的那一刻，他恍惚了一下。还记得，上次他也是这么跳下来的，她把帮他拿着的西装砸过来，嗔怪他不知道危险。

　　如今……再抬头，看向上次沈念站过的地方，那里没有人……

　　眼底划过一抹暗淡，萧沐白朝着石桌走去，打开那个红色的丝绒布袋。布袋是学校特制的，里面用了防水涂料，所以纸条放进去也不会被雨水打湿。

　　将里面的纸条拿出来，是一段话："如果有下辈子，我想做一只水母，没有心脏，整天在海洋里发呆，死后会变成水，不留痕迹，就像从未出现过一样。"

　　萧沐白握着纸条的手颤抖得厉害，忽然想到，之前沈念打电话对他说，她和陆凌川百天之约的事。

　　当初他这么和她说："挺好的，忘记曾经不好的回忆，好好过这一百天。念念，通过这一百天的相处，如果到时候你真的还放不下他，那就好好地在一起吧，放弃对陆凌蕊的执念，好好地规划未来。"

　　他认识沈念那么多年，心里十分清楚。陆凌川和沈念，两个人都从未放下过对方，却又都是胆小的人。

　　当时的沈念沉默很久，才说："如果我和你说，我从来没想过和他有未来，你信吗？"

　　当时的萧沐白愣住，一时没明白沈念的意思，直到如今看到这句话，他终于明白了。其实……就算陆凌川不提分手，沈念也不会和他在一起的。当初之所以会选择答应陆凌川的百天之约，也只是为了弥补些许遗憾罢了。

　　他知道了，他全都知道了………

　　萧沐白浑浑噩噩地回了家，沈念过世后，他一直没回来过。

　　才到家，家里的阿姨给他拿过来一个快递。

　　"什么？"看到快递，萧沐白愣了一下。

　　阿姨有点蒙："这是你的快递啊。"

　　可他从未买过东西快递到家。带着疑惑，萧沐白看了快递单，是一个转寄单，也就是说，以前的收件地址并不是这里，是二次更改的。收件人的确是他，而寄件人是陆凌川。

　　他好像忽然明白了什么，找到刀子，将快递拆开。

　　这是一个很大、很重的快递。打开来，里面是厚厚的一摞房产证，多得离谱。

他翻了一下，是世界各地知名海滩度假胜地的房子，哪个地方的都有，哪个国家的都有……

而房产证的名字，都是沈念。

底下压着一张纸，打开，是自愿赠予合同，上面写得明明白白，这些房产，包括转到沈念名下的资产都是陆凌川先生的无偿赠予，属于沈念的私人财产，婚前财产，不会被收回。

最下面是陆凌川的签字，还有签字的时间。

看到那个日期，萧沐白愣了一下。这是陆凌川近两个月前签的字，是十月底签的。算算日子，差不多是他和沈念分手的那几天。

快递单下边还有一张快递单，萧沐白一点点撕开，原本的收件地址果然不是他这儿，而是沈念的公寓地址，后来才转到他这儿的。

不出意外，这是一份定时快递，陆凌川两个月前便指定了什么时候派送，中途忽然改了地址，从沈念那儿转到了他这里。

他正失神，有张纸条飘到了脚边，他捡起来，看到上面的文字后愣住。

"新婚快乐！"是陆凌川亲笔写的。

沈念已经离职了，但是东西还没收拾，萧沐白特意腾出一天时间去帮她收拾东西。

如今已经是新的一年了，大家过完元旦后又恢复了正常工作。

萧沐白出现在凌蕊集团，很快吸引了不少人的注意，因为他太帅了，还有……很多人都见过他。因为他经常在公司门口等沈助理下班。

无视所有人的打量，萧沐白径直朝沈念的工位走去，找到了收拾物品的纸箱，把她常用的杯子、笔记本全都放进去。

在看到向日葵时，他的眼底闪过一抹厌恶，想都没想，便扔在了地上。

"是你？"正捧着沈念给她的笔记本的蒋玲玲从旁边路过，看到了萧沐白，十分惊讶，"我认识你，你和念姐是朋友。"

萧沐白也认识蒋玲玲，对她态度还算友善："嗯。"

蒋玲玲一脸欣喜的表情："你是来帮念姐收拾东西的吗？我听说她离职了，可是给她打了好多电话，她都不接，她现在在哪里啊？我想和她……"

"她死了。"不等蒋玲玲说完，萧沐白淡淡地说。

蒋玲玲愣住："什么？"

"胃癌，去年的十二月三十一号因抢救无效，已经过世了。"萧沐白说。

"啪嗒。"手上的笔记本掉在了地上，与此同时，身后传来更大的一个声音。所有人目睹陆凌川狠狠地摔了一跤，摔倒在地上。

　　"你骗我。"蒋玲玲不停地摇头，这个消息令人难以置信。

　　"我骗你做什么？"萧沐白回答蒋玲玲，目光却看向陆凌川，"陆总，在你新婚的第七天，也是你们百日之约的最后一天，她走了。怎么样？开心吗？"

　　陆凌川像是傻了一般。

　　看到陆凌川的表情，萧沐白笑了："是，陆凌蕊的确是她曾经昏暗生活中的第一抹亮光，但也是她一生的执念。现在，她不欠你们陆家，不欠你陆凌川，也不欠陆凌蕊了，她现在只是她自己。"

　　萧沐白的眼睛越来越红，一向温柔的他难得会用这种冷嘲热讽的语气说话。

　　蒋玲玲哭得泣不成声，李楠流着眼泪扶住她，听到这件事的所有员工纷纷站了出来，因为震惊、悲伤，红了眼睛。

　　空气里弥漫着蒋玲玲的哭泣声和不知道是谁的抽泣声，陆凌川狼狈地跌在地上，自始至终一言不发。他扶着墙想要站起来，手却一直滑下来，好不容易站直了，沉默地转身，要回自己的办公室。如同双腿残疾永远治不好的人推开轮椅，非得要用双腿走路，可才踏出一步，便又狠狠地栽在了地上。

　　陆凌川像是感觉不到疼，站起来，走一步，再狠狠地栽在地上，再站起来……如此反复。他从来没有这么狼狈过，像个孤独的老人。

　　蒋玲玲哭得近乎昏死，萧沐白拿着收拾好的东西离开，蒋玲玲推开扶着她的李楠。

　　"让我去见见她，念姐的墓地在哪儿？求求你，带我去好不好……"

　　萧沐白抱着纸箱，闻言瞥了一眼那个狼狈的背影，收回视线。

　　"孑然一身，无牵无挂，要什么墓碑。"说完，便扬长而去。

　　这点萧沐白并没有骗蒋玲玲，虽然沈念的遗体还没有火化，但萧沐白已经为她想好了去处。

　　本来是想将她安葬在沈氏夫妇旁边的，她这几年过得太苦了，让她回到父母的怀抱，重新成为一个被父母宠着的孩子。

　　可最终，他还是选择了海葬。她说过，如果有下辈子，她想做一只水母。她还说过，她很喜欢大海。萧沐白特意挑了天气特别好的一天出海，抱着她的骨灰。所有人都以为他会撑不住，其实他很冷静。因为他从来不认为沈念离开他了。

死亡不是失去生命，只是走出了时间。遗忘才是最终的死亡。萧沐白确信自己绝不会忘记，所以在他的心里，她一直都活着，只是活得更轻松了。

是……不会忘记了，永远不会忘记的。认识一个人只需要一个小时，忘记一个人却需要一辈子。

一月份的天依旧寒冷，萧沐白却身着一身单薄的外套，这是沈念之前给他买的，他一直都很珍惜。今天他要送她，所以特意穿了这件衣服。

骨灰顺着海风飘散，然后落入大海，随波逐流。

有人新婚宴尔，有人长眠大海。

撒完骨灰，萧沐白拿出手机，把手机壳抠掉，将一直放在后面的证件照拿出来。照片上，她笑得那么干净，那么好看。

望着她漂亮的眼睛，萧沐白突然笑了："到现在我才明白你为什么一直说你喜欢大海，想去旅游了。"

之前他一直会错了意，为她搜集了很多世界各地的旅游胜地。她的确是想去旅游，却不是用他想的那种方式。骨灰与海水相融，这些海水会流向世界各地，去领略世界各地的风土人情。

海风打在他的脸上，耳边是海浪的声音。他看着一望无垠的大海。

亲眼看见自己在乎的人死在自己面前却无能为力的痛不欲生，萧沐白也体会到了。他也曾经怨过为什么陆凌川要死死抓着不肯放手，伤害沈念。

直到现在，萧沐白想，他似乎明白了陆凌川为什么一直放不下了，原来真的这么难以释怀。不出意外，他也猜到了陆凌川说分手和娶梁璟禾的理由。

因为想明白了，萧沐白反倒不想怪他了，只觉得他很可悲。

他看着大海，喃喃着道："如果还有下辈子，如果真的有来生。念念，你一定记住……做只水母。"

回应他的，是海风。

番外二

陆凌晨

陆凌蕊出事的那天,沈念晕倒在太平间门口,第一个发现沈念晕倒的是陆凌川。

陆凌晨永远忘不掉那时陆凌川的眼神,浑浑噩噩地从里面出来,看到沈念倒在门口,好不容易压制住却被无常世事一次次打压,近乎绝望的崩溃。他像疯了一样,抱着沈念大步狂奔。

他们兄妹三人这些年一直打打闹闹的,但感情却非常好,陆凌蕊最粘的便是陆凌川。

作为家里唯一的女孩,陆凌川也对这个妹妹格外疼爱。

而沈念,更像是陆凌川本就完美的人生中突然开的那朵昙花,不需要艳丽迷人,蕊寒香冷,飘然出尘,便足够惊艳。

多重打击在一天时间里接踵而至,压的陆凌川倒在地上,气息奄奄。

陆凌晨站在门口,看着病房里的两个人。沈念正在昏睡,陆凌川坐在病床边,握着她的手,垂着头,安静得让人觉得窒息。

感觉到了门口有人的注视,陆凌川的身体晃了晃,抬头,猩红的眼睛对上陆凌晨。他没有说话,只是默默地将沈念的手塞回被子里,然后起身,走出病房,关上门。

没有理陆凌晨,只是一步步地往前走,陆凌晨在后边跟着他。

一向高大的背影此刻尽显孤独,挺拔的脊背也弯了下去。

"哥。"陆凌晨叫他,红着眼睛质问,"当时念姐为什么不带姐姐一起走?她为什么要抛弃姐姐?"

想到现在还在太平间里的陆凌蕊,陆凌晨觉得胸口钝痛得厉害。是的,他有这种想法一点儿也没错。因为站在陆凌晨的视角,比起沈念,陆凌蕊才是他的姐姐,即便经常欺负他,陆凌晨也最爱姐姐。

明明他的姐姐还那么年轻。明明他的姐姐未来那么美好……可如今,却被强行按下了暂停键，未来被人无情地删除。

他怎么能不怨？

控制不住自己，忍不住去想，如果是这样，如果是那样，他们最爱的人也就不会离开。可终究，如果只是假设，现实就是现实。

对于陆凌晨的控诉，陆凌川没有回答。

医院里有便利店，陆凌川买了一包烟，一个打火机。

他走到医院外边的绿化带，坐在一块大石头上。

陆凌川以前从来不碰烟酒，这是他第一次抽烟。点着了火，猛吸一口，呛得他不停地咳嗽，可咳完继续抽，继续咳，反复折磨自己。吸烟的确有害健康，但又不得不承认，在情绪崩溃的时候，抽上一支烟，能让濒临崩溃的情绪得到安抚。

疼……太疼了，痛不欲生的感觉。他只能靠着抽烟，去安抚自己坠痛的心。

陆凌晨见他自始至终一言不发，恼怒地道："咱们家绝不允许她进门！"即便知道沈念无辜，可在陆凌蕊过世的那一刻起，便什么都变了。

听到这话，陆凌川夹着烟的手一顿，就在陆凌晨忍不住冲上去揪着他的衣领狠狠地质问他到底是选择家还是沈念时，陆凌川手上的烟掉在了地上。

这是陆凌晨第一次看到自己优秀的哥哥如此狼狈。他坐在那块大石头上，以最脆弱的姿势将自己抱成一团，埋着头，呜咽着。

"我要失去她了……可我不想失去她……"

陆凌晨愣住，刚才的愤怒已经消失不见。也就是在这个时候，陆凌晨才发现，发生了那么多事，最痛苦的不是失去女儿的父母，不是他，不是沈念，而是陆凌川。

对于他们来说，他们只是失去了一样，但陆凌川，是失去了一切。一无所有。

有些事是根本无法评判谁对谁错的。没有绝对有错的坏人，只有被强行改写人生的可怜人。

原以为陆凌川和沈念会就此结束，老死不相往来，可在陆凌蕊下葬后，陆凌川像是变了一个人。以前的他，是个很温柔的人，对父母，对弟妹，对爱人。现在的他，不苟言笑，麻木不仁。

陆凌川开始了创业，带着沈念一起，两个人不要命似的一点点往上爬。他对沈念很苛刻，明明八十分就能及格的事，沈念一定要做到一百分，他对沈念近乎偏执的高要求让陆凌晨曾多次怀疑他对沈念是爱，还是恨。

一次酒后，陆凌晨问他："你爱沈念吗？"

陆凌川握着酒杯，沉默着。

陆凌晨又问："你恨沈念吗？"

陆凌川仍旧一言不发。

曾经的陆凌晨想不明白这么简单的问题陆凌川为什么回答不出来，直到很多年后，他才后知后觉地明白。不是陆凌川回答不出来，而是……没有答案。不管是第一个问题还是第二个问题，若是强行要答案，他也只会点头、摇头，点头，再摇头。

他爱沈念，他不爱沈念。

他恨沈念，他不恨沈念。

爱和恨只在一念之间，曾经有多爱，现在就有多恨。恨的根源就是爱，如果连恨都没有了那才可怕，那就说明已经不爱了。

越爱你，越恨你，宁愿纠缠不休，也不愿背道而驰。

他问过陆凌川，沈念是个什么样的人？

陆凌川说，她重情，但又执拗。

其实刚开始陆凌晨和沈念的联系并不多，直到后来，陆凌晨才发现，陆凌川的形容太贴切了。因为太过执拗和清醒，所以她过得很辛苦。

陆凌川是爱她，却不敢光明正大地表达，他被太多的事束缚住，注定做不到像萧沐白那样随心所欲、毫无保留地表达出自己对沈念的爱。

在听说他们的百天之约后，一开始陆凌晨百思不得其解。

"你百天之约的意义何在？一百天过去，然后呢？你们之间的关系怎么处理？"

电话那头的陆凌川沉默很久，才说："这个百天之约是对她……和对我的测试，我已经没勇气认为她还爱我了。这一百天时间里，我和她放下曾经，好好相处……如果一百天后，她还愿意爱我，我什么都不要了，只要她……若她不想爱我了，我放她自由，让她去过新的生活，这些年在我这儿学到的东西，足以让她在任何地方都能站稳脚跟。而这一百天，就当是她留给我最后的回忆。"

虽然陆凌晨还是不太明白，但之后，肉眼可见两个人都轻松了很多，没有了那些外在压力的束缚，他们像普通的情侣一样，约会，相爱。

原以为这次他们终于可以放下曾经，重新开始，陆凌川告诉他："沈念有事在瞒着我。"

陆凌晨一愣:"你是发现什么了吗?"

"没有。"陆凌川摇头。就是因为什么都没发现,所以他才觉得心慌。

陆凌晨安慰他:"可能是你想多了,我觉得沈念挺正常的。"

难怪陆凌晨会这么想,因为沈念在所有人面前表现得太正常了,看不出来有任何问题。人在极力掩饰一件事时是绝不会让真相曝光的。

陆凌川没有多说,只是默默地从口袋里拿出一枚钻石戒指细细地摩挲着。

在看到那枚戒指时,陆凌晨便什么都明白了。

"决定求婚了?"

"嗯。"陆凌川沉声道,指腹抚摸着戒指内圈她名字的拼音——Niàn。

陆凌川说:"我联系了一家商场的老板,和他合作申请了烟花燃放。"

在和她的百天之约的最后一天,向她求婚。

他把一切都想好了。原以为日子会这么安逸地一直过下去,在百天之约的第五十天,陆凌川接到了一个电话。

陆凌晨打来的,黎明诗的情况忽然恶化。

陆凌川匆匆赶到医院时,黎明诗刚被医生从死神手里抢回来。

她躺在床上,原本迷茫的眼神在看到陆凌川时清明了些。她朝陆凌川伸手,陆凌川立刻明白,走过去,握住她的手,低头将耳朵靠过去。

黎明诗的脸色十分苍白,艰难地呼吸着,眼泪顺着眼角滑落。她伏在陆凌川的耳边说:"念念和蕊蕊都是好孩子,是咱们家没福气,留不住她们……咱们都别伤害她了……让她去过自己的日子。"

黎明诗说得十分艰难,眼泪止不住地往下掉:"这些年……妈妈一直把对失去蕊蕊的痛苦算在她的身上,妈妈对不起她,蕊蕊也对不起她……不是她欠咱们,是咱们陆家欠她……她留在咱们家,就一辈子都走不出蕊蕊的死。放她离开吧,咱们陆家配不上她,没有咱们……她会过上更好的生活。"

黎明诗的话如同当头一棒,打得陆凌川猝不及防。

确定黎明诗抢救回来后,他跌跌撞撞地走出了病房,一步一个踉跄。像被人下药毒哑了嗓子,一个字也说不出来。

是的……沈念不欠他们陆家,是陆家欠了沈念。包括陆凌蕊也是,沈念早就不欠她的了,而因为她的死,却生生折磨了沈念那么多年。

陆凌川笑着,笑得苦涩,笑得痛苦,笑得不舍,笑得……坚定。他放过沈念了。

有句话的确没说错,将沈念留在陆家,那一辈子也绕不开陆凌蕊的死。

而远离陆家，沈念就能去过自己的生活，新的生活。

他选择了分手，放她离开。知道她的执拗，只有他先踏出那一步，选择新的人生，她才会重新开始。他结婚了，便再也没资格得到她了。

陆凌晨知道陆凌川向沈念提分手的缘由，觉得可惜。明明他们已经在慢慢地回到从前了，明明已经不再纠结曾经了。现在分手，太可惜了。

可对于母亲的话，他一个字也反驳不了。

的确，对沈念而言，陆凌蕊是曾经的救赎，可又何尝不是困住她往后余生的枷锁。

"真的放下了吗？"陆凌晨问。

陆凌川只是沉默着："她喜欢大海。"停顿了一下，又说，"以后萧沐白会带她去吧。"他退出了，成全萧沐白。

陆凌晨有些着急："如果念姐真的喜欢萧沐白，早就和他在一起了。"就不会有之后的这些恩怨纠葛。

陆凌川继续沉默着，良久之后才道："和他在一起，起码会自在。"

陆凌川和萧沐白，其实分不出谁更好，萧沐白赢了陆凌川的唯一一点是，他没有妹妹，所以他不用顾及什么，可以心无旁骛地去对沈念好。而陆凌川，唯一赢萧沐白的一点是，沈念爱他。

陆凌川寻遍了世界各地知名的海滩度假胜地，在每一处都买了房产。他特意寄了定时包裹，那些房产证底下的那张"新婚快乐"，是陆凌川亲笔写的。既然他无法给予她自在和快乐，那就换个人给她。

从来没有想过沈念会过世，萧沐白来公司的那天，将这件事告诉了所有人。

陆凌晨得知这个消息后第一时间去找陆凌川，路过员工的工位时，还能听见哭泣声。公司里的气氛十分压抑。

李楠红着眼睛安慰趴在工位上抱着沈念留给她的笔记本号啕大哭的蒋玲玲。

路过沈念的工位时，陆凌晨停下步子，看过去。桌子上还剩不少东西，不过属于沈念的物品都被萧沐白收走了。

沈念很喜欢向日葵，为了能天天看到向日葵，她特意在网上买了向日葵插花瓶，还有一些可爱的向日葵摆件，如今都被萧沐白丢在了地上。他没有多停留，进了陆凌川的办公室。

办公室里安静极了。陆凌川坐在椅子上，后面就是一面大大的落地窗。陆凌川转过椅子，安静地看着外面，身上的西装又脏又乱，是刚才跌倒时弄的。他的手里握着东西，是一个手工制作的娃娃，娃娃一身白裙，白裙下边还写着一个字。

"念"。

这是那次他做的娃娃，当时他们在商场碰到，她把原本的"小沈念"砸坏了扔进了垃圾桶里，他找到了那家手工店，做了个一模一样的。

后来，就一直放在办公室的抽屉里。

陆凌川捏着"小沈念"，一言不发。

陆凌晨有些担心，忍不住开口："哥……"

陆凌川的身子只是晃了晃。

"房子过户了吗？"他一开口，才发现声音沙哑。

陆凌晨点了下头："沈念在之前就让萧沐白找专业人士委托办理了，现在合同已经签完了。"

沈念的那两套房子……是也不是陆凌川买的。那两套房子刚挂出来时陆凌川就知道了，他没有自己去买，而是拜托了陆凌晨的一个朋友去接触房产中介。这样，就查不到他身上。

陆凌川和陆凌晨原本都以为沈念卖房是因为要离开京市去其他地方发展了，当时中介也是这么说的。

陆凌川沉默了很久，才说："去看看吧。"

路上是陆凌晨开的车，这是他第一次到陆凌川和沈念共同生活的家。

房门是密码锁，陆凌川输入的密码，打开门，屋子里还保持着沈念离开前的样子。陆凌川走向客厅，看着他和沈念坐了多年的沙发，没有说话，只是转头走向电视柜，看着放在电视柜上的"小凌蕊"，将"小沈念"拿出来，放在"小凌蕊"旁边。他蹲在那儿，安静地看着。

陆凌晨觉得不安，自从知道沈念去世之后，陆凌川没有崩溃，没有哭泣，淡定得过头。

也不知道过了多久，陆凌川终于起身，按着自己已经站发麻的腿，进了卧室。陆凌晨立刻跟上去。

卧室里还保持着之前的样子，散落一地的东西，地毯上还有沈念当时出事无意识呕吐的呕吐物。

陆凌晨捡起一个铝板,上面的胶囊已经被抠完了,他靠着背后的字猜出来了药名,然后用手机查,是治胃病的药。他觉得很诧异,又捡起另外一个药瓶,再查,还是治疗胃病的药。

陆凌晨愣住,看着满地的铝板和药瓶,抽屉里还有不少药。

陆凌川说过,沈念有事瞒着他,他却怎么也查不到。所以……这就是沈念一直瞒着的事,对吧。

忽然想起当初沈念对他说的那句话。

"弟弟,姐姐……可能撑不下去了。"当时他没明白,直到看到散落得到处都是的药片。原来是这个意思,原来是这个意思………

他们去了殡仪馆。

沈念死后,萧沐白将她送到殡仪馆,等待安排火化。按照习俗,去世后两到三天才会火化。

他们已经提前沟通过了,在他们赶到殡仪馆时,有人带领他们过去。

走到一扇门前停下,负责人从口袋里拿出一张纸,递给陆凌川。

"陆总。"陆凌川低头,看着那张纸。是沈念的死亡证明。

把门推开,里面只有沈念。她躺在推床上,白布盖住了她的全身。

门口的陆凌晨的心像是被人重锤了一击,呆滞地盯着里面。在他的印象里,他第一次看到沈念时,她一身白裙,躲在陆凌川的身后,笑容腼腆。后来不知为何,再也没见她穿过白色。而如今,仍旧是那抹白,看起来却那么刺眼。

陆凌川捏着沈念的死亡通知书,跌跌撞撞地走进去,走到推车前时,再也坚持不住了,直接跌跪下去。他紧紧地攥着那张纸,坚持良久的淡定在看到沈念的那一刻崩塌。他伏在床上,低声呜咽着,泣不成声。

婚礼前夜,陆凌晨说希望他永远不要后悔自己的决定。他以为他放手后,她能去过自在舒坦的日子,他以为她离开他会很幸福……

如果知道会是这个结果,他不会放手,死都不会。

他后悔了。

他后悔了。

他后悔了……

陆凌川在里面待了一晚上,陆凌晨也在外面陪了一晚上。

这一晚陆凌晨毫无睡意，脑子里闪过很多事，这些年的恩恩怨怨。如今……是彻底画上了句号。

"啪嗒"一声。门从里面打开，陆凌晨听见声音后立刻从地上坐起来。转过头，在看到陆凌川的那一刻，愣在原地。

"哥，你……你……"他震惊得说不出话来。才一个晚上的时间，陆凌川的头发白了很多，白发中虽然掺着黑发，黑发却很少。一夜白了头。

陆凌川没有说话，手里还握着那张纸，沉默地离开。

黎明诗的身体好了很多，已经回家休养了。

她的生日在一月初，陆延华想亲自为她做一桌菜，所以和徐阿姨出去买菜了，陆凌晨回家照顾她。

"叮咚。"门口传来门铃声，陆凌晨开门，是外卖员，他的怀里抱着一大束向日葵。

"你好，这是陆太太的花，麻烦帮忙签收一下。"

陆凌晨忘了自己是怎么在快递单上写上名字的，浑浑噩噩地抱着那束花进来。

"谁啊？"黎明诗听见了声音，特意出来，就看见陆凌晨抱着一束向日葵。不用问，不用猜，她便知道了，是沈念送来祝她生日快乐的花，因为每年沈念都会送。

"拿过来。"黎明诗招手。

陆凌晨将花递过去，黎明诗在花里找到了一个信封，里面有一张卡纸。和之前的内容一模一样。

"妈妈，祝您生日快乐！"

之前沈念每年都会在下边写陆凌蕊的名字，替陆凌蕊尽孝。而今年，显然一开始她依旧打算写陆凌蕊的名字，上边已经写了一个耳刀旁了，可不知为何又划掉，写上了自己的名字。

妈妈，祝您生日快乐！

——沈念。

黎明诗感觉信封里还有别的东西，倒出来，里面有一张银行卡，卡的背面有六个数字。是陆凌川的生日。

陆凌晨见过那张卡，当初黎明诗确诊癌症时，她匆匆塞给他的就是这张卡，卖那两套房子的转款卡号也是这张卡的卡号。

"这孩子……送我银行卡做什么？"黎明诗还不知道沈念已经不在了。

将卡放在旁边，她把餐桌上的花瓶拿过来，将里面的花拿出来丢在桌子上，将沈念送给她的向日葵小心翼翼地拆开外面的包装，就要插进花瓶里。

"沈念已经不在了。"陆凌晨突然开口。

黎明诗愣了一下。

"去年的最后一天走的。"

黎明诗呆呆地盯着手上的向日葵，然后轻轻放下，侧头，又拿起那张贺卡。

妈妈，祝您生日快乐。

——沈念。

黎明诗就这么看着，认真地看着。突然，她趴在桌上，埋着头，肩膀颤抖得越来越厉害。

…………

陆凌川接到了梁璟禾让他回家的电话，他一言不发，直接挂了电话。

陆凌晨不放心，跟着一起过去。

梁璟禾已经很久没见到陆凌川了，或者说……婚礼仪式结束后连酒都没敬陆凌川就走了。

正在做菜的梁璟禾听见了门铃声，脸上立即露出笑容，手里拿着锅铲匆匆朝门口走去。

"凌川！"

开门时，看到已经满头白发的陆凌川，她彻底愣住了。

"凌川，你的头发……"明明十几天没见，他的头发怎么成了这个样子，人看起来也憔悴了好多。

"璟禾。"陆凌川看着她，声音哑得吓人，他说，"我们离婚吧。"

其实他们并不算真正的夫妻。当初为了断绝自己去找沈念的想法，陆凌川和梁璟禾办了婚礼，但并未领证。说完，不等梁璟禾说话，陆凌川转身离开。

正好陆凌晨匆匆走了过来，和陆凌川擦肩而过，陆凌晨停在原地，看看门口的梁璟禾，又扭头看了看离开的陆凌川。深吸一口气，还是朝着梁璟禾走去。

"为什么……"梁璟禾站在原地喃喃着,难以接受。她转头,看着陆凌晨,"是他心里的那个人回来了,所以要让我让出位置吗?"

对于这个问题,陆凌晨不知道应该如何回答,沉默了一下才说:"永远不可能回来了。"

"什么?"

"沈念已经不在了。"陆凌晨说。

梁璟禾的身影晃了晃,不确定地问:"沈念?"

"是。"陆凌晨点点头,"你应该知道,沈念是陪着我哥从无到有的人。"

梁璟禾僵硬地点点头:"知道。"

"其实,除了这个身份,她还是凌蕊生前最好的闺蜜,也是我哥的初恋,我哥从来没有忘记过的初恋。"

看到梁璟禾震惊的表情,陆凌晨说:"我以为你早就知道了。"

闻言,梁璟禾露出一抹苦笑:"曾经怀疑过……"

"所以,我还特意去套过你哥的话。我问他心里的那个她是什么样的人,你哥说,她是个温柔的人。所以我以为自己怀疑错了。"

因为,梁璟禾每次见到的沈念都很冷淡,她是个优秀的员工,一丝不苟的助理,陆凌川对她要求得也很严格,那样的沈念,瞧不出一丝温柔。他们之间的相处模式,完全看不出来曾经是相爱的一对。

"我知道了。"她握着锅铲,笑容越来越苦涩,"明天我会向所有人宣布,我后悔了,我单方面解除婚姻。"

陆凌晨感到十分诧异:"是我们陆家对不起你,应该由我们宣布。"

虽然还没有公布,但已经知道会是什么结果了。如果是梁璟禾开口,所有流言和舆论都会一股脑地往她身上倒。

"没关系。"她勉为其难地笑着,"是我不好,我抢了别人的东西,我抢了不属于我的东西。"

当初陆凌川在提出结婚时,已经明确表示过他并不爱她,是选择结婚还是拒绝,陆凌川都尊重她,不会勉强。而她……明知道陆凌川不爱她,明知道他的心里有别人,可还是一头栽进来了。

"这就是我的报应……我为我曾经的无脑选择付出代价了……"她喃喃着,转身,摇晃着身子一步步走进屋里,背影显得十分凄凉。

代价……

听见这两个字，陆凌晨恍惚了一下。是啊！每个人都要为自己曾经的所作所为付出代价的。

当年伤害沈念和凌蕊的那两个人已经付出了代价：他的母亲将失去女儿的痛苦怪罪于沈念，她同样付出代价了，得了癌症；梁璟禾抢了不属于自己的东西，她也得到报应了；沈念让凌蕊独自面对一切，她一样逃不掉因果报应；现在只剩下陆凌川，他的报应也来了。陆家已经承受不住再失去一个孩子的痛苦了。即便以后的生活再难熬，也只能一直挨下去。注定，孤独一生。

番外三
十年

沈念去世的第十年,陆凌川三十五岁,就连陆凌晨也到了而立之年,沈念依旧二十三岁。

在陆凌晨三十岁的那一年,陆家终于迎来了新的成员。

陆凌晨与妻子在一次商务合作中相识,相恋三年后步入婚姻的殿堂。

林楠的预产期在十二月底,产房门口,陆凌晨因为忐忑、紧张地来回踱步,时不时朝着紧闭的产房门看过去。陆延华坐在妻子旁边,紧紧地抓着她的手,黎明诗垂着眸,一言不发。自从那年沈念离世后,她沉默了很多。

就连显少露面的陆凌川也出现在了医院。

十年,能让嗷嗷待哺的婴孩会跑会跳,也能让老人的头发变得花白,而陆凌川似乎摆脱了时间的禁锢,和十年前半分无差。或许是因为年龄增长的缘故,显得更加稳重。他的一头银发十分显眼,靠在医院的墙上,只是偶尔抬头看着产房,每次都会看很久很久,呆呆地盯着那扇门,似乎陷入自己的回忆,谁也唤不出来。

不知道过了多久,那扇门终于打开,护士抱着孩子出来。

不等护士开口,陆凌晨立刻上前紧张地询问:"我太太怎么样了?"

护士认识陆凌晨:"母女平安,陆太太还要过一会儿才能出来。"

闻言,陆凌晨这才松了口气,注意力终于落在了护士怀里的小婴儿上。小小的一只,因为刚出生,小脸红彤彤的,身上也皱巴巴的,实在看不出来哪里可爱,但陆凌晨目不转睛地盯着,眼底的温柔都要溢出来了。

"女孩,刚好七斤,是个健康的小棉袄。"

在听到护士说的这句话的时候,刚晋升为老父亲的陆凌晨更是带着止不住的笑意,不停地点头说好。

直到将小东西抱在怀里的那一刻,陆凌晨感觉自己的世界被充实了。

陆延华扶着妻子过来看,黎明诗也露出浅浅的笑容。她捏了捏孩子的小手,小小的,软软的。

陆凌晨的目光从落在女儿身上后就没再移开过,满脸的慈父一般的笑容。

忽然想到什么,他抬头看向不远处,只见刚才还站在那儿的一道身影已经消失不见。

林楠很快从手术室里出来,转进了病房里。早就请好的月嫂将小桌板架在床上。陆凌晨帮忙调高了病床,又将两个软软的枕头垫在她的腰后。这架势,就像是在照顾瘫在病床上的病人。

林楠被他紧张兮兮的样子逗得没忍住,笑出了声:"瞧你紧张的样子,我只是生了个孩子,不知道的还以为我瘫了呢。"

"什么叫只是生了个孩子?"陆凌晨不赞同妻子的话,"如果连生孩子都不算大事,那什么才算?"

陆凌晨抓着林楠的手亲了一下,盯着她还有些憔悴的脸,真诚地说:"老婆,辛苦了。老婆,谢谢你。"

闻言,林楠的脸上露出幸福的笑容。

将妻子安顿好,看她已经吃上饭后,陆凌晨这才把注意力放在旁边婴儿床上的小家伙身上。小家伙已经睡熟了。

老父亲趴在旁边,眼睛一眨不眨地看着,舍不得错过每一个瞬间。

林楠看着眼前这幅画面,想到什么,问:"爸妈呢?"

陆凌晨抬头:"妈的身体不太好,这几天温度骤降,今天早上来的时候就有点发烧,坚持在外边等你生孩子,他们看到小宝后我就让他们先回去了。"

林楠点点头,表示同意陆凌晨的做法。

一股凉气吹在了陆凌晨的脸上,他抬头。现在是十二月底了,特别是这几天,温度低得厉害,房间里开着空调,显然这股凉气并不该出现在病房里。他立刻站起身走向窗户,一点点检查着。

林楠也朝窗口看去,看到外面飘在空中的雪花,脸上露出笑容:"下雪了。"

陆凌晨这才注意到。室内外温差有些大,窗户上起了雾,但还是能看到外面的雪。也不知道下多久了,外面早已一片雪白,雪花越来越大,越来越密。

"好久没见过这么大的雪了。"林楠感慨着。

听到妻子的话,陆凌晨愣了愣,隔着窗户认真地看着外面的雪。是啊,已经很久没见过这么大的雪了,这几年每年下雪都不大,不等雪花堆积便融化了,上一次下那么大的雪还是在十年前……沈念离开的那一天。

陆凌晨终于找到了打开的那扇窗子，窗户开了一条小缝，应该是打扫的人随手开了通风透气的。正要关上，突然一愣，看向某处。

楼下，一个黑色的身影站在雪地上，肩头落满雪花，飘落的雪落在他的银发上，很快融为一体。陆凌川两只手放在黑色大衣的口袋里，微微抬头，看着天空，一言不发，神情落寞。

陆凌晨看了很久都没回过神。

当年的那场雪，何止白了陆凌川的头。

陆家小千金出生，蒋玲玲很快带着礼物上门。

"小陆总，这是陆总让我为小千金准备的礼物，这里是衣服，这里是小袜子，还有陆总亲自为小千金挑的金、银手镯和平安锁，还有……"

陆凌晨毕业后，接手了陆延华的公司，为了区分陆凌晨和陆凌川，大家对陆凌晨都会称"小陆总"。

陆凌川为这个新出生的小家伙准备了很多东西，各式各样的小衣服，还有各种必需品。这大手笔绕是见过世面的林楠也有些错愕："买的东西太多了。"这些本该是她和陆凌晨这对做父母的应该准备的东西。

蒋玲玲报完送的礼物，闻言对林楠微微颔首，说道："这些都是陆总对小千金的心意。"

十年过去了，就连蒋玲玲也变了很多，脸上已经不见刚入职场时的稚气，成熟、稳重了很多。一身职业装，头发高高束起，不苟言笑，即便微笑时也带着职业性的礼貌。这些年她一直在凌蕊集团工作，现在的她是陆凌川身边最信任的助手之一——是沈念曾经的位置。

陆凌晨恍惚间在蒋玲玲脸上看到了沈念的影子，他问道："我哥呢？"

"陆总有个重要会议，现在在公司。"蒋玲玲回答。

陆凌晨应了一声，然后说："等他开完会请他来医院一趟，就说……有重要的事等他商量。"

蒋玲玲点点头："好的，小陆总。"将东西送到地方了，蒋玲玲对着两个人礼貌地点了点头，便离开了。

陆凌川来的时候，病房里除了他们这对小夫妻还有另外一对年长的夫妻，是林楠的父母。看到有其他人，陆凌川蹙了蹙眉，没有说话，只是将目光转到了陆凌晨身上。

陆凌晨微笑着解释道："今天最重要的事就是给小家伙取个名字，妈还没退烧,爸照顾她,实在过不来了,哥,你来了人就齐了。"

陆凌川这些年很少再过问和他无关的事情了,听到这话本来要转头离开,可话语中的某个词实在太过有诱惑力。他的目光落在不远处的小床上,只看了一眼,便再也移不开视线了。

顺着陆凌川的视线,陆凌晨也看了过去,瞥见女儿时心底一片柔软,想到什么,他又说:"哥,小家伙出生到现在你还没抱过呢。"

林楠也开口:"妈,你把孩子抱给哥。"

闻言,正在逗弄外孙的林太太将正在蹬腿的小孙女抱起来,把孩子递给陆凌川。

他在碰到孩子软乎乎的身体的那一刻,身体瞬间紧绷,难得在他的脸上看到如此僵硬的神色,像机器人般,浑身紧绷,抱着小家伙,不知该怎么做。

小家伙很乖,比刚出生时好看了许多。

林太太看出了他的不知所措,笑着说:"别干站着,去沙发上坐着吧。"

陆凌川抬头,然后僵硬地点了点头,抱着小家伙去旁边的沙发上坐下。

今天最重要的事就是给小家伙取名。虽然小家伙还没出生的时候陆凌晨和林楠已经讨论过这个话题,但因为并未想到满意的名字,便一拖再拖。

现在小家伙已经出生,就要上户口了,名字的事情也得赶紧敲定下来。

林家夫妇早就准备过了,拿着准备好的字,报给女儿听,都是他们觉得寓意很好的名字。

又商量了好一会,依旧没个所以然。

陆凌晨的脑海中忽然浮现出两个字,然后脱口而出:"念芮,叫念芮怎么样?"沈念的念,和陆凌蕊读音相近的芮。

"念芮?"林氏夫妇并不知晓当年事情的详细,只觉得这个名字还不错,"陆念芮,挺好。"

闻言,坐在沙发上的男人身子一僵,说出了进门后的第一句话:"我不同意。"他的声音不高,带着丝丝寒意。

此话一出,房间里安静下来,所有人都看着他。

陆凌川没再说话,只是将小家伙小心翼翼地放回她的小床上。然后,转身离开。

陆凌川离开没多久,林氏夫妇也离开了,只剩下陆凌晨一家三口。

刚给小家伙喂完奶,看着陆凌晨将睡着的女儿抱回小床上,林楠问:"哥刚才生气了吗?"

闻言，陆凌晨的动作一顿，放下女儿后，思考了几秒钟，还是决定认错："楠楠，我向你认个错。"

陆凌晨将整件事完整叙说了一遍，林楠嫁给陆凌晨几年了，陆家当年的事也知道一点，所以很快便明白了。

"是我不谨慎，女儿是你辛苦生下来的，她不该是任何人的替代。"不是沈念的替代，也不是凌蕊的替代。

听到这话，林楠将目光转移到熟睡的女儿身上。

"她的确不是任何人的替代，但比起沈念和凌蕊，咱们的女儿或许是幸运的那一个。"她的出生，不仅能得到该属于她的那份宠爱，还能得到当年沈念和陆凌蕊无缘享受的那份。

刚才抱着孩子的时候手机放在了沙发上，走的时候并未拿走，陆凌川特意转回来拿。进来后没说什么，从沙发上拿起自己的手机就要离开。

看着陆凌川即将要出门的背影，林楠突然叫住他："大哥。"

陆凌川的脚步停住，但是并未转身。

"小家伙的小名就叫年年，好不好？"年年皆胜意，岁岁常欢愉。

林楠和陆凌晨都看着他的背影，陆凌川在那里站了足足有一分钟才再次抬脚，离开。离开之前，留下一句浅浅的"嗯"。

很快到了年底最后一天，陆凌川很早就出门了，海边停靠着他早就定好的游艇。

又下雪了，雪下得不大。

从车上下来，他身上的风衣外套微鼓，掩在下面的是一束红玫瑰。

到地方时，看到站在不远处的三个身影，愣住。

梁璟禾正在和旁边的人说话，察觉到了什么，她扭头，瞧见陆凌川，露出一抹浅浅的微笑。

"凌川。"她的态度十分友好，温柔礼貌，和当年丝毫无差。

"什么时候回来的？"陆凌川走过来，声音低沉好听。

梁璟禾脸上的笑容不变："一个星期前就回来了，这两年我爸爸的身体不太好，前段时间摔了一跤住院了，我和Seren接到消息后就立刻赶回来了，正好来……看看她。"说完，梁璟禾看了一眼大海。

又想到什么，梁璟禾低头拍了拍一旁小家伙的脑袋，语气温柔地道："Rocky，不可以没礼貌，叫叔叔。"

一个不高的小家伙抱着梁璟禾明显凸起的腹部，听到妈妈的话，他乖乖地开口："Uncle。"

当年梁璟禾单方面宣布和陆凌川解除婚姻关系后便出国了，直到两年后遇到了现在的丈夫 Seren。Seren 是个很温柔的绅士，当年对梁璟禾一见钟情，并追求了很久，最终抱得美人归，这些年夫妻的感情一直很好。

梁璟禾从丈夫怀里接过那束白玫瑰递给陆凌川。

"这是我的心意，请你收下。"

看着递过来的那束白玫瑰，陆凌川并没有立刻接过来。

梁璟禾的目光也落在了白玫瑰上："第一次看到她，我就觉得这个颜色很适合她。"她看着太干净了，清冷孤傲，就像干净的白玫瑰一样。

陆凌川回过神，还是接过了那束花："谢谢。"

"不用说谢谢，说到底这是我欠她的。"梁璟禾抚着肚子，目光再次落在一望无垠的海面上，想到什么，恍惚了一下，"当年，如果我没有向你告白，或许咱们都不会是现在这样。"

谁都没有上帝视角，在结果没出来前，谁也不知道自己的选择是对是错，根本没有反悔的余地。就像当年，虽然她并不知道沈念和陆凌川之间的恩怨，但她的那些无心之举到底还是改变了沈念和陆凌川的人生。

转头，目光停留在陆凌川的银发上，想了一下，她还是开口："凌川，试着向前走吧。"

十年，太久了，也改变了太多的人。

蒋玲玲越来越像当年沈念的样子。萧沐白在五年前安顿好了一切，只身一人游走在世界各地——带着沈念的心愿，替她看世界各地的大海。就连梁璟禾，也有了新的生活，有了家庭和孩子。唯独陆凌川还在原地踏步。

听到梁璟禾的话，陆凌川并未出声，只是怔怔地看着海面。

向前走……走不了了。

一阵海风吹来，吹乱了他的银发。

番外四
叔叔陆凌川

童年里，年年记得最清楚的一个人便是陆凌川。

自她记事起，便知道自己有一个帅帅的Uncle，虽然不常见到，但每次见面都会给她买好多她喜欢的东西，所以年年特别喜欢陆凌川，每次见到陆凌川都会软糯糯的求抱抱，要求被满足后，她就乖乖地抱着陆凌川的脖子，好久都不愿意下来。

沈念过世后，陆凌川每天两点一线，很少再回陆家，直到年年的出生，才让陆家人多了几次见到陆凌川的机会。

在年年的记忆里，她的Uncle很特别，别的叔叔阿姨看到可爱的她后都会抱抱，然后捏她的小脸逗她开心。只有Uncle不一样，他虽然会抱她，但从来不会逗她，偶尔笑也只是浅浅的，更多的时候是看着她发呆，小小的年年不知道他在看什么，只觉得Uncle像自己的布娃娃一样，根本没有其他表情。

直到三岁那年，年年的一句无心之言。

三岁的年年已经进早托班了，和一堆同龄小朋友玩耍，让她的语言丰富了很多。

林楠从早托班接她回来的时候正好见到回陆家的陆凌川，小家伙欣喜地冲上去抱住陆凌川，奶声奶气地问："Uncle，我好想你，你想我了吗？"

陆凌川难得露出一丝笑容，抱着她在沙发上坐下，回答道："想了。"

小家伙正是爱分享的年纪，坐在陆凌川的大腿上，叽里呱啦地说着自己在早托班发生的事情，有的能听懂，有的听不懂，但陆凌川一直在耐心地听。

直到年年掰着小手低头在那里嘟囔："小小老师告诉我，我是爸爸妈妈的宝宝，爸爸妈妈最爱我……"说着，她抬头，用清澈的眼睛盯着陆凌川，问他，"Uncle，你有自己的宝宝吗？"

此话一出，一旁的林楠脸色微变，就要上去抱年年。

陆凌川怔怔地盯着孩子单纯、认真的眼睛，一言不发，就这么看了很久很久。

就在林楠开口要让年年道歉时，陆凌川突然低头，把脸埋在小家伙的小肩膀上，抱着小家伙，身子颤抖着。泣不成声。

自从沈念过世后，已经很久没有看到有其他情绪的陆凌川了，也许当年跟着沈念一起走的不只是他的心，还有他的魂。

年年并不知道发生了什么，呆呆地被陆凌川抱着，听着他的哭声，小家伙用小手拍了拍他的背，声音还是奶奶的："你别哭啊，我让你抱抱。"

常年压抑的情绪随着孩子的一句童言童语，便在顷刻间崩塌。

当天晚上，小家伙便被林楠教育了，以后不许再对 Uncle 说那些话。

小小的人儿还不懂，听见妈妈的话有些不服气地背着手反驳："小小老师说了，要学会想想……"她的话说得很奇怪，前言不搭后语，但林楠明白她的意思，女儿是想说老师告诉她，要学会分享。

林楠蹲下，和女儿平视，耐心地解释着："宝贝，告诉妈妈，你喜欢吃豆豆吗？"林楠口中的豆豆是四季豆，年年从小就不爱吃，每次看到都嫌弃得来回扭头，怎么哄都不愿张嘴。

听见"豆豆"两个字，年年想都不想就摇头。

林楠继续耐心地道："那你说不喜欢后，妈妈有强迫你继续吃吗？"

小家伙仔细地想了一下，然后缓缓地摇头。

"所以。"林楠又问道，"你爱妈妈吗？"

"爱！"小奶音说得毫不迟疑。

"那如果妈妈一定要你吃豆豆呢？"林楠又问。

果然，小家伙的小脸上闪过纠结之色，然后默默地摇了摇头："不爱了。"妈妈让她吃豆豆，她就不爱妈妈了。

"所以啊，我的宝贝。"林楠抱着小家伙亲了她一口，"宝贝有不喜欢吃的东西，妈妈一定要你吃，你就不爱妈妈了，Uncle 也有不喜欢听的话，如果年年一直说一直说，Uncle 就会生气，然后就不爱年年了。"

这话把小家伙吓得不轻，连忙摇头："年年不说了，Uncle 不生气。"

虽然小小的她并不知道自己说错了什么，但妈妈的话她听了进去，不在陆凌川面前什么都说了。

在年年八岁那年，一次，陆凌晨和妻子去外地出差，年年独自一人在家，她便来粘着陆凌川了。

陆凌川要工作，她就在公司的休息室里，自己一个人乖乖地玩耍。玩累了，很想见陆凌川，又想起刚才的叔叔阿姨说的话，Uncle很忙。但她还是想找Uncle，年年趁着所有人不注意，蹑手蹑脚地推开陆凌川办公室的门。

办公室里面十分安静，年年进来的时候就看到陆凌川趴在桌子上睡着了，桌面上放着一堆没有处理完的文件。

小小的人儿已经知道了什么是"照顾"，看到沙发上放着一条薄毯子，她拿着就要给陆凌川披上，动作十分笨拙。

披完毯子之后才看到Uncle的桌子上摆了好多照片，每张照片上都是同一个大姐姐，大姐姐穿着白裙子，笑得特别好看。年年发现Uncle的手上还攥着一张照片，但她这个角度看不到内容，小家伙便蹲下来，抬头看。还是刚才的那个大姐姐，但是在大姐姐旁边还有一个大哥哥，两个人都笑得好开心。

年年仔细分辨了好一会儿，才发现旁边的那个大哥哥是Uncle，是头发黑黑的Uncle。那个大姐姐是谁？为什么她从来没见过？

年年虽然有疑问，但还记得妈妈说过，不可以问Uncle一些奇奇怪怪的问题，所以她听话地把问题记在了心里，然后等妈妈回来时去问妈妈。

"大姐姐？"陆凌晨听见这三个字愣了一下，然后看着女儿，不确定地问："真的看到大姐姐了？"

"嗯嗯！"年年非常确定地点头，然后将当时的情况告诉爸爸，"Uncle抓着一张和大姐姐的照片，照片上有个帅气的哥哥我认得，是Uncle，黑色头发的Uncle。"

听到这话，陆凌晨和妻子对视了一眼，便什么都明白了，也知道了女儿口中的那个"大姐姐"是谁。

"妈妈，那个大姐姐是谁啊？"年年想知道她是谁。

林楠将女儿搂在怀里，耐心地解释给她听："那不是大姐姐，你应该叫她Aunt。"

"Aunt？"

"是，她是你Uncle的太太。"

已经八岁的年年知道太太的意思，她呆呆地问着妈妈："为什么我从来没见过她？"

"因为……她已经不在了。"林楠尽量用委婉的话语告诉女儿，"她和姑姑一样，在年年还没出生的时候就已经不在了。"

年年没想到会是这个答案，愣住了。

"所以，宝贝，不要在 Uncle 面前乱说，尤其是关于 Aunt 的事，知道吗？"

年年从小就被教育不可以在 Uncle 面前乱说话，也不能说关于白裙子 Aunt 的事，虽然乖乖地答应，但还是不明白。

直到年年十五岁那年她才明白。那年，陆凌川过世了。

在去机场的路上，发生了一场车祸，一辆大货车突然爆胎，失控变道，正好撞上了旁边陆凌川的车子，车上的人全部丧生。

陆凌晨接到消息赶到现场的时候救援人员正好将陆凌川的遗体抬出来。

就像二十五年前白布盖住沈念一样，但这次被盖住的是陆凌川。

陆凌晨愣愣地看着，一时不知该做何反应。

直到——目光落在了陆凌川没被盖住的那只手上。

"好像是照片，刚才试着拿掉的，但是他攥得很紧。"救护人员也顺着陆凌晨的视线看到了陆凌川手上的东西，对陆凌晨道。

陆凌晨上前，试探着将照片拿出来，但是失败了，只能任由他攥着，勉强去看。照片中，一个身着白裙五官清秀的少女挽着旁边那个少年的手，两个人都笑得十分开心。

陆凌晨愣住。

比起遍体鳞伤的陆凌川，照片干净多了，并未损坏。陆凌川到死都在护着这张照片。

沉默良久，陆凌晨还是开口，声音沙哑："后悔了一辈子……所以，如果还有来生，不要再做那个选择了。"

没有人回答他。

"陆凌川，陆凌川？"

听到有人在叫自己的名字，明显感觉到了推搡，陆凌川迷迷糊糊地睁开了眼睛。

对上旁边的人小心翼翼地打量："真睡着了？"

看着面前又陌生又熟悉的面孔，陆凌川愣住。以为是梦，他又左顾右盼，发觉自己在多媒体教室，前后左右都是同学。和以往的梦境不同，之前梦到除沈念以外的其他人的脸都是模糊的，但这次，每张脸都那么的真实。

"真是难得看到你开小差啊。"旁边的男生小声地打趣着陆凌川。

前面讲台上的老师还在讲课。

陆凌川猛地反应过来什么，他盯着和他说话的男生："今天几号？"他说话的声音很大，影响到了其他人，就连还在讲课的老师都看了过来。

那个男生被陆凌川吓了一跳，虽然不知道发生了什么，但还是回答了他的问题。

听到问题的答案，陆凌川愣住，感到有些难以置信，喃喃着道："怎么可能？怎么可能……"

"怎么不可能？"陆凌川的状态看起来太不正常了，"你不信，可以看自己的手机，我骗你干吗？"

听到这话，陆凌川在桌子底下摸到了自己的手机，看清了上面的日期。

突然想到什么，他猛地站起身来，不顾一切地冲了出去。

离开多媒体教室，在校园里狂奔，然后出了A大。

现在这个点儿正是附近最堵车的时候，就连A大门口的路都被堵得死死的。

陆凌川顺着路边大步朝某个方向跑去，大脑一片空白，只有一个想法，那就是不要停，加速跑。

终于！眼前出现两个熟悉的身影。

站在路口的陆凌蕊满脸愁容地盯着堵车的路，觉得十分郁闷："怎么又堵成这样了。"

旁边的沈念忍俊不禁："你又不是第一次知道这附近的交通。"

陆凌蕊扁了扁嘴："走这条大道，不知道什么时候才能到地方。"

忽然想到了什么，陆凌蕊的眼睛一亮，拉着沈念说："咱们之前不是发现过一条近道，从那儿走吧。"说完，就拉着沈念的手要去抄近道。

"别去！"耳边传来熟悉的声音，陆凌蕊和沈念一起抬头，就见陆凌川艰难地穿过来，毫无形象地朝她们奔跑过来。

第一次看到陆凌川这副样子，陆凌蕊感到有些震惊："哥，你怎么了？"

陆凌川死死地抓着沈念的手，直到感觉手心传来的温度，觉得心跳加速。他死死地盯着面前的这张脸，死死地盯着。

沈念被陆凌川的眼神看得有些不知所措，尴尬地露出了笑容："怎么了？怎么这么看着我？"

旁边的陆凌蕊郁闷地扁着嘴："哥，你偏心，我才是今天的寿星，结果你看都不看我一眼……"

陆凌川逐渐平复了情绪,扭头看着陆凌蕊:"你们刚才准备去哪里?"

"去找你啊。"陆凌蕊睁大眼睛,"这附近实在太堵了,我和念念正准备抄近路去找……"

"不可以。"他的语气很严厉,"以后,不可以走那种不安全的偏僻小路。"

陆凌川很少会用这样的严厉的语气对陆凌蕊说话,陆凌蕊被吓了一跳,缩了缩脖子,乖乖地应了一声:"哦。"哥哥凶她的时候还是很凶的。

旁边的沈念适时打着圆场:"今天是她的生日,就别凶她了。"

听到这话,陆凌蕊立刻有了底气,抱着沈念的胳膊,骄傲地扬了扬下巴:"听到了没?不许凶我。咱们走,我请你吃饭去,咱们不理他!"说完,拉着沈念离开。

看到两个人的背影,陆凌川喊了一声:"阿念!"

听见呼喊的沈念停下脚步,扭头。白色裙子显得她身形高挑,她对陆凌川"嗯"了一声。阳光下,她的笑容格外迷人。

番外四 叔叔陆凌川